平妖传

绣像珍藏版

〔明〕 罗贯中
　　　冯梦龙　著

湖南文艺出版社

图书在版编目（CIP）数据

平妖传：绣像珍藏版 / (明) 罗贯中, (明) 冯梦龙
著. -- 长沙：湖南文艺出版社, 2023.6 (2024.4重印)
（幻想家）
ISBN 978-7-5726-0970-1

Ⅰ.①平… Ⅱ.①罗… ②冯… Ⅲ.①章回小说—中
国—明代 Ⅳ.①I242.4

中国国家版本馆CIP数据核字(2023)第053600号

幻想家

平妖传：绣像珍藏版
PING YAO ZHUAN: XIUXIANG ZHENCANG BAN

著　　者：〔明〕罗贯中　冯梦龙
出 版 人：陈新文
责任编辑：吴　健
特约编辑：栗冬雪
装帧设计：Mitaliaume
内文排版：钟灿霞　钟小科
出版发行：湖南文艺出版社
　　　　　（长沙市雨花区东二环一段508号 邮编：410014）
印　　刷：湖南省众鑫印务有限公司
开　　本：880mm×1230mm　1/32
印　　张：15.25
字　　数：356千字
版　　次：2023年6月第1版
印　　次：2024年4月第3次印刷
书　　号：ISBN 978-7-5726-0970-1
定　　价：59.80元

「编辑说明」

《平妖传》有二十回本和四十回本两种。经学者考证，目前普遍的看法是，二十回本由罗贯中编次，四十回本由冯梦龙在二十回本的基础上增补。本书为经冯梦龙增补的四十回足本，以日本内阁文库所藏明代泰昌元年（1620年）《天许斋批点北宋〈三遂平妖传〉》刊本为底本校点，并参校明代崇祯年间金阊嘉会堂刻本《墨憨斋手校〈新平妖传〉》，即前者毁版后的重刻本。

本书收录张无咎所作之《序》及罗贯中编、张无咎校《引首》各一篇，以及古典绣像一百零九幅，其中二十九幅人物绣像，出自上海中央书店1937年出版的《绣像平妖传》；正文每回配图两幅，共八十幅，出自《天许斋批点北宋〈三遂平妖传〉》。

为便于当代读者阅读，在充分尊重原始刊本的前提下，本次校点酌情改动了部分古字、异体字、通假字等，如变"到"为"倒"、变"磁"为"瓷"、变"蚤"为"早"、变"疋"为"匹"、变"题"为"提"等，并增添了若干注释。

文彦博

何郯　真宗

范仲淹　仁宗

王欽若　包公

丁謂　善王太尉

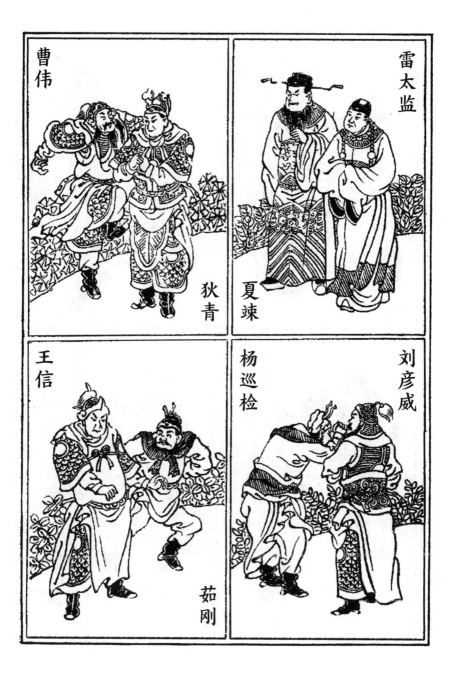

温殿直

冉贵

董元春

王珪

赵无瑕

胡大洪

窦文玉

张成

圣姑姑　白猿神

太白金星　玄女娘娘

慈云长老　诸葛遂智

弹子和尚　张鸢

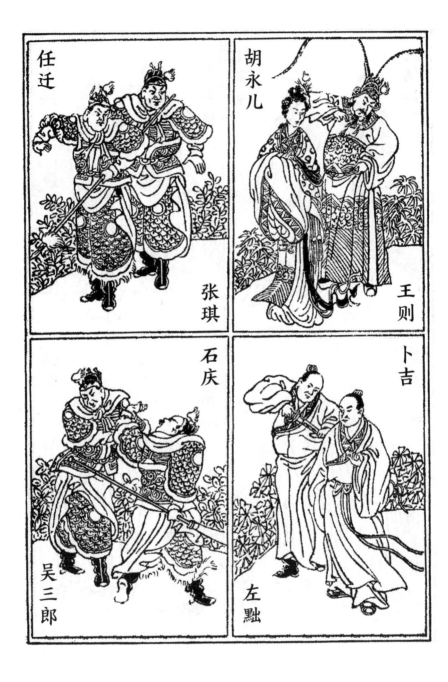

任迁　张琪

胡永儿　王则　卜吉

石庆　吴三郎

左黜

「 序 」

小说家以真为正，以幻为奇。然语有之："画鬼易，画人难。"《西游》幻极矣，所以不逮《水浒》者，人鬼之分也。鬼而不人，第可资齿牙，不可动肝肺。《三国志》人矣，描写亦工，所不足者幻耳；然势不得幻，非才不能幻。其季孟之间乎？尝譬诸传奇：《水浒》，《西厢》也；《三国志》，《琵琶记》也；《西游》，则近日《牡丹亭》之类矣。他如《玉娇丽》《金瓶梅》，如慧婢作夫人，只会记日用账簿，全不曾学得处分家政，效《水浒》而穷者也；《七国》《两汉》《两唐》《宋》，如弋阳劣戏，一味锣鼓了事，效《三国志》而卑者也；《西洋记》如王巷金家神，说谎乞布施，效《西游》而愚者也。王缑山先生每称《三遂平妖传》堪与《水浒》颉颃。余昔见武林旧刻本止二十回，首如暗中闻炮，突如其来；尾如饿时嚼蜡，全无滋味；且张鸾、弹子和尚、胡永儿及任、吴、张等后来全无施设；而圣姑姑竟不知何物，突然而来，杳然而灭。终非全书，兼疑非罗公真笔。及观兹刻，回数倍前，始终结构，备人鬼之态，兼真幻之长，缑山先生所称，或在斯乎？余尤爱其以伪天书之诬，兆真天书之乱，妖由人兴，此等语大有关系。闻此书传自京都一勋臣家

1

抄本，即未必果罗公笔，亦当出自高手，非近日作《续三国》《浪史》《野史》等鸥鸣鸦叫、获罪名教者比，永可列小说名家。故贾人乞余序也，而余许之。

泰昌元年长至前一日陇西张誉无咎父题

「引 首」

国泰时平，月白风清。兴来时酒盏频倾。茫茫今古，一局棋枰。看几人争，几人败，几人成。　　休逞英雄，莫弄聪明。生一事，一害还生。满盘算子，交付黔赢[1]。只得顺他来，顺他止，顺他行。

这篇词名为《行香子》，大概说人穷通有命，只宜安分，不可强求。且如读书等辈，有高才绝学，辛苦一生，未遇知己，终于沦落。又有小小年纪，才学诌得几句，尚未成章，便联科及第去了，千人喝彩，万人夸强。若是不达的，就说试官没眼睛，皇天没耳朵。却不知那小小年纪的，或是前生读书行善，积下今生，早享荣贵。所以古人说得好：要知前世因，今生受者是。又道：一饮一啄，莫非前定。若是数合承当，为王称帝也是等闲。比如宋太祖陈桥兵变，一朝黄袍罩体，不费丝毫气力，子子孙孙安享三百余年天下，岂不是个天命？若是命中没有时节，眼盼盼看着一个铜钱，

1　指造化之神。

到拾起时，还要变了个柿蒂。可笑那一种最没挞煞[1]、歪肚肠、空脑子的人，痴心妄想。如唐末进士黄巢，一个及第也挣不来，却想要做皇帝，杀人百万，流血千里，后来被其甥林言所诛，遗臭于万年之下。又如汉末黄巾贼首张角，依着左道，招引三十六方之众，一时俱叛，自称天公将军，亦为皇甫嵩所破，弟兄三人俱死无葬身之地。那两个人便搅坏了汉唐两家的社稷：汉家天下，分为三国；唐家天下，变做梁朝。这也是两家国运将终，天使其然，不在话下。还有不达时务的，遇国家全盛的时节，也去弄一场把戏，不能个称孤道寡，只落得身首异处，把与后人看样，则今《三遂平妖传》这本话头便是。有诗为证，诗曰：

饮啄由来总是天，须将行素学前贤。
饭蔬饮水真吾分，食禄乘车亦偶然。
纸虎狗形空费笔，井蛙龙势岂安眠。
请看《三遂平妖传》，祸福分明在简编。

1　无聊，糊涂，没正经。

「目 录」

1

第一回 | 授剑术处女下山
盗法书袁公归洞

生生化化本无涯，但是含情总一家。

不信精灵能变幻，旋风吹起活灯花。

话说大唐开元年间，镇泽地方，有个刘直卿官人，曾做谏议大夫，因上文字打[1]宰相李林甫不中，弃职家居。夫人曾劝丈夫莫要多口，到此未免抢白几句。那官人是个正直男子，如何肯服气？为此言语往来上，夫人心中不乐，害成一病，请医调治，三好两歉，不能痊可。

忽一日夜间，夫人坐在床上，吃了几口粥汤，唤养娘收过粥碗。只见银灯昏暗，养娘道："夫人，且喜好个大灯花！"夫人道："我有甚喜事？且与我剔去则个，落得眼前明亮，心上也觉爽快。"养娘向前，将两指拈起灯杖打一剔，剔下红焰焰的灯花蕊儿，落在桌上。就灯背后起阵冷风，吹得那灯花左旋右转，如一粒火珠相似。养娘笑道："夫人好耍子，灯花儿活了！"说犹未了，只见那

---

1 攻诘。

灯花三四旋，旋得像碗儿般大一个火球，滚下地来，聒的一响，如爆竹之声，那灯花爆开，散作火星满地，登时不见了。只见三尺来长一个老婆婆，向着夫人叫万福："老媳妇闻知夫人贵恙，有服仙药在这里与夫人吃。"那夫人初时也惊怕，闻她说出恁样话来，认做神仙变现，反生欢喜。正是：药医不死病，佛度有缘人。

当时吃了她药，虽然病得痊可，后来这婆子缠住了夫人，要做个亲戚往来。抬着一乘四人轿，前呼后拥，时常来家聒噪。遣又遣她不去，慢又慢她不得。若有人一句话儿拗着她，她把手一招，其人便扑然倒地，不知什么法儿，血沥沥一副心肝，早被她擎在手中，直待众人苦苦哀求，她才把心肝望空一撒，自然向那死人的口中溜下去，那死人便得苏醒。

因此一件怕人，刘谏议合家烦恼，私下遣人踪迹她住处，却见她钻入莺脰湖水底下去了。你想莺脰湖是什么样水？那水底下怎立得家？必然是个妖怪！屡请法官书符念咒，都禁她不得，反吃了亏。直待南林庵老僧请出一位揭谛尊神，布了天罗地网，遣神将擒来，现其本形，乃三尺长一个多年作怪的猕猴。那揭谛名为龙树王菩萨，刘谏议平时供养这尊神道，极其志诚，所以今日特来救护，斩妖绝患。诗曰：

> 人生切莫畜猕猴，野性奔驰不可收。
> 莫说灯花成怪异，寻常巨耐是淫偷。

那猕猴似人之形，性最灵巧，就是寻常爬窗上桌、开盘倒瓮、扯袖牵衣、搔虱子、弄鸡巴，气质十分不雅。况且多年，岂不作怪？又有长大一种，其名为猿，尤为矫捷。那猿内又有一种通臂的，两臂相通，随他伸那边一只臂，这边一只就缩进去，做一条臂膊舒将出来，所以善能缘崖登木。人若把箭去射他时，右来右接，左来左接，近来近接，远来远接，全然不怕。还有年深得道的，善晓阴阳，能施符咒，神通广大，不可尽述。怎见得？但见：

> 生居申位，裔出巴山。生居申位，申阳宫子孙聚居；裔出巴山，巴西侯宗族繁衍。柔肠易断啸月明，谁不含悲？长臂能通登树杪，何愁善射？数学传风后，谁知是前代历师，刀法授云长，错认做人间剑侠。神通却似降龙祖，变化平欺弼马温。

话说春秋周敬王时，吴越交争。吴王夫差围困越王勾践于会稽山之上，亏得下大夫文种，卑词厚礼去请行成，吴王依允，将越王夫妇摘去冠服，囚于石室之中，替吴国养马三年，方始放回。越王一心要报此仇，想吴国有鱼肠之剑三千，难以抵敌。有上大夫范蠡献计，挑选六千君子军，朝夕训练；访得南山有个处女，精通剑术，奉越王之命，聘请她为教师。那处女收拾下山，行到半途，逢着一个白发老人，自称袁公，对处女说道："闻小娘子精通剑术，老汉粗知一二，愿请试之。"处女道："妾不敢隐，但凭老翁所试。"袁公觑着树梢头，透出一竿枯竹，踊身一跳，早已拔起，撇向空中坠下。那根竹迎着风势，聒喇一声折作两段。处女接取竹梢，袁公接取竹根，袁公就势去刺那处女，那处女不慌不忙，将竹梢架住，转身刺着袁公。袁公飞上树梢头，化为白猿而去。原来处女不是凡人，正是九天玄女化身，因吴王无道，玉帝遣玄女临凡，助越亡吴。那袁公是楚国中多年修道的一个通臂白猿，因楚共王校猎荆山，他连接了共王一十八枝御箭，共王大怒，宣楚国第一善射有名百步穿杨之手，唤做养由基，前来射他。白猿知养由基是个神箭，躲迷不及，一溜烟走了。共王教大小三军围住山头，搜寻

无迹，把一山树木放火都烧了。至今传说楚国亡猿，祸延林木，为此也。那白猿从此躲入云梦山白云洞中，潜心修道，今日明知玄女下降，故意变作袁公，试她的剑术。后来处女见了越王，教练成了六千君子军，也不回复范蠡，也不拜辞越王，径自飘然而去。有诗为证：

> 玄女神机岂妄投，六千君子只凡流。
> 要知天上些须妙，已是人间第一筹。

话说处女下了南山，来于越国，那时有越王差来迎接人众，香车宝马，自不必说。今日不辞而去，未免独自一身，半云半雾，行至旧路，只听得茂林之中一声叫"玄女娘娘"，一声叫"师父"。处女按住云头，将慧眼打一看时，原来正是袁公双膝跪于路旁，手捧着一个石盘，盘中列着四般长命果，口中只叫道："师父，可怜弟子一片诚心，收留教诲则个。"且说那四般果子，是榛子、松子、榧子、核桃。假如东南橘、柚、杨梅，西北林檎、梨、枣，此等并为佳品，要之只算时新，不堪长久。只有那四般，藏在壳内，风吹不干，雨打不湿，久而如新，所以谓之长命果，永为山家之积粮也。后来丹青家有个《白猿献果图》，正此故事。当下袁公放下石盘，连连磕头，又唤道："师父是必收留弟子，生死不忘。"处女被他识破是九天玄女娘娘化身，道："这畜生眼睛倒也利害。"又见他十分志诚，便将他所献四般长命果，每一件取他一个，这是领他的情处，其余都向空中抛散，做个布施功德。当下袁公就茂林中，端端正正，拜了八拜，玄女受了，向袖中取出圆眼般大两个弹丸儿，付与袁公。袁公将双手接着，安放掌中，看这弹丸儿时白色，如铅铸成，不甚光彩。袁公口虽不语，心中疑惑，想道：若是粉做的两个团子，倒好充饥；便是银打的，也不上二两多重，不值甚事；若只是两个铅弹儿，我老袁又不学打弹，要他做什么？这里心下踌躇，那边玄女早已知道，便向那弹丸上吹一口气，叫声："疾！"只见放起光来，须臾之间，左一跳，右一跃，如两条金蛇缠绕盘旋，只在头上颈下一往一来，迸出寒光万道，冷冽难当；耳中如闻千刀万刃击刺交加之声，吓得袁公紧闭双眼，口中只叫："好师父！弟子已知师父神威，饶恕俺则个。"原来这两个弹丸，就是仙家炼成雌雄二剑，能伸能缩，变化无穷，若摄了光时，只如两个铅弹相似，倘然动弹起来，能于百万军中，横行直撞，来如箭，去如风，所以仙家飞剑斩妖，百发百中。今日玄女只是小小弄个神通恐吓袁公，虽然利害，只削去了些头毛眼毛，其他并无伤损。若心不至诚时，一万颗头也取下来了。玄女当时把袖一拂，摄了剑光，依然两个铅弹丸儿，收入袖中去了。袁公才敢开眼，吓出了一身冷汗，半晌开不得口；从此死心塌地跟随玄女直至南山，终日摘花献果供养。玄女怜他小心谨慎，把剑术尽传与他。袁公依样炼成雌雄二剑，收藏袖中，亦能变化，欢喜不尽。

此时越王已将君子军六千，直入吴国，灭了夫差，独霸江东，思想起处女前功，再遣人于南山寻访，更无踪迹，即命建仙女祠于南山之上，岁时祭祀不绝。你道为何寻访不着？这里越国成功，那边玄女便上天回复玉帝去了；况且神仙妙用，要现便现，要隐便隐，亦非凡人之可测也。

且说玄女带袁公上天，朝见了玉帝。玉帝见袁公好道，封为白云洞君，教他掌管着九天秘书。何谓秘书？但是人间所有之书，不论三教九流，天上无不备具，则这天上所有之书，人间耳未闻目未见的，也不计其数，所以总唤做秘书，有金匮玉箧收藏。每年五月端午日，修文舍人来查点一次，此乃修文院之属官也。袁公虽然掌管，奉有天条禁约，等闲也不敢私自开发。忽一日间，正值西天金母蟠桃胜会，玉帝引着一班仙官将吏，都往昆仑山瑶池赴宴。怎见得？有古风一篇为证：

> 昆仑乃在赤水阳，古称地首天中央。
> 星辰隔辉挂天柱，日月引避行其旁。
> 瑶房积石开玄圃，宝树琪花颜色古。
> 中有蟠桃万丈高，含蕊千年才一吐。
> 千年结实千年熟，渥丹斗大如红玉。
> 此时王母开寿筵，十万仙真共欢祝。
> 寿筵高启碧琳堂，凤钧鸾舞纷回翔。
> 玉童前驱执羽盖，灵妃后列吹笙簧。
> 琼浆饮罢颜婀娜，玉盘托出神仙果。
> 食之寿与天地齐，安得偷尝一二颗。

袁公虽云修道，未证仙果，且是天宫有执事的人员，因此不得随行。他本是个最好吃果子的，闻说蟠桃如斗之大，三千年方始开花结果一次，吃此桃者寿与天齐，如何不口内流涎。心中纳闷，袖中取出两个弹丸儿，吹口气，喝声："疾！"化成雌雄二剑，左一跳，右一跃，戏舞了一回，将袖儿一拂，摄了剑光，依旧收藏袖内。正在无聊之际，猛然想起，自家掌管着许多秘书，未曾展玩，今日且偷看一会便怎地？一头说，一头便把双眼溜去，只见那金匮玉箧，都编得有三教九流门类字样。袁公觑着许多儒字号，口中喃喃地道："那秀才买卖，莫去缠他。"指着佛字号，又道："那黄脸老儿，也不好相处。"看到道字号，道："这是我老袁的本业。"中间一个小小玉箧儿，面上横着无数封记，原来这箧儿每年修文舍人来检视时，加上御封一道，只见封不见开。袁公暗忖道：这重重封记，必有妙处。扯开御封，把双手去揭那箧盖时，却似一块生成，全然不动。袁公连叫作怪，若是铁打的箧儿，只恐年远锈结了，这是美玉琢成的，直恁牢紧，不知哪个玉工做下的，若与老袁商量，再细细光去一层，便好开闭了。说罢，抖擞平生的精神，又去狠揭一下，那玉箧儿恰似重加钉钉，再用金熔，休想动得半毫。

看官听说，若是别个猢狲两番揭不起，未免焦躁，拿起手一丢一丢，脚去踏，头去撞，都是有的；那袁公毕竟多年修道，火性已退的，如何肯造次。当下慌得他双手儿捧着玉箧，屈下两只毛腿，叫道："吾师九天玄女娘娘，保佑弟子道法有缘，揭开箧盖，永作护法，不敢为非。"连叩了三四个头，爬起来，把玉箧再揭，那箧盖随手而起，内有火焰般绣袱包裹。打开看时，三寸长，三寸厚，一本小小册儿，面上题着三个字，叫做"如意册"；里面细开着道家一百单八样变化之法，三十六大变，应着天罡之数；七十二小变，应着地煞之数，端的有移天换斗之奇方，役鬼驱神的妙用。袁公心下大喜，道："只此一书，够我老袁受用矣！一世从师受道，今日到手时，还是我自家检得，正是：早知灯是火，饭熟已多时。"

袁公手中捻着本如意册儿，长啸一声，飞下云端，径往云梦山白云洞中钻去，那里猿子猿孙和着一班猴猳猱獶之类，跳舞欢欣，都上前拜见。袁公道："我今日得了天书，做个传法教主，得道之日，你们一个个都做真仙。便教把洞中两边峭壁，与我削平，我有用处。"众畜听说传法与他，哪个不踊跃向前，凿的凿，磨的磨，霎那之间把两壁弄成一片镜面相似。袁公取出笔墨来，放石桌之上，磨得墨浓，蘸得笔饱，向西边壁上写着三十六天罡大变法，又向东边壁上写着七十二地煞小变法，却教众畜动起锤凿，刻成三分深字样。袁公笑道："人说天上无私，缘何也有个秘书？你

做三十三天老大皇帝，直恁私刻，我老袁且与人为善，你们众弟子孩儿，要学法的尽着去学。"众畜道："苦也！俺们怎得理会？全仗老公公教导。"袁公道："丫头做媒，自身难保。我老袁但能记诵，尚未得手哩。且慢，消停等他半月十日，玉皇老头儿不言不语时节，我老袁给个宽假，到于本洞，逐节与你们演习。"说犹未了，只听得轰轰的一片声响，众畜道："雷鸣了，想是天变也！"袁公道："这不是雷鸣，乃是天门上报鼓响。凡天宫有刑狱问断之事，便鸣着报鼓，儒书上所谓鸣鼓而攻也。你们紧守洞中，我老袁且上去点个卯，探听个消息。"说罢，踊身一跳，早出洞口，冉冉望天门而上。只此一去，有分教：袁公犯一款不赦的天条，设一重不轻的法愿。正是：会施天上无穷计，难免今朝目下灾。毕竟不知此去吉凶如何，且听下回分解。

第二回

修文院斗主断狱
白云洞猿神布雾

茅山万法总虚浮，如意从来不可求。

宝册谁人能会取，刻时羽化上瀛洲。

话说玉帝在瑶池宴回，守天宫的执事人员都来接见，单单不见了袁公，有修文院舍人祢衡字正平起奏道："白云洞君私发秘书，窃了如意册下界已七日矣！"玉帝大惊道："这如意册乃九天秘法，不许泄漏人间，只因世上人心不正，得了此书必然生事害民，那畜生兽心不改，有犯天条，不可恕也！"当下鸣起天门报鼓，百神俱至。玉帝传旨，命雷神丰隆遣本部雷公电母，火速下界，擒袁公赴修文院，仰本院舍人会同北斗真君，鞫问正法。

却说袁公正到天门打探，闻知此信，自言自语道："哪个多嘴饶舌的，闲在那里不去打瞌睡，却去报新闻，搬起这样是非。我且把如意册包裹停当，仍旧放在玉篋里面，临时与他白赖则个。"一头走，一头伸手去摸那袖儿，却是一个空袖，吃了一惊，原来放在石床上，不曾带来，慌忙拨转云头，回到白云洞中。这伙猿子猿孙，见袁公转回得快，一拥前来问信。袁公此时哪有心情回答他一言半字，舒着双臂拉开，径奔石床上，取了如意册儿，复身复上天门。正撞着雷公电母一群圣众，驾着雷车，飞奔前来。电母便将闪电乱掣，火鞭飞舞，金蛇走跃。袁公大惊道："这婆子好利害哩！也倒晓得几分剑术！"正要探取雌雄二丸与她赌斗，只见雷部谢仙等众击起连鼓，如山崩地塌之声，四围雷火焰焰烧着，把袁公分明困在火城之中，险些儿燎去了皮毛，吓得袁公掩着耳，闭着眼，口中叫道："列位有话好讲，不要出粗。"雷公道："奉上帝法旨，与你取讨如意册，有无自到修文院中回话。"袁公连声应道："有，有，有。"心中暗想道：既是上帝有旨来拿我，如何却到修文院去？想是着我寻取原书，这修文院自我老袁自家屋里，只消我出诸袖中便了。此时十分惊恐已自放下了七八分，况且眼见得雷部神通怎敢违抗。当下谢仙取铁链套在袁公颈上，乘着雷车，顷刻进了天门，径投修文院来。正是：青龙共白虎同行，吉凶事全然未保。

且说那修文舍人祢衡，早已升座，怎生品格？有《西江月》为证：

作赋平欺时彦，挟才敢傲王侯。怀中刺敝不轻投，只有孔杨好友。　　鹦鹉洲前梦惨，渔阳鼓里声愁，一生刚正表清流，天府修文职受。

不多时，只见旌幡宝盖，簇拥着北斗星君到来，怎见得？亦有《西江月》为证：

七政枢机有准，阴阳根本寒门。摄提随柄指星辰，斗四杓三一定。　　天道南生北杀，七公理狱分明。招摇玄弋拥前旌，不数人间法令。

当下修文舍人降阶接入行礼，让星君坐于上首。这里雷公电母将袁公解进修文院来交割，一面缴还帝旨，自回本部去了。却说袁公被一番雷电闹吵得不耐烦，到得本院，如醉如梦，左右吏卒，押他跪于阶下，高声禀道："拿到偷书贼当面！"袁公抬头一看，只见两行摆列得旌幡齐整，棍棒森严。觑上面时，端端正正坐着两位问官：右首修文舍人，是本院职掌，还不在意；左首皂衣玉简，分明认得是北斗星君！这一惊非小，原来南斗注生，北斗注死！随你颜回杨乌这般寿夭，若求得南斗星君添上几竖几画，便活到一百九十，阎罗天子也不敢去想他会面；倘惹着北斗星君性气，把笔尖略动一动，登时了却性命，便是玉帝御旨降一千道赦书，也休想他起死回生！今日这一番多凶少吉，如何不惊恐？

当时袁公不等上面开言，双手擎着如意宝册献上，连连磕头，只称死罪。北斗星君喝道："业畜！你擅启天封，私偷秘法，比监守自盗加等，合当拟斩！"袁公只叫饶命，磕头不已。祢衡舍人问道："你有无泄漏天机？从实说来！"袁公道："我老袁一生不作诳语，那如意册上诸般变化之法，已整整齐齐镌在白云洞两旁石壁上了，若说泄漏，委是不曾见个生人之面。"星君暗暗想道：这畜生倒也老实。又喝问道："你把秘册镌在石壁，是何主意？"袁公道："常闻说上帝无私，偏不信有个秘字；既说个秘，便不消留下文书；既留下文书，便是要流传万古。玉帝匣藏，我老袁石刻，同是一般意思。"舍人喝道："畜生休得强辞夺理！"袁公慌忙叩头，连称死罪，道："我老袁一生愚直，只是据理自陈，岂敢强辩。"舍人道："闻得这玉箧是天庭法宝，有三不开：无混元老祖法旨不开，无九天玄女娘娘法旨不开，无玉帝法旨不开。你这毛畜，如何开得？"袁公道："起初时，实是三番两次展开不得，末后志心皈命吾师九天玄女娘娘，保佑弟子道法有缘，永作护法，不敢为非，这箧

修文院斗主断獄

盖就登时揭起。若到底揭不起时，我老袁也罢了，终不然唤个碾玉匠碾开来看。早知天条如此严禁，玄女娘娘也不该作成我这个罪名。往时常恨着世路狭窄，每每在一封柬帖、一篇文字上，坐人罪过，不道天庭浩荡，为这三寸长短小小册儿，不鉴我好道之心，翻坐以偷书之贼，悔之无及，死不甘心。"祢衡舍人听说到世路狭窄几句，愀然动色，想着自家得罪于刘表，也只为着孙策一封书上；况且生性刚直，见袁公情辞慷慨，涕泪交下，心中十分不忍，向着北斗星君道："这毛畜所言，尽自可听，论起道法流传，也有因缘在内；况是九天玄女娘娘高弟，有烦真君同在玉帝面前保奏，许他改过自新，不知真君意下如何？"星君道："原是先生属下人员，但凭裁决，只是这番鞫问，百神尽知，也须成个招词，以便复奏。"舍人道："真君之言甚当。"便教左右将纸笔墨砚付与袁公。袁公此时已知舍人有心出脱他罪过，欢喜不胜，连忙取笔写道：

供状：袁公不知年岁，向在云梦山白云洞住居修道，因本师九天玄女娘娘举荐，蒙帝恩封为白云洞君，掌管九天秘书，属修文院，典守多年，并无过失。近因九天仙真俱赴蟠桃寿宴，自念道微德薄不得从行。不合私发天封，欲窥秘册，两遍揭取筐盖不遂。志心祝祷本师九天玄女娘娘保佑，方始开筐见书。妄意天上无私，欲作人寰不朽，辄将册文镌于白云洞壁，缘法自信，专擅难辞，然皆好道本心，并无丝毫邪念。倘蒙赦宥，情愿专心护法，不敢妄泄凡人。如有违心，天诛甘受。所供是实。

北斗星君看罢供招，笑道："倒好说得身上十分干净。"袁公跳将起来说道："我老袁不但身上干净，心里也干净，说一是一，说二是二，不比他人言三语四。"舍人和左右都笑起来。

当下星君和舍人起身，引着袁公径到灵霄宝殿，回奏玉帝道："袁公罪犯虽深，情词可悯；况且混元老祖曾遗下四句云：玉箧开，缘当来；玉箧闭，缘方去。缘者，袁也，或者袁公有缘，所以玉箧自启。他既无邪心，宜看九天玄女面上，从宽释放为便。"玉帝准奏，免其死罪，革去白云洞君之号，改为白猿神，着他看守白云洞石壁。先发下天符一道，着本境城隍土地，逐去猿子猿孙，一切党类，十里之内，不许停留，单单只容一个袁公居住。如若妄传凡人，生灾作耗，一体治罪。袁公谢恩已毕，玉帝传旨，将御前白玉宝炉赐与袁公。这炉名为自在炉，若袁公在洞修行时，炉中香烟缭绕，自然不断，直透天门；倘或袁公离了洞门，香烟便熄。分明把炉中这点真火，降住袁公的野心，使他不敢散乱。袁公又谢了恩，奏道："臣所居云梦山白云洞，虽则险僻，却与尘世未尝隔绝。闻仙官张楷能作五里雾，愿乞天恩借来，遮掩洞门，庶免外人窥瞰。"玉帝准奏道："若要雾不须烦仙官矣。"便唤掌天库的，取一件稀奇无价之宝出来。这宝名为雾母。原来上界有四母，都是天生至宝：第一是气母，藏着先天一气，大千世界，转轮其中，即今弥勒祖师手中提着的布袋便是。有诗为证：

和尚肚皮如瓮，眼儿笑得没缝。
布袋早暮提携，手中不知轻重。
问渠袋有何物，一气阴阳妙用。
笑他世界众生，裤内虱虱乱动。

第二是风母，藏着八方风气。怎见得？东方滔风，南方熏风，西方飙风，北方寒风，东南方长风，东北方融风，西南方巨风，西北方厉风。这八风消息于风囊之中，风伯飞廉掌之，亦有诗为证：

人间尚有司风史，况是天庭岂无主。

鹿身蛇尾号飞廉，风伯从来功配雨。

少女前驱孟母狂，折丹指点封姨忙。

纵使扶摇千里势，不离嘘吸一风囊。

第三乃云母，乃混沌初分时，山川之气所结。团团如华盖相似，其云五色不一。若岁时丰稔，云色则黄；有兵寇，云色则青；有死丧，云色则白。黑云主水，赤云主旱。若五色葱青，此为祥瑞之征。云师屏翳掌之。亦有诗为证：

白衣苍狗虽无意，红蕊金翘亦有征。

假使云师无职掌，保章云物辨何因。

第四是雾母，状如一副布帘，约长八九尺，亦名雾幕。才展开些子，分明是初启蒸笼一般，热腾腾喷将出来。若展尽时，弥漫百里，把个乾坤都昏罩了。及至卷起，却似水中吸桶，那雾气即渐收藏。

当先轩辕黄帝在位时节，有一个诸侯最为无道，名曰蚩尤，他得了这个雾幕，能致大雾。又创造刀戟、大弩，自恃天下无敌手，鼓众造反，要夺黄帝的天下。黄帝与蚩尤大战于涿鹿之野，一军都被雾气迷惑，东西不辨，三日三夜，不能取胜。赖得九天玄女下降，授黄帝阴符秘策，造成一车，名指南车。车上站一个木人，木人伸一只手，手伸一个指，随你车儿左旋右转，这木人一手一指，准准的对着南方。当下遂破了蚩尤，追而斩之。其血流地，变而为盐，只今陕西庆阳府城北盐池便是。因他创造兵器，罪业深重，故令万世百姓，食其血也。这雾幕是九天玄女收得，献上玉帝，收藏天库。亦有诗为证：

> 黄帝神灵是圣君，蚩尤狂恶亦凶星。
>
> 不将雾幕归天库，安得天开日月明。

后人又有诗云：

> 四母珍奇古未闻，谁知天界假和真。
>
> 风云聚散阴阳理，不道成形各有神。

此诗是驳那气母、风囊、云盖、雾幕四件奇宝，乃荒唐之说，不知此乃坐井观天、浅见薄识之辈。假如镜能取火、蚌能出水、猛火生风、蜥蜴致雹，在世间的，多有奇奇怪怪、不可思议，何况天界事情。

则今闲话休提。且说玉帝见袁公一心护法，并无虚诳，且是九天玄女弟子，就取这雾幕交与袁公，以为洞口永镇之宝。嘱咐道："此幕只可展开尺余，便有十里雾气，不可全展，恐于世人不便。"又道："你自今改过迁善，专心修道，还有上升之日；不然，天诛不赦，永堕无间地狱矣。"袁公不住口地唯唯，拜辞了玉帝。当下修文舍人再拜，奏请御封，仍将玉箧封记，供养本院。北斗星君亦拜辞而出。袁公又往修文院拜谢了舍人，往北斗司拜谢了星君，右手擎着白玉宝炉，左腋下夹着雾幕，离了天界，望着云梦山白云洞中钻去。那一班猿子猿孙，猴玃之属，已被本境城隍山神土地奉着天符驱逐已尽，袁公单单一身，不胜凄惨，且喜有了性命，又得了两件至宝，正所谓一悲一喜。便将宝炉陈设于石室之前，只见香气氤氲，直透九霄云外。又将雾幕展开尺余，悬于洞口，果然

白雲洞猿神
布霧

白气腾空，须臾之间，散成十里浓雾，把一个山洞如白面包裹，看不见洞外一些些子，想洞外看着洞中亦如此矣。袁公大喜道："世上事多半是有名无实，只这个洞名向来亦是虚传，今日才不枉唤做白云洞也。"说罢，复身到宝炉前，磕了四个头，以谢天恩。从此日日如此，不敢懈怠。每年五月端午日午时，便把雾幕卷起，到天庭，朝见玉帝谢罪一次，过了午时，仍旧还洞，又将雾幕展挂，内外隔绝，别是一个世界。那洞中倒也宽大，各色名花异果，四时不绝，也够袁公一身受用。

袁公自此只在洞中修真养性，闲时探取雌雄二丸，戏舞消遣。两壁虽镌着一百单八条变化之法，仔细参求，都是偷天换日、追魂摄魄的伎俩，其中却有豆人纸马、鬼刀神剑种种害人之术。袁公道："怪道玉帝十分秘惜，不许泄漏人间。这般法术，分明是金刚禅外道，与自家心性无与。早知如此，便不开得玉箧也罢了。"心下懊悔无及，取笔添数行字于石壁之后云："此系九天秘法，上帝所惜。倘后人有缘得之者，只宜替天行道，保国佑民。每年腊月二十五日夜半子时，衔刀披发，登屋跨脊，向北斗设誓：弟子某持法，于今若干年，并无过失，倘生事害民，雷神殛之。"共七十六字，照前镌就。说话的，这是甚意思？只因袁公在修文院成招，立下誓愿，恐后有得法之人，心术不正，带累非小。他自己曾经雷神擒拿、北斗星君勘问，所以说持法者通陈北斗，生事者受报雷神。腊月二十五日乃玉皇下降之辰，到此才见袁公本心好道，并无邪念也。然虽如此，依我说来，还是镌在石壁，多了这一番事。想缘会当然，所以天庭亦不曾教他销毁。只因这般，有分教：白雾岩中，再遇偷书之贼；红尘世界，忽生弄法之殃。正是：有事不如无事好，人心怎比道心闲。毕竟后来何人盗法，生出什么事来，且听下回分解。

第三回　胡黡儿村里闹贞娘
赵大郎林中寻狐迹

横生变化亦多途，妖幻从来莫过狐。

假佛装神人不识，何疑今日圣姑姑。

话说诸虫百兽，多有变幻之事，如黑鱼汉子、白螺美人、虎为僧为妪、牛称王、豹称将军、犬为主人、鹿为道士、狼为小儿，见于小说他书，不可胜言。就中唯猿猴二种，最有灵性。算来总不如狐，成妖作怪，事迹多端。这狐生得口锐鼻尖、头小尾大，毛作黄色，其有玄狐白狐，则寿多而色变也。按《玄中记》云："狐五十岁能变化为人，百岁能知千里外事，千岁与天相通，人不能制，名曰天狐。性善蛊惑，变幻万端。"所以从古至今，多有将狐比人的。如说人容貌妖娆，谓之狐媚；心神不定，谓之狐疑；将伪作真，谓之狐假；三朋四党，谓之狐群。

看官，且听我解说狐媚二字：大凡牝狐要哄诱男子，便变做了美貌妇人；牡狐要哄诱妇人，便变做美貌男子。都是采他的阴精阳血，助成修炼之事。你道甚样法儿变化，他天生有这个道数：假如牝狐要变妇人，便用着死妇人的髑髅顶盖；牡狐要变男子，也用着死男子的髑髅顶盖，取来戴在自家头上，对月而拜。若是不该变化的时候，这片顶盖骨碌碌滚下来了，若还牢牢的在头上，拜足了七七四十九拜，立地变作男女之形。扯些树叶花片遮掩身体，便成五色时新衣服。人看见他美貌华装，又且能言善笑，不亲自近，无不颠之倒之，除却义夫烈妇，其他十个人倒有九个半着了他的圈圊，所以叫做狐媚。不止如此，又能逢僧作佛，遇道称仙，哄人礼拜供养，所以唐朝有狐神之说，家家祭祀，不敢怠慢。当时有谚曰："无狐魅不成村。"此风到五代时稍息，然其种至今未尝绝也。诗曰：

> 世间事事皆成假，哪得妖狐独认真。
>
> 若使人情无假伪，妖狐应自得天嗔。

话说大宋咸平改元，真宗皇帝登极。那时民安国泰，自不必说。却说西川安德州有个梓潼村，村中住个猎户，姓赵名壹，原是败落大户人家，为他行一，人都称他赵大郎。那赵壹有个妻子，姓钱，是府中钱员外家生女儿，年方二十二岁，颇有颜色。赵壹靠打猎为生，那钱氏只在草堂中做些针指，帮家过活，禀性贞洁，人人敬重。一日出门汲水，谁知被一个妖狐窥见，那畜生动了邪心，要去引诱她；变做个俊俏秀才模样，穿一身齐整的衣服，每日只等她丈夫出门，便去到她门首，或立或坐，或时假装饥渴，讨浆讨水，引得妇人开口，他又故意插几句风话；那妇人心坚如石，全然不动，因此魅她不得。赵壹一连两日，在自己门首撞见了那秀才，见他踪迹有些奇怪，问他姓名，秀才答应道："在下姓胡名黜，在前村看书，闲步至此。"赵壹有心到前村访问，并无此人，愈加疑惑。

忽一日，钱氏早起梳妆，不见了一只定髻的银簪，衫儿、袖

胡黝兒村裡鬧貞娘

儿、笼儿、箱儿、减妆儿、被窝儿，各处都翻遍了，只墙角下有个老鼠穴，也点着灯照过几遍，哪有些影像。到午上煮饭熟了，揭开锅盖，这枝簪不歪不斜，插在饭锅中心，拔起看时，却又作怪，这滚热的饭锅里面，簪儿还是冷的。钱氏恐丈夫不信，瞒过不提。又一日早起下床，正要穿绣鞋，却不见了一只。赵壹道："想是猫儿衔去了，另换一双穿罢。"那日赵壹出门不多时便回，袖里摸出一只鞋儿与妻子看，问道："可是你的？"钱氏道："正是，哪里拾来？"赵壹道："在三里之外，一株石榴树上挂着，却不是怪事！"钱氏方才敢把银簪之事对丈夫说。赵壹道："此必山魈野魅所为，常言道：见怪不怪，其怪自坏。莫睬便了。"自是赵家怪异不绝，亦无伤损。夫妻两个无可奈何，只不理他，后来惯了，越不在意。

其时重阳节近，风高草枯，正是射猎的时候。赵壹和几个一般的猎户，驾着鹰犬，挂了弓箭，各执使惯的器械，出了梓潼村，到山中打猎。但见：

> 人人逞勇，个个夸强。逞勇的道，一箭可贯双雕；夸强的道，一人能毙二虎。嗥的嗥，叫的叫，声音凄惨，惊骇的无非是野兽飞禽；死的死，活的活，血肉淋漓，束缚的总只是披毛带角。鹰犬媚人偏作势，刀枪遇物本无情。只图多获作生涯，一任旁人呼鸟贼。

赵壹和众猎户打围，将晚，得了些獐、犯、鹿、兔之类，众人均分了。却欲转身，忽然山坳里赶出一群獾来，众猎户道："我们各逞本事，赶取那獾，先得者，众人出采相贺。"赵壹道："说得是。"叫几个没本事的庄户守着鹰犬。赵壹提一柄钢叉，同五六个好汉各执些枪棒飞奔上去。那一群獾被人赶急，四散走了，众人分头追赶。赵壹觑定一个绝大的猪獾，尽力赶去；约莫二三里路，那獾已不见了。赵壹心中不舍，跑上高处望时，只见那獾还在前山坡下乱草中，东跳西钻，要寻个孔洞藏躲。赵壹尽力又赶，转过了几个山坡，那獾走得没影，只见一头大角鹿，在坡下吃草，那鹿觉得人来便跑。赵壹道："虽赶獾不着，若得此鹿，也好遮羞。"慌忙脱下布衫，拴在腰里，飞奔下坡，赶了好一程，那鹿又不见了。只听得泉声乱响，赵壹跑得口渴，正要寻口水吃，看着几处涧水，都是小小去处，不甚洁净。依着流泉来路，挨寻上去，又行了一程，直到那山坳之中，一股清泉，如珠帘喷薄下来，下面有个水潭，潭内都是石子，一清彻底。赵壹放下钢叉，将手掬起，呷了几口，道："够了。"觉得天色已晚，提了钢叉，回身便走，却不知已来了二十多里之地。

此是九月初八日，日光才退，早现着半轮明月。正是乘兴而来，败兴而去，一步懒一步。约莫行不上一二里，月光之下，远远望见前面树林中，有些行动之影。赵壹站住脚头，定睛看时，却原来是一个野狐，头上顶了一片死人的天灵盖，对着明月不住地磕头。赵壹道："奇怪！常闻人说，狐能变化，莫非这业畜弄这道儿，我且悄悄看他怎地。"只见那狐拜了多时，赵壹望去，看看像个美男子，与先时所见胡黝秀才无异。赵壹道："原来如此。"不觉心中大怒，轻轻地放下钢叉，解下弓来，搭上箭，弓开得满，箭去得疾，看正狐身飕地射去，叫声："着！"正是明枪易躲，暗箭难防，正中了狐的左腿。那狐大叫一声，把个天灵盖掀将下来，复了原形，带箭而逃。赵壹一来天晚，二来心中也不免有些害怕，打个寒噤，不敢追赶，挂了弓，把布衫展开，披在身上，倒提钢叉，飞奔旧路而回。

却说众猎户向村中沽了些浊酒，煮熟了些野味，在山下凉棚内围坐吃着，等那赵壹的消息。一人说："大郎来得迟，一定被他得手了。"一人说:"两只脚赶着四只脚,也把稳不得。"一人说:"赵大手脚原自了得。"又一人说:"此时不见回,莫非赶不着獾,反被獾赶了去。"众人都在耍笑,内一个眼快的指道:"这不是他来了?"众人都走出凉棚迎着,只见赵壹空手而回。众人道:"我等已赶得两个狗獾烹煮在此,大郎何故许久方回,眼见得出采有分了。"赵壹道:"我虽赶不着这獾儿,却也撞着一桩异事,释了一段大大的疑惑。"就把狐精拜月被箭之事,说了一遍。众人道:"亏着老兄除了地方一害,似此说,我等反该出采相贺。"中间多有不信的,道:"赵大郎赶不着獾,却装这篇鬼话来哄我,我如何肯信,除是我亲眼看见方准。"又有个年长的道:"宁可信其有,不可信其无。"一面扯着赵壹进凉棚内坐着,把大碗斟酒送他,一面又引着几个狐狸精故事,与众人闲说。众人到底疑信相半。赵壹道:"我一箭射中他后腿,大叫而去,想必地下血点尚存可验,我等明日同去,就依着血迹寻取狐穴,料不是一个两个,尽数拿来,剥他皮做件袄子过冬,却不好么?"众人道:"如此再没话说,若果有些证见,我等出采相请。没有时,便是说谎,少不得扰你大大一个东道。"赵壹应允,当晚吃了一回,大家拿些野味回家去。

赵壹到家中,把前项事说与浑家,浑家口虽答应,心中也不十分决然。赵壹一夜无眠,巴得天明,便跳起身来,只听门前树叶乱响。赵壹道:"今日是初九日重阳信到,风起了。"推窗看时,只见绞得水出的一天乌云。赵壹性急道:"天变了,趁这未下雨时,我且扯众人去走一遭,回来早饭未迟。"忙忙地梳洗完了,穿上布衫,走到东邻西舍去敲他门时,一个个都还在床上翻身;叫得他起身,东家又等洗脸水,西家又等吃点心,把赵壹等得不耐烦。看看等下一天大雨,赵壹起初还只指望雨止,一口说:"不妨事,不妨事。"过一会儿,一发下得大了,料是行走不成,只得转回家里,吃了早饭，在草堂中坐着，两只眼睛呆看着天。这雨自朝至晚，何曾住点。有一篇《苦雨词》，单道那雨下得不称人心意：

雨儿，雨儿，下得好没挞煞。又不要你插秧，又不用你浇花；又不等你洗脸，又不消你煎茶。急忙忙不住点，为着什么？檐前溜，紧一番，慢一番，细一番，大一番，聒得人耳朵里害怕，心儿里愁绪如麻。把个活动动的人儿，都困做了笼中之鸟；就是跨下个日行千里的马儿，也讨不得出脚。日宫天子，你在何处闲耍？恨风伯偏不起阵利害的风儿刮刮。雨师啊，你费尽心力，有甚奢遮，只落得些咒骂。索性你下个无了无休，我倒也无说话。只怕连你也有厌烦的时节，这些浓浓淡淡的云儿，少不得收拾还家。劝你雨师啊，何不早一刻收拾了罢。

赵壹那时恨不得取一根几万丈的竹竿，拨断云根，透出一轮红日。又恨不得爬上天去，拿个几万片绝干的展布，将一天湿津津的云儿，展个无滴。浑家见丈夫晚饭懒吃，只是纳闷，蓄得两瓶好酒，打开暖下，把煮下的野味搬来与丈夫吃。赵壹不觉吃得烂醉，进得房来，衣也不解，袜也不脱，倒身便睡。直至四更方醒，抬起头来，已不听得有雨声，想是晴了。又挨一个更次，窗上渐有些亮光，赵壹起身便去推窗看天，还是乌洞洞的，且喜雨却住了。赵壹道："这些害睡痨的，此时还未醒，索性吃了早饭去不迟。"忙催浑家起身烧汤梳洗，安排早饭吃了，出门看时，又下着蒙蒙的细雨，赵壹道："这些狗毛雨，却不湿衣服，怕怎地。"行上几步，见地下十分泥泞，赵壹复转身来脱了袜，套上一双蜡底的脚屐。走到东邻西舍家去拉他们时，一个个都不肯动身，道："什么紧要！拖泥带水，跑许多路去，若果有野狐被你射着，此时正在害疮，料不连夜搬去，忙他怎的。"赵壹见去不成，又闷了一夜。

到第三日，天色晴明。赵壹道："今日料无推托了。"侵早先到各家去约了一声，回家早饭过了，又去东邀西拉。有几个老成的回了不去，道："这般半湿不干的地下，让你后生家走罢。"众人道："我们跟大郎拿得狐精，却来回话。"一行二十余人，各执器械。赵壹当先领路，弯弯曲曲，走过了多少山坡，众人已自走得个不耐烦。比及到了林子里面，各处搜寻，并无半点血迹，原来被这日大雨冲没了。赵壹也是这般解说，众人哪里肯信，道："这茂林之中，上有树枝遮盖，终不然雨冲得这般干净。就是血迹冲没了，少不得他的穴洞也在左近，如今哪里有个影儿！"赵壹引着众人，见神见鬼地寻觅了半晌，只管走远了去。众人道："呸！青天白日，打这样鬼官司，我等不去了，转去扰你的东道罢。"气得赵壹顿口无言，到得村中，你也道："赵大调谎。"我也道："赵大乱说，清平世界，什么狐精狐精，则赵大便是个说谎精。"至今人遇说谎的，还说是精赵，又说乱赵，都为此也。有诗为证：

妖狐拜月本为真，赵壹原非说谎人。
雨洗血迹无觅处，世间屈事有谁论。

赵壹回来，众人都到他草堂上坐定，要他出采做东道。赵壹无可奈何，只得将浑家几件衣衫，向解库解些钱钞，备酒与众人吃。连几个长年的都请来，众人咬嚼了一番。临起身道："既扰了大郎，今后别人问时，我们便答应一声有狐精也罢。"赵壹愈加不忿，从此更不提起射狐一节。

话分两头。却说被箭射的牡狐，是个老白牝狐所生。那老狐也不知年岁，颇能变化，自起一个美号，叫做"圣姑姑"，在这雁

趙大郎林中尋狐跡

门山下一个大土洞中做个住窟。这山东西两峰突起，其高接天，北来南去之雁，都从两山中间飞过，所以唤做雁门。这圣姑姑生下一牡一牝，牡的叫做胡黝儿，牝的叫做胡媚儿。原来狐精，但是五百年的，多是姓白姓康；但是千年的，多是姓赵姓张，这胡字是他的总姓。当夜圣姑姑同媚儿在月明之下，讲些丹术。只见黝儿拐着后腿，一步一颠，叫嗥而来。到得土洞边，便倒在地下打滚乱嗥。老狐上前观看，已知左腿上着了一箭，慌忙去拔时，这箭头入得深了。落得痛苦，全不动弹。圣姑姑心生一计，叫一声："儿子忍痛着。"屏一口气，将牙关紧紧地咬住箭杆，用双手把他的腿尽力一推，扑的一声，这箭杆便离了皮肉，抽出来撇在一边。那牡狐发昏去了。原来这箭，刚刚射中在腿弯里，筋络已被射断了两条，又且舍命挣回，跑了许多路，如何不死。圣姑姑对着流泪，唤媚儿一同抬他到土床上放下，经两个时辰方醒。这老狐也识得几味草头，煎汤洗治，全无功效。两日之后，看看待死。正在悲伤，忽想起益州城中有个太医姓严，诨名严三点，此人有起死回生手段。若求得他药来时，有何虞哉。吩咐媚儿好生服侍哥哥，自己扮做有病的老丐妇，提一条百节竹杖，径望成都府而来。只因这番，直教老狐平添一段的见识，重启无限的事端。正是：法若有缘终到手，病当不死定逢医。毕竟严太医如何用药，救得那小狐精否，且听下回分解。

第四回

老狐大闹半仙堂

太医细辨三支脉

从来子母钱无种，且喜君臣药有方。

若欲养生兼积德，虚心问取半仙堂。

话说益州有个名医，姓严名本仁，乃严君平之后裔。他看脉与人不同，用三个指头略点着，便知病源，所投之药，无有不愈，故此传出一个诨名叫做"严三点"。他原是太医院的御医，因景德年间，蒙召看李宸妃之疾，他伸着三指，只一点便走。宸妃只道他不肯精细用心，诉与真宗皇帝知道，真宗要治他不敬之罪，赖得众官保奏道："他得个异人传授，非常医可比。"虽然饶他的计较，毕竟不用他方药，逐回原籍。以此他就在益州行医，每月初五、十五、二十五这三日施药，不取分文。就是平日取药的，有药钱也不拒，无药钱也不争，所以其门如市。更有一件奇处，别人看脉，只看得本身的病患，就是精通得太素脉理，也只看得本身的贵贱寿夭。偏他三指一点，合家爷儿、娘儿、妻儿、女儿，但系至亲，有灾无灾，尽能悬断。便算命先生，排着十二宫星辰，细细推详，也没这样有准。只是他怕泄了天机，不十分肯轻易说。一日，州守相公伤了些风寒，接他去切脉。他点着了脉，便道："尊官所患，不须服药。只消浓煎六安茶一碗，乘热服下，到三更出汗，自然没事。且喜令正夫人，目下当有生男之庆。但令长子妇，秋间主有产厄。"州守相公大笑，想道：我夫人果是怀胎，或者衙内人露了个消息，他就撰文一句，奉承个男喜，也不见得。只是我儿妇在襄州家中，三千余里之外，有孕无孕连我也不知。况且媳妇的祸福，如何在公公脉息内看出，万无是理。当夜知州只一碗热茶，病便好了。后来夫人果产一男，知州也还道是偶中。十月内寄到一封家书，是他大公子亲笔，说他媳妇八月二十七日小产身亡。知州从此敬之如神，呼为半仙。以此外人又号为严半仙，其名天下闻知。有一篇词名《临江仙》，单道严半仙的好处：

> 世人切脉皆三指，输他一点仙机。合家休咎尽皆知，回生须勺饮，续命只刀圭。　　问切望闻俱不用，隔垣见腑非奇。从来二竖避良医，若教人种杏，花满锦江西。

却说老狐扮做有病的老丐妇，昼夜行走。到得益州城内，已知严半仙住在海棠楼相近。这日正是九月十五，轮该施药之期，恰好是知州生日，半仙备几个盒子，往州里贺寿去了。纷纷的看脉求药之人，何止百数，都四散等着。也有在海棠楼上去游玩，带看州前动静的。这座楼在州衙之西，乃唐时节度使李回所建，为僚佐燕游之所。四围遍植海棠，至今茂盛。每次新官到任，葺理一番，极是整齐。那婆子也无心观看，一径到半仙门首。只见门面是一带木栅，栅内有一座假山，四五株古桂。里面三间小小堂屋，匾上写"半仙堂"三字，这匾乃是知州所送。两旁挂板对一联云：切脉凭三点，服药只一剂。

婆子眼快，都看在肚里了。她拄着一根竹杖，只在对门檐下站着。直等到午牌时分，只听得人说道："来了！来了！"走到街上一望，只见半仙骑个白马，家童捧着一套大衣服和几个空盒子，从东而回。因知州留他早饭，所以回得迟了。众人等得不耐烦，三停里头也散了一停，又有一多子在州前伺候，随着马尾来的。半仙到栅栏门首下马，也不进宅，径在堂中站着。众人挨三顶四，簇拥将来，一个个伸出手来，求太医看脉，也有传说家中病源的。半仙挨次流水般看去，一面口中说方，一面家童取药。也有煎剂，也有丸剂，也有内科外科，十来个家童分头打发，不够两个时辰，都已散完。那半仙早是切脉凭三点，若依着平常医者，调起息来，糖饼般撞起日子，也看不了许多脉。又早是用药只一剂，依着时医动了药箱，便是两三袋、十来剂还未收功，随你茅柴一般堆起药料，千人包、万人配，也打发不开这起病人。半仙平日施药，只以午时为限，过午便不发药了。因今日出去回迟，特地忙到申时方毕。有诗为证：

神隐无如西蜀严，仙医仙卜一家兼。

只因乞药门如市，也学君平早下帘。

婆子见众人挨挨挤挤，明知自己有些跷而蹊之，古而怪之，不敢抢前，且暂在假山下打盹。比及众人散了，急跑上前，半仙已自进宅去了。那婆子还望他出来，呆呆地靠着栅门口死等。看看到晚，只见老管家手中拿一巨铁锁出来关栅门，婆子着了忙，迎上前去，深深道个万福。老管家道："你抄化也须赶早，如今关门闭户的时节，谁家这等便当，拿着钱米在门口等你布施。"婆子听说，双眼吊泪道："老媳妇不是抄化的，是求药的。"老管家道："就是求药，也有个时候。俺老爷忙了一日，才讨得半个时辰清闲，终不然为你一个老乞婆，坏了俺家的规矩。俺就是进去禀话，也干讨老爷嗔责。"婆子道："老身安德州居住，来路甚远，赶迟了些儿。只因有个奇症，求太医救疗，望老公公方便则个。救人一命，胜造七级浮屠。医家有割股之心，老公公若肯禀知太医一声，或者太医可怜见，肯出堂来也不见得。"说罢，一手撑着竹杖，一手扯住老管家的衣袂，屈着一只腿，跪将下去。老管家焦躁起来，发作道："你这老乞婆，好不睹事，这般与你讲明了，还要歪缠做甚。你便有奇症，料今晚也不死。就是皇帝老官儿敕旨宣召，好歹也等明日动身。"说罢，便把手扯起那婆子，攧她出去。那婆子双脚跳地，叫起屈来，惊动了里面严半仙，教个书童传话出来，问道："何人喧嚷？"婆子正待上前分诉，被老管家一手拉开，向书童说道："这老乞婆，人不像人，鬼不像鬼，这般时候却来问老爷取药，教她挨过一夜也不肯，好意劝她出去，倒叫起屈来。"书童道："哪里走来这老婆子，直恁不达道理，你又不是三次两次的好主顾，作成俺们进过钱的。又不是什么夫人小姐，便死了，只当少了一只老母狗。州守相公是一州之主，他取药也须按个时候，不敢敲门打户，你却如此撒泼放刁，快快出去便休。不出去时，惹恼我家老爷，写个三寸阔的帖儿，送你到州守相公处，只怕病倒病不死，打倒要打死。"一头说，一头帮着老管家，将手劈胸扯那婆子。那婆子发赖起来，大叫一声，把拐杖抛在一边，蓦然倒地，面皮渐黄，四肢不举。正是：

身似三秋坠叶，命如五鼓残钟。

纵然未必便死，目下少吉多凶。

老狐大鬧半仙堂

老管家见势头不好，倒埋怨起书童来，道："我老人家数说了她一番，你出来收科便好，也来助兴，骂她一场，又去推推搡搡，这病怯怯的婆子，如何当得！你自去禀复老爷，不干我老人家事。"书童也慌了，只得去报与半仙，如此如此。

半仙正在书房内静坐，听说大惊，慌忙走出前堂，到假山边看时，那婆子已被老管家唤醒，睁着双眼呆看，只不动弹。半仙教老管家扯起她右手，用三个通灵入妙的指头，向她寸关尺三支脉上一点，又教扯起她左手，一般点过。叫声："怪哉！此脉不比寻常。"便回身到后面公事厅里坐下，叫书童去唤老嬷嬷扶那婆子进来，我自有话说。老嬷嬷出堂对婆子说道："老爷道你脉气有些古怪，唤你进后堂来，有话和你细讲。"那婆子起先还直僵僵地躺在地下，一得了这个消息，分明似木做的跳虎拨动机括，一跳跳将起来。就地下拾起拐杖，也不用人扶持，把三步并做两步，闹松松地走进后堂去了，连老嬷嬷倒赶她脚跟不上，落后了几步。老管家看着笑道："这老乞婆原来会诈死，吓坏了人也。"

却说严半仙在后厅，明晃晃点着一枝蜡烛坐着。见婆子进来，慌忙屏去众人，唤她近前，问道："你哪里居住？"婆子道："老媳妇安德州人氏。"半仙道："你休要瞒我，我看你人之形、兽之脉，其中必有缘故。"婆子暗想道：好个先生，料是瞒他不过。见四下无人，慌忙跪下道："实不相瞒，身是雁门山下老狐，因慕半仙大名，特求诊脉。"半仙道："你的脉，我已知道了，你不害别病，只害些救儿女的病。"慌得婆子连磕几个头，方爬起来道："太医是真仙，何止半也。老媳妇亲生止存下一男一女，今儿子被人射伤左腿，只要死不要活。"便将黜儿箭疮利害，备细说了一遍。半仙道："疮却不妨事，只是筋骨已伤，便好起来，这左腿已比不得右腿，只怕要做个瘸子。"婆子道："若得了性命，便损却一只腿，也

太醫細辨三支脉

是小事。待儿子疮口合时，老媳妇还要率领他到恩官宅上拜谢。"半仙道："这个断不消得。我还有句话说，据你脉气，你女儿也有灾厄。"那婆子心头又像被棒槌捶了一下。她见半仙以前语语灵验，又说出这句话来，如何不慌？婆子连忙道："我女儿灾厄，当在何时，有烦恩官做个大方便，索性救取她则个，老媳妇生死不忘。"

半仙道："你女儿的灾厄，却有奇奇怪怪，连我也推详不出，也只在这一年半载上便见。大抵你们将兽假人，哄弄愚民；上无超形度世之学，下无惊天动地之术，一旦数穷命尽，鹰犬皆为劲敌矣。比如你儿子，早是射了左腿，若中着要害之处，虽卢医扁鹊，也只好道个可怜两字，似此却不枉了一死。我看你右手尺脉，命根牢固；左手寸脉，心窍灵通。大有道缘。况你等生于山谷，入世不深，七情六欲，牵累尚少。何不趁此精力未衰，求师访道，一家儿脱落皮毛，永离苦厄，岂不美哉！"只这一席话，说得婆子泪下如雨，又磕下头去道："多谢恩官指教。"半仙唤一个掌外科药的家童出来，吩咐取一丸九灵续命丹，又取两个膏药，各将纸来裹好，把与婆子，道："此丸用好酒调服，自然没事。只是箭既入骨，只怕箭镞还留在内，若不取出，一生在里面作痛。可将温水洗净疮口，将此拔毒膏贴上，待他紫血流尽，淌出新血来，然后换这神仙接骨膏，百日之外，便可行动。"又道："我方才嘱咐之言，都是好话，你须记取。"便唤老嬷嬷送她出去。那婆子接了药，谢了又谢，随着老嬷嬷出得前堂，撞见老管家还在那里守门，婆子又对他道个万福，起动莫怪。出了栅门，欢天喜地价去了。这里半仙心中也自骇然，更不向人说知。噫！此其所以为半仙也。有诗为证：

回生起死未为奇，兽脉人形哪得知。

心话一番终不泄，始知医术即仙机。

却说那婆子连夜逾城而出，路上买了一大瓶无灰的好酒，直到安德州雁门山下。这里黜儿呻吟不绝，媚儿寸步不离地伴他。哥妹两个，悬悬而望。一见婆子钻进土洞，欣喜无量。婆子将瓶酒烧得滚热，把这九灵续命丹用酒薄薄地调在瓷瓯里面，扶起黜儿将药灌下，又把些酒与他过口，如法将拔毒膏贴上患处。只见黜儿对着土床里面一觉睡去，足足有三个时辰不醒。婆子和媚儿守着看他，都道："他有好几日不曾合眼，这一番睡着，想是不疼痛了，这就见得药力。"看他腿弯里流下一堆脓血，膏药已自浮了，怕惊他睡，不敢动弹。少停，黜儿醒来，叫道："疮上好生奇痒难过。"婆子揭开膏药看时，脓血里面，隐隐露出一件东西，婆子将细草展净醒龊，把指爪去拨时，一个铲头箭镞随手而出。原来赵壹用的是个铲头箭，起初只拔出得箭杆，那箭镞刺入骨中，未曾出得，当时心忙意乱的，不及细看。到此方知半仙识见之高，亦见拔毒膏的妙处。婆子煎些解毒的草头汤，轻轻地与他洗净，只见骨损筋伤，肉开皮烂，淋淋地流出鲜血来，惨不可言。忙将神仙接骨膏烘开贴上，用些布绢之类，缓缓扎缚。过了一夜，明日又解开收拾一遍，如此七日，脓水便尽。从此不去动他，调养到四五十日，里面长出新肉来，筋络也就和顺，勉强挣揣得起。半眠半坐，不敢出土洞之外。到百日满足，去了膏药，全然不觉。只曾经膏药贴处，赤光光的精肉，半根毛也不生出来。行动之时，左腿比右腿已自短了二寸。婆子兀自欢喜道："严半仙说，只怕不免做个瘸子，今果然矣。可改姓名为左瘸儿，以识半仙之功。"自是唤做左瘸，亦名左黜，去了胡姓不用。

一日，左瘸儿出了土洞，闲走一回。走到林子里面，正是旧时中箭之处。想起一箭之仇，如何不报！特地跑回洞中，与母狐商议其事。那婆子正倚个土案坐着，闻说此语，忽然掉下泪来。你道为何？这便是母狐道缘深处。正是：富贵场中，反招阴阳之患；灾殃受处，翻开道德之缘。毕竟婆子说出甚话来，这瘌子的仇还报得成报不成，且听下回分解。

第五回

左瘸儿庙中偷酒
贾道士楼下迷花

仇报仇兮冤报冤，冤冤相报枉牵缠。

请君莫作冤仇想，处处春风自在天。

话说左瘸儿想起自家五体俱足，只为一箭之故，做了个瘸子，行动时右长左短，拐来拐去，好不像样，此仇如何不报！婆子道："冤仇宜解不宜结，你自不小心，把个破绽露在别人眼里，受这一场苦楚。天幸与严半仙有缘，救得性命，就损了一足，不过外相。当初七国时孙膑军师、唐朝娄师德丞相，也都是个跛子，便说上八洞神仙，也有个铁拐李在里面。我儿，这个不足为耻。"因提起严半仙三字，猛然想着他嘱咐之言，不觉凄然流泪。瘸儿道："娘，我依着你说话，不记怀便了，你却为何掉泪？"婆子道："凡得道者，神不能制，鬼不能祸，人不能伤。我等身无道术，只是装点人形，幻惑愚众，少不得数有尽时。万一此后再有三长两短，终不然靠着太医活命。况且严半仙说，我儿女俱有灾厄，不知到底做个甚样散场。"因把半仙劝她寻师访道的一席话，细述一遍，说得两个儿女毛骨悚然。

当下婆子便要离却土洞，出外求道。瘸儿媚儿都愿跟随。三个商量道："打哪一路去好？"瘸儿道："只有东京汴州，乃当今皇帝建都之地，花锦世界，人烟凑集，多有异人在彼。"婆子道："这般繁华去处，怕你们心神不定，惹出什么是非来。我闻得鄞州一带，有三江七泽之胜，你家祖公公传下四句道：要做法中王，除非到沔阳；要去法中弄，除非问云梦。云梦是两个泽名，正在沔阳，万山连绕。闻得其中有个白云洞，乃天书所藏，有白猿神守之。我等道法因缘若到，到彼必有所遇。"瘸儿道："常言出处不如聚处。东京是三教聚集之所，若到那里时，便不能个传道得法，看也看些好景致，吃也吃些好东西。"婆子道："说恁样话，就不是专心求道之人了。"媚儿道："此去鄞州甚远，哥哥现在一只腿不方便，要他跑许多路，不知何年可到。依我说，不如打永兴一路去，那里有西岳华山，是陈抟先生修行去处。我们一来在圣帝前烧炷香，二来就访陈先生，求他的五龙蛰法。其余终南、太乙、石楼、天柱几个名山，都是神仙来往所在，次第去游玩寻访一番，就是东京那里也七八近了。到了东京，又商议鄞州路道，却不是一举两得。"这瘸子听了此言，正合其意，连声道："妹子说得是。"一力撺掇，婆子点头依允。

当下瘸子扮个村农，媚儿扮个村姑，老狐惯扮做老贫婆的，自不必说。离了土洞，望西京一路而进。此时正是二月初旬天气，但见：

真山真水，名草名花。湾环碧浪，几行嫩柳舒眉；森耸青峰，数树夭桃露颊。双双粉蝶翩翩，对对蜻蜓点水。乍晴乍雨养花天，不暖不寒游玩日。踏青士女歌连袂，选胜游人醉解貂。

却说媚儿虽扮做村姑，自是妖丽。这瘸子行步不便，别人两步，他只一步，不时地落后去了，走不上十来里，便要歇脚，娘女两个，只得随他。每遇歇息处，村中女眷们，张姑李嫂，互相呼唤，聚集观看，都道："这一个老贫婆，倒有恁般好女儿，若肯把与人家做媳妇，百来贯钱钞也肯出。这瘸子不知是她什么人？"也有说："这瘸子必是老妇人的亲儿，这女子一定是养媳妇。"又有多嘴的上前问他，才晓得是哥妹，便道："一个店儿，搬出两样货来。同是这老妇人肚皮里出来的，男的恁丑，女的恁俊。"亦有轻薄子弟，故意盘问搭话，挨挨擦擦。媚儿也倒老成，总不理他，只低着头走路。以后缠得不耐烦了，只拣静僻所在方歇，一日只好行得五六十里。他三个本是个狐精，饥餐花果，渴饮清泉，夜间拣长林茂草中便住宿，路上就耽搁几日，不为大事。不比做人的出门，便有许多费用。就是日里吃一碗稀粥，夜间一条草荐，若没有几文钱钞在腰囊里，也盼不得到手。说到此处，反是畜生便宜。

三个狐精行了数日，且喜都遇却晴和天气。忽一日刮起大风，浓云密布，降下一天春雪。原来这雪，有数般名色：一片的是蜂儿，二片的是鹅儿，三片的是攒三，四片的是聚四，五片唤做梅花，六片唤做六出。这雪本是阴气凝结，所以六出，应着阴数。到立春以后，都是梅花杂片，更无六出了。这瘸儿好天好地，兀自一步一颠，况遇恁般大雪，越发动弹不得，只管叫苦叫屈。婆子道："此去离剑门山不远，那里好歹有个庵院，可以安身，说不得再挨几步。"当下摘些树叶顶在头上，权当箬笠遮盖。瘸子也不免把着滑，逐步挨去。约莫又走了两个时辰，看看望着剑门山相近。这剑门乃五丁力士所开，有《西江月》为证：

大剑插天空翠，嵯峨小剑连云。天生险峻隔西秦，插翅难飞过岭。　一自五丁开道，至今商贾通行。蜀王空自凿凶门，毕竟金牛没影。

未到山下，只见前面林子里面，隐隐露出红墙头出来。婆子指道："到这个所在暂歇，却不好？"三个努力走上前去，看那金字牌额，原来是座义勇关王庙。前面门道三间，中间朱门两扇，半开半掩。挨身进去，再看时，右一间塑个狰狞军汉，控着一匹赤兔胭脂马，左一间竖起一道石碑，两旁都有栅栏。第二层正殿三间，极其宏丽，一带朱红槅子闭着，殿前右边，砌一座化纸的大火炉，左边设一座井亭，四围半墙，朱红栏杆，只留个打水的道儿。婆子道："殿内必有道流居住，我们莫惊动他，只在井亭上安歇些时也好。"三个走进亭子，只见中间是个八角琉璃井，两旁都设得有石凳，三个刚才坐定，看这雪越下得大了。瘸子道："这天也会作弄人，又不是腊雪报丰年，没要紧下着许多做什么，我们也好没来由，哪见得死期就到，寻什么师，访什么道，如今受这般苦楚！"婆子道："当初达摩祖师面壁九年，藤萝穿膝，他只不动，那九年之内，不知受了多少雨雪，终不然有房子盖着他。这雨雪，是大概天时，哪在为你一个，你却抱怨他，不是罪过。"

说犹未了，只听得大门呀的一声开响，瘸子把眼向栏杆漏空处张时，只见外面走个人进来：头上裹着破唐巾，身穿百补褐袄，腰系黄绳，脚曳草履。你道是谁？正是本庙管香火的乜道人。那人一只手拿个雨伞，一只手提着一个绳络的大瓦罐子，约莫容得五六斤酒，口中喃喃地道："出家人却把酒当性命。这般大雪，要我村里去买这脓血，跑上了许多路。老天有眼，只教他吃了肚疼！"一头说，一头把伞和瓦罐子放下，却抬那大门闩子去撑门。瘸子心里想道："正在寒冷，得些酒吃也好。"这瘸子常时只是懒走，到此偏健，说时迟，那时快，出了井亭，做三四步拐去，早把

左癩兒廟中偷酒

那酒罐儿提起，嘴对嘴骨都都咽将下去，吃一个不亦乐乎。道人听得声响，回头看见，大喝道："哪里穷鬼！来这里做贼偷酒吃。我辛辛苦苦向村里多少路买得来，你却现成受用！"瘌子忙把酒罐放下要走，被道人劈脸打上一掌，打个翻筋斗，爬起来，拐着腿，向井亭乱跑。道人赶到井亭里面，只见娘儿女儿一窠子坐着。那婆子慌忙起身，道个万福，说道："我娘儿三口往西京省亲的，路中遇了大雪，权借此躲一时。我这村儿是个憨子，看老媳妇赔礼，莫计较罢！"道人正变着脸，还要发作几句，一眼瞅见婆子背后遮遮隐隐站个俊俏的女儿，心肠就软了，把这股热腾腾的气，撇向爪哇国里去了。忙改口道："你儿子忒不通理，做出恁般手脚，既是憨子，也罢了。只是吃去好多酒哩，怕里面师父问时，你老人家照样答应则个。"出了亭子，复身向前面栅栏边取雨伞，拍干夹着，提了酒罐，望大殿东廊下，嘻嘻地带笑而去。

这里婆子向瘌儿埋怨道："你直恁贪嘴惹祸，天罚你带个残疾，若生下两只快腿，连这石井栏子，都偷去换酒吃了。"媚儿取笑道："只这翻筋斗的本事，也换得酒吃。"瘌子笑道："虽然翻个筋斗，落得肚子里比你们暖和。"

正在说话，只听得廊下脚步响，里面走个后生道士出来。原来这庙中有个老道士，姓陈道号空山，年纪虽不上七十，得个痰火症，终日静养，吃饭屙屎，都只在房里，再不出门。只这后生道士便是庙主，他姓贾，道号清风，年方二十四五，虽是羽流，平生有些毛病，专好的是花酒。因这剑门山是个险僻去处，急切要见个妇人之面，也不能够。听得乜道说，有个俊俏村姑，在井亭内坐着，这罐子内酒多酒少，也不去看，连忙走出殿前，踏着雪地，一径到井亭内来，问道："你这一家眷属，哪里来的？"婆子道："老媳妇是剑门山下居住，至亲三口。因欲往西岳华山进香，途中遇雪，到此打搅。适来村儿不知进退，偷了些酒吃，老媳妇已埋怨他半日了，望法官休责。"贾道士道："这小事何妨，不劳挂怀。"两只眼睛骨碌碌觑定背后的小牝狐，魂不附体。怎见得？有词名《驻马听》为证：

> 堪羡村姑，两鬟乌云巧样梳。生得不长不短，不瘦不肥，不细不粗。芙蓉为面雪为肤，看她衣衫上下皆济楚。曾否当炉。相如若遇，错认了卓家少妇。

贾道士又道："这雪天出路，极是难为人的，你娘儿受过辛苦了。"瘸子跳起道："便是辛苦，再得口酒儿下肚方好。"婆子嗔着眼看他，便住了口。道士又道："这井亭也不是安身之处，日里还好，夜里风飐飐的，怎过得！殿后有洁净房子，来往客官常来借寓的。请老娘到里面去，煨些炭火烘烘这些打湿的衣服也好。"婆子道："不消得，胡乱过了一夜，明日便趱路的。"贾道士道："这天道，还不像晴的。况这里山路，不比别处，极是崎岖难走，便晴了雪，路上也还泥泞，我们兀自害怕，教这小娘子如何行动？这庙宇是个公所，就住上十来日，哪个要你房钱，只管等天晴了，日色晒几日，却上路也未迟。"婆子道："多谢法官，只是打搅不当。"道士道："说哪里话，谁个顶着房子走。常言道：与人方便，自己方便。就是枯茶淡饭，小道也供给得起几日，若不嫌怠慢，胡乱吃些，不用打火。"瘸子道："娘，难得法官如此好善，我们便在房子里住去，夜里睡着，也做个好梦。"婆子看着媚儿道："我儿心上如何？"媚儿道："但凭娘做主。"贾道士见她依允，欢喜无限，便道："小道引路了，随我进来。"

当下娘儿三口，随着道士从东廊下去，转过正殿，又过了斋堂，打厨下穿过，直到后边，只见两间新造的小小楼房，天井里种几株花木。三口儿到楼下站定，道士重新讲礼，一个个都作揖过，方才看坐。问道："老娘高姓？"婆子道："老媳妇姓左，这村儿原名左黜，为他损了一足，唤做左瘸儿。这小女唤做媚儿。"道士道："小道姓贾，贱号清风。今日不期而会，也是有缘。"婆子道："有掌家的老师父，请来相见则个。"道士道："家师老病，几年不见客了。方才殿后西边这小小角门里面，便是他的卧房。如今只是小道掌家。"婆子道："法侣共有几位？"道士道："还有个小徒，正月里丧了父亲，往俗家去了，未来。方才买酒的道人，姓乜，也是新进庙门不多时的。厨下还有个老香公，单管烧火煮饭。此外并无他人。三位一路来的，怕肚里饿了，有现成素斋可用些。"婆子道："不消得，带有干粮。"道士道："干粮留在改日路上吃。"

　道士连忙到厨下去，乱了一回，弄了些素肴面饭，叫乜道捧出，摆上一桌子，又向自房中取几碟干果，也摆着。婆子谢道："何劳盛设。"道士道："山中乏物款待，休笑。"只见乜道旋了一大壶酒来，把四个瓷杯，一套子放着。道士摆开三个杯儿，满满斟酒，对婆子道："请老娘居中坐了，小哥居左，小娘子居右，宽心请一盏消寒。"婆子道："老媳妇母子大胆相扰，也请法官坐地。"道士道："怕小娘子见嫌，不敢奉陪。"婆子道："但坐何妨。"道士道："既蒙老娘吩咐，小道礼当执壶。"便取个杌子，在这瘸儿肩下抹角儿坐了。媚儿害羞，还站在婆子背后。婆子道："在客边比不得家里，我儿只管坐下，休虚了法官的盛意。"媚儿方才坐了。不坐犹可，一坐之时，道士斜对着，看得十分亲切，比前愈加妖丽，把这三魂七魄，分明写个谨具帖子，尽数送在她身上了。有词名《黄莺儿》为证：

　　　仔细觑妖娆，转教人神思劳。看她不言不语微微笑，貌儿

恁姣。年儿尚小，不知曾否通情窍。小身腰，若还楼抱，不死
也魂消。

　　婆子教黜儿也斟一杯酒，回敬道士。四个坐下，又饮了几巡，
说了些闲话。只见乜道也精精致致地戴了一顶新帽子，身上换了
一件干净布袄，又旋着一壶酒到楼下来，说道："热酒在此，多用
些儿。若要吃米饭时，厨下也有。"婆子道："够了，不消得。"道
士便将壶内余酒，斟上一大瓷瓯，拈个火烧，把与他吃，取他手内
这壶热酒，放在桌上，换这空壶与他教拿向厨下去。这分明嫌他
碍眼，打发他开去的意思。谁知这乜道年纪虽不多，也是个不本
分的。原是剑州一个宦家的幸童，因偷了本家使婢，被乡宦打个半
死，赶出叫化。他父亲乜老儿在日，与本庙老香公，曾做过旧邻，
所以老香公在道士面前多了这嘴，收留他在庙里答应，他的旧性
尚存，见了花扑扑的好女儿，怎肯转脚。当下一眼睃定了那小鬼
头儿，站在道士背后，只是不走。道士也忘怀了，只顾其前，不顾
其后，大家又坐了一回，只见婆子起身道："蒙赐酒食，俱已醉饱，
天色晚了，告止罢。"道士觑着媚儿，正在出神，听说告止，便道：
"再请一杯儿。"慌忙取壶斟酒，却不知酒壶已被瘌子在他手中取
去，吃得罄尽了，端的是心无二用。

　　当下娘儿三口下席称谢，道士也起身答礼，只见乜道手中捧着
一把空壶，兀自呆呆地站着。道士问道："你几时来的？"乜道答
应道："我几曾去的。"道士一肚子气，又不好发作，只得忍住，教
他快快收拾，便向婆子说道："这两间楼房，是小道春间自家造的，
虽说蜗窄，极是幽静，就是过往客官借宿，也只在前面斋堂两厢
房住下，并不曾到此，因怕小娘子要稳便，特地开来奉借。"婆子
道："多承过爱，我娘儿们无可为报。"道士又道："这楼上有凉床，

这里也有个小木榻，尽你们随意自在。"指着天井侧里一个小门说道："这里面便是小道的卧室，倘或少东缺西，只烦小哥呼唤一声就是。"婆子见他十二分殷勤，甚不过意，便道："法官请自便，来日再容相谢。"道士去不多时，忙忙又取个灯儿，放在桌上，又泡些茶来道："请三位吃了茶安置。"又教乜道到老道房中，借个净桶放在楼上，恐怕她娘女两个夜间要起来解手。原来这贾道士有个嫡亲姑娘，年纪有五十余了，也在涪江渡口净真庵为尼，去这剑门不远。这老尼隔几个月便来看她侄儿，或住一日两日方去。每遍来时，借惯净桶用的，所以今日老道更不疑惑。

却说贾清风也防乜道有些馋脸，直等他下楼去了，方才转身。婆子道："难得这法官如此用心，处分得恁精细，明日若没雪时，我们快走罢，顾不得路滑难行了。出家人的东西，一个便是两个，莫要太菁恼他，不当人事。"瘸子道："有心打搅他了，便老着脸再住几日，索性等个晴干好走，莫待走不动又退转来，反惹他笑话。你们若执性要去时，我只在这里等你。"媚儿笑道："哥哥吃得快活，不肯去了。"瘸子道："闲常赶你们脚跟不上，你只是焦躁。此去剑门这一路，好不险峻难走哩。拖泥带水的，弄甚把戏。我也是从长计较，可行则行，可止则止。你却说我吃得快活了，不肯走，终不然在此处朝朝寒食，夜夜元宵。这法官今日也只是敬着新客，难道日日如此坏钞？我吃得快活，偏你不曾动口。"媚儿道："我是耍子，你便认真起来。"婆子道："你两个休对口，到天明我自有个计较。"那瘸子趁着些酒意，便向榻上倒头而睡。婆子携着灯，和媚儿上楼去了。

道士在房中暗想道：天生这般好女子，若肯嫁我时，情愿还俗。又想道：这女子初时害羞，以后却熟分了。老天若肯再降几日大雪，留得她多住些时，不怕她不上手，明日料行不成，我且再陪些下情，着实钩她一钩，人心是肉做的，难道是铁打的？这老娘又是个贫婆，瘸子只贪些酒食，都不是难处之事。那贾道士准准地想了一夜，眼缝也不曾合，这还不足为奇；谁知那乜道也自痴心妄想，魂颠梦倒，分明是癞蛤蟆想着天鹅肉吃，怎能够到口？正是：痴心羽士，专盼着握雨携云；老脸香童，也乱起心猿意马。剑门不是巫山庙，错认襄王梦里人。毕竟这些道家与小狐精弄出甚事来，且听下回分解。

贾道士楼下迷花

第六回　小狐精智赚道士
　　　　　女魔王梦会圣姑

从来色字最迷人，烈火烧身是欲根。

慧剑若能挥得断，不为仙佛亦为神。

　　话说贾道士因看上了胡媚儿，心迷意乱，一夜无眠。不到天明，便起身开了房门，悄悄地踅到楼下打探。只见瘌子在榻上正打鼾哩，楼上绝无动静。回到房中，又坐不过，一连出来踅了四五遍，好似蚂蚁上了热锅盖，没跑一头处。跑到厨下，唤起老香公来，教他烧洗脸水，打点早饭。庙中只有一只报晓公鸡，教乜道宰来安排吃罢。乜道已知这道士的心事，忙忙地收拾。老香公还是梦哩，便道："阿弥陀佛，留它报晓不好？没事坏这条性命做甚？"乜道笑道："师父新学起早，不用报晓了。"

　　且说婆子和媚儿两个，在楼上商议道："我们出外的日子多，行走的路程少，都为这瘌子带住了脚，不得方便。这个法官甚好意思，不如把瘌子与他做个徒弟，寄住此间，我们自去。倘然访得明师，有个住脚去处，来唤他不迟。"到天明，先叫瘌子上楼，对他说了。瘌子正怕走路，恰似给了一个免帖，欢喜无量。

三个商议已定，只听得楼下咳嗽响，是贾道士的声音，说道："婆婆可曾起身？我教道人送洗脸水上来。"婆子应道："起动了，待瘸儿自来担罢。"瘸子下楼担水，没拐得四五层梯了，那乜道早已送到。瘸子接上，约莫梳洗已当。贾道士走上楼来作揖，问道："昨夜好睡？"婆子道："多谢。"这番看媚儿容貌，又与昨日不同。昨日冒雪而来，还带些风霜之色，今番却丰采倍常，正是：桃源洞里登仙女，兜率宫中稔色人。道士看了，没搔着痒处，恨不得一口水咽她在肚子里头。当下殷殷勤勤地问道："婆婆高寿了？小娘子青春多少？"婆子道："老媳妇齐头六十，小女一十九岁了。"道士道："是四十二岁上生的？"婆子道："正是。"道士道："这小哥儿几岁？缘何损了一足？"婆子道："村儿二十三岁了。这只脚，是幼时玩耍跌损的。因是他跑走不动，带迟我们多少脚步。"道士道："昨日雪下得大了，要消融干净，也得四五日后，才好走哩。既是小哥不方便，多住些时也无妨。"婆子道："老媳妇正有一句不识进退的言语告禀。"道士道："有话尽说。"婆子："老媳妇亡夫，当先原是个火居道士，与法官同道，只是法术不高。这村儿虽然丑陋，倒有些道缘。去年一个全真先生，会麻衣相法，说他是出家之相，要他去做个徒弟，是老媳妇舍不得罢了。今见法官十分怜爱，意欲教小儿拜在门下服侍，焚香扫地，不知肯收留否？"道士有心要勾搭那小狐精，正没做道理，这一节非亲是亲，正合其机。便应道："得小哥在此做个法侣，甚好。只是小道也有句话，小道从幼父母双亡，没个亲戚看觑，若蒙不弃，愿拜婆婆为干娘。"婆子道："老媳妇怎当得起？"两下谦让了一回，道士拜了婆子四拜，瘸子也拜了道士四拜，从此瘸子称道士做师父，道士称婆子为干娘。道士又与媚儿重见个礼，道："今后就是哥妹一家了。"

　　却说乜道煮熟了鸡，切做两碗，又整几色素菜，将早饭摆在楼下。道士同婆子娘儿三口下楼，照先坐定。只因瘸子这番做了徒弟，却让道士坐于上首。道士道："雪天没处买东西，只宰得个鸡儿，望干娘贤妹随意用些。"便拣下席碗内好的，将箸夹几块送上去。婆子道："老身与小女都是奉斋的，只这村儿用荤，不知法官这等费心，不曾说得。"道士道："奇怪？贤妹小小年纪，如何吃素？"婆子道："她是个胎里素。"道士道："改日嫁到人家去，好不便当。"婆子道："哪里嫁什么人家？她是个有发的尼姑，时常想着出家哩。"道士想道：这个又有机会了。便道："出家是好事，只怕出不了时，反为不美。孩儿有个嫡姑，见在净真庵做住持。干娘、贤妹若肯离尘学道，径到那里去修行。这庵离此处止四十多里，小哥又在这庙中，相去不远，又好照顾，免得两下牵挂。"婆子道："如此甚好。只我媚儿许下西岳华山圣帝的香愿，必要去的。老身伴她去进香过了，转来时，还到庙中来商议。"道士道："这个却容易。"

吃过早饭，婆子见道士好情，已是骨肉一家，也不性急赶路了。道士将自己身上一件半新不旧的道袍，与瘸子穿了，教众人称他是瘸师，又把自房隔壁一间空屋与瘸子做卧室，唤个木匠收拾，做些窗槅，却教瘸子监工。夜来瘸子也不到楼下来睡了。又整些茶果摆设自家房里，请干娘贤妹到房中闲坐。说话中间，捉个空，就把个眼儿递与那小狐精。媚儿只是微笑，因此这道士越发迷了。有诗为证：

一腔媚意三分笑，双眼迷魂两朵花。

只道武陵花下侣，却忘身是道人家。

道士托熟了兄妹，紧随着媚儿的脚跟，一步不离，两个眉来眼去，也觉得情意相通。再过些时，捏手捏脚都来了，只碍着婆子，没处下手。正是：折脚鹭鸶立在沙滩上，眼看鲜鱼忍肚饥。一连的过了三日，天已晴得好了，婆子打点作别起身。道士苦留再过一日，婆子被央不过，只得允从。道士回到房中，闷闷而坐，想着只有这一日了，若不用心弄她上手，却不是枉费无益。走来走去，皱眉头、剔指甲，想了三个时辰，忽然笑将起来，道："有计了。"慌忙在箱笼里面寻出两个绝细的绿色梭布，抱到楼下来，对婆子说道："干娘贤妹这一去，不知几时回转，拣得两匹粗布，各做件衫儿穿去，也当个挂念。已唤下裁缝了，明日做完，后日行罢。"婆子道："重重生受，甚是惶恐。"教媚儿谢了师兄。道士转身出去，就教乜道村中去唤两个裁缝，明日侵早要赶件衣服。乜道答应了就去。那乜道一点淫心，也不输与那贾清风，因见那道士手慌脚乱，讨不得上手，自己明知不能了，却也每日留心去觑他的破绽。这番唤裁缝，一定又做出什么把戏，且冷眼看他怎地。

　　话分两头。却说贾道士那日又白想过了一夜。到得天明，又着乜道去催取裁缝，不多时，回复道："裁缝已唤到斋堂了。"道士慌忙跑到楼上，教婆子将这布出去，又道："不知合长合短，须干娘自去看裁，就吩咐他如何样做，我这村里的裁缝，没有高手，若随他弄去，怕不中意。"婆子真个捧着两匹布，随着道士出去。一到斋堂，道士忙复身转来，跑到楼下，趁着媚儿独自一个在那里，便上前抱住，道："贤妹，我留心多时了，乘此机会，快快救我性命则个。"媚儿道："青天白日，羞人答答的，这怎使得！我娘就进来了。"道士道："你娘处分裁缝，还有好一会。一刻千金，望贤妹作成做哥的罢，休要作难。"便偎着脸去做嘴，媚儿也把舌尖儿度去，叫道："亲哥，做妹子的也不是无情，怎奈不得方便，日间断使不得。今晚下半夜，母亲睡着，我悄悄下楼来，在这榻上与你相会，切莫失信。"道士便跪下去磕个头道："若得贤妹如此，此恩生死不忘。"

说犹未了，只见老香公叫声："贾师父！前面老妈妈问你讨线哩。"道士慌忙答应，又叮嘱媚儿道："适才所言，贤妹是必休忘。"道士到自房取线去了。不提防乜道正在楼上担净桶，听得贾道士的声音，悄悄地伏在楼梯边听着，虽然两个说话不甚分明，这个肉麻光景都已瞧在眼里，料是有个私约了。专等道士出去，便走下楼来将媚儿双手抱住，道："你与俺师父有情，我都知道了，不说破你，只要拚个头儿便罢，井亭上是我起手，少不得谢一谢媒人。"媚儿终是心性灵巧，眉头一皱，计上心来，便道："你放手，恐怕人来瞧见，不好意思，包你有好处。"乜道真个放了，便道："你怎生发付我去？"媚儿道："恰才被你家师父缠不过了，教他夜间开着房门，我到半夜到他房里去。你今夜等师父进房去了，悄地先到楼下榻上睡着，我下楼时先与你勾账，才到他房中去，却不好？"乜道也磕个头道："小娘子果然如此，便是救度生命了。"说罢乜道出去了。媚儿暗笑道：机关泄漏，大家不成了，我且要他一要，教他今夜里一场没趣。

却说婆子吩咐裁缝了当，唤瘌子到楼下，嘱咐他道："你在此间，须要学好，我与你妹子明早定是行了。若有些好处，便来挈带着你，你休只贪图酒食，讨他厌贱，下次做娘的到此，也没光彩。"当日道士又来陪吃晚饭，两个裁缝赶完了衣服，送了进来。道士又向婆子道："干娘明日准行了，也不须十分早起，用些早饭了去。"婆子道："多感厚意，来朝总谢。"

道士有了媚儿的私约，十分快活，回到房中暖起一壶好酒，自家吃个三分醉意，且坐在醉翁床上打个盹，养些精神到下半夜去行事。却说乜道收拾完了，捉个空，先趱在楼下天井里芭蕉树下蹭倒。窥见道士房门已闭，娘女两个也上楼去了，便悄悄地走在榻上眠着，只等楼上的消息，等了半个时辰不觉睡去。这里道士打了一回盹，不知早晚，只恐失了期约，急急地将双手抬着房门轻轻扯开，做个鹤步空庭，一脚一脚地捉步儿走去。到得榻边，将手向榻上摸时，知有个人在榻上睡倒，心里想道：这冤家果然有情，已先在此等了。慌忙脱了鞋儿，倒身做一头睡去。那乜道被他惊醒，也只想道这小娘子不失信，果然来了。两个并不说话，抱着先做了个甜嘴，彼此欲火如焚，你手插向我腰里，我手插向你腰里，大家去摸那东西。这道士摸去，是件铁硬的行货，吃了一吓。那乜道也摸着道士的硬物，心中疑道：这姑娘莫非是二行子，如何也有那话儿？只听得道士低低问道："你是哪个？"乜道已认得是道士声音，便应道："师父是我。"道士也认得是乜道了，他如何也在这里？一定这贼精晓得了些风声，在此打断我的好事。然虽如此，怎奈欲火动了，一时禁遏不住。又听得楼上婆子唧唧哝哝的说话响，料不成了。便扯开乜道的裤儿，把他后庭戏弄起来，权做个望梅止渴。那乜道也动了火，缠着道士讨个还席。道士幼年曾被老道弄过，是熟惯的，也不拒他，当夜做了一场交易。有只小曲儿道得有趣：

小狐精使乖弄巧，直恁的推调。白白里送些补药与你，你却不要。做个金蝉脱壳，躲去九霄。却教两个出家人，头对头，脚对脚，做个鸾颠凤倒。当下把火儿杀了。早知一个是贾清风，一个是乜道，你两个朝暮在庙里做蜪，却缘何半夜三更担惊受怕，到这楼儿下榻儿上，急忙忙地弄着这把刀？到明朝，你看着我，我看着你，可不羞杀了老曹？到明朝，雌的是雌，雄的是雄，可不干折了这遭？

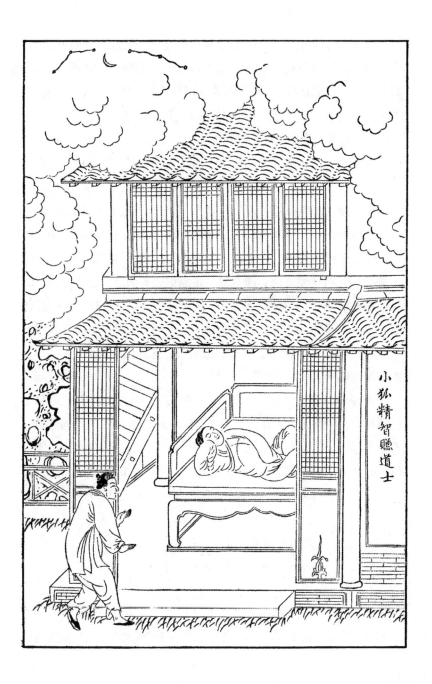

小狐精智賺道士

两下行事了毕，依先悄悄地各自去睡了。这道士分明做了一个魇梦，自己也不信有这事。那时倒放下了心肠，一觉睡去。看看天晓，众人都起身了，道士看着乜道只管笑，乜道看着道士也只管笑。这小狐精看着道士和那乜道也只管笑。正是：今日相逢无一语，想来都是会中人。

　　那道士虽然夜来失望，还想他西岳进香转回，尚有相会之日，这个相思担儿便不肯抛下。当时叫乜道安排早饭，陪他娘儿吃了。婆子把新做的两件布衫与媚儿各穿了一件，收拾起程；又嘱咐瘸子几句，教他耐心。瘸子答应道："我都晓得。"道士和瘸子送出庙门，婆子又殷勤称谢。道士道："干娘转来，是必到我庙里来看看小哥。孩儿明日便寄信到净真庵姑娘那里去，倘或发心修行时节，无如那里清净。"又对媚儿说道："贤妹保重，相见有日。"不觉两眼堕泪，险些儿哭将出来，怕人知觉，背地掩着眼急急里跑进去了。媚儿心里也觉惨然。看官牢记话头，这左黜自在剑门山下关王庙里做道士。

　　再说娘儿两口离了庙中，望剑阁而进。此时没有瘸子带脚，行得较快，一路无话，看看永兴地方相近，天色已晚，远远望见前面有个林子，约去有十里之程。婆子道："媚儿，赶到这树林里面歇宿，此去到西岳不远了。"娘女两个，行不多几步，忽然对面起一阵大黑风，刮得人睁眼不开，立脚不住，那风好狠。正是：

　　　　无影无形寒透骨，忽来忽去冷侵肤。
　　　　若非地府魔王叫，定是山中怪鬼呼。

　　风头过处，只见两个戎装力士，上前躬身道："天后有旨，教请圣姑相见。"婆子道："天后何人？"力士道："唐朝武则天娘娘也。"婆子道："则天娘娘弃世已久，如何还在？且与老媳妇素不识面，有何事相唤？"力士道："娘娘现居此地，与圣姑有段因缘，数合相会，便请同行。圣姑到彼处自知端的。"婆子心下有些害怕，欲待不去，两个力士左右地夹帮着，不由你不走。

才动身时，脚不点地，不一时来到一个所在，古木参天，藤萝满径，阴风惨惨，夜气昏昏。过了两重牌坊，现出一座大殿宇来。力士都不见了，又见两个宫妆侍女，提着紫纱灯笼，前来引接，道："娘娘候之久矣。"婆子进殿看时，中间却虚设个盘龙香案，并无人坐在上面。侍女道："圣姑姑在此少待。"去不多时，便出来道："天后有旨，请圣姑姑到后殿相见。"

婆子随着侍女进去，但见朱帘高卷，里面灯烛辉煌。天后居中坐下，两旁站着几个紫衣纱帽的女官，口中喝："拜！"婆子朝上，依唱拜罢，方才平身。天后传旨赐坐，婆子谦让道："天颜之下，怎敢大胆。"天后道："不须过逊，今日之会亦非偶然，朕方欲与卿细论因缘，岂一立谈可尽也。"便教取锦墩相近，御手相搀而坐。婆子又道："山野丑类，人所不齿，过蒙娘娘俯召，有何见谕？"天后道："卿勿以非人自嫌，卿乃狐中之人，朕乃人中之狐，读骆生檄，至今寒心，朕反愧卿耳。"遂吟诗一首，诗曰：

> 朕本百花王，权闰人间帝。
> 应运合龙兴，作态非狐媚。
> 国法岂不伸，文人亦可畏。
> 不敢照青铜，对面还知愧。

又道："朕那时甚惜骆宾王之才，献俘时，闻有他的首级，不忍视之，谁知首级是个假的，骆宾王逃去为僧。从来做官的欺蔽朝廷，都似此类。外人犹以朕为诛戮太甚，公道何在！"又叹口气道："骆生做了和尚，反得升天，朕今犹滞于幽冥，黄巢之乱，百年朽骨，重被污辱，金玉之类，发掘一空，致朕今日冠佩残缺，诚羞见卿之面也。"婆子抬头看时，果然天后头上挽个朝天髻，绝无簪珥，身上有袍无带。婆子道："黄巢草寇无礼，娘娘神灵，何不禁之？"天后道："凡杀运到时，天遣魔王临世。朕生在唐初，黄巢生在唐末，男女现身不同，为魔一也。朕当权之时，天下谁能禁朕，朕独能禁黄巢乎？"婆子道："闻天后在位日，铸像造塔，广作佛事，功德不小，为何尚滞于冥途也？"天后道："凡人先发清净心，后获布施福，朕居心不净，修成魔道，当时享尽女福，单恨不得为男，佞佛祈求，无非为此。今因缘将到，已蒙上帝遣作男身矣。"婆子道："娘娘此番托生富贵，还如旧否？"天后道："既成魔道，必乘魔运而生，若无权势，魔力安施？朕前是女身且为帝王，何况男乎？卿女媚儿冥数合为朕妃，即今已托之冲霄处士，卿勿虑也。"婆子道："娘娘既转男身，复得称孤道寡，岂少三宫六院美丽妖娆，而择取异类之女乎？"天后道："卿有所不知。媚儿前身是张六郎，当时称他貌似莲花者。朕与六郎恩情不浅，曾私设誓云：生生世世，愿为夫妇。不幸事与心违，参商至此。今朕为君，彼复得为后，鸳鸯牒已注定，岂可变哉？朕之发迹当在河北，从今二十八年复与卿于贝州相见。卿宜琢磨道术，以佐朕命。"婆子道："吾母子正为求道而来，不知道术在于何处？"天后道："朕有十六个字，卿可记取，必有应验。"道是：

逢杨而止，遇蛋而明；
人来寻你，你不寻人。

女魔王夢會聖姑

大唐則天皇后墓道

天后又道："卿三年之内必有所遇，行住一般，不须性急。若得道之后，可往东京度取卿女，虽然改头换面，卿亦自能认矣。天机宜秘，不可轻泄，倘八十翁闻之，为祸不小。"婆子问道："八十翁何人？"天后道："汉阳王张柬之也。他为五王之首，与朕世世作对，卿宜避之。"

说犹未了，只听得前殿一片声呐喊。侍女惊惶传报道："汉阳王闻娘娘复有图王之意，统领大军十万，杀将来也。"天后慌得面如土色，起身向座后便跑。婆子道："娘娘挈领老媳妇，一路躲避则个。"心忙脚乱，把锦墩踢倒，扑地绊了一跤，惊出一身冷汗，原来卧在一个大坟墓下，殿宇俱无，身边已不见了媚儿。四下叫唤，全无踪影，正不知哪里去了。哭了一回，想道：严半仙说我女儿有厄，果然有此不明不白之事。看看天晓，只见墓前荆棘中横着一片破石，石上镌着"大唐则天皇后神道"字样。婆子道："原来梦中所游，乃天后幽宫，她吩咐许多言语，一一记得，此事甚奇，我且看这十六个字有何应验。"虽然如此，想起初离土洞时，母子三口，剑门山留下了黜儿，到此又失去了媚儿，单单一身，好不凄惨！既道是行住一般，不须性急，且到太华山下寻个僻静处，住下几时，再作道理。因这一节，有分教：老狐精再遇一个异人，重生一段奇事。正是：踏破铁鞋无觅处，得来全不费工夫。毕竟胡媚儿何处去了，这圣姑姑有甚人来寻她，且听下回分解。

第七回　杨巡检迎经逢圣姑
　　　　　慈长老汲水得异蛋

　　座有闲人堪说鬼，胸无奇字莫吟诗。
　　但将谈笑消清昼，闲是闲非总不知。

　　话说圣姑姑似梦非梦，见了武则天娘娘，说起一段因缘。原来媚儿是张昌宗转生，那一世则天娘娘为男，张昌宗为女，相会在贝州，复得配合，称王称后。则今媚儿已不见了，又不知托与哪一个冲霄处士，好生奇怪。她既说道行住一般，明明教我歇脚。我如今想来哪里是住处，思量一会，道："有了，这华山岳庙的香愿，原是媚儿说起，且到西岳圣帝前进炷香，保佑媚儿。就便看那里有甚僻静之处，可以栖身，好歹等他三年，再作区处。瘸子既把与道士做徒弟，看这道士十分美意，谅不至于失所，倒是放得下的。"
　　当下婆子只身独自往华阴县太华山去进香。怎见得太华山景致？有《西江月》为证：

　　峭壁插天如削，危崖仙掌遥擎。莲花涌地灿明星，屈曲苍龙卧岭。　　太白携诗欲问，昌黎贾勇先登。不如收拾利和名，睡个希夷不醒。

婆子到得山上，向西岳圣帝殿前撮土为香，拜了几拜，磕了几个头，通陈了一回，无非是祈求道缘早遇、母女重逢的说话。下得殿来，观看景致，访问陈抟先生。有人指道："这个希夷峡便是他尸解的去处。"方知陈抟已仙去了。婆子爱这个希夷峡幽静，夜间就在峡下存身，日里只借化缘为名，来山前山后行走。看这来往男女，云游僧道，观其动静，若化得几分钱，换些素酒素食受用，也是常事。

一日同着一般样的贫婆，闲站了半日，不曾撞见个肯布施的香客。看看午牌将过，只见两乘小轿抬着一个妇人、一个丫鬟，上山烧香。众贫婆等她出殿烧纸过了，便去上前抄化。妇人道："今日没带得钱来。"婆子听得她这话，便闪开一边，那些众贫婆因早起到今不曾讨得一文钱，算定这女眷定肯开手的，如何放过，抵死缠住，要她发心喜舍。你说一句，我说一句，道："明中去了暗中来，今生布施来生福，哪见海龙王没宝。"妇人焦躁道："我又不是杨老佛、杨奶奶，你有本事到他那里，享用他大请大受，缠我怎的？"分开众人下了阶，上轿抬着飞奔去了。众贫婆叹声晦气，没兴没致地四散走开。

婆子看个老实知事的，便去问她道："方才说什么杨老佛、杨奶奶，是甚意思？"贫婆答道："这里华阴县里，有个杨春巡检，出名叫做杨老佛，大富之家。夫妻两口都好道，各处烧香布施，不拘僧尼道士，但是有本事的，与他说得来，讲得合，他便准年价供养。这奶奶一年也到这山上两遍，见了我们，每人整十来个钱这样舍，又把大食箩抬着火烧馍馍，给散我们吃。今年二月中来过一遍了，到秋间定是又来，你少不得看见的。"婆子听在肚里，当晚过了一夜。

明日早起，打扮个贫乞老道姑的模样，下山到华阴县前，问了杨巡检家，径到他家门首去。只见门前贴着"谨慎出入"四字，又有两行告示上写道："一应僧道尼姑，止许于每季首月初一日西园赴斋，本宅门首例不布施。"婆子暗想道：却又作怪。只见镇门的石狮子上靠着一个老门公，解开布衫在那里捉虱子，见了婆子进门，慌忙把布衫披上，喝道："快走出去！"婆子上前打个问讯，道："贫道是西川人氏，发心来朝西岳，经由贵县，缺少了回去的盘缠，特求布施则个。"这管门的张公道："老道姑你没造化，十日前来，还没有这告示，如今不布施了。"婆子道："久闻巡检老爷夫妇好道，四方哪个不传说好个杨佛子、杨奶奶，如今怎的就灰了这善心？"张公道："本宅老爷奶奶，当初果是欢喜施舍，四方僧道若能讲经说法的，便把房子与他住下，不论年月供养。临动身时，又赍助他盘缠、衣服之类。这门首时刻有人募化，不是这般冷静。只为一月前，南路来一个尼姑，约莫四十多岁，会说些因果。奶奶好听的是因果话儿，留在宅内住了半个多月。又是十四五个游方和尚，做一班儿念拂抄化，也有顶包的，也有燃指的，也有点肉身灯的，本宅也斋了他一遍，布施他些钱帛。谁知那一班是大伙强盗，这尼姑正是个引头，暗暗里漏个消息，夜间里应外合，明火执杖，打劫了若干东西去。老爷和奶奶走得快，躲了这性命。他两个老人家商量，说是前生欠下那和尚尼姑的债，莫去告官带累地方邻里了。从今为始也不布施，也不许放进门来相见。只每年正、四、七、十这四个月初一日，在西园设斋一遍。如今四月初一日又过了，老道姑你不如别处去罢。我这县里除了本宅，也少个慷慨施主，就化了一两个钱来，也济得甚事？"婆子道："出家人里面，好歹不同，只为他歹的带累了好的。"张公道："正是。"婆子道："贫道也不指望布施了。只闻得老爷奶奶是两位现世的菩萨，特求一见，他日西方路上也做个相识。"

说犹未了，只听得宅里有人开那第二重门出来。张公道："老爷出厅了，你快些躲避，莫累我们受气。"慌忙向自己腰裤边一个破缠袋里头，掐出个铜钱来放在石狮子头上，道："我自把这文钱舍你，去罢。"婆子哪里肯走。只见里面一个安童，牵一匹高头白马到大门前，带住缰绳站着。随后杨巡检出来，头戴金线忠靖冠，身穿暗花绢道袍，脚踹乌靴，手执一柄川扇。背后一个安童打伞，一个安童抱着交床，一个安童捧个盒子，盒内无非香烛之类，盒子上又放个紫檀空匣儿。又有一班家用的吹手，各带乐器随着出门。那巡检老爷，踏着交床，跨上雕鞍，众人一拥望西而去。

张公埋怨道："你不见老爷出去了？早是他没瞧见你，若瞧见你时，又嗔怪我们门上人不遵他的告谕。我舍你这文钱，你不收了，还要怎地？"婆子道："哪要你老人家坏钞，没有得布施便罢，这钱贫道决不敢受。"两下里正在你推我辞，只见惯卖山亭儿[1]的寿哥，挑着担子，打从门首经过。侧首门房里，跑个四五岁的小厮出来，扯住张公，叫道："老爹爹，我要个山亭儿玩耍。"张公见这婆子不肯收受，便唤住寿哥担子，在石狮子头上取下这文钱来买了一个山亭儿，把与小厮道："好好玩耍，不要弄坏了，再不买与你。"那小厮笑哈哈地跑向门房里去。寿哥挑着担也自去了。婆子道："这小厮是你老人家什么人？"张公道："是老汉第二个孙儿。方才抱交床跟随老爷的，是大孙儿，就是那小厮的亲哥。"婆子道："怪道一般嘴脸，生得伶俐。你老人家好善积下来的。"张公道："老爷身边许多安童，只欢喜我的大孙儿。出去不拘远近，定

1　泥制小玩具，多为风景、建筑、人物。

楊恐榆迎經隆聖姑

要他跟随。"婆子道："方才老爷在哪里去？却用着一班吹手。"张公道："西门外迎取梵字金经哩。"婆子道："这经是哪里来的？"张公道："是个哈密僧带来的。这哈密僧又哑又聋，在这里西门外观音庵内借住。活到九十九岁，无疾而逝。身边并无一物，存留下这部梵字金经。庵里长老说，有人造个龛子断送了他，就将这部经把与他去。是我家老爷替他造龛烧化，又请僧众做些法事与他。今日到那庵内请这部经，供养在西园佛堂里去。"婆子道："是什么经？"张公道："知道它是佛经、道经、灶王经？谁识得半个字来？"婆子道："若是梵书，贫道或者倒也辨译得出。"张公笑将起来，道："闻得此经，是西域天竺国来的，一片泥金写就，与世间字体不同，所以叫做梵字金经。先在庵中经过了许多人的眼睛，并无人识。你这老婆子调这样谎，罪过，罪过。"婆子道："不瞒你老人家说，贫道曾跟普贤菩萨受过一十六样天书，所以诸经梵字，无有不识。"原来这老狐精，多曾与天狐往还，果然能辨识天书，说普贤菩萨乃是鬼话。张公听了大惊道："普贤是观世音一辈，你如何看见得他？"婆子道："贫道与这位菩萨有缘，不时相会的。你老爷要瞻礼他，也极容易。"张公道："是真的，还是假？"婆子道："千真万真。"张公道："若果然如此，等老爷回时，老汉即便禀知。只不知女菩萨尊姓，安歇何处？今恐怕老爷回得迟，你等不及去了。倘或要寻你时，哪里相请？"婆子道："贫道唤做圣姑姑，若老爷要请我时，向东南方叫圣姑姑三声，贫道即便来也。"这婆子说罢，飞也似跑去了。常言道一人吃斋，十人念佛，因这杨巡检夫妻好道，连这老门公也信心的。见婆子说话有些古怪，便认真了。

　　当日，杨巡检到庵中，拜了佛像，请出了梵字金经来。解去旧绣袱，揭开细看，喝彩了一回。重换个大红蜀锦袱儿包了，放在紫檀匣内。自己捧着，坐在马上。一班吹手笙箫细乐，迎入西园中佛堂内面供养。在观音菩萨面前烧香点烛，又拜了四拜，打发吹手先回，自己又在园中游玩了一番，临去吩咐园公莫放闲人到佛堂里去，恐不洁净。四个安童跟着骑马而回，有诗为证：

> 笙箫一队拥雕鞍，手捧金经心里欢。
> 识得如来真实意，唐书梵字一般般。

这里张公见杨巡检下马，便跟进厅来，禀道："老爷贺喜了。今日请得金经，就有个能识梵字的到此求见。"杨巡检问道："是何等样人？"张公道："是个女菩萨，法名圣姑姑。她说是普贤菩萨的徒弟，能识一十六样天书。老爷若要请她相见，只向东南方唤她三声，她立地便到。"杨巡检似信不信，道："有这等事？且待明日，看她再到我门首来不。"杨巡检进了内宅，把这迎取金经和那圣姑姑的这班说话，一一对奶奶说了。奶奶道："适才有件怪事，正要说知。我到天井中去看石榴花，只见东南方五色祥云一朵，冉冉而来。云上现一位菩萨，金珠璎珞，宝相庄严，端坐在一个白象身上。我心里道是普贤菩萨出现，慌忙礼拜下去，抬起头来就不见了。我只道是眼花，这般说起，真个是普贤菩萨，同着圣姑姑来的。这圣姑姑定不是凡人，据这菩萨出现的，是他徒弟也不见得。明日只依她叫唤，她若来时，把这梵字经教她识认，看她怎地。若果是普贤菩萨的徒弟，定不说谎。"说话的，这云端里的菩萨是谁？就是圣姑姑变来的。第二回书上曾说过来，她是多年狐精，变人、变佛，任她妖幻，只没有什么大神通，所以成不得大器。有诗为证：

> 藤萝牵就为璎珞，树叶披来当道衣。

堪笑世人皆肉眼，认真菩萨便皈依。

当夜无语。到来朝早起，杨巡检唤当值的，备下香烛，摆在厅上。自己穿着一身洁净新衣，走出厅前，对着东南方，志心地叫了三声圣姑姑。声犹未绝，管门的张公来禀道："昨日的老道姑已在门外了。"杨巡检心中惊异，便道："请进。"这"请进"两字还说不完，只见厅上站一个老道姑，到向下边打个问讯，道："老檀越，贫道稽首了。"杨巡检已知是圣姑姑，又不见她走进门来，如何得反在厅上？心下又疑又怕，慌忙磕头下去，道："我杨春有何能德，敢烦圣姑下降，有失迎接。"婆子道："不须老檀越过礼。你夫妻都有佛缘的，贫道承普贤祖师吩咐，特来求见。"杨巡检看那圣姑姑模样，虽然发白面皱，但两眼如星光，比凡人精神不同。身上褴褛，却也干净。当下杨巡检分明见了个活佛，欢天喜地，接入后堂，请奶奶出来相见。夫妻两口拜为师父，整备素斋款待。圣姑姑上坐，他老夫妻坐于两旁。席间提起金经一事，婆子道："不是贫道夸口，任你龙章凤篆，贫道都知。"

当下斋罢。杨巡检教安童备起轿马，自己夫妻两口和那婆子共是两个轿、一个马。少不得男女跟随，直到西园。这西园虽不比金谷繁华，端的也结构得好。但见：

> 地近西偏，门开南面。行来夹道，两行宫柳间疏槐；步入迷踪，一带竹屏盘曲径。前面设五间饭僧堂，中间造几处留宾馆。楼窥华岳，哪数他累石成山；水引渭川，不枉了筑亭临沼。回廊雅致，到书房疑是仙家；净室幽闲，傍佛堂如游僧舍。开径逢人宜置酒，闭门谢客可逃禅。

杨巡检和奶奶让婆子先下了轿，吩咐园公引路，径到佛堂，三个同拜了佛像。杨巡检教安童抬过一张黑漆小桌儿，抹得干干净净，亲手捧那紫檀匣儿，安放桌上。开了匣盖，将经取出，解开红锦包袱，请圣姑观看。这婆子合掌念了一声"阿弥陀佛"，便将经文展开，前后看了一遍，说道："原来是一卷《波罗蜜多心经》，却是天竺梵书。又后面脱了'菩提萨摩诃'五个字，所以世人不能辨认。"杨巡检不信，教取一卷唐本《心经》，把与圣姑姑逐字配对分说，果然少了五字。杨巡检夫妇自此愈加敬重。

　　当下，杨奶奶要请圣姑姑到家中去，同房住下，早晚讲论。这婆子不愿，就在佛堂后边三间净室打扫洁净，收拾铺陈器具，日逐三餐，供养这圣姑姑在内。这婆子只是独自一个住着，夜间也不要个丫鬟婆娘作伴。又对杨奶奶说："素斋素酒有便送些来吃，若不便也不消。贫道可以十年不饮不食。"杨奶奶道："这饮食可是一日少得？便束紧了肚皮，怎过得十年？我且推个事忙，不送她几日供给，看如何？"吩咐园公只说有事家来，锁了园门，一连七日，影也没人走去。第八日，杨奶奶乘个小轿亲到西园，开着锁望她。只见圣姑姑在净室中，安然不动，坐在蒲团上念佛。杨奶奶道："圣姑姑可饥么？"婆子摇首道："正饱哩。"杨奶奶回宅，对丈夫说道："圣姑姑七日不吃东西，全不妨事，越有精神，有恁般奇异。"夫妻两口越发道是活佛了。

　　从此华阴一县，都传个遍说杨巡检家供养个活佛在那里。论起理来若是活佛，她也何求于人，受人供养？到底有见识的少。县里若男若女，每日价成群逐队都到西园去求见，也有愿拜做师父的。过了一两个月，沸沸扬扬，隔州外县都知道这话，来的人越发多了。杨巡检恐怕惹是招非不便，对圣姑姑商议，只说闭关三年，一概不接见外客。把佛堂前门锁断，贴下两层封条。却在后边通个私路，弯弯曲曲的，魆地里送东送西。杨巡检又向本县知县说知，讨一道榜文张挂，禁绝外人混扰。众人见了县家禁约，再也不来缠帐。只本宅老夫妻两口，有时来园上游玩，私到净室，整日整夜地谈论些因果佛法。众人也不好去管他，自此这老狐精只在华阴县里受杨巡检家供养。她也自家想道：则天娘娘所言"遇杨而止"四字已应验了，只不知"遇蛋而明"这四个字，又是如何？

说话的，忘了一桩要紧关目了，那胡媚儿还不知下落，缘何不见提起？看官且莫心慌。只有一张口，没有两副舌头，怎好那边说一句，这边说一句？如今且丢起胡媚儿这段关目，索性把"遇蛋而明"四个字表白起来。

单说泗城州界内有个迎晖山迎晖寺，寺中住持老和尚法名慈云，只一个房头大小，倒有三四众徒弟。又有一个老道叫做刘狗儿。这慈长老年近六旬，极是个志诚本分的。

一日，州里有人家请他看经。慈长老想道：身上衣服有个把月不曾浆洗了，又没得脱换，且烧锅热汤净一净也好。拿个桶，到寺前潭中去汲水。只见圆的溜的一件东西在水面上半沉半浮，看看氽到桶边，乘着慈长老汲水的手势，扑通地滚进桶里来。慈长老只道是蛋壳儿，捞起来看倒是囫囵蛋儿，像个鹅卵。慈长老道："这近寺人家没见养鹅，哪里遗下这个蛋儿？且看他有雄无雄。若没雄的，把与小沙弥咽饭；若有雄的，东邻朱大伯家鸡母正在那里看鸡，送与他抱了出来，也是一个生命。佛经上说好吃蛋的死后要堕空城地狱，倘或贪嘴的拾去吃了，却不是作孽。"把蛋儿向日光下照时，里面满满地是有雄的。忙到朱大伯家，教他放在鸡窠里面，若抱出鹅来，就送你罢。朱大伯应承了。不抱犹可，抱到第七日，朱大伯去喂食，只见母鸡死在一边，有六七寸长一个小孩子，撑破了那蛋壳钻将出来，坐在窠内。别的鸡卵都变做空壳，做

慈長老汲水浮果蛮

一堆儿堆着。朱大伯慌了，便去报与住持知道。慈长老听说吃了一惊，跑去看时，连呼："作怪！作怪！是老僧连累你。这窠鸡卵都没用了，等明年荞麦熟时，把几斗赔你罢。"朱大伯道："不消得，这也是各人的命运。只怕东邻西舍传说开去，闹动了官府，把小事弄做大事。前村王婆家养一窝小猪，内中有一个猪前边两只脚全然像个人手，被保正知道报了州里，说民间有此怪异。州里差几个公人，押了保正到了王婆家，要这个猪去审验。这一伙人到时要酒要饭，又要诈钱，连母猪都卖来送了他，还不够用。如今老师父快快拿这怪物去撇下了，休得要连累我家。"慈长老听了这般说话，嘿嘿无言。只得脱下皂衫，连窠儿盖着带回寺里。也不对徒弟们说知，径到后面菜园中，拿柄锄儿锄开墙角头一搭地，就把鸡窠做了小孩子的棺木，深深地埋了。正是：一抔浊土，埋藏不灭的精灵；七日浮生，断送在无常倏忽。死生二字皆由命，祸福三生总是天。若是蛋中的小孩子死了，也倒终了个祸根，只不知能遂长老的意否，且听下回分解。

第八回　慈长老单求大士签
蛋和尚一盗袁公法

伊尹空桑说可疑，偃王卵育事尤奇。

书生语怪偏摇首，不道东邻有蛋儿。

话说慈长老在菜园中埋了小孩子，方欲回身，只见那孩子分开泥土，一个大核桃般的头儿钻将出来。慈长老慌了手脚，急将锄头打去，用力过了，扑地跌上一跤，把锄头柄儿也打脱了。爬起来看时，那孩子端端正正坐在鸡窠里面，对着慈长老笑容可掬。慈长老心中不忍，便道："小厮，你可惜讨得个人身，若投在求男求女的富贵人家，夜明珠也赛不过你。如何钻在蛋壳里去了？你自走错了路头，不干老僧之事。今番听老僧吩咐，别投生路，休得成精作怪，恐吓老僧。"便把锄头柄儿按倒，将鸡窠翻上冒着，添些泥土，堆得高高的，又取几块乱石压在上面，料是出不得头，方才转身。又想道：倘或走个狗子进来，爬开石块，怎么好？我且把园门关上几日，这怪物不是闷死也是饿死。

当下带转门儿，搭上铁钮，回到房中，取一具留簧的新铜锁锁上。吩咐众僧："直等我来自开。"这长老生性有些固执，众僧不知他什么意思，也不去问他。

一连过了十来日，慈长老心下终是挂欠，想道：眼见得这孩子不活了，我且看他一看，终不然锁断了门，抛荒了这片园地，菜也不要吃一根。当下取钥匙去开了锁，曳开园门。走到西边墙角头看时，只见乱石四散抛开，鸡窠儿也翻在一边，内中不见了小孩子。慈长老吃一惊，四下寻看，只见那小孩子赤条条地坐在一棵杨柳树下，身上并无伤损。已变做二尺长了，生得清秀，只是不能言语。见慈长老近前，笑嘻嘻地一手扯住他的布衫角儿。慈长老没奈何，把他荡开，转身便跑，再也不敢回头。离了菜园，心头还突突地跳。暗地想道：我恁般埋了他，又是什么神鬼弄他出来。终不然，一点点小厮，许大力气自会挣扎。便泥里钻出来时，这些石块如何运得开去？况且十来日里头，就长了一尺多，若过二三十年怕不撑破天哩！恁般怪事，古今罕有。这禅堂中观音大士灵签极准，我且问个吉凶。若是该留下抚养，或者倒是个圣僧，不是我们灭得他的。若不该留时，再做商议。

原来禅堂中供养的，是一尊檀香雕就的观音大士。案前设个签筒，有人来求签，吉凶有验。慈长老那时也是无计可施，只得取了签筒，跪在大士台前，磕头祝告道：

> 弟子出家多年，小心持戒，不合潭边汲水，把个蛋儿携带，送与邻家老母鸡。谁知抱出个小无赖，埋之不死，饿之还在。忽然一尺二尺，恁般易长易大，来历甚奇，踪迹可怪，不是妖魔，定是冤债。若还天遣为僧，留下并无灾害，乞赐灵签上吉，使我不疑不骇，特地祈求，诚心再拜。

口疏已毕，将签筒向上摇了一回，扑地跳出一根签来，拾起看

靈感觀世音菩薩

时，是个第十五签，果然注个"上吉"二字。那签诀上写道：

> 风波门外少人知，留得螟蛉只暂时。
> 来处来时去处去，因缘前定不须疑。

慈长老详看签中之语，道："螟蛉乃是养子，我僧家，徒弟便是子孙，这签中明明许我收留，料也没事。"当下就唤老道刘狗儿来到禅堂，吩咐道："不知村里什么人家养多了儿子，撇下一个在我家菜园里。方才我到那边，看见他在杨柳树下，倒好个小厮，可惜他一条性命。我们僧家不便收养，你可领他在身边抚育，倘或成人长大，剃发为僧，你老人家也有个依靠。"

原来这刘狗儿是本处一个庄户，家中也有得过活，因年老无子，老婆又死了，别着一口气，倒赔几两银子，进入本寺，做个香火。因自己没儿，平日间见了人家小孩子，便是他的性命。听得慈长老这话，一脚跑到菜园杨柳树下，看时，果然好个清秀孩子。连忙抱在怀中，把布衫角儿兜着，刚转身到门口，只见慈长老也走将来了。慈长老见老道抱着孩子，心下也倒欢喜，对他道："你抱进自房里去，我就来。"老道忙忙地去了。慈长老拽转园门，取下这副铜锁带回房中，便向床边衣架上拣一件旧布衫、一条破裙子，拿到老道卧房里来，把与他包裹孩子。老道道："旧衣旧裳倒也有几件在这里了。还存得几尺蓝布，恰好与他缝个衫儿穿着。只是没讨乳食处，怕饿坏了。"慈长老道："乳食哪里便当，早晚只泡些糕汤喂他。若是他该做你儿子，自然有命活得。倘然没命，也没奈何，强如撇他在菜园，活活地饿死。举心动念，天地皆知，你老人家肯收养他时，也是一点阴骘，神明也必然护佑。我先前在观音大士前求下一签，是个上吉，明日长成唤他叫做吉儿罢。"老道道："且喜这小厮欢喜相,只会笑不会哭。从菜园里抱进来,直到如今也不见则声。"慈长老道："是不哭的孩子好养。"

两个正在讲话,只见走进个小沙弥来,看见了小厮,便去报与师父师兄知道。三四个和尚都跑将来,把老道半间卧房撑得满满里。众僧问道："这小厮哪里来的?"慈长老道："不知是张家儿李家子,撇在我家园里头。我见他好个小厮,又可惜他一命,因此教老刘收养做个儿子。"只这几个和尚中,也有好善的,也有恶的。那好善的便道："阿弥陀佛,养得活时,也是我寺中阴德。"那恶的便道："谁家肯把自养的孩儿撇却,一定是没丈夫的妇女,做下些不明不白的事,生下这小厮,怕人知道,暗暗地抛弃了。我们惹什么是非,却去收他。"那好善的又道："莫说这般罪过的话,知道是哪家生的。多有年命刑克爹娘,不肯留下,或是婢妾所生,大娘子妒忌,将来抛却也不见得。那小厮额上又没有姓张姓李字样,有甚是非?"那恶的又道："抚养他也罢,只是寺院里房头哭出小孩子声响,外人闻得,不当雅相。"老道道："这小厮只有这件好处,再不哭一哭儿。"众僧便不言语。慈长老道："我出去,让你们在床铺上坐坐,莫要挤倒了这间房子。"说罢,走出房去了。众僧见慈长老有不悦之意,也各自散讫。有诗为证:

收养婴儿未足奇,半言好事半言非。
信心直道行将去,众口从来不可齐。

再说老道自收了这小厮,爱如己子。早晚调些糕汤喂他,因不便当,就把些粥饭放他口里,这小厮也咽下了,又没病痛。自此老道每日地省粥省饭,养这孩子。过了三五个月,外人都知道寺里老和尚在菜园里拾个小孩儿,交与刘狗儿养着,把做个新闻传说。

东邻的朱大伯闻着这句话，暗想道：菜园里哪有什么孩子拾得？莫不是鹅蛋中抱出来的这个怪物，老和尚没有安排杀他，抚养在那里？当时因坏了我一窠鸡儿，曾许下赔我几斗麦子，不见把来与我。我如今只说少了麦种，与他借些麦子做种，只当提头他一般，料他也难回我。顺便就去看那孩子是什么模样，是那怪物也不是。

当下朱大伯取个叉袋子拿着，走进寺来，正遇见慈长老在廊下门槛上坐着，手中拈个针儿，在那里缝补那破褊衫。朱大伯道："老师太，多时不见了。"慈长老一见了朱大伯便想起旧话来，慌忙放下褊衫，起身问讯，道："老僧许你的麦子，还不曾相送。"朱大伯道："怎说这话。老汉不是来与老师太讨债的，自家藏下些做种的荞麦子，被一起亲眷到我家住下几日，都吃去了。少了麦种，只得与老师太借些去。待来年种出麦来，做馍馍送老师父吃。"慈长老道："我许下了，少不得送你的，哪论你有麦种没麦种。你且回去，一时间我教人送来。"朱大伯道："不消送得，老汉带得有叉袋在这里。若方便时，老汉自家背去罢。"说罢，便把叉袋子提起与慈长老看。慈长老接得在手，便道："既如此，你且在这廊下暂住。等老僧进去取来与你。"朱大伯道："老汉还要寻刘狗儿说句闲话。"慈长老恐怕这老儿进去，看见了小孩儿，口嘴不好，讲出什么是非来，便道："狗儿在园上锄地哩，待老僧唤他出来罢。"慈长老左手拿着叉袋，右手去槛上捡起这件补不完的破褊衫，也放在左臂上，对里头便走。朱大伯劈脚跟也随进来，慈长老着了急，连忙闭门，已被老儿蹿进一只脚来了。慈长老焦躁道："这里禅堂僧院，你俗人家没事赶进来做甚。止无过要几斗麦子，我又不是不舍得与你，教你廊下等一时儿，你却不依我说。"朱大伯扯开了口，笑嘻嘻地道："老汉闻得刘狗儿领下个小厮，要去认一认，看他是胎生卵生。"慈长老听得"卵生"二字，说着了筋节，面皮通红，发作道："你这老儿也好笑，胎生卵生干你屁事。他自在路上拾来一个小厮，初时便有二尺多长了，难道卵生是大鹏卵里头抱出来的？你瞧他怎的。终不然瞧中意了，认做你家的孙儿去罢。"便把叉袋子撇在地下，又道："你既要认你孙儿，我也没气力与你担麦子。"朱大伯见慈长老发怒，便道："不要我看这小厮便罢了，直得怎地变脸。只怕这野种子，做不成你徒子徒孙哩。"拾起叉袋子，抖一抖抱着，转身便走。慈长老道："不要麦子也由得你。难道教老僧央你带去不成。"冷笑一声，把门闭了。

朱大伯走出寺门，口里喃喃地道："再没见这样出家人，许多年纪，火性兀自不退。便问得这句胎生卵生，也只当取笑，你便着了忙，发出许多说话，好不扯淡。"众邻舍见朱大伯气愤愤地从寺中出来，便问道："大伯你讨什么东西不肯，直得如此着恼？"朱大伯道："告诉你也话长哩。去年冬下，这慈长老拿个鹅蛋儿到我家来，趁我母鸡抱卵，也放做一窠儿抱着。谁知蛋里抱出一个六七寸长的小孩子。"邻舍道："有这等事！"朱大伯道："便是，说也不信。抱出了小孩子还不打紧，这母鸡也死了。这一窠鸡卵也都没用了。我去叫那长老来看，长老道不要说起，是我连累着你，明年麦熟时，把些麦子赔你罢。把这小怪物连窠儿掇去。我想道不是抛在水里便是埋在土里。后来听得刘狗儿抚养着一个小厮，我疑心是那话儿。今日拿这叉袋去寺里借些麦种，顺便瞧一瞧那小厮是什么模样，你不与我瞧也罢了，怎般发恶道干你屁事，又道认做你家孙儿去罢。常言道：树高千丈，叶落归根。这小厮怕养不大。若还长大了，少不得寻根问蒂，怕不认我做外公么。"众邻舍道："到底是你老人家口稳，有怎样异事，再不见你提起。既是这老和尚做张做智，你只看出家人分上，耐了些罢。老人家着什么紧事，讨这样闲气。再过几日，我们与这老和尚说讨些麦子还你，你莫着恼。"大家三言两语，劝那朱大伯回家去了。有诗为证：

> 别家闲事切休提，提起之时惹是非，
> 麦子不还翻斗气，何如莫问小孩儿。

再说慈长老因朱大伯这番怄气，吩咐老道再莫抱小厮出来。到了周岁，便替他在佛前祝发。从此废了吉儿的小名，合寺都唤他做小和尚。只因朱大伯与这些邻舍说了鹅蛋中抱出来的，三三两两传扬开去，本寺徒弟们都知道了，慈长老也瞒不过了，因此又都唤他做蛋子和尚。

俗语说得好，只愁不养，不愁不长。光阴似箭，这蛋子和尚看看长成一十五岁。怎生模样？有《西江月》为证：

> 鲜眼浓眉降准，肥躯八尺多长。生成异相貌堂堂，吐语洪钟响亮。　　荤素一齐不忌，勇力赛过金刚。天教降下蛋中王，不比寻常和尚。

又且资性聪明，诸般经典虽不肯专心诵习，若是教他一遍，流水背诵出来。有人不识起，倒与他赌记问时，干自把东道折了。老道将他爱惜自不必说，则这慈长老一条心，也未免偏在他身上。看官，你道为甚的？一来爱他聪明，二来可怜他没有俗家看觑，三来还有一件：这蛋子和尚从幼不忌荤酒，好的是使枪抡棒。虽则寺中没这家伙，时常把大门杠子舞上一回，若教他锄田种地，做一日工抵别人两日还多。只是性气不好，触着他便要厮骂厮打。且喜听人说话，或是老道和这慈长老隔壁喝一声时，气也不敢呵了。

有这几件上得了住持之心，吃的穿的每事加倍地照顾他。那起徒弟徒孙，渐有不平之意，常时合计商量要撺他出去。只是没个事头，便有些无礼之处，老道又一口埋怨，下情赔礼。那慈长老又说他是个孤身异种，劝众僧让他一分，所以众僧只得耐他下去。

这蛋子和尚听得人说是蛋壳里头出来的，自家也道怪异，必不是个凡人，要在世上寻件惊天动地的事做一做。众僧背地里都叫他是畜生种，又叫他是野和尚，鸡儿抱的狗儿养的。心中不美，常想走出寺门，云游天下，只为慈长老看待得好，又老道有父子之恩，所以割舍不下。

忽一日，老道得了一个危症，在床数日。蛋子和尚衣不解带，看汤看药地服侍不痊，呜呼哀哉死了。蛋子和尚哭了一场，少不得棺木盛殓。又与慈长老讨菜园旁边一块空地埋葬。慈长老许了，众僧都有些不像意，唧唧哝哝地说道："老师太越没志气了，一个香火道人，也把块葬地与他。若是死了个和尚，必须造个大冢，传下两三代，休想剩半亩菜园。终不然把这寺基废了，都做坟墓罢。"慈长老只做耳聋，由他们自言自语，只不则声。

不一日，择吉入土。众僧们也有推伤风的，也有推肚痛的，都不肯来帮助。只一个老和尚把铙钹响着送葬。当晚慈长老就收拾蛋子和尚到自房里去安歇。到第三日，蛋子和尚要做老道的羹饭，念老道是奉斋的，特地买一块豆腐，把碗盛着，放在厨下。又去买些纸钱，转来取豆腐时，不知哪一个移在烧火的矮凳上，被狗子吃去了。蛋子和尚明知是众僧们故意如此，又恼又苦，对着灶下哀哀地啼哭。众僧出来揽事道："这厨房须不是刘氏门中祠堂孝堂，只管哭甚鸟。早知这块豆腐恁地值钱时，老师太也该替你看守好才是，如今也不消啼哭，左右不是张狗儿吃，也是李狗儿吃，与你亲爷差不多。"

蛋子和尚被众僧一人一句，数落一场，也不回言。撇却纸钱，一径走出寺前，向水潭边一块捣衣石上气愤愤地坐着，想道：这伙秃驴欺得我也够了，我如今死了养爹，更没个亲人了。老和尚虽好，许多年纪也是风中之烛，朝不保暮。到底是个不好开交，不如半夜三更，放把火烧死了这伙秃驴，方出得这口气。只慈长老这条命要留下他的，怎的哄得他出得寺门便好。千思百量，心头火按捺不下。提起拳头向那捣衣石上只一下，把一边角儿打个粉碎。

此时东邻的朱大伯也故了，有个儿子，唤做丑汉。大伯死后，老和尚念其前因，把五斗麦子去助他丧事，又领着蛋子和尚到他灵前磕头，所以蛋子和尚与丑汉一向相识来往。这日丑汉正在潭边埋着头洗菜，只听得石头碎响，抬起头来看时，认得蛋子和尚，问道："蛋师为甚在这里试力？"蛋子和尚坐着只不做声。丑汉道："你与谁斗寡气来？出家人戒的是酒、色、财、气四件，酒是没要紧；虽说色财两字，哪里便有什么婆娘与你偷，钱钞儿与你搬；只这气，是日日有的，第一要戒的是它。"蛋子和尚听了这话，十分气已降下三分了，便道："老哥好话，我别无他事，只受这一班秃驴欺瞒不过。"丑汉道："我父亲在日，常说你是不落血盆的好人，怎的与他们一般见识？自古道欺一压二，他先进寺门一日大，你又是单身，除非别处去，不住这寺中罢了。若要同锅吃饭，后日慈长老去世，还要在他们手里讨针线哩。思前算后，总不如耐气为上。"说罢提着一把菜，向东去了。

蛋子和尚因这一席话，把放火烧寺的念头撇开，决意出外游方。想着慈长老待我甚好，不对他说一句如何使得，又想道：若对他说，一定不放我去，不如硬着肚肠，就今日撇开罢。依先入寺到厨下去看时，纸钱还在碗柜上，取来就焚在灶前。走到慈长老房中，魃地里将随身衣服被单打个包裹放着。等到天晚溜出寺门，趁着月光，拽开脚步便走。有诗为证：

> 不分南北与西东，大步行来去似风，
> 未必前途都称意，且离此地是非中。

不说蛋子和尚去后，且说慈长老当晚不见蛋子和尚进房，问着众僧，都推不知。过了一夜，明日看他的衣服被单都没有了。心下疑虑，对众僧道："你们哪一个与小和尚斗口来，他衣服被单都收拾去了，也不对我说声，定是赌气去的。"众僧哪个肯认，都说："我等并无口面，他立心要游方久了，只牵挂着刘狗儿，昨日烧些纸钱，是打账出门的意思。"长老不信，吩咐众僧四下里寻访他回来。众僧口里答应，哪个去寻，只在寺前寺后闲荡了个把时辰，回复道："没处寻，想他去得远了。"吃了早饭，慈长老又催促众僧分头再去，自家挂个竹杖，也去村中走了一回。转到寺前，见这些徒弟徒孙们在水潭边一行儿摆着，捡些瓦片儿赌打水跳耍子。慈长老发个猴急道："我老人家也自家去奔走了一遍，亏你后生们看得过，在这寺里相处几时，全没些情分，就不去访他个下落。"众僧见慈长老认真，越发不在意，一个道："不消寻得他，想着老师太怎地牵挂，决不去远的。只两日三日自然来看你。"又一个道："老师太你便牵挂他，他倒不牵挂你。若是他心地好时，不走去了。就去也对你说声。"又一个道："他将来是一寺之主，我们都没用的，怎教老师太不牵挂。"又一个道："他又没有俗家，原是个倘来僧，老师太有处寻他来，还有处寻他去？又不是我们作中过继到寺内的，认得他何州何县，向海底下捞针去。老师太你必定晓得些踪迹，对我们说知，待我们写个长帖请书，请他到来便了。"慈长老被众僧七张八嘴，气得开口不得，回到房中，落了几点眼泪。

以后也不教众僧去寻了。每日锁了房门，自家各处挨问，每遍回来，众僧背后做手势装鬼脸，慈长老只做不见。过了月余，毫无音耗。慈长老又在观音大士前求了好几遍签，都是不吉话儿，想着起初求的签诀上说道"螟蛉只暂时"，又道"来处来时去处去"，一定是寻不着了。那签是第十五签，刚刚抚养到一十五岁，想是天数已定，无可奈何，叹口气也只得罢了。正是：世上万般哀苦事，无非死别与生离。天下无有不散的筵席。这段话缴过不提。

再说蛋子和尚出了寺门，立心要游各处名山，访个异人，传个惊天动地的道法。一路化缘前去，到全州湘山光孝寺中，拜了无量寿佛的真身。又往衡州朝了南岳衡山，把七十二峰、十洞、十五岩、三十八泉、二十五溪都游个遍。逢山看山，逢水看水，遇个游方僧道便跟他半月十日，看他没甚意思，又抛撇了。如此非一。忽一日，同几个僧家，来这沔阳云梦山下经过，到个所在，终无人烟，都是乱山。贪着僻静，只顾走，只见白雾漫漫，前途不辨。心中正在惊疑，内中一僧在后面把手招道："快转来，走错路了。"蛋子和尚随着僧伴转去，问道："这是什么所在？"那僧一头走，一头说道："闻得这里有个白云洞，乃白猿神所居。因有天书法术在内，怕人偷去，故兴此大雾，以隔终之。一年之内，只有五月五日午时那一个时辰，猿神上天，雾气暂时收敛。过了这个时辰，猿神便回，雾气重遮。内有白玉香炉一座，只香炉中烟起，此乃猿神将归之验。曾有个方上道人，趁着这个时辰进去，将到洞口，看见一条石桥，甚是危险，情知走不过，只得罢了。这雾气不知许多里数，若误走进去，被雾迷了，四面皆无出路，就是跑得出时，受了这雾气在肚里，不是死也病个够。这云梦山共有九百里大，本地还有不晓得白云洞的。"蛋子和尚听了，心下想道：原来真有这个法术在此。我若没缘时，便与哪个有缘？

蜑和尚一盜袠
法法

过了几日，撇却了同行僧伴，独自径到云梦山旧路来，傍着近雾之处，折些枯木，摘些松枝，低低地搭起一个草棚。日里出外投斋化饭，夜间只在棚中歇息，专等端午日，要到白云洞中盗取白猿神的天书道法。若是一偷就偷着了，哪一个不去走一遭儿，也不见得天书妙处。正是：受得苦中苦，方为人上人。毕竟蛋子和尚怎么样去盗法，且听下回分解。

第九回

冷公子初试魇人符
蛋和尚二盗袁公法

道法缘流各一宗，白云洞里最神通。
有缘千里能相会，无缘对面不相逢。

话说蛋子和尚在云梦山下草棚中栖身，专等五月端午日雾气开时，便去白云洞中盗法。此时已是四月初旬，算来端午只有一个月了，心下十分焦躁。虽然求法的念头甚诚，还在半信半疑，恐怕那僧伴所言，道听途说，未知是真是假。若是假时，这雾气哪里来的？时常跑在山头上打个探望，只见茫茫荡荡的一片白，正不知中间是甚样光景。

一日，吃饱了饭，又买些酒来，吃个半醉，说道："闻得醉饱之人，雾气伤他不得。我头顶着天，脚踏着地，怕什么袁公袁婆，等什么端午端六？只管问他要这天书罢了。"乘着酒兴，冒雾而行，约进去还没有一里，那雾气渐浓，眼也开不得了。只得转身出来，方知僧言不谬。

守得到端午日，看看已牌时分，雾气渐开。交了午时，天气清爽。蛋子和尚道："惭愧！果有此话。今日被我守着了。"脚穿一双把滑的多耳麻鞋，手提一根檀木棍儿，抖擞精神，飞也似一般奔去。行过二三里外，高高低低，都是乱山深泽，草木蒙茸，不辨路径，只中间一线儿，略觉平稳，似曾经走破的。依着这路行去，约莫十里之程，果然有个石桥，跨在阔涧之上，足有三丈多长，止一尺多阔，桥下波涛汹涌，乱石纵横，如刀枪摆列。蛋子和尚初时看见，未免骇然。一念想着，既到此间，如何生退避心，死生有命，怕他怎的。把双眼只看着前面，大着胆索性跑去，不觉一溜烟地走过了。那边便是石洞，洞口上面镌"白云洞"三字。进得洞时，好大一片田地，别是天日。但见：

平原坦坦，古木森森。奇花异草，四时不谢长春；珍果名蔬，终岁非栽自足。楚王游猎，驰骋未经。司马词章，形容不到。避秦假使居斯地，纵有渔郎难问津。

蛋子和尚观之不足，玩之有余，行到前去，见一座大石峰，峰上供着一个白玉炉，莹洁可爱。蛋子和尚道："且莫论天书法术，只这般景致，这般宝贝，都是世人梦想不到的。今日到此，也是宿缘有幸。"爬上峰头，正待饱玩，忽闻得香气触鼻，刚说得一声奇怪，早见炉中一缕香烟，袅袅而起。蛋子和尚大惊道："莫非午时过了，白猿神归来也！"扑地地跳下峰头，也不回顾。一心照着来路狠跑，连这根檀木棍儿也忘失了。到得石桥边，只见霏霏霡霡，雾气渐生。这和尚着了忙，在桥上打个脚踅，险些儿落在下面去。且喜过了石桥，胆便壮了。放开脚步，十来里路须臾走到。方才回头看时，一天浓雾，把洞门依旧遮藏。回到草棚中，坐了一个多时辰，喘息方定，心中纳闷道：特地这遍辛苦，只看些景致，讨不得一点儿消息，还不知这天书真个有也没有。正是：贪看天上中秋月，失却盘中照夜珠。到那一个端午，整整地还有三百六十日，怎生样挨得过？又思想了一回道：一遍生，两遍熟，再等一年，我也不看什么景致了。一口气跑到那白猿神的卧室，随他藏得天书多多少少，满担地挑他出来，任我拣择取用，却不好？从此，息心息意，做个长久之计。把这草棚儿，权当个家业。整月整日地四处去闲游募化。

一日，行到一个地方，名曰永州。其地有个石燕山，有个浯溪，都有些奇处。那石燕山上堆满的零星碎石，状如燕子。若风雨时节，其石乱飞，就像飞燕一般。人若走近，也扑在身上来，及至拿到手中看时，还是一块石头。风息雨止，便不飞了。那浯溪石崖上，天然嵌下一块镜石，高一尺五寸，阔三尺，厚三尺，其色如漆，明澈异常。虽比不得秦时照胆镜，把五脏六腑都照出来，却也一根根须眉，朗然可数。蛋子和尚因爱这两处古迹，在永州多住些时。

一日，又到石崖边去看时，不见了石镜，单单留下个窟窿。正当惊讶之际，只听得山坡上銮铃声响，一群人众飞奔前来。蛋子和尚伏在一株大松树后，偷眼觑时，为首马上的，是一位年少郎君，生得唇红面白，头戴唐进士巾，身穿吴绫道袍，骑下一匹瓜黄马儿，后面跟着十来个家童。那郎君下了马，步到崖边。看着这个窟窿，指天画地，不知与家童说些什么。随后四个庄户，牵绳带索地扛着一块黑色大石头来。蛋子和尚心下想道：一定是这郎君取了那石镜去了，把石头照样做一块来嵌着哄人。只见庄户抬到崖边，众家童道："趁这绳索方便，不要歇手。"众人一齐上前助力。也有在上面牵的，也有在下面推的，也有将杠子帮衬的。不一时，将那块石头弄到窟窿跟前，相着体势，安顿停当。慢慢地抽起绳索，那石头恰好嵌下。众人发起一声喊来。原来那块黑色石头，就是石镜。

这郎君姓冷，是本处冷学士的公子，虽然生得标致，为人刻薄，诨名叫做冷剥皮。有个田庄，只在这五里之内，叫做冷家庄。这冷公子一心爱那石镜，蓦地教人偷回庄上去。谁知此镜有神，离了石崖，就如黑炭一般，全无半毫光彩。方才送还旧处，刚刚嵌入，明朗如故。蛋子和尚听得众人发喊，伸出头来看时，冷公子早已瞧见，喝道："兀那和尚！独自一个在此探头探脑，莫非是剪径的毛贼么？"蛋子和尚只得出身向前，打个问讯，道："贫僧稽首了。贫僧是泗城州人氏，发心要朝各郡名山。经游贵地，不知贵人到来，失于回避。"众家童道："这行脚僧无礼，见了大爷，头也不磕个儿！"蛋子和尚却待回言，倒是冷公子说道："出家人不须行礼，动问长老尊姓何名？到敝地几时了？挂搭在于何处？"蛋子和尚道："贫僧在迎晖山迎晖寺出家，叫做蛋子和尚。到贵地虽然将及一月，并不曾落个寺院，只是风餐露宿。"冷公子便道："难得有缘相遇。敝庄不远，欲屈长老到彼素斋，是必勿拒。"蛋子和尚道："多承大檀越厚意。"当下冷公子上马先行，吩咐两个家童，跟随长老，随后慢来。

却说两个家童在路上对长老说道："我大爷好的是道家，不信佛法。从不曾斋一个僧，布施一文钱的。今日见了长老，便请庄上赴斋，是十分敬重，破格相待了。"蛋子和尚道："你大爷姓甚？"家童道："姓冷，百家姓上冷訾辛阚的冷字。家老爷在朝，官拜翰林院学士。止生下这一位公子，留在家中读书。新近娶了个小主母在庄上，以此这几日只在这庄上住。"说话之间，已到庄前。蛋子和尚看时，果然好个冷家庄。但见：

门迎黄道，山接青龙，路列着几树槐阴，面对着一泓塘

094

水。打麦场，平平石碾，正好蹴球；放牛坡，密密草铺，又堪驰马。层层精舍，似齐孟尝养客之居；处处花台，疑石太尉娱宾之馆。定是宦家良别业，非同村户小庄园。

蛋子和尚到得堂中，冷公子出来重新讲礼看坐。问道："长老出家几年了？青春多少？不像有年纪的。"蛋子和尚道："贫僧虚度一十九个腊了。从幼出家的。"原来僧家不序齿，只序腊。冷公子道："俗家端的姓甚？难道真个姓蛋不成？"蛋子和尚道："贫僧在佛门长大，并没有个俗家相认。只这'蛋子'二字，姓也是他，名也是他。"冷公子道："闻得命犯华盖的，定要为僧为道，长老从小入空门，是十二分的硬命了。今年十九岁，是哪月日生？"蛋子和尚道："贫僧是月内领进寺门的，说起来像是十一月的光景。日子时辰，都不晓得。"说罢，只见一个家童出来问道："素斋已完，摆设何处？"冷公子沉吟了一会，答应道："摆在采莲舫里罢。"冷公子先起身道："请长老到后园赴斋。"蛋子和尚："多谢了。"冷公子道："方才失问了，敢也用些荤酒么？"蛋子和尚道："荤酒倒不曾戒得。"冷公子笑道："怪道长老这般雄壮，恁地时，小庄倒也便当。"吩咐家童把些现成鱼肉之类，暖一大壶好酒，一同素斋送去。又道："在下有些俗事，不得相陪了。"蛋子和尚道："不消费心，少停拜谢。"

当下别了冷公子，随着家童弯弯曲曲走到后园。这园上有个鱼池，约莫数亩之大，正中三间小小亭子，仿着江南船样，一顺儿造进去的。亭子四围，种些莲花。此时深秋天气，虽没花了，还有些败叶横斜水面。亭上有个匾额，写"采莲舫"三字，旁注"探花冯拯题"。池南边三间大敞厅，两旁都是茂竹。厅前大石条砌就一个玩月台，台下系一只小小渡船。家童请长老下了渡船，解了缆，把个单桨儿划着。顷刻到那亭子边，送和尚进那采莲舫内，依先划着渡船去了。蛋子和尚看时，果然与船舫无异，一间间都有照壁隔断，都是开关得的。第一层，是个小坐起；第二层，又进深些，摆列有桌椅等件，旁边都是朱红栏杆，挂下斑竹帘儿；第三层，四围暖窗，中设小榻，分明是个卧室。蛋子和尚心里暗想道：要请我吃斋，到处吃得，如何送我在这水池中间，敢是怕我走了去，不领他的盛意么？终不然，难道他不信佛法？怪我们僧家，哄我到这绝路饿死不成？正在彷徨之际，只见两个家童，抬着食盒，划了渡船，送到亭子中间桌上摆着，是一碗腊鹅，一碗腊肉，一碗猪膀蹄儿，一碗鲜鱼，一碗干笋，和那香蕈煮的一碗油炒豆腐，一碗青菜，一碗豆角，共是四荤四素；一大壶酒，一锡掇子白米饭。蛋子和尚叫声起动，也不谦让，恣意饮喋。众人等他吃完，收拾过了，抹净了桌子，却待转身。蛋子和尚问道："你家大爷在哪里？贫僧作别了好去。"众人道："大爷还没有主意，想是要留长老过夜哩。"说罢，众人下船，又划去了。蛋子和尚道："留我过夜是什么意思？我且耐心住着，看怎地。"看看天晚，又是两个家童，一个抱着一副铺陈，一个拿些茶食点心之类，下了渡船到亭子上。一面摆着茶食，请师父用茶；一面摆设卧具，叫声安置，他两个又下船去了。蛋子和尚道："且快活睡他一夜，明日却又理会。"当夜无话。

到得天明，两个家童又来送汤送水，摆设早饭，整整齐齐的两荤两素。蛋子和尚吃罢，便道："贫僧无功食禄，今日是必要去了。"家童道："大爷还要与长老面会讲些什么说话，这几日不得工夫，只教我们好生管待长老，莫要怠慢，你且宽心住下几时，怕他怎地。"蛋子和尚道："你大爷有甚说话，索性说个明白，我住在此也安稳。"家童道："大爷肚里的事，我们手下人怎晓得。长老莫非夜间怕冷静，要个人作伴么？若是要时，莫说别的，就要个婆娘也是容易。去年大爷养个全真道人，也在这个亭子上，讲什么采阴补阳的法儿，每夜少不得婆娘相伴。大爷曾唤过了三四个娼妓陪伴他来，作成我们也鬼混了一个多月，如今往洛阳去了。约道今年又到，还不见来。"蛋子和尚道："贫僧从不曾破色戒，也不怕冷静。只是一件，既承你大爷美意相留，放我在这园上闲走闲走，散淡一时也好。"家童指着南边敞厅道："这厅后一带楼房，就是娶的新姨住下，常有丫鬟们下楼采花，恐怕外人行走不便。"蛋子和尚听得这话，便不开口。

话分两头。却说冷公子生长富贵之家，迷花恋酒之事，倒也不在其内。只有一件不老成，好的是师巫邪术，四方荐来术士，无有不纳。恰好这几日前，邻县王枢密的公子荐一个人来，叫做酆净眼。自言眼净，能见神鬼，更有个魇人之术，且是利害。汉时巫蛊之事，刻成木人，手持木棍，埋于地下，夜间祀鬼咒诅，使木人往击其人。唐时吕用之在高骈门下用事，专权乱政，将铜铸就高骈一个小小身躯，眼耳俱用物蒙着，藏于篋中，埋于自己卧床之下，使他耳目昏乱，唯我所制。则今酆净眼之术，又自不同。要魇那人时，在僻静处设立祭坛，供养神将，坛前画一大圈，圈内放一个瓷坛，将那人姓名、籍贯、生年、生月、生日、生时开写，置放坛内，他在坛前书符念咒，摄其生魂。三日摄不来，到五日；五日摄不来，到七日。生魂来时，止长一尺二寸，面貌与其人无异。若走进圈内，把令牌一下摄入坛中，书符封固，埋之坎方，其人立死。有诗为证：

当年老耄说高骈，太子曾含巫蛊冤，
若使咒人人便死，谁人不握死生权。

冷公子初試厭人符

这四句诗言人死生有命，就是魇魅之术弄得死时，也是本人命尽禄绝。俗语道得好：棺材头边，哪有咒死鬼。然虽如此，又有一句话道是：宁有屈死，没有冤生。若是那人后禄正旺，便遣个天雷也打不杀他；若是庸常之辈，一般也有屈死的，终不然阴司设立枉死城，为着什么。

闲话休提，且说冷公子闻酆净眼有这家法术，急欲学他，但未曾试得真假何如。见这蛋子和尚是个游僧，又不曾落个寺院，一心哄他到家里，要将他试法。已问得他名字、籍贯了，只这生辰单有年月，却没有日时。便着人到酆净眼下处，请他到来，商议此事。净眼道："若没有生辰，须得本人贴身衣服一件，及头发或爪甲，也是一般。"冷公子道："这却容易。"便唤家童取匹新布做成衫儿，送与那和尚，道："大爷恐怕长老身上不净，教送这件布衫，换下旧的来浆洗。"又唤个待诏与他净头，吩咐暗地收拾他剃下的头发来回话，莫抛失了。那和尚只认做好意，哪知就里。便是家童也不晓得主人之意。当下哄得他脱下贴身布衫一件，又收拾得剃下的一头短发献与冷公子。冷公子不胜之喜，就同酆净眼到东边一个收米的仓厅上来，如法摆设坛场，办下些纸马香烛之类。只留两个极小的安童答应。将仓厅门儿下锁，每日办下三餐，家人们都在门口声唤，安童开锁接进，并不许进来窥看，真个鸡犬不闻，甚是秘密。

却说酆净眼巴不得魇死那和尚，显他术法有灵，传授与冷公子，得他一注大财，怎不用心。当下取一幅黄纸，写下奉法追取生魂一名蛋子和尚，泗城州人氏，迎晖山迎晖寺出家，今游方到本处缘由。将他头发裹做一个包儿，又将他贴肉布衫书下许多追魂符在上边，总做一束放于净坛之内。坛前将石灰画个大圈，圈中安着净坛一个。酆净眼一日行香三遍，夜间在坛前焚符念咒，步罡踏斗，每夜弄到二三更。到第三日，这里全无影响，那边蛋子和尚已觉有些头疼身热。到第五日，看看病倒，爬身不起。酆净眼见圈子外微有黑气往来，已知是游魂荡漾。次日教冷公子问取和尚消息，得知卧病不起，越加用心，做张做智地施设。到第七日黄昏以后，那团黑气往来甚频，不住地在圈边打旋。交至三更，果然聚成一尺二寸一个小和尚之形，或退或进，徘徊圈外。被酆净眼圆睁怪眼，把令牌向案桌上狠击一下，喝道："值日天将，城隍土地！这时候不奉吾法旨，更待何时！"说犹未绝，那小和尚一滚滚进圈来，对着坛中，便钻下去。不钻时犹可，一钻下时，忽坛前起阵怪风，空中如霹雳之声，坛儿迸开七八块。那酆净眼口吐鲜血，死于坛前。可怜做了一世的术士，到此未能害人，先害自己。有诗为证：

邪术有验害他人，无验之时损自身。
圈外游魂仍不灭，坛前净眼总非真。
法随瓮破儿童笑，咒与人空公子嗔。
万事劝人休计较，举头三尺有神明。

后人又有诗云：

毁人还自毁，咒人还自咒。
譬如逆风火，放着我先受。
咒诅祸如灵，祈祷福且厚。
冥冥司命者，大权宁倒授。
愿发平等心，相安庶无咎。

冷公子惊倒在地，半晌方才苏醒。两个十来岁的安童，吓得啼哭不止。当下冷公子慌忙自去开锁，唤起家人收拾坛场尸首。到来朝买下棺木盛殓。一面写书与王枢密公子，只说中恶身死；一面教人打听蛋子和尚时，那和尚出下一身冷汗，病已好了。冷公子十分没趣，虽然机关不曾漏泄，却也无颜见他之面。封下二两银子，教原服侍他的两个家童打发他起身。自己只推远出，不与相见。蛋子和尚只道见他有病不留他居住，却不知借他试法，险些儿送了残生。当下蛋子和尚接了银子，千恩万谢道："多承布施了。"剃着光光洁洁的头儿，贴肉又换了一件新布衫，欢欢喜喜，离了冷家庄而行，依先四处游方去了。

却说王枢密公子，接得冷家书信，打发回书，也免不得报与酆家家小知道。他家也有妻儿，女儿、亲儿、眷儿闻知此信，赶上一大队过这冷家庄来，守着棺木哭哭啼啼。冷公子没奈何他，自知事不正气，央个主文先生出来，处些殡葬之费与他，又把些盘缠银两送与众人。内中有个出尖的奸猾老儿，与主文先生私讲，得了些偏手于中，一力担当撺掇，抬回棺木方才清净，也废过百十两银子。冷公子一生刻薄，惯要算计别人，不道这一番做了折本的买卖。地方邻里见是宦家，又是有名的剥皮公子，谁敢出头开口，只背地里暗笑。正是：大风吹倒梧桐树，自有旁人说短长。不在话下。

再说蛋子和尚闲游度日，光阴似箭，不觉又是一个年头。闲话休叙，看看花枝变绿梅子翻黄，已是五月节气。蛋子和尚一月前便回到云梦山下，将草棚添盖完好，依旧住下。预先积下干粮，从初一日起便不出去化缘，只在棚中打坐，蓄养精神。到第五日早起，便扎缚停当，一条搭膊，将布衫儿紧紧拴住，穿下双多耳麻鞋。约莫午时将到，冒着雾气就走。比到桥边，刚刚雾气敛尽，蛋子和尚喜不自胜。这是第二回了，越发胆大，信步行去，早过了那三丈长一尺阔的不测飞梁。进得洞门，无心观看景致，望着那座供

蛋和尚二盗袁公法

白雲洞

白玉炉的大石峰一直走去。原来石峰对处是个天生石屋，约有民房五六间之大，中间空空洞洞，并无铺设。穿过石屋，后面又是个小小石洞。蛋子和尚道："这洞内，想必白猿神藏书之所矣。"低着头钻进洞去。正是：不施万丈深潭计，怎得骊龙颔下珠。只因这一番，有分教：蛋子和尚再费一片精神，重受一年辛苦。毕竟几时才盗得法来，且听下回分解。

第十回 | 石头陀夜闹罗家畈
蛋和尚三盗袁公法

休将懒惰负光阴，铁枪勤磨变绣针。

盗法三番终到手，世间万事怕坚心。

话说蛋子和尚暗想：这小洞内必是袁公藏书之所。低着头钻
进去时，只见里面弯弯曲曲，或明或暗，或宽或窄，有好几处像屋
的所在。内有石床、石凳、石椅、石桌之类，亦有石笔、石砚、石
碗、石瓮，诸般家伙，俱生成形象，拿不起的，并不见有什么书
籍。再进去时，洞渐小了，地下低洼，约有一二尺深的水，料是尽
头处了。复身转来再看一回，已知天书不在其内，钻出洞来，到前
面石屋内，周围细看，叫一声："啊也！"远不远千里，近只在目
前，这两边石壁上，镌满许多文字，不是天书，又是何物？只是一
件，天生石壁掇又掇将不去，要抄录时，纸墨笔砚又不曾带来，如
何是好？且凭着自己记性看他几条下肚，也不枉辛辛苦苦走这两
番。方才站定脚头，抹一抹眼角，仔细从头辨认那字脚，忽闻得一
阵香气扑鼻，走出屋外瞧时，白玉炉中早已烟起。慌得蛋子和尚不
敢回头，拽开两腿，脚不点地，一口气直跑过了石桥。到了松棚里

面，打坐良久，喘息方定。自古道痛定还思痛，想着两遍到白云洞中，担了多少惊怕，受了多少辛苦，不曾掏摸得一些子在肚里，不觉地放声大哭。一连哭了三日三夜，兀自哀哀不止。只听得外面大声问道："棚中何人，如此悲切？"蛋子和尚听得人声，抹干了眼泪，钻出棚外。看时，却是个白头老者。怎生模样？但见：

眉端抹雪，颏下垂丝。声似洪钟，形如瘦鹤。头裹着一幅青绢巾，脑后横披大片。身穿着四镶黄布袄，腰间紧束细绦。脚端方舄，飘飘直欲凌云；手执藤条，步步真堪扶老。若非海底老龙，定是天边太白。

蛋子和尚见他形容古怪，连忙向前打个问讯。那老者又道："长老不多年纪，缘何独自一个住在这荒山之中，有甚苦情，啼啼哭哭？试向老夫诉说则个。"蛋子和尚道："好教长者得知，小僧从幼出家，并无亲属，只因一心好道，要学个惊天动地之术。闻知此山有个白云洞，内藏着天书道法，因此不辞辛苦，欲求一见。谁知两遍端午到得洞中，全没用处。"便把第一遍寻不见天书，第二次见了又不能抄写，备细说了一遍，说罢又哭起来。老者劝道："长老不须过哀，听老夫一言。这白云洞，老夫少年也曾到过。"蛋子和尚转悲为喜，忙问道："长者既曾到过，必见天书，不知抄录得多少？"老者道："虽则看见，无计传取，后来遇着方上一个全真道人，对老汉说，此天庭秘法，不比凡书，可以抄写。要传法时，也不用笔临，也不用墨刷，只用洁白净纸带去，到那白玉香炉前，诚心祷告，发个誓愿，替天行道，不敢为非。祈祷过了，便将素纸向石壁有字处摹去，若是道法有缘的，就摹得字来；若无缘时，一个字也没有。"蛋子和尚道："长者可曾摹得？"老者道："老汉精力已衰，就摹得来也做不及了，故此不曾。"蛋子和尚道："长者高居何处，若小僧摹得来时，好来请教。"老者道："老汉离此不远，闲时又来相探。"说罢策着一根藤条，望东路一直去了。蛋子和尚似信不信地道："一不做，二不休。拼得功夫深，铁枪磨成针。再守他一年十二个月，好歹要掏摸些儿本钱到手。终不然这秘法不许人传，又镌它在石壁上怎的？"从此息了念头，又做着下年的指望。一连四五日内留心访那老者住处，并无踪迹，心肠又放慢了。这松棚中怎过得一年四季，少不得打叠个衣包，提一根防身短棍，仍向外方游行化斋。不一日来到辰州地方。且说辰州是甚样去处？

　　复岭重冈，控溪扼洞。山有二酉五城之雄，水有黔江武溪之胜。罗公隐处，鸟鸣占雨无差；辛女化来，石立与人不异。明月洞，泉澄岩上；桃花山，春满峰头。齐天秀色每连云，龙洞腥风常带雨。

　　蛋子和尚在辰州往来游食，非止一日，无事不提。却说这日偶行至黔阳县界上，到一个旷野所在，高低不等，四望都是乱冢。此时八月下旬天气，草深过膝，甚是荒凉。走了多时，并无处化一口斋饭吃，看看日色坠西，肚中饥饿。正没摆布处，忽见高冈上四五个樵夫，挑着柴担，忙忙而走。蛋子和尚赶上一步，扯住个老成的问道："贫僧要到黔阳县中，哪一条路去近些？"樵夫指道："向南只管走下了这冈子，便是罗家畈大路。那里有几家庄户，你再问便了。天色已晚，咱们还要赶过界口去，没工夫与你细讲。"说罢，招呼一声前面伙伴慢走，挑着担飞也似去了。蛋子和尚不好阻挡，遥问一句道："这里唤做什么地名？"听得那边答应个"乱葬岗"三字。蛋子和尚点头道："怪得丘冢累累，原来是土人埋骨之所。人生一世，草生一秋；不学些本事，做些功业，扬名于万代之下，似此一抔黄土，谁别贤愚也。"叹了一口气，向南而行。又去了好多路，地势渐平，见有几处田畦禾黍，想是罗家畈了。只不见个居人，也有几间零星草房，都封锁着门，没人住下。只得忍饿又走，看看日落天昏，望见隔溪一林树木，那里像有个人家。欲待渡溪而去，不知深浅，走近滩边，把这防身短棍竖起，向水中一按，打个探子，谁知水深丈余，那棍头直到水底，跳将起来，便半横半竖地向下流溜去了。蛋子和尚打捞不着，只得舍了这棍。沿溪走去看时，约莫又是一箭之地，溪面稍狭，有两根杂木，将草绳捆着，横倒水面做个浮桥。蛋子和尚性急，便把双脚踹上，不提防草绳日久朽烂，这边身势去得太重，把两根木头一脚蹬开。好个莽和尚，收脚不迭，蹋地躺将下去。喜得是个浅处，刚刚淹到乳旁，并不曾吃半口水儿，只将衣包都打湿了。左脚陷在深沙里面，挣得脱时，一只麻鞋已失了。当时无可奈何，不管三七二十一，拖泥带水走过那一岸去。将湿布衫和那裙儿裤儿脱下，绞干了水，依旧穿上。把右脚麻鞋一发脱下抛去了。赤了双脚，提了湿衣包，遥望着树林而走。

约莫离那林子，还有半里之远，早见有数间茅舍。近前看时，也闭着门在那里。门外茅檐边侧，铺着一窝乱草，一个头陀盘着双膝在上打坐，面前摆一卷经典，左首安放包裹，倚着一根两头铁裹的齐眉短棒儿。蛋子和尚向前叫声："老师父，贫僧是失水逃命的，求慈悲救护则个。"那头陀垂着眼皮，全然不睬。蛋子和尚又叫道："贫僧饥饿了，老师父带得有干粮，望布施些儿，见在功德。"那头陀只是不睬。蛋子和尚道："啐！是木的还是石的，只不开口。莫待缠他，我且去敲门，敲得开时，化碗热汤水吃也好。"又猛然想道：这屋内不知有人住没人住。那头陀同是佛门中出身，尚然如此，黑夜敲门打户，知道人心喜怒如何。打煞也只一夜，且喜不是个寒天，这湿衣湿裳在身上暖过一夜，好歹也干了，衣包便慢慢地整理，也不打紧。把搭膊将腰束紧，也来檐下向头陀对面打坐。

那头陀见这里和尚坐下去时，便骂道："死秃囚，这檐下是老爷要伸腰躺脚的，恁般不达时务，不管湿衣湿裳胡乱挤来，教老爷怎得安稳。"蛋子和尚想道：哪里有这个样出家人，开口便骂，直恁粗莽。没奈何，耐了气，又对他说道："贫僧走错了路头，一日没讨得口斋饭，又失脚落在溪中，浑身打湿了。夜晚没处去，权借这檐下挨过一宵，明早就行，与老师父没甚妨碍。望乞相容则个。"那头陀愈加发狠，骂道："死秃囚，你不认得老爷么，老爷叫做石头陀，异名石罗汉的便是。一生游方，行也是独行，卧也是独卧，不惯与人合伙。你这秃驴知是好人歹人，来此混账，走便走，不走时，一棍就结果了你性命。"说罢，便站起身来，将手去摸那棍棒。蛋子和尚又饿又冷，身边又没器械，只怕那头陀了得，敌他不过，慌忙立起道："老师父息怒，贫僧回避便了。"那头陀又骂道："死秃囚，怕你不回避，须是远远地与我闪开，若在近侧时，老爷一眼瞧见，休想恕饶。"

蛋子和尚连声道："不敢，不敢。"提着衣包，望屋后便走。黑暗中正不知哪里去好，信步走去，到得树林中间，只见一株大松时，亭亭直上，约有百尺之高。心下想道：这树上倒好栖身，只是怎得上去？心生一计，将搭膊解下，连衣包拴在腰里，向那松树旁一株小树跨上去，一手揽着松枝，将身就势越过那树，又盘上几层，拣个大大丫杈中，似鸟鹊般做一堆儿蹭坐着。

方才安身得牢，忽听得下面声响。蛋子和尚眼快，在星光下仔细一看，只见那头陀提着齐眉短棍，在树林左右行来步去，东张西望，口里哼道："死秃囚，真个哪里去了？"穿过林子，又走去一段路，才缩转来，倒拖着棍棒，向旧路徐徐而去。

蛋子和尚看了叫声惭愧，且喜不遭他毒手。只是一件：那头陀独自一个坐在人家门首，好不冷淡，得个人作伴也好，为甚抵死不容。比及让了他罢了，又来东寻西觅，只恐我还在左近，放心不下。其中必有缘故。终不然，要做打家劫舍的勾当，怕我碍眼。这个荒村草舍，料有甚大财乡，动了他火，好生难解。且莫管他，自己安息一时，再处。方欲闭眼，不觉肚中饿得疼痛，肠鸣起来。蛋子和尚道："这一夜好难过，就熬过了今夜，来朝怎得气力跳下树去？便跳下时，跑走不动，倘遇了那贼头陀，干折个性命与他。闻得仙人餐松茹柏，我且学他一学。"把松枝上嫩毛摘来，试尝着，虽不可口，却也清香。吃了些儿，引得性起，不耐烦，不论老的嫩的，满把地放在口中乱嚼，咽下了许多，也觉得腹中充实了些。

忽然一阵风来，远远地闻得号呼哭泣之声。蛋子和尚道："奇怪，这里又不是热闹村坊，此声从何而来？"侧耳再听时，其声哀急，又像个妇女声音，分明在前面茅屋那一搭儿。蛋子和尚猛省道："是了，一定是那贼头陀干甚不公不法的事出来。"欲待不理，心头气愤愤的，怎忍得住！我且悄悄地去探个下落，也得放怀。当时解下腰间衣包，缚在树上，重把搭膊拴紧了腰，分开松枝，望下踊身一跳。两脚点地，毫无伤损。将身抖一抖，走出林子，照前来路，一步一步地挨去。

约莫茅屋相近，悄地舒头去望那檐下，略无动静。再走上几步，向前看时，已不见了头陀。走上檐头，左右细看，端的不见了。侧耳听时，里面哭声也住了。蛋子和尚心下疑惑，轻轻地推那门儿，原来是两扇旧白板门。这石头陀在里面用棍撑着，撑得不牢，初时推不开，以后用力一扠，扑的一声，棍儿倒地，左一扇门儿早开。这茅房原来是小小三间开阔，两进一披。头一进，两边安放些做屋的土砖木料，更有几件粗重家伙，中间空个走路。第二进，做个内室，左首披屋里面，安排锅灶。石头陀脱得上身赤剥，正在灶下烧火煮饭吃，听得开门响，慌忙起身来看。

　　说时迟，那时快，蛋子和尚一脚踹进门来，正端着棍儿，便曲腰下去绰棍在手。知道里面有人出来，急向木料堆里一闪，闪过。石头陀黑暗里急切不辨，见大门开着，便钻出外去探望。蛋子和尚乘着披屋下有些灯光透出，倒对着里面天井一溜进去。这边进去的还不晓得里面详细。那里面暗处，有个老婆婆先已瞧见和尚，叫声："啊呀！又是一位罗汉来到，死也，死也！"蛋子和尚听得声音，情知有些蹊跷，却待进步盘问，只听得大门右扇砰的一响，是那石头陀作势推开。蛋子和尚慌忙退出，仍伏在木料堆边。只见那石头陀踏进门内，复身向外，发狠地鬼叫道："有谁大胆的，敢进来么？"喊了一声，便䄜身下去摸那地下的棍儿，谁知这棍落在蛋子和尚之手。和尚有了器械，早壮了三分胆气，那时看得仔细，就他蹲下去时，做个水面捞衣势，将棍头对着他屁股狠力向上一挑。那头陀出其不意，精头皮倒垂磕下，横身卧地。蛋子和尚怕不了事，举棍又打下去。那边把右手来挡，正迎着棍儿，棍去得重，只一声响，打折了两个指头，连皮儿挂着。石头陀负痛便叫："好汉饶命！"蛋子和尚已知得了便宜，左手持棍，右手揸开五指，一把抓去，连腰胯连肚皮做一堆儿提起，到天井里面高高地向下一掷，那头陀杀猪也似叫喊。蛋子和尚上前一步，将右脚劈胸踹定，捏起升箩般大的拳头在他脸上晃一晃，喝道："贼头陀，你要死要活？"那头陀方才认得就是落水的和尚，只叫："师兄，是俺得罪了，饶命罢。"蛋子和尚骂道："贼头陀，我只道你是江湖上有名的好汉，少林寺出尖的打手，原来恁般没用的蠢东西。叫什么石

石頭陀大鬧羅家呶

罗汉，你便是铁罗汉，我也会销熔你起来。迎晖寺前偌大一块捣衣石，我也只一拳打个粉碎。先前我再三让你，是我出家人本等。你又到林子里面来寻趁我，你实说在此做甚勾当，惹得他家啼啼哭哭。快快说来还有个商量，若半句含糊，我也不用棍打，只教把你做个捣衣石儿，试我拳头一试。"

说罢，左手便把棍儿撇下，右手捻起拳头待打。那头陀心慌，又被蹬紧了胸脯，好不自在，尽力叫道："佛爷爷、佛祖师，你放俺起来，待俺细说。"蛋子和尚道："贼头陀，便放你起来，料你也不敢走。"却待松脚放他，只听得屋里黑暗中有人叫道："师父与我家伸冤则个！莫放松他。"蛋子和尚认得就是先前一般的声音，定了脚看时，只见个白发老婆婆，腰驼背曲，半蹲半走地摸将出来。到天井中，朝着蛋子和尚跪下，连连地磕头，只叫伸冤。蛋子和尚道："老人家不要多礼，你有甚冤情，快说来，我与你做主。"老婆婆道："这天杀的，坏了我家媳妇母子两口的性命。"只这一句引得蛋子和尚心头火起，将脚跟向那头陀的心坎里狠地蹬上一下，那头陀大叫一声，口中鲜血直喷出来。有诗为证：

僧家净业乐非常，何事芒鞋走十方。
做贼行淫遭恶报，分明好肉自剜疮。

蛋子和尚方才收起了脚，扯起老婆婆，问其缘故。老婆婆啼哭起来，指着披屋里面，说道："师父去看便知。"蛋子和尚还怕那头陀奸诈，再要加他几拳，只见他直挺挺的不动，踢他一脚，也不做声了，方才放心。走到披屋里去，把壁上挂的灯儿剔明，那锅中兀自热腾腾地气出，揭开锅盖看时，喷香的一锅热饭，是那头陀才煮下的。蛋子和尚正在要紧之中，便道："我且吃他两碗，却又理会。"向灶前拣起一把茅柴点着，去找个碗儿来用，刚刚地在破橱柜内取得一只瓷碗、一双柳木箸儿，猛看见墙角头又是一个人睡着，倒吃了一吓。仔细打一照，原来是个妇人剥得赤条条的，死在血泊里面。却好老婆婆带着哭也摸进来了。蛋子和尚问道："这妇人是你什么人？为何而死？"老婆婆道："一言难尽。"拖着凳子头儿教师父请坐。"听老身慢慢地告诉。"蛋子和尚道："你莫管我，尽你说，我都听得。"盛着饭，一头吃，一头听那老婆婆的说话。

老婆婆坐在门槛上，从头至尾告诉道："老身家姓邢，这死的是老身的媳妇。我的儿子叫做邢孝，在这罗家畈种田为生，因本县县令老爷贪财，责取里正要百来担好丹砂。这丹砂虽说出在辰州，却不是黔阳县土产，都在沅州老鸦井内，这井好不宽大，四围生成的青石壁，须要积下干柴，放起火来，烧得那石壁迸开，方才有砂现出。这里罗家畈庄户种田空闲时，都惯做这行生意。里正科敛百姓的银子，顾人去那边纳了地头钱，采取丹砂，奉承县令。这畈里几家庄户，都接受得工钱，但是有老婆的，都寄在亲眷人家去了。只我家媳妇有了五个月身孕，出门不得，又且老身七十多岁，两口儿做伴，在这房子内看守。一月前，邢孝还在家的时节，媳妇患个肚疼的症，急切没有个医人。刚遇这头陀上门化斋，儿子回他道：'现有病人在家，没心绪斋得你。'他问是什么病，儿子不合对他说道：'媳妇有四个月身孕了，现今患肚疼，只怕小产。'那头陀道：'我叫做石头陀，石罗汉。不但会看经，也晓得些医理。有个草头方儿，依我吃了，肚疼便止，又能安胎。'儿子也是没奈何，只得凭他解开包裹，把几味草头药煎来灌下，果然肚疼止了。当日请了他一顿饱斋，又不要钱，竟自去了。只道他是好人。昨日又到这里化斋，媳妇回他道：'男子汉不在家，改日来罢。'他不肯去，就把言语调戏我媳妇起来。媳妇闭了门进来了，不理他。

他坐在门首念经，只是不去。到更深时分，老身睡了，媳妇还在中间绩麻，那头陀晓得家里没人，悄地把门弄开，竟走进来，将媳妇抱住，恐吓她道：'若声唤，就杀了你。'当下被他强奸了，这还是小事。又教媳妇去烧下一锅滚汤，我要洗个热澡。媳妇只得与他烧了，又教倾一半在桶里，那天杀的原来不要洗澡，把包裹打开，取出一丸白药教媳妇吃了，后来易产。吃下后，便觉有些肚疼。他又解出两只新草鞋来，浸在锅内，对媳妇说道：'我要与你借件东西，合个长生不死之药。药成时送些与你吃了，大家升仙。'媳妇问：'是借什么东西？'他道：'要你腹中五个月的血胎。'媳妇慌急了，哭拜告饶。那天杀的双手抱定，剥个寸丝不挂，将她绑住手脚，按在桶上，把热汤揉她的肚皮，媳妇痛极了，再三哀告，只是不允。又将锅内两只热草鞋，轮番在肚皮上揉擦，可怜血胎坠下，我媳妇当时血崩而死。老身吓坏了，伏在后面，不敢则声。只听得那天杀的说道：'倒是个男胎。'他又在布袋内取米造饭，只待吃了便走。不期遇着师父到来，奈何了他，正是天理昭彰，恶人自有恶人磨。"

蛋子和尚也笑起来，问道："他取下血胎在哪里？"老婆婆道："想收拾在包裹里面了。"因这老婆婆话长，蛋子和尚也不知吃了几碗饭，把锅里吃个罄尽，只剩个锅底。和尚放下碗箸，向橱柜上层寻着他的包裹，就在锅盖上打开看时，里面又有小小布包儿，解开来是一条布裙子，正裹着血团团的小厮和那胎衣在内。又一包是十多两散碎银子。又是一匹细白布，包着一件烈火袈裟，也有件直裰子，及零星衣服。另有个布囊，盛下二三升杂米。蛋子和尚观着血胎，心下想道：不知他那长生不死的方儿是真是假，配甚药物，怎么取用。可惜造下这罪业，弃之无用了。念声阿弥陀佛，将血胎连布裙子递与老婆婆。老婆婆看见了，重复哭起肉来。蛋子和尚开了银包，只拣几块大的，约莫倒有五六两，把与老婆婆道："这银子你将去，断送了媳妇。"其余自家收拾起了。

此时天已渐明，走出天井，看那头陀面皮发黄，已自没气。脚下穿的倒好一双青布僧鞋，蛋子和尚剥来穿下。将这根齐眉铁包头的棍儿挑了包裹，叫声："老人家，那贼头陀已死了，太平无事，我去了也。"老婆婆道："师父你去不得。"蛋子和尚真个住了脚，问道："为何去不得？"老婆婆道："你虽然替我除了这害，撇下这两个尸首，教我七十多岁的老婆子，如何摆布？"蛋子和尚道："也说得是。我且把贼头陀的尸首撇在荒僻处，再来计较。"放下棍棒包裹，一手抓着那死头陀的腰裤，恰似小鸡儿一般提起，出了门，直到林子里面。此时天已大明，认得夜来这棵大松树，正待撇下尸首，蹿上去取那衣包。只听得远远的有人喝道："清平世界，哪里和尚杀了人，撇在这个地方。"蛋子和尚定睛看时，林子后面七八个庄家，一个个背着包裹、跨口腰刀、提口朴刀，飞也似奔将来。蛋子和尚不慌不忙撇尸在地，早蹿上树去，取得衣包在手。众庄家把这株大松树团团围定，蛋子和尚在树上叫道："贫僧不是杀人的，是杀那杀人贼的。列位闪开，待贫僧下来相见。"说罢，扑地一跳，跳出众人圈外。众庄家又把和尚围住，盘诘来由。蛋子和尚道："列位且说从哪里来？"众庄家道："我们奉县令老爷差委，往沅州采取丹砂。昨晚到县，和里正交纳，今早起个五更，走到这里。"蛋子和尚道："列位中可有邢孝么？贫僧要报他个信儿。"众人里面走出个矮黑汉子，上前道："在下便是邢孝。"蛋子和尚指着这死尸道："则个贼头陀便是你七世的冤仇。"邢孝听罢这句，好似一千个榔槌在他心上乱敲，面色都变了，一把扯住和尚道："还我个明白。"蛋子和尚道："如今我说时，你也不信。高居去此不远，列位休散了，大家去做个证见。"众人道："邢大哥莫慌。既然同到宅上，自然有个分晓。"当时大众随着和尚一路走，虽然脚尖儿同向前，脚跟儿同向后，却有三种情况不同。蛋子和尚的心下欣欣喜喜，好像撑船的逆风收港，有个结末了；众庄家心下疑疑惑惑，好像看把戏的，不知搬出甚故事来；只邢孝的心下惊惊恐恐，好像解察院的访犯一般，有罚无赏。正是：背人偷酒吃，冷暖自家知。

却说老婆婆见和尚去了，心中害怕起来。勉强去铺上拽一条被单，将妇人的尸首就地盖了。摸到门前，两头看着，又不知哪一条是来路，东一张西一望，只等和尚到来区画这事，梦里也不想儿子回来。这里老眼模糊还未分明，邢孝先走一步，早已看见，叫道："老娘，你缘何独自一个在门外看谁？媳妇在哪里，不陪伴你？"老婆婆一见儿子，扯住放声大哭，道："我儿，你早归一日，也不见得好端端的媳妇被什么石头陀石罗汉弄死了。"邢孝道："怎么说？"老婆婆哭道："她死得好苦！"邢孝抢进门来看时，众人随后都到了，一拥上前，到把老婆婆挤在后面。只见邢孝连被单抱起媳妇，放在后屋中间，对着捶胸大哭。众庄家人人凄惨，问蛋子和尚道："这事怎的样起？"蛋子和尚道："等邢大哥哭过了，自问老娘便知。"邢孝道："我娘年老之人，须是长老与我剖个明白。"蛋子和尚便把自家落水借宿，直到打死了头陀，后面你家老娘与我说如此如此，这般这般，备细述了一遍。邢孝止不住腮边吊泪。众人无不咬牙切齿。老婆婆埋怨儿子道："都是你听信了那天杀的鬼话，吃什么草头方安胎药，引得那贼头陀上门上户，弄出这事来。如今一命便是两命，却不是你自家害了妻儿一般？"众庄家劝道："老娘，如今说也是无益了。且喜得遇着这位长老，报了冤仇，死者也得瞑目。只是如今林子里躺着一个，家里躺着一个，不是个道理，也该作速计较。家里有米么，可煮些饭来吃了，相烦长老同到县令相公处首明。等他差官相验，顺便就带口棺木下来盛殓，省得过些时被做公的看见林子内尸首，又造言生事，在地方上做一场生意。"蛋子和尚道："闻得县令是个赃官，告诉他怎的，要埋时，自家埋下便罢了。"邢孝道："却使不得。"

当下敲火煮饭，众人各剩得有些干菜，都将出来，等饭熟大家吃饱。老婆婆把银子递与邢孝，说其缘由，邢孝又向和尚致谢。众人道："也要老娘去走一遭。"邢孝安排个羊头小车，教老娘坐上，锁了门，央一个相厚的庄户同推着车儿。蛋子和尚提了棍，把两个包裹打并做一个背着，跟了众人，一拥地到黔阳县来，等不多时，侯县令正升晚堂，众人将血胎一包当堂呈上，首告地方人命事。县令把一干人逐一审过，录了口词，当委县尉一员下乡相验。到次日晚堂回话无异，官批：

> 石头陀系无籍游僧，所犯虽重，已死不究。其尸责令地方埋讫。沈氏着邢孝自行殡葬，蛋子和尚因义愤杀伤，免罪。余人都发回宁家。单留蛋子和尚在县，有话吩咐。

退堂之后，侯县令教唤和尚到后堂书房中，屏去左右，夸奖了他几句，次说道："我有封紧要书信礼物，要寄到庆元府亲戚那边，路程遥远，没个可托之人。适才闻得你恁般义气，又且英雄了得，肯与我干这件功劳，回来之日，重重酬谢。"蛋子和尚道："贫僧游方之人，哪一处不去，既然相公尊委，不敢有负。"县令大喜，唤心腹吴孔目送长老到城隍庙居住，库上支两贯足钱发与道士，着他供给，等候修书完日，标拨起身。不提县令进衙收拾金珠银两，打叠箱笼之事。

却说蛋子和尚和吴孔目到城隍庙中，先有官身报知，道士迎进客座里坐下。蛋子和尚看见庙宇倾颓，房室敞坏，道士衣衫褴褛，便问道："这神庙香火可盛么？"道士道："神道极灵，香火也不绝的。"蛋子和尚默然无语。茶罢，吴孔目将两贯钱交付与道士，便起身吩咐好生管待。道士就把三百文钱送与吴孔目，折个东道，送他出门去了。道士问了蛋子和尚吃荤用酒，忙忙地吩咐庙祝买东买西，安排停当，摆设在卧房里面，请他来坐。又把自己铺盖搬了出来，让这房与和尚安歇。蛋子和尚饮酒中间，问起道："既然神道又灵，香火又盛，为甚庙宇恁般狼狈？"道士叹口气道："虽然如此，在小道却有损无益。"蛋子和尚低声问道："莫非县令难为你们？"道士脸都红了，不敢答应。蛋子和尚又道："贫僧与这县令素不相识，只今日要贫僧到庆元府走一遭，相留在此，贫僧一时应承了，不知是什么书信。闻得县令是个贪官，刻剥百姓，足下必知其详，你休疑虑着我，但说不妨。我们出家人，难道倒与赃狗做一路不成？"

道士见他语言出于至诚，便把两指做个钱圈儿，说道："县令老爷爱的是那个东西。莫说别件，只这城隍庙里，不论月大月小，要纳还他香火钱十贯。不足数时，小道还要赔补，若布施得些木料在这里，县中便来取用去了。所以门面廊庑都无力修整。他戴了幞头，神道也是势利他的。虽说威灵显赫，只在小百姓上做功夫，撞着做官的全无报应。"蛋子和尚道："他是哪里人氏？有甚亲戚在庆元府？便一封书信打什么紧，是必用着贫僧。"道士道："他正是庆元府慈溪人氏，姓侯双名明宰，在此做过四年官了。每年积下若干赃物运至家中。恐有疏虞，定要个有本事的护送将去。去年用人不当，到洞庭湖中被劫去了，闻得今番要走旱路，他留着禅师一定为此。他原是穷儒出身，只这任官，家中解库也开过好几个了，贪心兀自不止，禅师你道狠也不狠。"蛋子和尚道："原来怎地。"道士道："适才禅师盘问，小道多口了，路途中在他们管家或公差面前，是必休提。"蛋子和尚道："不消吩咐。"当晚酒饭已罢，道士别去了。蛋子和尚在房中思想道：这些诈人的钱财，倒教我替他送去。这事不成，不成。睡到五更，只推解手，取了包裹棍棒出了庙门，一溜烟走了。明日道士不见了和尚，慌了手脚，禀知县令。县令道："早是不曾托他干事，这游方和尚全无信行。"也不责备道士，只追他这两贯钱完库，道士又去生钱借债，补完这项，倒折了三百文钱，一顿酒饭。后来侯县令多用贿赂，得升京职，自家建个生祠在县，去任后被众百姓夜半时抬那祠中的土偶，打折了脚，撇在粪坑里面了。县令在中途被马惊堕地，折足而死。可见天道不爽，此是后话。有诗为证：

尽人吃着亦无多，苦苦贪求却为何。
试看墨吏终当败，纵免人诛有鬼呵。

却说蛋子和尚那日出了黔阳县，离了辰州，又往湖北荆南一路游去。逢山看山，逢水看水，留连光景，不觉又过了一年。看看李白桃红，又早梅黄杏紫，蛋子和尚切记着本等前程，预先买下一百张洁净纯绵大纸，带归云梦山下草棚中来。将纸预先编个一二三四的号数，把石头陀这匹细白布缝个袱包儿包着，又去清水潭中洗个净浴。

到端午日早起，在地灶中煨饭吃饱，正待扎缚停当，只见云暗山头，下着一阵大雨。蛋子和尚道："却不是晦气！这雨日日不下，偏是今日与我送行起来。"只得在松棚内望空磕头祷告道："某今日有缘得见天书之面，望乞敛云收雨，速现红轮。"看看挨到巳牌时分，雨已停止。和尚喜不自胜，取了绵纸，提了齐眉棍棒便走。此是第三遍了，路径已熟。只山地草湿，高下崎岖，况且冒雾而行，只恐迟误。忙忙地向前，比及雾气将散，石桥也到了。蛋子和尚看时，吃了一惊。这桥是天生成一条青石，经雨后，其滑如油。随你筋节小心，如何把得脚住。有人问道："那三百六十日的浓雾，难道石桥上没些湿气，直等这番大雨？"看官有所不知。但是寻常的雾，都为地气上升，天气不应，其气氤氲迷乱而成，所以沾衣则湿，触石则润，久而不解则雨。这白云洞的雾，是雾幕中喷出来的，只是干雾。分明是蜃楼海市，望之有形，就之无迹。所以前两遍石桥全无湿气，今番雨后难行也。若是三尺四尺，不多步儿也还好处，这三丈多长哩！下面不测深渊，可是取笑得的。除非插翅飞将去，动脚之时必堕倾。是这般说时，第三番又丢空了。却不道风急雨至，人急计生。毕竟用着甚计来，且听下回分解。

蜑和尚三盜袁公法

第十一回

得道法蛋僧访师
遇天书圣姑认弟

　　跳丸双转疾如梭，瞥眼年华又早过。
　　有事做时须急做，谁人挽得鲁阳戈。

　　话说蛋子和尚第三遍端午，遇了天雨之后，石桥湿滑，行走不得，心生一计。放下齐眉短棍，将这绵纸包袱，紧紧地缚在背上，倒身下去，将双手抱定石桥。那石桥的两旁底下，未免有些棱角，不比桥面光滑，两脚可以做力，逐步挺去，霎时间过了。蛋子和尚爬起身来，合着掌叫声："谢天谢地！"急急地进了白云仙洞。来到白玉炉前，双膝跪下，磕头通陈道："贫僧到此第三番了，望乞神灵可怜，传取道法。情愿替天行道，倘作恶为非，天诛地灭。"发罢愿，走到石屋中，解下包袱，取出纸，就地展开，逐张捡起，照一号二号顺去。先从左壁上起，将手捻定，通前至后，凡有字处，次第拂过，共一十三张。每张摘去纸角，记认了。转向右壁，逐一按摹。右壁字又密又长，摹到二十四张，觉得香气来了。后边还有一段，摹不及了。忙将摹过的共三十七张，乱乱地卷做一束，用包袱裹了提着。余纸弃下，不及收取。急走出石屋时，白玉

122

炉中烟气大发。慌忙跑出洞来，将包袱照前缚在背后。仍用脚手做力，像猴狲踅树一般，踅过了那三丈长、一尺阔、光如镜、滑如油的一条石桥。大凡走路的，去时觉迟，转时觉快。蛋子和尚喜得这番到手，又且险处已过，捡起地下棍棒，拽开脚步，没多时，走到草棚之中。不等喘息定，便解下纸束，展开来看。原来在洞中时，手忙脚乱，心神恍惚，只像黑隐隐的有些字迹一般。如今看时，原是一张素纸，何曾有一点一画？每张检看，都是如此。弄得蛋子和尚目瞪口呆，手瘫足软。这场没兴，不可形容。想着见神见鬼，这许多时，都是瞎账。受了三番辛苦，险些儿误了性命，直恁无缘，一两行儿也侥幸不得。前两番虽是空行，还是个不了之局，今番望绝，再没个题目做了。发个恼，把这纸张撤做一地，转思转苦，心下酸痛起来，泪如珠涌，不觉放声大哭。

　　哭了一场，要往清水潭边寻个自尽。出得草棚，行不多步，刚遇见去年的白须老者，迎着问道："长老求道辛苦。"蛋子和尚满脸羞惭，答道："不好向长者告诉。命里无缘，一束纸白去白来，全没半字在上。似此薄命，不如死休。"说罢，泪下如雨。老者道："长老且莫伤悲，有缘无缘也未可定。这天书既不由笔临墨刷，字迹从何而来？"蛋子和尚大惊道："去岁长老吩咐不用笔墨，如何又恁般说话？"老者道："天书不比凡迹，况明授者属阳，私窃者属阴。日光之下阴气伏藏，自然不见，此阴阳相克之理也。要辨得有缘无缘，须于戌、亥、子三个时辰，择个月盈之夜，在旷野无人处，将纸向月照之，隐隐有绿字现出，这便是机缘已到。若没字时，便是无缘了。"蛋子和尚如梦方醒，如死复生，道："多承长老指教，只今晚不知有月否。"老者又道："初旬月光未足，直待至十一至十五这五日内，月渐盈满，如法照之，若见字迹，便将笔墨依样描出。老汉临期又来相会。"

蛋子和尚称谢不尽。老者别了和尚，打弯去了。蛋子和尚不胜欢喜，转到草棚中，把地下纸张重复捡起。依照东西暗记，各顺号数，做两宗儿卷着，藏于布包之中好生安放。依了老者的吩咐，直到十一日，预先磨下一瓯墨汁，黄昏时分带到一个最高的山头上面，拣个平稳处，将布包打开铺在地下。先将左壁上摹过的纸，一张张对月照着，依然半字俱无。蛋子和尚这一慌非小，定了心想，又将右壁上摹过的纸月中照看，果然隐隐现出绿色字样，细字有铜钱大，粗字有手掌大，但都是雷文云篆，半点不识。且喜有了字迹传下时，再作计较。当下将笔蘸墨就原纸上照样描写，到下半夜来月色倒西，便不甚分明了。收拾回去，次晚又来，一连五日天气晴明，也是数合如此，到十五日二十四张纸都已描完，收放布包里面。到草棚中一夜不睡，想着：这天书文字不知何人识得？老者约我临期相会，又不见来，好生闷人。到五更时才合眼去。只听得草棚外，似老者声音说道："欲辨天书，须寻圣姑。"蛋子和尚梦中跳将起来，便问："圣姑是何人？"此时天已黎明，趋出棚外看时，并无人影。蛋子和尚道："奇怪，明明有人说话，如何不见？"想了一会道："是了。这白发老者一定就是白猿神化身，因我求道心诚，感动了他，两番到此指迷。今又在梦中唤我，若果如此，定然真有个圣姑，能辨天书的在那里。只不知住居何处，天涯海角怎得相逢，不免四处去寻访她；在此守株待兔，料是无益。这草棚也用不着了。"

　　当下将天书布包一并打叠在衣包之内。煨饭吃了，取了衣包棍棒，将他灶中火炊起，用松毛引在草棚上烧着，只看棚倒在哪一方，便向这方走路，是他心无主意，把这草棚只当听凭天数一般。有诗为证：

三番求真吃尽苦，到头不辨雷文古。

这回拼得走天涯，识字之人在何所。

这一日，是东北风，火势被风刮起，毕毕剥剥把草棚上盖都烧完了。一声响亮，那几根柱子向北带西而倒。蛋子和尚道："风头向南，那棚柱反倒北去，也好古怪哩。北方带西，正是关中地面，那里是帝王建都之地，多有异人，或者圣姑在彼未可知也。"便遥对白云洞去处，磕了一个头，谢别了白猿神，大踏步望北行去。

后人有古风一篇，单表蛋子和尚三番求道之事，诗云：

洞天深处浓云锁，玉炉香绕千年火。

中有袁公饱素书，石壁镌传分右左。

畸僧原是蛋中儿，忽发惊天动地思。

掉臂出门不返顾，天涯游遍求明师。

迷津偶尔来云梦，行人指示神仙洞。

年年端午去朝天，香沉雾卷些时空。

奇书灵迹神魂骞，餐风宿月何精虔。

绝壑千寻甘越海，危梁三丈轻登天。

贪看景物炉烟起，一番辛苦成流水。

再来绕洞觅天书，觅得天书无笔记。

天书不用兔毫传，空摹石壁愁无缘。

堪怜血泪神翁导，千惊万恐刚三年。

三年惊恐几捐命，空山独守心坚定。

分明绿字现雷文，夜半峰头月如镜。

欲辨雷文有圣姑，愁怀谁向梦中呼。

一别山灵作行脚，孤征遥望长安途。

长安自古繁华府，名山长驻神仙侣。

此去逢师万法通，不负三年立志苦。

话说蛋子和尚行至宛州内乡县，此时五月中旬，天气炎热。想着得把扇儿用用才好，走不多步恰好见个扇铺。那时折叠扇还未兴，铺中卖的是五般扇子。哪五般？是：纸绢团扇、黑白羽扇、细篾兜扇、蒲扇、蕉扇。蛋子和尚道："羽扇倒好，只是写不得字；团扇又不像出家人手中执的；买柄细篾兜扇，写个'访圣姑'三字在上，倘或路途之间遇个晓得来历的，他也好指引。"走上街头，叫店官取兜扇来看，拣选一柄中意的，讲就五分银子买了。

原来店面后半间设个小坐启，排下一张桌儿、几把椅儿。靠桌处是个半窗，窗外小小天井，种几竿瘦竹。桌上摆得有笔砚之类，蛋子和尚一眼瞧见了，便道："有心辱恼宝店，告借笔砚一用。"店官道："主人不在，外面但用不妨。"慌忙取出放在店柜上，蛋子和尚才磨下墨，还未曾动笔，只听得里面问一声："谁取了笔砚去？"店官答应道："有个长老在此，借来写个字，就拿来了。"便对和尚道："快写罢，主人出来了。"

说声未绝，只见里面走出个人来，头裹万字头巾，身穿单褂儿。看见和尚扇上写着"访圣姑"三字，拱一拱手，便问："长老哪里来？要访这圣姑怎的？"蛋子和尚道："贫僧是泗城州迎晖寺来的，闻得圣姑广有道行，特地访她。"那人道："泗城州是岭南地方，这般远处也晓得圣姑哩。"蛋子和尚暗暗里惊讶道："果然有个圣姑了。"便问："施主曾会过圣姑么？"那人道："曾会过来。"蛋子和尚道："现今在何处？有烦施主指引。"那人道："且请到里面坐下，容某细讲。"蛋子和尚走进坐启，那人又道："热天恕无礼了，请坐，某去泼杯茶与长老吃。"那人进去了。蛋子和尚见桌上有几册杂书，内一本是破损不完的，偶然取看其书名《抱朴子》，内一条云：

> 丹水出丹鱼，先夏至十日，夜伺之，鱼皆浮水，赤光如火。取其血涂足，可步行水上，不溺。

蛋子和尚道："这内乡县有个菊潭，又有个丹水。只闻得菊潭两岸都是天生甘菊，饮此水者多寿。却不知丹水又产此异物，早得此法，怎见得罗家畈落水之苦。"正思想间，只见那人自家拿个托盘，盘中放着两碗泡茶，放在桌上，道："长老请茶。"蛋子和尚道："相扰不当。"两下坐了吃茶。那人开口道："在下姓秦，单讳个恒字。去年往华阴县西岳华山进香，闻得街坊上人都说道：'本县杨巡检家，供养个活佛。在那里，叫做圣姑姑。'我问他：'怎见得是活佛？'他说：'杨巡检家请得梵字金经，无人识得，只有圣姑姑能识。杨巡检敬之如神，供养在西园。'合县的人多多少少去拜她为师，在下也去随喜了两番。后来因四处闻名，人越去得多了，便闭关不接见外人。如今闻得还在那边，算来住个一年有余了。"蛋子和尚道："她单识得梵字，还别有什么道法么？"秦恒道："闻得也有些异处，能整月不食，也不饥饿。又时常与菩萨们往来，我们却不曾试她。"蛋子和尚道："施主亲见过圣姑，是什么模样？"秦恒道："也只是个老婆子。但神气不同，像有些仙风道骨。长老此去，只怕她还未出关，不能相见。倘相见时，乞道贱讳，说不日又来参谒。"蛋子和尚道："当得，当得。"

谢了扰茶，当下问了华阴路程，径作别去了。寻至菊潭边，果是一潭清水。蛋子和尚道："虽不是菊花时候，不可当面错过。"将手掬水来吃了几口，脱得赤剥，又洗了个浴，穿了衣服，问路到丹水那边去。这一年是闰七月，该六月初二日夏至，此时五月二十一日了。蛋子和尚记得分明，在左近处草宿一晚。到二十二日，恰好是夏至前十日了，蛋子和尚来到水边，见是一条大河，问着土人，方知原是个通渠，只这二三里河面内所出之鱼都带红色，更不杂乱，所以唤做丹水，可见水族也有个界限，此乃造化之奇也。因这丹鱼又少又小，又不中吃，所以丹水中绝没个打鱼的船儿。

蛋子和尚特地往下流头，雇个小小渔船，移来住下。多买些酒食和渔翁同吃，对他说道："今夜要烦你下个网，取得几个丹鱼时，我教你个戏法作耍。"渔翁道："什么样戏法？"蛋子和尚道："取这丹鱼的血涂在脚底上，念个咒语，呵口气，往水面上行走，如履陆地。"渔翁道："此法唯我渔家切用，千万传这口诀与我。"蛋子和尚道："有了鱼，传你却容易。"渔翁乘酒兴，忙去艄头取网。渔婆见他醉了，不肯与他，两下厮闹一场，夺得网来，整理停当，便要撒将下去，蛋子和尚道："且住。我还有个咒语，停一会儿，等鱼自浮水，方可取之。"两个且在船头上叙些闲话，渔翁带醉，不觉睡去了。蛋子和尚眼睁睁看着水面，亦闻得游泳唼喋之声，并不见有赤光。候至夜深，月从东起，照见水面，果然鱼皆浮起，那丹鱼映着月光，其色如火。蛋子和尚急急地唤醒了渔翁，那渔翁酒还未醒，呼幺喝六地望空打下一网，拿不多几个小鱼儿。再下网时，鱼都惊散了。共取得十来尾，杀起来血又不多。蛋子和尚心下想道：有心使这遍乖了，且把渔翁来试一试。若有验，下年来多取些备用，也未迟。教渔翁舒过双脚来，把些鱼血涂在那脚心里，口中假做念咒，呵口气，喝声："疾！"教渔翁下水快走。那渔翁老实，真个望水面双脚跳下，扑通的一声没头沉下。渔婆在艄头看见，叫起屈来。蛋子和尚也着忙了，把船上木板竹篙乱撇下水去。喜得渔翁识水性的，在船头下水，却在船艄上爬起。老夫妻

泗道法真僧訪師

两口缠住蛋子和尚，絮聒个不了不休。蛋子和尚无言回对，只得招个不是，情愿赔礼。到次日天明，包裹中取出一块银子，约有二钱重，与他买酒吃压惊，方才罢手放和尚起岸，那渔船自去了。蛋子和尚叹口气道："古人云：'尽信书则不如无书。'世上传留术法都只捕风捉影，有假无真，即如白云洞天书，须是三番亲到，方信其真，然未曾辨识试验，尚不知其何如也。"只因蛋子和尚好奇太过，求道太急，偶见《抱朴子》书上有这一段话，便要试它，及至不验，连白云洞天书都疑心起来了。有诗为证：

世间戏法本无真，载籍传来也哄人。

何事痴僧偏易信，渔翁落得压惊银。

又有人驳这首诗道："古人之言定然有据，人自不得其传，不可直谓其妄也。"诗曰：

世间变幻尽多奇，《抱朴》传来未必虚。

自是奉行无秘诀，见今丹水出丹鱼。

蛋子和尚见天气炎热，因过秋林见其泉石秀丽，心下欢喜道："据秦恒所言，圣姑闭关，未必便能相见，到那边时进退两难，我且住过六月，等秋凉走路未迟。"这山寺中和尚们见他扇上"访圣姑"三字，也有不晓得的，絮絮叨叨地盘问他；也有晓得的道，便是华阴县那个老婆子。蛋子和尚听见僧众闻名，一发放意了。

话分两头。再提圣姑姑在杨巡检西园住起，是去年五月中，今年又是七月，一载有余了，猛然想起：媚儿不知下落，天后说道自有人来寻你，也不知何年何日，在此内外不通，便有吕纯阳张道陵出世，哪个半夜敲门三更打户，把这仙机妙法特地寻你则甚。还是与外人相接，庶几便于寻访。闻得杨奶奶冒了风寒，十分沉重，诸医不效。杨巡检正在着急，乘此机括，劝他起个无遮大会，保襄奶奶安康，那时僧道毕集，必有所闻矣。当晚送供给的家童来，便将建会保襄的话对他说了。又道："若是老爷肯发心时，贫道只今晚便求普贤菩萨的圣水，来救取奶奶，管情没事。"家童回去述与杨巡检听了，杨巡检顿足道："正忘了圣姑姑，有这个良医，倒不去求她。"便教掌房的老嬷嬷，快到西园求她圣水，所言保襄道场，但凭开规起建。老嬷嬷到西园见了圣姑姑，把杨巡检吩咐的话一一说了。那老狐精哪里有什么圣水，魆地里到卧室中把个瓷碗撒一泼尿，做张做智地擎出房来，交与老嬷嬷。老嬷嬷接在手中，分明捧了玉杯甘露，战兢兢只怕损了一滴，讨个盒儿盛了，拿回献与杨巡检。杨春平日信奉，到此岂疑其诈。真个认做仙丹妙药，教丫头扶起奶奶的头，亲手把这碗狐尿灌在她口里去。原来药性《本草》上有一款：狐尿主治寒热瘟疟，偶然暗合了。杨奶奶到半夜来顿觉清爽，讨汤水吃。杨春喜从天降，称赞圣姑姑不绝。那时就有个亲知灼见的，对他说是老牝狐撒的溺溺，他家如何肯信。这也是狐精的法缘将到，自然有恁般造化，世间万事，皆如此也。有诗为证：

> 运如未至真成假，时若通时假亦真。
> 莫向人前夸本事，还愁造化不如人。

次早杨春巡检亲到西园，从后边私路进去见了圣姑姑，再三称谢，就问她保襄道场如何规则。婆子道："这个道场名为无遮大会，或是讲经，明心见性；或是念佛，专修西方。世人根器，钝多利少。如今还是说些因果，劝化世人念佛。不论善男信女，在家出家，愿来者，听本宅施主，备斋管待。别个有头发的，吃去不算，只光光和尚，要斋满一万之数。数满之日，做个回向功德，其福无量。不但老檀越夫妻长寿，还要观音菩萨送子，文昌帝君填禄，世世富贵，才表贫道的一点报效之意。"原来杨巡检夫妻两口，极过得好，真个是如鱼似水，百从千随，虽然偏房有子，却不喜欢。只要奶奶有个亲生，方才心满意足。闻了此言，如何不喜。当下取历日看了，择于八月初三启请圣姑出关，十一日道场起手。先去禀通了县尹，自己写个告示，张挂西园门首，写道：

> 本宅因家眷不安，发心启建无遮大会。以八月十一日为始，一连七日。四方善男信女、僧尼道众，真心愿来念佛者，本宅例有斋供。如有棍徒乘机啰唣，扰乱佛场，定行送官惩治不恕。特示。

天禧二年七月　　日

却说杨奶奶自服过圣水之后，病势渐退，虽然精神未复，且喜没事了。感圣姑姑活命之恩，做下青纻丝道兜一个、紫花细布道衣一件，将白绫做个夹里、梅绿暗花锦裙一条、云头道鞋一双，到初二日差两个丫鬟，跟着老嬷嬷，从西园后边私路进去，送与圣姑姑，说："奶奶多多上复，感谢圣姑姑救命之恩。明日出关，不得自来参见，特具拜佛新衣一套，幸勿弃嫌。"圣姑姑道："日逐扰宅，如何又要奶奶费心。"推辞不过，只得收了。便道："回去时，致意奶奶，耐心保重。十一日，道场起手，奶奶那时也康健了，请早过拈香。功德满日，还保扶奶奶添个公子哩。"老嬷嬷道："奶奶诸般称意了，只少一件儿：男男女女也生过五胎，只是不育。"

圣姑姑道："奶奶今年几岁了？"丫鬟道："老爷四十一岁，奶奶小二岁，今年三十九岁了。"圣姑姑道："这场病症也是明九年分的晦气，应过便没事。看奶奶不是个孤相，命中定有好子，只是招得迟些。"说了一会，你谢我我谢你地辞别去了。

到初三日，杨巡检自去西园前门揭封皮，开锁。一面着人打扫饭僧堂，修理锅灶；一面请出圣姑姑到佛堂中，商量安排道场，合用家伙。除却菜蔬、茶水临期每日备办，其他米麦、豆粉、油、盐、酱、醋，及桌凳、碗碟，件件预先运到。此时哄动了华阴县里，哪个不传说杨老佛家斋僧。有等无籍的花子、串街的婆娘，平昔不曾吃一日素念一声佛的，也学裹顶唐巾，戴个道兜，整备起斋之日来道场中趁口和哄。

到了十一日，天色方明，便有人一出一进地观看。但见：

园门洞启，佛室弘开。琉璃灯下，烛台上油烛成行；狮子炉前，香案间牙香满盒。念佛场，高装法座，起号专待佛头；饭僧堂，杂摆春台，放钵任从僧侣。劈柴煮饭，火工乱叫斧头来；洗菜熬油，厨子只嫌帮手少。可惜富家斋一日，堪充贫户费终年。

少停，杨巡检带了一班家乐，到西园前后左右点检了一回。这些僧徒道友，男男女女，源源而至。又有一等闲汉儿童，虽不念佛投斋，都来趁闹观看。此等最多，越显得人山人海。只听得静室中，共是三遍钟鸣：第一遍，圣姑姑起身梳洗；第二遍，圣姑姑早斋更衣；第三遍，乐人一齐吹打。但见堂中画烛齐明，香烟缭绕。好几个丫鬟养娘，簇拥着圣姑姑，齐齐整整，穿着一身新衣，摇摆出来，向佛前拈香膜拜。杨巡检随后也拜了。一班吹手迎出前堂，那婆子全不谦让，径往高座上坐了。杨巡检口称师父，倒身下拜。众人中也有去年拜过她的，也有新来的，不分男女，但是佛会中，一齐随着磕头，那婆子端然不动。原来这念佛会上，为首者谓之佛头，他若开谈，众都静听；他若念佛，众都齐和。其人妄自尊大，旁若无人，从来有这个规矩，这婆子也只蹈袭而已。拜罢，圣姑姑吩咐男左女右，分班而坐。杨巡检看见人众嘈杂，避在旁边一个书房中，坐了一会，先回去了。这伙老少婆娘，张姨李姨，你扯我拽的，各寻伴侣向右首坐下。但是僧流居士都在左边。也有说是女僧，挨向右边坐的，急忙里辨不出真假。亦有挨挤不下，只在两旁站立的。其他投斋行脚，都在外边四散，或坐或立。圣姑姑将界方在案上猛击三下，吩咐众善友不许扬声，各宜静听，无常迅速，时至不留，要免轮回，作速念佛，偈曰：

西方有路好修行，阿弥陀佛。
劝你登程不肯登，南无佛，阿弥陀佛。
你若登程吾助你，阿弥陀佛。
只须念佛百千声，南无佛，阿弥陀佛。

每称扬佛号，众人齐声附和，毕，圣姑姑道：“贫道从西川到此，感承本宅官府相留，一年有余。今日出关，启建这个道场，一来，要保国治年丰，民安道泰；二来，要保本宅官府，人口平安，福禄绵远；三来，要保十方大众，道心开发，早辨前程。贫道今日也不讲甚经，说甚咒，且把诸佛菩萨的出身，叙与大众听着。”你道观音菩萨是甚样出身？偈曰：

观音古佛本男人，阿弥陀佛。

遇天書聖姑認弟

要度天下裙钗化女身，南无佛，阿弥陀佛。

做了妙庄皇帝三公主，阿弥陀佛。

不享荣华受苦辛，南无佛，阿弥陀佛。

那婆子将观音菩萨九苦八难、弃家修行的事迹，敷演出来。说一回，颂一回，骗得这些愚夫愚妇眼红鼻塞，不住地拭泪。到午斋时分，圣姑姑收了科，下座赴斋。众人也有住下吃斋的，也有竟自回去的。只饭僧堂僧众，齐齐地坐下，每人一大碗饭，碗上顶着一簇干菜、两片大豆腐、两个大馍馍、一索长寿绵线，线上穿三十文俫钱，做七八路的随头派去。这是第一日，来得还少，止有二百余众，管家登记明白了。剩下的饭，大箩装着凭这起黄胖道人、癞皮花子，尽意大碗价吃饱，到明日，又是如此。来的人一日多似一日，供给的支持不来了，禀过杨巡检，又出个晓示，但是游方僧众，俱于各处庵堂寺院支领斋俸，本宅预先派开钱粮，差人分头主管登记。其饭僧堂，专待四方道友。又吩咐各庵院主细心察访，僧道中果有德行超群、术法惊众者，即时禀知本宅，另行优待。这是圣姑姑的主意。

话休絮烦。再说蛋子和尚在秋林山住了两个月，见天气已凉了，收拾包裹，望永兴一路进发。免不得日间化斋，夜间投宿，路上便有人传说华阴县杨乡宦家启建无遮大会，劝人念佛。蛋子和尚猜道：一定是圣姑倡首，趱行前去。不一日，到了华阴，正是八月十七，这里是第七日道场了。婆子逐日地将文殊、普贤诸佛化身，随她演说，哪个亲眼看见的，敢与她质证道个不字。蛋子和尚到时，已知备细，他一心要见圣姑，谁耐烦到庵院中支领常例斋俸。待到西园，又怕门上拒阻，沉吟半晌，径到杨巡检宅门首去，在石狮子边盘膝坐着念佛。管门的张公道："你那长老想是没耳朵的，本宅现今斋僧，却不到庵院中去领受，在此闲坐则甚？"蛋子和尚举扇道："贫僧没耳朵，老菩萨是有眼睛的。怎不看扇上写的字么？贫僧是求见圣姑的，不是讨斋倈的。"

言之未已，只见宅门里面走出两个有年纪的妇人来，背后安童捧个双幢的食盒儿跟着。你道那妇人是谁？一个是掌房的老嬷嬷，一个是女陪堂。如何叫做女陪堂？比如男子家读书的有个伴读，玩耍的有个帮闲，则这女眷们厮伴的就叫个陪堂。又不是女教学，又不是针线娘，日逐只清话闲耍，或是吃茶饮酒、下棋投壶，遇着好佛的就陪着烧香侍佛，大人家往往有之。张公指着道："长老，你要见圣姑姑时，只央这两个老人家引进，便得相见。"蛋子和尚慌忙起身，打个问讯道："女菩萨，贫僧稽首了。贫僧要见圣姑，相烦引进则个。"老嬷嬷先立住脚，那女陪堂和安童也住了。老嬷嬷问道："长老哪里来的？要见圣姑姑则甚？"蛋子和尚道："贫僧泗城州迎晖寺出身，去年得了个不起之疾，梦中亏着圣姑姑救好，特地相访，不期在此。闻知贵府告示，凡远来行脚，径赴各庵院支领斋倈，并不许到佛场缠扰，莫非会中多是女菩萨么？佛门广大，如能挈带贫僧也去磕一个头，也是一场缘法。"

老嬷嬷道："一般也有男人在彼，起初长老们也都在一处散斋，后来人众，所以派开了。如今只一位去时，却也不妨。"女陪堂便道："喜得奶奶不在那边，没甚妨碍。"老嬷嬷道："奶奶近日有病，也亏着圣姑姑救好的。这个道场，也为保禳启建，因是奶奶身子还不健旺，去不得，不然也在彼拈香拜佛了。这食盒内是点心茶果，奶奶着老身送去与圣姑姑用的。"蛋子和尚见那婆子又和气又健谈，便问道："闻得圣姑识字最深，曾在贵府辨什么梵字金经，果有此事么？"老嬷嬷道："千真万真的，这本经，经过许多名僧，都不晓得，偏有她妇道家，字字能识。老爷为此上敬重她起。"口里自说，脚下自走，不觉到了西园。只见门内门外，闹哄哄地往来，何止千人，都道在佛地上走一遍，过世人身不绝。有这般邪说，所以佛会聚人极易。老嬷嬷道："长老且在饭僧堂暂住，待老身禀过圣姑，方来唤你相见。"走了几步，又缩转来，说道："不曾问得长老什么法名？老身好去说话。"蛋子和尚道："贫僧没姓没名，从小只叫做蛋子和尚。"老嬷嬷道："倒是个光头的诨名。"带笑地走进去了。

这一日，圣姑姑说的，是那罗卜救母的因果，说了，又念佛，念了佛，又说。到午牌时分，完了，老嬷嬷将送来茶果摆在净室中间，无非是白糕、油饼、蒸酥麻团，及榛、松、枣、栗之类。等候圣姑姑进来，女陪堂迎着相见，便道："连日辛苦，奶奶十分挂欠。特地备下些粗点心，请老菩萨用些。"圣姑姑称谢过了。女陪堂推圣姑姑坐了客席，自家坐了主席，也去扯老嬷嬷同坐。老嬷嬷再三不肯，圣姑姑道："佛门中，更无大小，只管坐着不妨。"老嬷嬷方才取个小杌儿放在旁边，叫声大胆，坐下去了。殷殷勤勤地送茶送果，说话中间，提起奶奶求子之事，女陪堂问道："老菩萨，你当初曾有儿没有？"圣姑姑道："贫道有个儿子，在远方出家，做道士。"女陪堂道："缘何不做和尚，却做道士，不是老菩萨本等。"圣姑姑道："万法初无二理，三教本是一宗，就是老身，佛法也讲，道法也讲。"老嬷嬷就插嘴道："老菩萨你医法也讲，不然如何能救人的病症。"圣姑姑笑道："奶奶贵恙，是亏了圣水。"老嬷嬷道："你又会梦中去救人，有怎般事么？"圣姑姑道："没有。"老嬷嬷道："方才有个长老是泗城州人，道你梦中去救了他病，特地寻访，手中拿一把细篾兜扇，上写'访圣姑'三字。他名字又叫得奇怪，叫什么团子和尚。"女陪堂道："差了，是叫做蛋子和尚。"只这个"蛋"字，直触在圣姑姑心里，那老狐精最有急智，忙扯个谎道：

"这和尚是我前世的兄弟，平生最是孝顺我，曾有病他割下腿上一片精肉煎汤我吃，我就好了。今世我合去救他，正是恩恩相报，如今他在哪里，便引来见我则个。"老嬷嬷应承去了。

却说管西园斋饭的，本是不打发游僧，因见是掌房老嬷嬷与女陪堂同引来的，一般有斋有俵。蛋子和尚吃了斋，正靠在门上闲看，只听得叫声："蛋长老，是你前世姐儿唤你。"蛋子和尚回头见是老嬷嬷，问道："谁是贫僧的姐儿？"老嬷嬷便把圣姑姑说的话，述了一遍，如今唤你相见。蛋子和尚明晓得是科诨，只得将错就错，把直裰整一整，随着老嬷嬷直至净室。圣姑姑先起身招架，蛋子和尚一见，便放下棍棒、衣包，磕头称谢。圣姑姑慌忙扶起，认做兄弟。再取个杌子，就教他对着老嬷嬷坐了。两下里并没半点相干，未免叙几句鬼话。只因这番相会，有分教：盗法的黠僧，兼辨天文蝌蚪；坐关的妖妪，顿成地煞神通。破杨巡检几分的家私，费赵管家一番的心计。正是：一茎尽有千寻势，尺水能兴万丈波。要见分明，且听下回分解。

第十二回　老狐精挑灯论法
　　　　　　痴道士感月伤情

　　千般算计心如渴，不是姻缘总迂阔。

　　无心栽柳柳成荫，着意栽花花不活。

　　话说蛋子和尚与圣姑姑认做前世的骨肉，何等荒唐！老嬷嬷与女陪堂偏认做真事，回去报与杨春夫妻知道。他夫妇也只说奇异而已，并不疑其妄也。向来圣姑姑在净室中，原是一个独住。因这几日启建道场，杨奶奶拨几个丫鬟养娘，到彼答应。蛋子和尚见左右有人，不敢细谈，只问："那梵字金经是甚样体制，圣姑如何识得？"婆子自夸曾遇异人，受过一十六样天书。龙章凤篆，无有不识。那梵书出自天竺，是佛门中之一体。当先《大藏真经》都是梵书，陈玄奘与鸠摩罗什等译过，换了唐字唐音，方有今本。至今名山古刹，还有梵本留传得在。蛋子和尚道："劣弟也遇个异人，传与二十四纸异样文书。把与人看，一字不识。今带得一纸在此，圣姑看是甚样说话？"婆子道："愿借一观。"蛋子和尚预先抽取一幅另放着，当下在包裹中取出，展开放在桌上。婆子一见了大惊，假说道："这又是海外异国字体，我也不识。"一眼瞅着蛋子和尚。

和尚会意了，连忙收折，依旧包过。

晚斋后，只见园公引着院子到来，毡包内取出新布直裰一件，新布夹被一条，道："老爷闻得老菩萨遇了前世的兄弟，也是奇缘。这两件粗物，送与长老，权表薄意。明早自来相见。"婆子与和尚同声称谢。院子又吩咐园公，教打扫前堂耳房内，与这长老做卧房。和尚将所送直裰、夹被放包裹上，一手抱着，取了棍棒，也随着院子出来，就在耳房中安歇。心下想道：那婆子瞅我一眼，必有缘故。欲待等个更深，再闯入净室去问她，又恐被服侍的人看见，不是个理。左思右量，怀疑不决。看看黄昏以后，听得远远石磬三声，料是净室中安置的常规了。步出耳房，悄悄地直到佛堂之中。只见冷冷清清，一碗琉璃灯火，半明不灭。佛堂后一带就是净室，两扇门儿紧紧闭着。侧耳听时，里面并没声响，放心不下，徘徊了半个时辰，才转步出来。只见佛堂中，灯火暗而复明，圣姑姑倒在外面走进，叫声："贤弟哪里去来？"蛋子和尚吃了一惊，想着这婆子果非常人。拱手答应道："正来寻圣姑请教。"婆子道："方才所言二十四纸，都借一观。"蛋子和尚不敢隐瞒，便道："其实都在。"婆子道："此乃九天秘法，雷文云篆，贤弟从哪里得来？"蛋子和尚见她说着了，便将白云洞三番求道之事，及梦中神语，一一叙过。婆子亦将所梦则天皇后一段说话述了。合掌道："谢天谢地！'遇蛋而明'，今日方得明白也，此书非贤弟不能取，非我不能识。彼此各无隐蔽，同修至道，以应奇征。"当时取下琉璃灯火放在地上。蛋子和尚在耳房中，抱进包裹，就蒲团上打开，取出天书二十四纸，递与婆子。

两个席地而坐，婆子从头至尾，揭了一遍，道："此书名'如意宝册'，乃七十二地煞变法。还有三十六天罡变，如何不取将来？"蛋子和尚道："两壁都曾摹过，只左壁一十三张纸，半字全无。"

老狐精挑燈論法

婆子叹道:"缘也!命也!"蛋子和尚道:"天罡与地煞,有何分别?"婆子道:"天阳,地阴;天虚,地实;天尊,地卑;天简,地繁。地煞法成,但能役使一切有情有形之物,只尽着人世间的变化,终未免为天数所囿。若天罡法成,神游天府,名压仙班,虽上帝亦不得而制之矣!"蛋子和尚道:"一般能驱神役鬼么?"婆子道:"神鬼亦有情之物,如何不能!"蛋子和尚道:"天罡想亦只如此。圣姑既未经目,何以知其胜于地煞也?"婆子道:"天能包地,地不能包天。据今第十六条为壶天法,壶中之天,非天上之天,此不过遁甲缩地之意。第七十二条为地仙法,不曰天仙,而曰地仙,以此度之,其不如天罡明矣。虽如此说,神通亦非小可。你我今日得遇,乃非常之福也!"蛋子和尚道:"地煞变化,这二十四纸已完全否?"婆子道:"完全了。"蛋子和尚道:"后面尚有一段字,未曾摹得,又不知何法?"婆子道:"正语已完,余亦不必问之矣。"蛋子和尚道:"前面有许多大字,何也?"婆子道:"此乃七十二法作用之符,非字也。"蛋子和尚道:"符前先有数十行字,又不在七十二条数内,何也?"婆子道:"凡修炼此法,必先立坛召将,此乃总要之语。"蛋子和尚向来做梦,到此方才大醒,不觉下跪磕头道:"劣弟若不遇圣姑指教,枉费了三番辛苦,如璞不知雕,蚌不知剖,何所用之?今日千万挈带同行修炼则个。"婆子双手扶起道:"此自然之理,何用叮咛!但修炼之事,说时只一句,做时不容易。第一要择地。地须极宽敞,又极幽僻,鸡犬不闻,人迹罕到,方能秘密。使神鬼往来而无碍。第二要聚财。如修炼之时,经年累月,供给须是预备。这还是小可,其合用东西,如五金百货,诸品药料,各项家伙,必须无物不备,临时便于取用也。费得若干钱物,非千金不可。第三要齐心。假如两人同去学道,其心不齐,一人中道而废,那一人也做不得事了。"蛋子和尚听说,流

143

泪起来，道："我千般辛苦，弄得天书到手，万分侥幸，求得圣姑见面。不指望做天仙，便做一日地仙，死亦瞑目。据圣姑说起，第三件齐心，不难。第一件择地，或者深山穷谷，还有幽静之所。则这第二件聚财，不做官、不做盗，这千金从何而来？多管又是个画饼充饥、望梅止渴了！"婆子道："且莫慌，俗语云：一客不犯两主。等这里做过圆满功德，少不得这个东道，仍要在杨巡检身上设处。"蛋子和尚合掌作礼道："全仗圣姑提挈！"直起腰来，早已不见了那婆子。蛋子和尚把眼睛一擦，四围价看，道："莫不梦么？"又到净室门首看时，寂然如故。想起许多说话，一句句有条有理，方省得婆子原有术法。她要摄去这二十四张天书，独擅其美，亦有何难，明明收放我处，所以安我之心，圣姑真异人，不可及也。

当下将天书收拾，依旧包好，装入包裹里；把琉璃灯扯起高挂，提了包裹，复身往耳房内安歇去讫。有诗为证：

琉璃一盏光不灭，蒲团细论神仙诀。

千金仍欲费东家，法成不把东家挈。

到天明，杨巡检亲到西园，请蛋子和尚相见。问其来历，称赞了几句。便同他到净室中见了圣姑姑，谢她七日说法念佛之劳。因说各处斋僧，总来尚不满四千之数，不知何日圆满？婆子道："老檀越发心之顷，便是圆满。只将万僧斋倮之费，派在各庵院去，便了却老檀越的心愿。明日修斋吉日，这里只管做回向功德。"杨巡检道："如此甚好。一应斋醮文疏，已曾吩咐观音庵中预备。令弟长老，必然道行清高，就相烦主行则个。"蛋子和尚道："小僧年幼，只可随班效劳而已。"婆子道："贫道受贵府之恩，无可报答。到明日还要请普贤祖师降临道场，与老檀越夫妇祈福。"却说杨巡检自初见圣姑姑时，闻得奶奶说了普贤菩萨出现，便想慕一见。也曾几次对圣姑姑说，只是口中答应，不能如意。今番听说降临赐福，喜自天来，便道："我杨春若得瞻礼菩萨宝相，足满平生矣！"当时忙差随身的家人，到西门外观音庵，吩咐来日回向，只请六众长老。杨巡检起身去后，当晚观音庵里，将办下文疏、乐器、家伙预先教道人送至。其佛像园中自有，不消请得。圣姑姑只说要室中清净，方好屈菩萨来会，将几个服侍的丫鬟养娘，都打发回去了。

来日黎明时分，观音庵中请到六众长老，与蛋子和尚相见，共是七众。一齐击鼓鸣铙，诵经宣号，一依功德常规，不必细说。杨巡检也早到，穿起大衣服拜佛。杨奶奶病体新愈，闻说菩萨降临，也要瞻礼。勉强乘个小轿，亲到园上来拈香。看见净室紧闭，已知就里，不去缠扰。杨巡检教老嬷嬷等送奶奶往书房中静坐，自己往来观看支分。眼巴巴地只等普贤菩萨下降，便请奶奶一同瞻礼。众僧们共行了三次香，赴过两遍斋，看看日光西坠，烛烬香灰，并不见一毫消息。瞧那净室，紧紧地闭着双门，听里面时，绝无动静。杨奶奶等得不耐烦，虽是好佛，挨了一日，自觉身上困倦，只得先回。杨春吩咐添香换烛，重复穿着了幞头圆领，向佛前再三叩首，通陈哀恳。众僧见主家如此，一个也不敢懈怠。直乱到三更，连杨巡检也道是不能够了，便教将文疏纸札烧化，打点辞佛散场。

众人正在庭中化纸，只见一阵风来，将纸带火卷入空中。杨巡检和众人抬头观看，火光散处，化为五色祥云，云上现出一位菩萨，金珠缨络，宝相庄严，端坐在一个白象身上。杨巡检倒吃了一惊，一字也通陈不出，忙忙地倒身下拜。蛋子和尚也认做真了，随着众僧磕头不已。其余走使答应之人，哪一个敢不跪拜的。那菩萨也不开口，冉冉而行，径到净室中坠下而去。此是八月十九日，月光尚盛，看见分明。杨巡检想道：菩萨今夜必然与圣姑姑叙话，我等凡人，又不敢敲入净室中求见，只这云端出现，也是非常之喜。众僧都道："全是老爷贵府平昔好善，所以感动了世尊，挈带小僧们也得瞻仰一番，实乃三生有幸。"杨巡检谦逊了几句，又在佛前叩首作谢，别了众人，上马先回。众僧到前堂吃斋方散，香火们收拾家伙，回庵去讫。蛋子和尚依旧在耳房安歇。

到第二日侵早，蛋子和尚答拜杨巡检，杨巡检留坐吃茶，称谢昨日有劳，又提起菩萨现身之事，道："下官回家与拙荆说了，拙荆深恨无缘，身子不健，不能久待。"蛋子和尚道："今早蒙圣姑吩咐，要得奶奶到园中一会，有话商议。"杨巡检道："下官正要来见圣姑，问其夜来菩萨相会之事。既如此，下官不去了。长老到在寒舍素斋，等拙荆去圣姑处领教，却不好？且屈长老东厅宽坐一时，下官就来相陪。"说罢，起身入内，对奶奶说知了。奶奶欣然收拾，丫鬟服侍上轿而去。蛋子和尚本不戒荤酒，因见连日杨巡检一门奉斋，只得假说吃素。这日在东厅，杨巡检陪着素饭，不在话下。

且说杨奶奶来到西园，径入净室。算来与圣姑姑有两个月不曾会面了，这番相见，加倍欢喜，寒温也叙了好多时。杨奶奶道："夜来蒙圣姑请到菩萨真身。弟子无缘，不得参谒，深为懊悔！"婆子道："普贤祖师说奶奶已曾会过了一次。"杨奶奶道："是去年五月中，未曾会圣姑的时节。"婆子道："祖师说你夫妻两口，原是金童玉女降生。只因佛会上，两个把幡幢相击戏耍，谪下尘寰，配合为夫妇。因是好处出身，所以今生好道。若功行完满，仍得超升。贫道欲就本处，建个普贤佛院，铸成金身供养，贫道常住看经念佛，保佑你夫妻拔宅飞升，不知意下如何？"杨奶奶道："多感圣姑美意。寒家东庄倒有块空闲山地，约有四五十亩。旧时原有个尼庵，多年废了。只是兴工铸像，要费许多钱粮，寒家就竭力布施，恐不够用。"圣姑姑道："不费贵府一分钱钞。贫道有个儿子，叫做左黜，现在剑门山关王庙中出家做道士。他从幼传得个丹法，善能点白为黄。只不曾遇着个有福之人，所以不敢轻试。这个福，不是寻常之福，乃是仙福。假如点就黄金，上等者，将来打做饮食的器用，令人颜色不老，百病消除，头顶上有灵光发现，久之便能升举；下等者，将来倒换与人，还有十倍。贵府只出些本钱，待贫道母子点化黄金来用，兴造赢余，还要添些利钱纳还。若多点得些，把来布施贫人也好。昨贫道已将此事过问祖师，连称：'善哉！善哉！无量功德。'你若无此仙福，祖师亦必不轻许。但此事全要秘密，倘或泄漏，事既难成，反为不美。"杨奶奶道："容弟子与拙夫商议奉复。"杨奶奶归家对丈夫说了。杨巡检五脏六腑，向来已被圣姑姑搅浑，见了这假菩萨，一发死心塌地。便要他割下头来，哄他说不痛的，他也就割一刀了。况且点化乃仙家常事，岂有不信！

当时出厅，在蛋子和尚面前应承过了，教他先去回话。自己乘马到东庄，去看了一回。径往西园见圣姑姑，问其点金建院之事。婆子道："别的不难。只要一所净房，在旷野去处，鸡犬不闻，人迹罕至的，在内作用方妙。"杨巡检道："弟子适到敝庄看了，地面尽宽，足可启建道院。如今紧要一所净房，除非就在敝庄住下。这庄房去处，相传原是唐朝郭令公的别业，还存得有几株古柏，房子也有三十四间，尽着圣姑拣中意的几间，关断了就是。庄仆自在外边一带，与里头绝不相干。吩咐了他，自然不放人来混扰。"婆子道："待等小儿左黜到日，同往择便而用就是。"杨巡检道："令郎在何处？星夜差人接取。"婆子道："我儿子一只腿有病，诨名叫做瘸儿。在剑门山，离此颇远。他行走不便，须要个脚力。还有一件，那关王庙中，全靠小儿一个有些道术，撑持房头。若听说贵府接他到此，众道士决是不肯放的。只老身亲笔写个字去，吩咐管家，如此如此，小儿脱身方快。"杨巡检大喜道："有烦圣姑快写书信，只明早便差人送去。一路脚力不打紧，有钱可以雇得。"两下别了。圣姑姑慌忙写书封固，教蛋子和尚送到杨巡检处。杨巡检唤个惯打差的杨兴到来，将圣姑姑这封家书细细吩咐了他的说话。限他明日便要起身。与他二十多两银子盘缠，教他一路雇马，与左法师乘坐，小心服侍，早去早回。

　　杨兴领了家主之命，连夜收拾。老婆见了一大包银子，抵死缠住，要他做件新布衫，买朵翠花。杨兴被缠不过，只得拈一二块与她，约去了五六钱。到明早往解库中赎取自己衣服被窝等件。人都知道他匆匆远行，又闻得盘缠付得有余，有些零星欠账，都来取讨。也只得还他，又去了几两银子。只恐使用不来，路上咬姜呷醋，件件省缩。一去一回，还想落得些儿，别在腰里做私房。这也是人情之常，不在话下。有诗为证：

　　　　烧丹情愿费资财，只等功成脱九垓。
　　　　遥望天涯左瘸子，不知何日拐将来。

　　却说关王庙道士贾清风，自从去年二月中与胡媚儿分别之后，眠思梦想，如醉如呆。每日向那瘸子讨信，问道几时转回。瘸子只胡应他道："进过香便回。"以后只管多问，一日常两三度。连瘸子也不耐烦了，发个猴急道："师父你也好笑！我与你同在这里，哪个是顺风耳，千里眼，晓得他方外郡的事。两只脚生在他们肚子底下，要紧要慢由得他，终不然，我把个细麻绳儿牵得他来的。你道是干娘干妹，偏我嫡亲的心上不牵挂。就是你朝暮问她，她那里也不知道，可不枉了！"贾道士现在心绪不乐，又被他数落一场，又没得回答他。念他是媚儿的瓜葛，又不敢十分冲撞，只得忍耐。过了几日，三不知又问起来，瘸子竟不答应，好生没趣。看看半年十个月，毫无音信，贾道士心中委决不下。待说来时，去了许多时，也该转了。待说不来，她一个亲儿在此，难道老婆子的肚里也全不挂念？私下各处去问卜打卦，也有说来的，也有说不来的，也有说行人迟慢的，也有说得快，约时约日的。说得贾道士心下喜一回、愁一回、望一回、想一回、猜一回、恨一回。有一班轻薄子弟，闻得这桩故事，制就几篇小词儿，唱得有趣：

去年瞥见多娇面，勾去魂灵呀，勾去魂灵。觑定花容不转睛，喜杀人，爱杀人。忙献殷勤呀，忙献殷勤。

新楼不许凡人寓，特借多情呀，特借多情。朝暮饔餐咱管承，放宽心，慢登程。且待天晴呀，且待天晴。

干娘认了为兄妹，添分亲情呀，添分亲情。日渐相知事可成，他有心，咱有心。不用冰人呀，不用冰人。

瘸儿使去监工了，一半功程呀，一半功程。只恼虔婆碍眼睛，眼中钉，厌杀人。不肯开身呀，不肯开身。

油绿梭布缝衣服，聊表微诚呀，聊表微诚。只怕裁缝不称心，哄娘亲，自监临。私下偷情呀，私下偷情。

忙来楼下把多娇抱，一刻千金呀，一刻千金。肯作成时快作成，且消停，到黄昏。捱空应承呀，捱空应承。

隔墙有耳机关破，拆散张莺呀，拆散张莺。明日匆匆又远行，送出门，痛难禁。珠泪偷零呀，珠泪偷零。

烧香约定重来至，专盼回程呀，专盼回程。等待来时续旧盟，感恩情，叫一声，救苦天尊呀，救苦天尊。

清明别去重阳到，辜负光阴呀，辜负光阴。再一遍烧香也转程，小妖精，为何因，全没风声呀，全没风声。

此情难语别人道，只自酸辛呀，只自酸辛。索性回咱个决绝音，骂一声，放开心，也倒欢欣呀，也倒欢欣。

关王不管私情事，也去通陈呀，也去通陈。梦想朝思为此人，说无凭，话无凭，全仗神灵呀，全仗神灵。

道人害了相思病，天下奇闻呀，天下奇闻。妄想痴心欠妇人，没正经，老脚根，难见天尊呀，难见天尊。

大凡不上手的私情，有二等：一等郎才女貌，你贪我爱，传书递柬，千期万约，中间有人隔碍，不能成就，花前互想，月下同怜，这谓之相思。一等或男欠着女，那一边女全不挂在心上；或女欠着男，这一边男全不放在肚里，一般情牵意乱，短叹长吁，却是干折了便宜，这谓之单思。今日胡媚儿的精魂，不知哪里去了，贾清风还眼盼盼地指望她来，重订鸳鸯之约，满偿云雨之欢，却不是个单思！

这痴道士自犯了单思的病，百事无心。坐如睡，眠如醉，也不诵经，也不打醮。连每月初一、十五，关帝前香烛都不去看了。家中食用，到只凭乜道胡乱扯拽。乜道支持了几日，做起乔家公来，与瘌子渐渐有些口面不和。这痴道士也管不得了。有时节心猿意马，禁遏不住，又只得把乜道来泻火。一个十三岁的小徒弟，是瘌痢头，也生把他后庭弄过，千方百计，无孔可钻。一年之外，渐觉骨疼身热，肌瘦面黄，弄成一个痨怯症候。原来这种症候不痛不痒，不死不生，最难过日子的。

涪江渡口有个净真庵，那老尼正是贾道士的亲姑娘，闻知侄儿有病，特地来庙中看他，带一个极丑的女香童来服侍。贾道士欲心如炽，又与她调戏，不几日就括上了。姑娘知道，大怒，骂了侄儿一顿。临去时，说誓再不到庙中来了。

莫说痴道士害病，单表瘸子。初时，道士奉承他，好酒好食，吃得欢喜，以后渐渐懒散了。到得道士害了痨怯，一发没人照觑他。有些饮食时，先尽乜道背地里受用。便有得到口，也是残盘剩水，着实不敷。况且少一缺二，连瘸子的衣服，也把几件解了钱米，哪个取赎。瘸子见光景不好，也未免想起娘来，道："娘啊！三口儿出门，只为我脚腿不便，权留在此。说过一有安身之处，便寄信来唤我。如今一年半了，不成你还在中途飘荡？我这里茶不茶、饭不饭，没人疼痛，你哪知道！我若是手脚便当的，跑出庙门，做个云游道士，也度了这张嘴。怎见得不上不下，进退两难。正是：人无千日好，花无百日红。又道：人心若比初相识，到底终无怨恨心。"

莫说瘸子抱怨，再说杨兴奉了主命，在路打扮做个官差下书的承局，夜宿晓行，不一日来到剑门山。取路竟投关王庙来，只推口渴，问庙里讨汤水吃。乜道先看见是个公差，怠慢不得的。贾道士又病倒了，慌忙舀了一碗米汤，将托盘盛了，叫小痫痫捧着，唆瘸子出去陪侍。世间只有瘸子最好记认，杨兴一见便晓得了。瘸子作过揖，便问："尊官何来？"杨兴道："是华州奉差来的。"瘸子将米汤送上道："荒山乏茶，怕不中吃。"杨兴道："救渴足矣！"小痫痫取碗进去。杨兴便起身，瘸子送出庙门。杨兴道："法师可姓左么？"瘸子道："正是！"杨兴道："借一步说话。"瘸子跟他离了庙门，约有百步之远。杨兴道："小人是华州华阴县杨巡检老爷家差来。有令堂圣姑姑家书在此，教法师星夜与小人同行，不可迟滞。"瘸子接书拆开看时，原来又有四句诗。诗曰：

我在华阴杨府住，主人贤达真难遇。

要汝同修大道丹，火速登程莫回顾。

　　瘸子认得婆子笔迹，喜出望外，却待转身收拾包裹。杨兴道："不消得！少甚东西，只问小人就是。便路上不甚整齐些，到家中自有。"瘸子道："华州许多路，我行走不便。赶你不上，如何是好？"杨兴道："挨到剑门山，一路自有骡马雇得，不烦尊步。"瘸子想起庙中，乜道可恶，贾清风又病倒了，也没甚情意牵挂。若论初相会时，母子三人受他恩惠，今日母亲书到，合该说知。只是一纸空书，又不曾寄得一物谢他，怎好提起，倒不如不见为高。就有几件冬夏衣服，只拣好的又在解库中去了。那汉子口称小人，一定家主吩咐他来应承我去，我又迟慢怎的。叹了口气，便道："既是我母亲教我火速登程，只今便走。恐家师们知道时，却又耽误。"当下杨兴扶着瘸子飞奔剑门山。一路或骡或马，雇来与瘸子乘坐。杨兴是惯走路的，急行急随，缓行缓随，望华州路道而进。

　　话分两头。再说乜道这一日不见瘸子进来吃饭，心里怪异。等到晚间，也不见归来，只得报与贾道士知道。贾道士问道："几时去的？"乜道道："早间有个承局到来，讨汤水吃，他送出门，就不曾见他回转。"贾道士道："承局是哪里来的？"小瘌痢在旁答应道："是我将托盘子送米汤出来，听得说一句，像是华州来的。"贾道士听得"华州"二字，痴心复起，便道："华阴正是西岳华山所在。干娘和妹子正在那里进香，如何不对我说，问个信儿！"乜道笑道："华州是大州大府，须不是三家村、独脚镇。两个妇人去朝山进香，那承局哪里便睬着她来！"

　　贾道士病中容易焦躁，便骂道："狗弟子孩儿！你晓得什么。常言道：'两叶浮萍归大海，人生何处不相逢。'他母子现在华阴县进香，你道承局不能会面，这瘸子在剑门山僻去处，如何却与承局相会了？现今这瘸子跟着承局一路去，必是有甚信息到来，或是他母子在这里近处唤他，或是另在一所，反来接那瘸子去，都不见得。你自不用心盘问，倒说这没气力的话，却不是放屁！"慌得小瘌痢先跑出房去了。乜道见他发恶，故意道："师父说得是，待明日去寻那承局质问他便知。"贾道士道："上门时闭着鸟嘴不问，如今去了，又哪里寻他？"乜道道："师父说的'人生何处不相逢'。"贾道士见他还话，气得面皮紫涨，在床上竖起头来，要扯乜道来打，忽然发个头晕，依旧跌倒。乜道口中唧唧哝哝的，走了出去，倒在外边骂小瘌痢多嘴饶舌，打了他几个栗暴。小瘌痢劳劳叨叨哭一个不住。贾道士听得，十分恼怒，只恨头昏体弱，爬走不动。

到黄昏时，灯火也不点进来了。其时九月十八日，月起得快，贾道士含着一口气，冷清清地躺在床上，看见月上窗棂，万种思量，千般伤感。不知此一时，媚儿妹子在于何处，只有这轮明月，照见他亮亮的在那里，怎得嫦娥方便，寄我个信儿。正在胡思乱想，忽见小瘌痢跑来报道："瘸师回了，和干娘三口儿在门外。"贾道士听得这句，把勃勃的气变做一天欢喜，忙教请进。自己要挣扎下床，终觉头重脚轻，又复睡下。只听得当当的说话响，三口儿走进房来，婆子问了病起的缘由，安慰了几句言语，忙忙地出外，道："待老身收拾行李停当，再来叙话。"瘸子也跟出去了。只留胡媚儿笑嘻嘻地坐在床沿上来，说道："哥哥，别来多时，不道有此贵恙。"贾道士见四下无人，诉出衷肠道："这病是因贤妹而起，今得见贤妹，死亦无恨。"便把手去勾那媚儿的颈，媚儿低头下去，做了个嘴，便挨身入被窝来。贾道士去摸那下截，原来只是单裙，不曾穿裤。贾道士欲心顿起，病都忘了，便要与她云雨。刚刚肤

瘋道士感月傷情

肉相凑，未曾行事，便觉浑身一阵通快。叫声"啊呀"，那精离了命门，直淌出来。贾道士已醒，原来是个梦泄。张开眼看，寂寂空房，唯有半窗月魄，凉气袭人。贾道士满目凄凉，叹了一口气，不觉泪如雨下。正是：寻常一样窗前月，偏照愁人愁转添。不知贾道士性命如何，且听下回分解。

第十三回　闲东庄杨春点金 筑法坛圣姑炼法

古洞天书不记年，谁将半壁向人传。

一从辨出雷文字，修炼成时拟上仙。

话说贾道士留却瘌子，指望挂住那老婆子一条心肠，是与媚儿重会的大关目。不知什么缘故，忽然而去，心上又恼又疼，神魂散乱，就做出这个痴梦来。醒后短叹长吁，酸楚了一夜。次日问起瘌子衣服被窝都在，还道他不曾远去，教人四下访问。有人说他在剑门山下雇了牲口，一个远方汉子，随着他去了。从此又着了一急，病势转添，夜夜梦见这小妖精来缠他。泄了几遍，成了滑精的病。日里三不知忽然火动，下边就流出来了。以后合着眼便看见媚儿，看看骨瘦如柴，自知不济，叹道："媚儿，我与你啊！今生不作吹箫伴，后世当为结发亲。"对了乜道和小瘌痢，说的都是永诀的凄凉话儿。老道士从来不出房的，也来看了他几次。病势已是九分九厘的地位，少不得预办后事。淹至交春，油干火尽，呜呼哀哉，刚刚二十七岁，正是贪花不满三十。昔人有小词，名《清江引》，说得好：

百般病儿都可解，切莫把相思害。蓦地痛钻心，整日魂不在，到呜呼，才省得，冤业债。

这痴道士临死，还一心牵挂着小妖精，为此一片精灵不散。那一世媚儿托生胡家，叫做永儿；道士托生焦家，叫做憨哥。虽然不得到老齐眉，也算做少年结发，在姻缘簿上，勾除宿账。此是后话不提。

再说瘸子同杨兴赶路，饥食渴饮，夜住晓行。不一日，来到华阴县。先在杨巡检门首经过，杨兴留瘸子进宅，报与家主知道，杨春慌忙出来相见。叙寒温中，也说几句炉火的话儿探他。瘸子全然不晓，只把双眼来睁，一字不答。杨春只疑他不肯轻易讲论，也不穷究。献茶后，就叫杨兴送瘸子到西园与圣姑姑相会。瘸子进得园门，先会见了蛋子和尚，心下想道：我母亲好没正经，如何招个野僧同住。难道许多年纪，倒打和尚起来？一到净室，见了婆子，便问道："妹子媚儿，如何不在一处住？前边那野和尚，又是何人？"婆子道："一言难尽！"先说树林中躲风，梦见则天娘娘，如此如此，醒来就失了媚儿。后来遇着蛋子和尚，正应了梦中"遇蛋而明"之语。"他带得有天书，只我识得，乃是九天秘法。若修炼时，须得千金之费。我只推要建普贤祖师佛院，小儿左黜善能点化黄白。借这话儿，诱出他些财物来，就乘机接你到此，同行修炼。却不是好！"瘸子笑道："怪得杨巡检一见面，便说什么炉火，又是我不答应，不然，却不露出马脚来么！"

正说话间，杨巡检来拜瘸师。送上新衣一套，铺盖一副。就约母子二人，明日同往东庄看屋看地。婆子道："要买办些药料及出入奔走，少不得托我家蛋子兄弟。若用别个，恐怕口嘴不稳。

明日也要他走一遭。"杨春答应道："最好。"去不多时，教家人送晚饭来，摆下一桌子素菜。瘌子私对婆子说道："娘，怎的弄得些荤酒儿来吃便好。"婆子道："有名的杨老佛家，荤酒不闻的。你休得惯了嘴，到明日修炼时，整年月不许动荤哩！"瘌子呆了，把舌头也伸一伸。当夜无话。

次日，早饭后，杨巡检吩咐差一乘小轿、两匹马，去西园迎接他三位。自己先到东庄相候。婆子乘轿在前，一僧一道骑马在后。管家引着，飞奔东庄上来。一路看时，果然好个去处。但见：

田连阡陌，树满丘陵。田连阡陌，零星住下庄家；树满丘陵，整队行来樵子。山坳中，宽宽一片空闲田地，曾为比丘尼道场；高阜处，大大一圈精致庄房，已非郭令公故业。倘建佛庵道院，尽教千门万户，怕做不下鸟革翚飞；若作鬼窟神坛，便住半载一年，真个不闻鸡鸣犬吠。最喜主人能好客，深林飞鸟任安栖。

婆子见杨巡检先在，谢道："老檀越如此信心，都是夙因所致。"杨春道："来路上曾看这片隙地么？"婆子道："已见过，十分称意了。这贵庄外面，也好个形势。只不知里面房屋何如？"杨春道："就同一看！"便引着众人，弯弯曲曲，各处走了一遍。原来虽说庄房，造得甚有体制。墙门里面一片大空场，是堆积柴谷之所。两旁设下仓库，中间三间大敞厅，左右帮几间杂屋。那左屋就是管庄的居住，厅后开个大大的鱼池，以防火烛。右边望去，都是亭台花木之类。三株古柏横斜半朽，用个朱红木架儿扶着。左边一带回廊，回廊尽处，另有个角门。进了角门，又是三间平屋。里头书室楼房，药炉茶灶，无所不具。杨巡检每年看租算账，也到此十日半月价住，所以收拾得齐整。若闭上角门时，分明别是一座宅院。杨春道："这几间敞房，可将就作寓否？"婆子道："何消恁般精室，罪过罪过！"又道："只今晚就在此住下罢！一动不如一静。只是所借母银，望乞作速留意。"杨春道："三日内便凑集送到。三位日用供给，就在这小庄支用。只怕炊爨时，还用个小厮。"婆子道："更不消得！"杨巡检临别，唤管庄的老王来吩咐："一应供给，要你支持，须是周备，每月只开账来看便了。"又教将敞厅后面照壁闩断，贴下封皮。若送供给时，就从老王家里穿出回廊，不许别人走动。又将角门里面锁钥付与圣姑，任意开闭。就带几个庄客，去西园取三位的行李。婆子住下这房子，称心满意了。少停，园公同几个庄客，将行李送到。蛋子和尚的包裹有天书在内，行坐不离，已带在身边。只有铺陈棍棒，在耳房中，也一齐取来了。日没时，婆子教蛋子和尚将侧门锁断，三口儿做一处商议。蛋子和尚游方熟脱，一应买办合用东西，俱是他奔走。左黜腿不方便，专管看守法坛，烧香点烛，及煨煮三餐茶饭。婆子专主教导他们书符念咒，按时修炼。预先分派已定。其柴米之类，老王处每月总支，免得日日缠扰。

　　第二日侵早，杨奶奶差掌房的老嬷嬷抬个小轿儿，到东庄，特看圣姑姑，敲门进来道："奶奶闻知法眷同住，怕不方便，不好自来看得。教老身多多致意！"婆子道："足感奶奶挂念！"老嬷嬷看着瘸子笑道："此位便是令郎瘸法师么？圣姑与普贤菩萨恁般识熟，何不央菩萨吩咐天医医好了这只腿？"婆子道："一人一相，不可更改。譬如观世音千手千眼，何曾嫌多，减却几个。弥勒祖师一个大肚子，垂到膝上，何曾道不方便吃药消他。"老嬷嬷："圣姑说得是。"又道："轿子里有只小官箱，相烦蛋师一取。"蛋子和尚取进来，放在桌上。是个描金箱儿，锁上一巨白铜小锁。老嬷嬷

159

张神捉鬼地道："老身有句私房话儿，教两位师父权且闪开。"袖里摸出条猪肝红的旧汗巾来，角上缚个小钥匙儿，将锁开了。箱内取出几包东西，做一堆儿放着，道："这银子共是二百两。是奶奶的私房，教老身送与圣姑，聊助杂费。别的面前莫说。"婆子称谢，收在一个抽屉桌儿里头。老嬷嬷又叮咛道："放在谨慎去处才好！"婆子道："不妨事。"老嬷嬷道："老身是恁般小心的，莫怪多讲。"又道："今后圣姑见普贤菩萨时，也替老身寄个名儿。老身是孙氏，奉过二十多年斋了！"婆子道："当得！当得！"老嬷嬷道："老身只为死了老公，儿女又不孝顺，所以孤身傍在奶奶身边度日。哪一世只求个好儿好女足矣！"说罢，依旧把空箱锁上。婆子唤瘌儿拿着，送她出门上轿去了。瘌子锁了角门进来，已自晓得奶奶送得有银子，便热闹闹的要买东买西。婆子道："奶奶瞒着人来的，且慢些动弹。等杨巡检送到，看多看少，再作区处。"有诗为证：

阴性从来客啬多，百般好事被蹉跎。
偏于佛面贪资福，肯把私财舍道婆。

话说蛋子和尚见事事凑巧，心中欢喜。便要将二十四纸天书，求圣姑译出讲解。婆子道："今番我三人在一处修炼，你瞒不得我，我瞒不得你。这大纸上看字，不甚方便。可将素纸钉成手掌大小本，贫道将唐音译出，贤弟细细誊写。庶几作用时，便于翻阅。"蛋子和尚道："如此甚妙。且说纸墨笔砚，合用多少，做一起儿买下，这小事，今日先做下不妨。"婆子道："每人好纸要四十九张，笔十支，墨五锭，小砚二个，朱砂三两。三个人便要三倍。如今誊写小本，费纸也不多，再加纸五张，笔一支，墨一锭，足以够用。"婆子在西园上时，原有人送下些钱钞，把来教蛋子和尚制办这事。

因是先前派定，瘌子也不敢搀越。须臾之间，蛋子和尚将文房四宝买齐。婆子取余纸五张裁破，每张裁做二十余页。除符形照样描写，其他文字俱将唐音译过，写成蝇头细字。蛋子和尚写一行，明白一行，快活一行。正是：虽然未得神通使，不作三心两意人。一日一夜，都写完了。婆子对阅过，一字无差。第三日天明，将原来二十四纸，用火烧化。这天书秘本，可一不可二。亦恐留下人间，或致亵渎，罪有所归也。

早饭后，杨巡检自到东庄，抬着一皮箱银子，足千两之数，教与婆子收下。道："点出黄金时，倒换银子再点，便是无穷了！"婆子道："正是如此！"杨春又道："今番别了圣姑，不敢请见了！但不知丹成大约在于何日？"婆子道："也看缘法迟早。多则一年，少则半载，那时定有好音奉复。倘或迟慢，也莫性急。"杨巡检别去。

婆子教蛋子和尚，先取五方之土，就本庄权算中央，余者东南西北，俱在十里外取用。各将布囊盛下。其他世间动用之物：贵的如金珠，贱的如木石，吃的如豆麦，烧的如煤炭，粗的如缸瓮，细的如针线，清的如茶酒，杂的如药材，色色都要买得完备。一面蛋子和尚制办东西，一面婆子打扫楼下设坛。先期斋戒沐浴，择六甲日吉时，将土布囊按定五方之位，相去各尺许。周围将新砖垒起，约高一尺五寸，空处用五谷填满。上设明灯三盏，昼夜不绝。外用黄布制成神帐一顶罩下。前面设香案一座，供养着甲马云鹤，每日设茶酒果三品。早起念净口咒一遍，净身咒一遍，净法界咒一遍，安土地咒一遍，安魂咒三遍，然后依法作用。此是常规，不必细述。

且说安坛次日，先将各人合用纸墨笔砚等，排于六甲坛下。婆子起首，脚踏魁罡二字，左手雷印，右手剑诀。取东方生炁一口，念通灵咒一遍，焚符一道。蛋子和尚和左黜都依着婆子行事。

閒東莊楊春點金

虽然一般念咒、烧符，这符形都是婆子动笔画的。如此七七四十九日，纸、墨、笔、砚俱灵，然后商议召将。蛋子和尚要得自家书符，婆子道："书符最是难事。须要以气摄形，以形摄气。假如此符是何作用，便要作此观想。如要兴云，便想得一点阴气，起自丹田，渐觉满身都是云气充塞，从七窍中喷薄出来，弥漫乾坤。如要起雷，便想得一点阳气，起自丹田，渐觉一身都是雷火运旋，从七窍中搏击出来，震动天地。想就时，急将此气落墨，一笔而成。所谓以神合神，以气合气。正要把我的神气，与天地贯通，这符方有灵验。初时尚费收摄，到工夫纯熟，闭眼神便聚，书空符亦灵。此通天彻地之妙诀也。若只照着符形描画，自己的神气先自散乱，如何感动得神鬼？俗语云：书符不效，却被鬼笑；写符不灵，倒被神惊。我今先写与你们看：从何起手，从何结构，如何凝神运气。你们看得烂熟，然后动笔。一法通，万法通，一法不通，万法都不通了。切不可粗心浮气，自误其事。"蛋子和尚和瘸子，喏喏连声，不约而同地问道："书符之法，已领教诲。今欲召将，不知将便能来否？若来时，如何相待？"婆子道："正要与你细讲。有内将，方可召外将。邓、辛、张、陶、苟、毕、马、赵、温、关，此外之十将也；眼、耳、鼻、舌、意、心、肝、肺、脾、肾，此内之十将也。先炼就自己十将，统一不乱，存神定虑，俨如外将森列在前。然后呼之即应，役之即从。初时或先现半身，后现全身。若见神貌凶恶，不可畏惧；如其丑陋，不可戏笑。须要敬之如父母，亲之如朋友，役之如奴仆。苟为不然，必取神怒。又凡欲召将，先预定所行之事，所问之语。若召至无用，其将不为准信，后次虽召，亦不来矣。"

两个和尚道士，未曾见将，先听了这段说话，分明像小学生初进学堂，还不知先生什么规矩，一肚子战战兢兢，毛骨俱悚，各自去虔心静坐，凝神养气。婆子到书符时，先教他两个看样。蛋子和尚到底聪明，看了一遍便会了。瘸子时刻把手向空中摸画。也是缘法已至，从来懒惰的，到此也精勤起来。当他用心不过，毕竟也被他赶上。大家步罡踏斗，念咒焚符。炼了一七、二七，到三七，微有影响。或闻剑佩之声，或露衣袍之色。看来此尚非真将，乃将手下之人，所遣来阅坛者也。四七、五七，始现真形。或半身，或全身，或独行，或联骑跟随人众。或多，或少，只是竟往竟来，不向庭中停驻。说话的，却是为何？这将的英灵，无处不在。只为常人精气，与他不相感通，所以俗眼不能看见。今日为符咒所摄，游行时，未免从法坛经过。又撞着志心至意的，目光凝聚，岂有不见之理！其竟往竟来，还是作用未满，法力不到之故。到七七四十九天，众将站立庭中，拱手受令。四围簇拥，如有千军万马之势，全不觉庭中狭窄。婆子在前，和尚道士在后，肃容端立。婆子开口吩咐道："吾等三人，乃上帝眷属。奉九天玄女娘娘法旨，得九天如意宝册，天文符箓。阐弘道法，特召汝等前来辅助，听吾差遣。功成之日，奏闻上帝，纪录超升。"诸将鞠躬称喏而退。一霎时，庭中寂然。有诗为证：

尽道有钱堪使鬼，也知无术不通神。
试看神将庭中列，只为天书咒语真。

话说蛋子瘸子见神将来往，初时不免矜持，到后渐渐也习惯了。只是每遍是婆子当前，两个随着脚跟做事。虽只一般，偏有蛋子和尚性急，信心不过，欲得自试一番。悄悄地起个五更，步入坛前，如法捻诀念咒。只听得响亮一声，庭中降下一员天将。怎生模样？有《西江月》为证：

眼似铜铃般大，面如紫蟹须刚。幞头金色放毫光，绣袄团
龙花样。　　手执皂旗一面，招风唤雨行藏。英雄猛烈谁敢当，
使者姓张天将。

张使者鞠躬而前，问道："吾师见召，有何法旨？"倒慌得蛋
子和尚面红心跳，急急按定神魂，答道："这里楼后北窗，少几株
大树遮阴。只有西园上四株梨树绝大，可速移来植于此地。"神将
应声去了。须臾，只听得一阵大风，飞沙舞瓦，耳边如军马杂沓之
声。到天明风息，蛋子和尚往楼下看时，四棵大梨树做一行儿的
种下了。乃张使者差神兵所为也。婆子知道是蛋子和尚干出这事，
着实发作了一场，说："这天将非凡人之比，不该把没要紧事轻易
差遣。况今道法未成，又没甚本事在身，倘触其怒，性命难保。"
蛋子和尚道："偶尔试验一次，今后再不敢矣。"

却说西园上园公，因这番大风后，失去了四株大梨树，慌忙去
报与杨巡检知道。杨春正在惊讶，只见东庄老王也来报道："今早
五更风起，圣姑姑住下楼房后边，添下几棵大树。"杨春道："角
门锁断，你如何看见？"老王道："这树高出云端，小人从外面望
见。却是自来没有的，所以报知。"杨春情知又是圣姑姑的神通，
暗暗称奇，便道："我晓得了，你们休得在外人面前传播。"各赏
了酒饭，打发回去不提。

再说婆子和二人商议道："如今将已炼就，可将七十二般地煞
变化，次第修炼。每炼一法，必要经历四十九日。其中有简便的，
只管并日做去。大约三年之内，务期完事。"二人见说得快当，欢喜
无限，从此加倍用心。步罡踏斗，画符念咒，时刻不虚。炼过一个
七七，先能暗中搬运柴米之类，不去与老王支取。老王道："他不来

築法壇聖姑鍊法

支，一定不是缺乏，老汉且落得些受用。"去查那柴米数目，依然按日减少。老王大惊，又去报与杨春，杨春只教莫说，看他怎么。

光阴似箭，看看三年将满。婆子等三个，把七十二般道法，俱已炼成。且说神通变化，大略如何？但见：

> 上可梯云，下能缩地。手指处，山开壁裂；气呵时，石走沙飞。匿形换貌，尽教当面糊涂；摄魄招魂，任意虚空役使。豆人草马，战阵上添来八面威风；纸虎带蛇，急难时弄出一桩灵怪。风云雷雨随时用，水火枪刀不敢伤。开山仙姥神通大，混世魔王法术高。

原来这白云洞法，上等不比诸佛菩萨，累劫修来，证入虚空三昧，自在神通。中等不比蓬莱三十六洞真仙，准几十年抽添水火，换髓移筋，方得超形度世，游戏造化。他不过凭着符咒，袭取一时，盗窃天地之精英，假借鬼神之运用。在佛家谓之金刚禅邪法，在仙家谓之幻术。所以玉帝慎重，不许私启天封，留传人世也。然虽如此，高明之人，借此法术，全身远害，做个仙家的津梁。入山采药，不怕虎狼，千里寻师，不费车马，也倒是捷径。为此白云洞留下这一脉，以待有缘之人。洞主白猿神又添一笔在后，要他每年向斗设誓：若生事害民，雷神不宥。只为玉香炉烟起早了些，蛋子和尚少摹了后面七十六个字，所以不曾看着这一条利害的话。今日修炼成功，便认做惊天动地的学问，长生不老的法门。到后来，果然生事害民，动起河北一带数载的干戈，使人骂妖名，千秋不灭。此是后话。

且说圣姑姑这番修炼，只费得杨巡检的银子。其杨奶奶二百金，原封不动，遣个灵鬼送还她去了。想起雁门山下初离土洞之时，母子共是三口。如今虽添了个蛋子和尚，毕竟少了个胡媚儿，是个缺典，少不得寻取将来，传授与她，这是婆子心上第一件事了。那起庵铸像的说话，原非本心，不须提起。只是还有一件：我等三人，受了杨巡检夫妇多时供养，又得他千金相助之力，一旦不辞而去，觉得愬然。每人显个神通，留一个忆念与他。瘸子跳起来道："我送个虎与他看庄。"婆子道："我原许他点化黄金，今将楼前这块太湖石点成，与他做个镇家之宝。"瘸子道："正好！我的虎就着他看守金子，使盗贼不敢动念。"蛋子和尚道："劣弟不才，意欲召个上好塑手，将我等三人形象，塑此楼下。使杨家子子孙孙，朝夕瞻礼。"瘸子道："不好！不好！塑出我瘸腿来，你却笑我。"蛋子和尚笑道："怎地时，只塑个坐像罢了！"当下婆子口中念念有词，望石上只一喷，涎沫如细雾散落，急把手掌擦之，凡掌所到处，皆成紫金之色。不一时，整千斤一块太湖石，明晃晃变成金山一座。瘸子剪个纸虎，口中念念有词，顺风吹去，喝声："疾！"只见这纸虎扑地跳两跳，便成个黄斑老虎。猛烈咆哮，与真虎无异。瘸子吩咐道："老虎，老虎，听我法语：镇宅金山，不许携取，有人携取，老虎逐去。"说罢，把袖一拂，依然是个纸虎。瘸子看金山座下有个空处，便放那纸虎在内。蛋子和尚摄三个巧匠的生魂，闭于楼下，一夜塑成三个浑身，极其相像。圣姑姑居中，蛋子和尚居左，左黜居右。蛋子和尚一见，不胜之喜。便道："是我塑下的像，我先磕个头儿起首。"瘸子道："野和尚磕头，谁来答礼？"蛋子和尚道："若起身答礼时，只怕腿脚不方便的，被人看破。"瘸子也笑起来。婆子道："休得闲讲。想起今日得道缘由，'遇杨而止，遇蛋而明'，都是天后梦中指点。她说二十八年后，当在河北兴旺，约我去到贝州相助。此是天数。我等一来不可逆天，二来不可忘了指点之恩。自今为始，各人随意逍遥，念想动时，立刻相见。若运数到日，切莫异心，以违天道。"说罢，婆子腾空而起，在空中把手招他两个。蛋子和尚把齐眉短棒抛向空中，化成万丈金桥，大踏步上去了。瘸子道："我且向壶天玩耍则个。"墙角头捡个空酒瓶儿，放稳在地，叫一声："我下来也！"双脚望瓶嘴中一跳，不知哪里去了。正是：从来只有神仙乐，法术高时不让他。毕竟他三人哪处相会，胡媚儿又在何处，翻腾出什么来，且听下回分解。

第十四回　圣姑堂纸虎守金山
　　　　　　　淑景园张鸾逢媚儿

仁慈胜似看经典，节俭何须点永金。

跨鹤腰缠无此理，堪嗟愚辈枉劳心。

　　话说圣姑姑初到东庄，原约杨巡检一年半载，便有回复。谁知一口气炼法，闭了三年的角门。杨巡检已自十分信服的，又见移树运米，如此神通，少不得有个妙用。为此只吩咐管庄的老王，暗地打听消耗，自己再不敢来敲门打户，讨消问息。

　　忽一日，杨奶奶开一只衣箱，只见箱内堆着一多子东西。取来看时，原来就是三年前教老嬷嬷送与圣姑姑这二百两私房银子，原封不动在内。奶奶吃了一惊，忙唤老嬷嬷来认时，果然不差。这分明是灵鬼所为，就是搬柴运米的一个法儿。他们哪知就里，只管胡思乱猜，道："这衣箱多时锁下不开，为何银子倒在里面？又是几时送来的？"不免教老嬷嬷到东庄上打探一遭。

　　老嬷嬷坐个小轿，到东庄老王家来，问其动静。老王道："以前半夜三更，常听得院里大惊小怪，叫唤呼喝之声。如今好几日不闻声响，不知何故？"老嬷嬷道："你且讨个梯儿，待我爬上屋去，偷望一望，看是怎的！"老王见是掌房的嬷嬷，自然要奉承一分，又且奶奶差来，如何违拗。慌忙在敞厅上去，掇个长梯子，弄了半日，弄进屋来，靠在回廊屋檐上。老嬷嬷先爬上去，望了一望，就下了梯，说道："院里静悄悄的，绝无动静，我脚软站不住，还让你老人家来！"老王真个上梯去，舒头而望，并无一人。直爬上屋脊，仔细前后观看，忽然见了明晃晃黄灿灿这座金山。心下又惊又喜，下得梯来，心生一计，瞒着老嬷嬷，只说："不见甚的，想是从后门走了！"老嬷嬷转身去后，老王一脚箭跑到城中，报与家主杨巡检知道："如此这般。想来是老爷洪福，特来报喜。"杨巡检喝道："谁教你去望来？"老王道："是奶奶差老嬷嬷来，教小人去看，不关小人之事。因是好几日院里不闻声响，想不在了，所以小人大胆。不然，也不敢。"

杨春心下沉吟，便教家童备马，亲往东庄。把敞厅后壁封条揭了，开进去看时，里面没人来往。乱草纵横，回廊下小角门依然紧闭。杨巡检自去敲了几下，不见答应。教安童拾起砖块去打，打了一个时辰，只如不打一般。杨巡检发个急性，教庄户轿夫、随从人等一齐用力把门撞开。杨巡检吩咐众人退后，只带四个安童跟随，不往厅屋书房住脚，一径串出后楼去看。只见楼下竖着这座太湖石，已变成一大块紫金。杨春暗想道：圣姑神通果然非小！掉转头来，猛见圣姑姑和蛋子和尚左黜三个，端端正正坐于楼下。杨春大惊，慌忙上阶拜倒，禀道："弟子久失侍教，闻师父点化已成，特来拜谒！"安童道："老爷莫拜，上面坐的是个死的。不然，怎不回礼？"杨春起身上前看时，原来都是塑的。浑身俨如生相，称赞不已。看四下杂屋中，堆积百般货物器用，尚值得四五百金。三个的衣服行李，都不见了。楼后四株大梨树，果然西园移来的，种得齐整。正不知什么缘故，不别而行。想是普贤祖师不愿造个行宫在此，圣姑不好回话，竟自去了。

　　杨春叹息了一回，便教安童快去迎接奶奶到来。不多时，杨奶奶接到。杨春引她见了浑身，说："是圣姑姑自塑下的。"奶奶拜了四拜，转身见了这座金山，夸道："人间金子，怎的有恁般赤色！只可惜点化得忒大了，教人不便移动。"杨春道："多着些人来搬他家去，做个镇家之宝。"看见香案边堆下黄布帐子一顶，自去取来，罩在金山上面。一面教安童唤庄户轿夫、随从人等，讨了扛棒绳索，一齐进来，何止三四十人。这班人闻安童呼唤，问其缘故，已自晓得了。见帐子裹着，都去偷揭来看，哪一个不惊喜。伙里自相议论，也有个说眼见稀奇物，寿增一纪。也有个说，毕竟做官宦的福分大，财乡跟着他走。也有个说，皇天心也不平，有这些金子，不派点屑粒与我们穷汉，又与那财主做甚。有几个有气力、肯出尖的人，将绳索向前要去捆缚那金山。不动手时犹可，才动手时，忽然金山下面，起阵黄风，一只黄斑老虎，扑地跳将出来。吓得众人叫声："啊呀！"四散奔走逃命。杨巡检拖着奶奶一只臂膊，跑上楼去，将门窗都闭了。过了一时，不听见楼下动静，在窗子眼内偷看时，老虎已不见了。杨巡检推开楼窗叫人，一个也不答应，只得大着胆走下楼来。只见这些丫鬟养娘，兀自在神像案桌下躲着，也有跑出去的，和安童在门口探头探脑望着里面消息。杨巡检喝道："虎在哪里？兀自见神见鬼地做甚张智！"安童和养娘们方才放心。杨巡检教安童一面备马，一面唤齐轿夫，送奶奶回宅。

　　到家后，夫妻两口说道："这圣姑有灵。既塑下浑身，必然要那金山供养，不许人移动，所以显个老虎出来吓人。如今不去动他，自然没事。"商议定了，把存下货物器用，一应搬回。这三间楼下叫作圣姑堂。每年正、四、七、十这四个月的初一日，西园设斋，杨巡检自去烧香点烛一遍，便封锁了，也不容外人进去瞧看。

聖姑堂紙虎
守金山

余月，连本宅人都不进去。又吩咐安童庄客等，不许向外人面前多嘴饶舌。常言道：拿得住的是手，掩不住的是口。家主恁般吩咐了，一般又有忍嘴不牢的，做新闻异事，说将出去。满县人都乱嘈道："杨巡检庄上出了一座金山，又有个黄斑老虎。"也有同辈亲友，特为此事来问杨春，杨春只推没有。后来这个圣姑堂直待贝州反后，枢密院行下文书，各处挨查妖人、蛋子和尚、左黜等余党。此时杨巡检已故了，奶奶老病在床。管家禀知小主人，私下唤庄户连夜毁了这三个土偶。看那金山时，仍是一座太湖石。老虎是纸剪的，已朽坏了。此是后话。正所谓：时来铁也生光，运退黄金失色。有诗为证：

堪笑杨春识见莽，狐精错认真仙长。
黄金不作镇家山，险使儿孙作妖党。

杨巡检一段话，表过不提。看官们，如今要晓得胡媚儿的下落，少不得打个大宽转，又起一宗话头了。话中单表一人姓张名大鹏，西安府人氏。从小读书，十二岁上没了爹娘，跟随个全真先生，出去游荡。在燕都大房山偶染疫病，那全真弃之而去。幸遇个外国异人，救好了他。见他丰骨不凡，传授他一家法术：能呼风唤雨，役鬼驱神。若与白云洞法术比较，也是半斤八两，差不多儿。平生与东京一个人交厚，结为兄弟，常寓在他家。那人姓朱名能，有一身好武艺。

提起那话，还是祥符元年的时节，真宗皇帝恼那契丹鞑子欺慢中国，有佞臣王钦若奏道："从来若非真命天子，上不得泰山。所以秦始皇恁般英雄，也被风雨打将下来。我皇若要镇服四海，夸示外夷，须徼福天瑞，东封泰山，方可称一朝圣主。"真宗问道："泰山曾封过几遍了？"王钦若奏道："七十二遍了。"真宗准奏。就在王钦若身上，要他三日之内，报过七十二般祥瑞，事事须要有据。王钦若退朝，面带忧容。一时间多了这嘴，三日里面，哪有七十二般祥瑞，便说灵芝、甘露、麒麟、凤凰，现今世上都生得有，三日内也取不将来。那朱能正在他门下做个馆宾，晓得王钦若有这件事在心，便道："此事不难，依朱能说，只用一般祥瑞，便可抵挡得那七十二般了。"王钦若欣然问计，朱能道："草木鸟兽之瑞，都是后来，不为稀罕。只有上古伏羲时，河中龙马负图而出，天示阴阳卦象，谓之天书。此为祥瑞之祖。如今若得天书下降，把来宣布中外，泰山就封得成了。"王钦若道："天书怎得降来？"朱能道："不消相公费心，朱能自有妙策。来朝容禀！"

当晚朱能回家，与张大鹏商议。张大鹏道："不是劣弟夸口，仗平生学的道法，只今夜送个天书信息到皇帝老儿宫里去！"朱能道："愚兄此番，便是出身之阶了，全仗贤弟帮衬则个！"其夜张大鹏行个嫁梦的法儿。真宗皇帝睡在宫中，梦见红光曜室，一个神人，头戴七星冠，身穿绛衣，手捧文书一本，告道："上帝有命，降天书大中祥符三篇，陛下宜虔诚受之，圣福万载！"正待舒手去接那文书，猛然惊觉。到五更钟动，真宗皇帝上殿。正是：

> 九天阊阖开宫殿，万国衣冠拜冕旒。
> 日色才临仙掌动，香烟欲傍衮龙浮。

百官早朝已罢。便召宰相王钦若面对，把夜来之梦，与他说了。王钦若奏道："此乃我皇志一气动，与天心相通，方有此梦兆。这天书自伏羲时，龙马负图，直至如今，不曾再见。若果然降下，便是国家之上瑞，休言七十二般祯祥，便千万般，也赛不过矣。乞我皇速出圣旨一道，九门传谕，四下察访天书消息。"真宗皇帝准奏。当下取龙凤花笺，就御案上拂开，提起玉管兔毫笔，御手亲写道：

朕在深宫，恭默思道。梦有神人，星冠绛衣，传说帝命，当降天书大中祥符三篇。如有人先得者，不拘军民人等，诣阙速献，即时擢用。如系职官，加秩进禄，钦哉无忽。

景德五年正月　　　日御笔

王钦若捧了这道圣旨，辞朝而去，便仰文书房一样抄白了九张，差人向九门张挂，把御笔收藏，奉为至宝。左右报朱能候见，王钦若忙教请进。相见已毕，朱能道："相公正要启奏天书，恰好有这道圣旨，可谓凑巧之极矣！"王钦若道："据圣上此梦，敢是真有天书下降么？"朱能道："莫管真不真，只在朱能身上，包有天书还相公就是。但得权充巡官之职，庶几便于察访。"王钦若道："只恐卑职不称大才，有何难哉！烦足下用心，事成之日，必当保奏重用。"当下便差人拿名帖到枢密院去，将朱能充作皇城司巡官之职。朱能就相府挂了牙牌出来。对张大鹏说道："皇上果有异梦，此乃贤弟之神力。只是大中祥符三篇，哪里求取？"张大鹏道："天书左右是个名色。劣弟已模仿老子《道德经》之意，胡诌三篇，不知可用得否？"在袖里摸出草稿，送与朱能看。朱能原不甚通理，满口称妙，便道："就烦贤弟一写。用甚纸张？我去取来。"张大鹏道："劣弟前年在高丽国去，带得些皮纸，还剩得有。每一篇写做一卷，用黄帛包裹。明日五鼓，仁兄径去击登闻鼓，报承天门鸱尾上降得有天书，只依我说就是。"朱能道："朝廷不是取笑的，倘或驾到承天门，没有天书，获罪不小。"张大鹏道："劣弟必不

176

担误仁兄之事。"

次日五鼓，朱能先去敲张大鹏的房门，又去叮咛这事。张大鹏在床上答应道："已停妥了！"朱能晓得张大鹏的手段，更不疑惑。一口气跑到登闻院前，将鼓咚咚地乱挝。有值日鼓吏报与本院，院使审问来历，带去朝房，先见了宰相王钦若。王钦若闻说有了天书，不胜之喜。

须臾，净鞭三响，宫里升殿受朝。王钦若引着登闻院院使奏道："天书下降承天门，见有皇城司巡官朱能来报，在朝门外候旨。"真宗闻奏，便教宣朱能上殿。朱能拜舞已毕，真宗问道："天书在何处？卿又何以知之？"朱能奏道："臣自从前日见了九门圣旨，昼不敢宁，夜不敢睡。想得帝命天言，必降于高巍之处。又天机秘密，必不是白日降下。今早臣从承天门下巡视，望见鸱尾上有黄帛曳出，料想必是天书，不敢不奏。"真宗天颜大喜，趋下帝座，龙行虎步，直到承天门下。惊得满朝文武，顾不得鸳班鹭序，纷纷的下殿随行。朱能指点鸱尾与真宗看了，真宗遣两个内侍取梯升屋。原来小小一个黄袱包儿，两条带子缚在鸱尾之上。解将下来，王钦若接得在手，跪献真宗。有诗为证：

> 星冠鸱尾总玄虚，声臭俱无岂有书。
> 君相一时俱似梦，天言口代竟谁欤。

真宗对天再拜，御手捧着步行到殿，把与翰林学士陈尧叟，启封宣读，乃是大中祥符上、中、下三篇，篇中都似道家之语。读罢，百官皆呼万岁。真宗命内侍取金匮来盛了，权送在景灵宫圣祖案前供养。待兴造玉清昭应宫，专奉天书。就命陈尧叟草诏，宣播天下，改今年为大中祥符元年。择日起驾，亲往泰山行礼。加封王钦若为兖国公，朱能为荆南巡检。三年之内，直升到节度使之职。情知这套富贵，都是张大鹏作成的，相见之间，生怕他提起前因，颇有疏慢之意。张大鹏猜着这个意思，也不说破他，只不来往便了。此见朱能薄德处。

后来十五路军州表章，都奏得有天书，天子不知哪一个是真是假，倒疑心起来。有参知政事丁谓，也为着谄佞上得宠，与王钦若两个争权。访出了朱能挟诈欺君，密地奏闻真宗。真宗就将丁谓替了王钦若之职，差使臣去拿那朱能问罪。朱能自恃武艺，把使臣杀了，统手下兵众反将起来。战败被擒，倒招得有张大鹏名字。圣旨将朱能碎剐，行海捕文书，各处挨获奸人张大鹏。因此张大鹏又向江南飘荡，改名张鸾，自号冲霄处士。他有了一身法术，哪一处不去了。常言道：官无三日紧。过了几年之后，这事便懒散了。

张鸾在江湖上，打听得真宗所生皇子，今已长成，那皇子乃是赤脚大仙转生。怎见得？原来真宗二十一岁上登基，宫中尚无皇嗣。御制祝文，颁行天下，令各处名山宫院，修斋设醮，祈求上帝。时玉帝正与群仙会聚，问谁人肯往，群仙都不答应。只有赤脚大仙笑了一笑，玉帝道："笑者未免有情。"即命降生宫中，与李宸妃为子。生后，昼夜啼哭不止。御榜招医，有个道人向内侍说："贫道能止儿啼。"真宗召入宫中，抱出皇子，教他诊视。道人向皇子耳边说道："莫叫，莫叫，何似当初莫笑！"皇子当下便不哭了。真宗大喜，问其缘故，道人说此情由已罢，出得宫门，化阵清风而去。这皇子是谁？便是四十二年太平有道的仁宗皇帝。他在宫中，只好赤脚，再不爱穿鞋袜，此其验也。真宗因感斋醮灵应，愈加信奉，各处修复道家庙宇。

张鸾闻知此信，又且皇子是仙家转世，必然与道流有缘。先在东京时，曾与太监雷允恭相识，甚蒙敬重。那雷允恭宠幸用事，官拜宣政使之职，与丞相丁谓又是内外交结的。张鸾为此再到东京，见了雷太监，告诉他前事冤枉，就便托他打丁丞相的关节，希图兴隆道教，自己讨个赐号。大抵术士辈，任你神钦鬼服，要借重皇帝的敕封，方免得天庭责罚。雷允恭道："远年旧事，不须挂念。先生只在家下淑景园中作寓。目今皇太子选妃，蒙皇太后懿旨吩咐，正在忙冗之际。待稍空闲，同去见丁丞相，再有商议。"张鸾谢了。手下官身引至淑景园书房中寓下。

按《宋史》所载，真宗皇帝共改了五个年号：咸平六年，景德四年，祥符九年，天禧五年，乾兴一年。此时是祥符九年二月中旬。张鸾一夜间，见月明如昼，在园中闲步。忽然黑云掩月，一阵怪风，从西而来。张鸾道："奇哉！又是什么神道过往？"捻了定风诀，定睛而看。须臾，风头过处，云开月朗。只听得一声响亮，半空里坠下一个女子。有诗为证：

情知天上无人住，哪得佳人坠九霄。

一阵暗风迷道眼，若非月怪即花妖。

那女子非别，正是胡媚儿这小妖精。这回书直接上第六回的情节。她与圣姑姑离了剑门山，一路同行，到永兴地方，因天色已晚，要赶到树林中歇宿。正行走间，对面起阵黑风，刮得人立脚不住。那婆子是武则天娘娘请去，幽宫中相会。这小妖精被风刮起半空，飘飘荡荡，直吹到东京雷太监园中坠下。天后所说托与冲霄处士，便是这话了。

张鸾见这女子来历蹊跷，近前看时，已被冷风吹得半僵了。即便扶进书房，把热汤灌醒，问其名姓。答道："贱妾安德州人，姓胡，小名媚儿。同母亲往西岳华山进香，不期中途遇了一阵怪

淋泉圍張為
逢蝴兒

风，把贱妾吹向空中。那时昏迷不醒，耳中只闻得神语云：'胡家女儿王家后，送与冲霄处士受。'须臾，如卷残云，似飘落叶，正不知去了多少里数，坠于此地。望恩官救取则个！"张鸾细看那女子，妖丽非常，况且应对之间，有枝有叶，不慌不忙，情知不是人类。又听说神语奇怪，暗暗地想道：莫非这妮子倒有妃后之分么？则今雷中贵挑选宫人，似恁般美貌，料也难得，正所谓奇货可居也！便道："要问冲霄处士，只贫道便是。小娘子须认做贫道侄女，贫道方好相留。"媚儿忙拜下道："蒙活命之恩，便服侍，尚且甘心。况为叔侄，敢不从命！"张鸾扶起，安放她在后面小房中歇了。

次早去见雷允恭，说道："贫道有个侄女，小名媚儿，颇有姿色。近因父母双亡无倚，贫道已取到寓所。太尉若看得中意时，也报她一个名儿。万一有幸，作成贫道做个外戚。"雷允恭大喜，便同张鸾到淑景园来。正是：得他心肯日，是我运通时。因这番，有分教：胡媚儿轮回海中，重投一遍胞胎；鸳鸯牒上，再结一宗眷属。要知端的，且听下回分解。

第十五回

雷太监馋眼娶干妻
胡媚儿痴心游内苑

才子佳人两下贪，姻缘错配总难堪。

不如意事常八九，可与人言无二三。

话说雷太监到淑景园中，张鸾引出胡媚儿来拜见了。雷太监看见生得十分妖丽，满脸都堆上笑来，问道："青春几岁了？"媚儿道："年方一十六岁。"雷太监双睛觑定，沉吟了一回，连赞了几声好，上马而去。少停，便差个官身，请张鸾到府叙话。雷允恭在厅上相候，报道张鸾到了，慌忙下阶迎接。张鸾是个鉴貌辨色的，心下想道：他今日意思，比平日倍加殷勤，必有好处。上厅坐定了，便问："恩官呼唤，有何台旨？"雷允恭道："适才见令侄女甚好才貌，只是皇子年方十四岁，令侄女的年庚反长，恐难充妃嫔之选。若只做宫人，可不肮脏了。鄙意倒有一说，要与炼师做个亲家，不知意下何如？"张鸾道："对亲的是令弟，还是令侄？"雷太监笑道："并非弟侄，就是下官本身。"张鸾道："恩官是穿宫近臣，休得取笑。"雷允恭道："炼师有所不知，我们虽然净过身的，七情六欲，与常人一般。夜间冷静不过，常想要个对头同睡。每常寒天冷月，教个小厮抱背抱脚，没甚意思。也有结识个娼家外宅，时时做伴，到底不是常法。纵好而不妙。不如娶下一房，长久相处，岂不美哉！"张鸾道："这事可做得么？"雷允恭道："内官娶妻，前朝都有故事。汉朝石显有妻有子，唐朝高力士娶妻吕氏，李辅国娶妻元氏，见于史册可据，炼师休得推辞。下官看过历日，明日是个结婚上吉之日，上午纳些薄聘，晚间便来迎亲。有烦炼师做主，先与令侄女说知，过门之后，只图个富贵受用罢了。"

张鸾见他十分执意，心虽不乐，口中只得应允。别了雷太监，回到淑景园中，将此话对媚儿说了。媚儿道："叔叔将奴嫁个太监，有甚出息？"张鸾道："我也是恁般想来，只是他现在有权有势，违拗不得。你但放心去时，我自有道理。"当日无话。

到次日，雷太监家，早上便挂起红彩，大吹大擂，准备做亲筵席。上午先去行聘，聘礼是：金凤珠冠一顶，大红纻丝蟒衣一袭，小团花碧玉带一条，金钗二对，金钏二对，其余随身一应新衣，件件成双，花红羊酒，不必细说。把张鸾寓中摆得锦片一般。有诗为证：

花红羊酒尽铺陈，太监今宵喜结亲。
有势有财胡乱做，世间多少独眠人。

至晚，雷太监蟒衣玉带，乘匹紫骝马，押着五彩花舆，笙箫鼓乐，往园中来亲迎。那时，张鸾将新汗衫一件，捻诀书符，口中念了些咒语，教媚儿穿了。就把这口诀传与媚儿，但是要穿时，念个锁身咒；若要解时，念个脱衣咒。媚儿都会了。当下装扮得天人相似，上了花舆随雷太监去了。张鸾送出园门自回。

却说雷太监同媚儿交拜成亲，也没个丫头老嬷服侍，无非是

雷太監傳眾娶乾妻

这些小内侍们，携了花烛，双双引入洞房，交杯饮酒。有一班好事的，做下小词唱得好：

老太监，看你浑身上下没些儿阳气，便做道画屏前，列了十二金钗，只好用着他搔背。我看你，穿不少，着不少，用不少，只少了一般儿滋味。也是前生时偷婆娘，诱小官，把那话儿用得过分了。今生算账，罚你做个没水道的妇人，少鸡巴的男子，也只索忍着悔气。你不去烧些香，念些佛，施些财，多行些方便，少下些阴毒，积下那一世儿，做个薛敖曹的徒弟。还要痴心痴想，痴想痴心，见人学样，讨好儿好女什么的便宜，真痴。你是阉男，她非石女，怎与你做得一世的干妻，真痴。枕儿边你叫一声小娘子，她叫一声老公公，可不羞杀你金色的脸皮！

此时寒冬天气，雷太监房中铺下红氍毹地衣，张着貂鼠帐幔，锦衾绣褥，百事奢华。上床时节，一般儿也会说几句勾搭话儿。只有一件奇事：媚儿卸了花冠绣袄，解到贴肉汗衫，再解不开。分明似生成的皮肤一般，连下截小衣都被衫儿裹定。便是雷太监自来动手，也只看得。只得和衣睡了，讨不得粘皮贴肉，亲近一番。此是张鸾的术法。

次日侵早，合府的官身、私身、闲汉，都来磕头，要参见夫人，雷太监都辞了。吩咐小内侍们且称她是新娘，莫叫破夫人，惹人笑话。少停，张鸾也上门贺喜。雷太监请入里书房坐下，告诉出这段怪事来。张鸾道："此是缘法不到，或者恩官尊造第七宫中，别有良姻，舍侄女没福服侍。"雷太监道："且看今夜何如。"当下留张鸾一席酒饭而去。到晚临睡时，媚儿脱衣，依旧如此。原来雷太监最好受用，他在锦绣丛中滚出来的，线结儿也挨不得一个在身上，挨着时，便是个大疙瘩。雷太监只为爱那媚儿的容貌，陪她和衣睡过一夜，分明受了一夜苦楚。第二晚再成不得了，只得各被各头。到第三晚另收拾个房户，送媚儿自睡。

张鸾也只道相处不来，必然退出。谁想他心下虽不喜欢，却又舍不得打发回去。张鸾心下踌躇道：这事我又不好开口，怎么处？如今我且传下媚儿一个真容，以后觑个方便，设个法儿，就劝他献与今上。倘得召幸，或者博个封号。强如无名无目，做太监的干老婆。当晚行个请仙传真法。看官，你道甚样法儿？如要传某人真容，打扫一间洁净房子，桌上预备纸、笔及各样颜色，安设酒果供养。写一道细细的情节疏头，和请仙符、摄魂符焚了，念请仙咒、摄魂咒各一遍，将房门锁闭。其人不拘远近，能摄其生魂到来，画毕方去。生者当时，只如啽呓[1]一般。便是远年死鬼，亦能摄其游魂，与生时不异。所以形容态度，传得逼真。画仙一到，便听得笔墨乱动，到放笔声响，此仙去矣。徐徐开门进去，真已传就。大抵请诗仙者，来的多分是能诗之鬼。请画仙者，来的多分是能画之鬼。若偶然遇着真仙下降，诗必入妙，画必通灵。

那晚张鸾就在媚儿卧房之中，如法请下画仙。到夜半，闻得放笔之声。张鸾开了锁，进去看时，画得双颊如花，秋波欲溜，俨如活的一般。上面草书"僧繇笔"三字，乃知是晋时张僧繇下降。所谓僧繇画龙不点眼，点眼龙飞飞上天，便是此人，真仙笔也。张鸾欢喜，次日用绢纸裱个小小轴儿，悬挂内室。只等雷太监再相会时，讨他声口，便进说词去说他了。

却说胡媚儿在雷太监家没瞅没睬。从这一夜打个呓，挣到朝来昏昏闷闷，自觉精神减少，问小内侍道："这里可有会说平话

---

1 说梦话。

的么？"小内侍道："有个瞿瞎子最说得好，声音响亮，情节分明。他就在本府檐头居住。"媚儿道："你与我唤来消闲则个！"小内侍禀知了雷太监，将瞿瞎子唤到，扶入中堂，免他行礼。把一张小桌儿，一个小机儿，教他坐于槛外，媚儿坐在中间，垂帘而听。吩咐不用命题，只拣好听的便说。瞿瞎子当下打扫喉咙，将气拍向桌上一拍，念了四句务头诗句，说入正传。原来是纣王妲己的故事。说起来，妲己是纣王聘来的一个美人。迎至中途，一阵狂风，天昏地暗，从人都惊倒了。风过处，挣扎起来看时，只有妲己端坐不动。纣王道她有福，立为正妃，十分宠幸。却不知那妲己已不是真的，是个多年玉面狐狸精，起这阵怪风，摄了美人开去，自己却变做她的模样。百般妖媚，哄弄纣王。纣王只为宠了这个妃子，为长夜之饮，以酒为池，以肉为林，诛杀谏臣，肆行无道。其时万民嗟怨，惹起周武王兴师伐罪，破纣王于牧野，杀妲己于宫中。说罢，又念四句诗。诗曰：

尽道商王宠幸殊，谁知妲己是妖狐。

假饶狐智能贤达，还胜人间吕武无。

媚儿听了，叹口气道："古人云：人生不得逞胸臆，虽年百岁犹为妖。若得意一日，死而无怨。"便教取一贯钱赏了瞿瞎子去了。心下想道：同一般狐媚，她能攘妲己之位，取君王之宠。我之灵幻，岂不如她乎？其夜独宿房中。便梦见自家选入皇宫，蒙朝廷十分宠爱，册为皇后，宫娥簇拥，富贵非常。母亲圣姑姑封为国太。哥哥左黜，亦拜大官。一门贵戚荣盛无比。猛然觉来，乃是南柯一梦。纱窗上日色通红了。只见小内侍捧着一个洗脸银盆，放在朱红面架上。禀道："今日是第三遍大选皇妃，老公公侵早便往礼部去了。请新娘起来梳洗早膳，小的们服侍过，也要给个假去看一看！"媚儿道："我身子困倦，且不梳洗。你们要去看时自去！"这班小厮们得了这句，分明村里先生放学，一伙子都跑了。媚儿道："既是第三遍大选，合城美色，都聚在一处。我也去看看，是什么样儿。"起来梳洗，对着明镜道："似我这般颜色，便人类中也稀少。却困守此地，可不枉了我心灵性巧！"将一幅青布齐眉裹头，装做村姑模样。把房门闩了，使出旧时狐精伎俩，从房后逾墙而出。开了后门，一溜烟走去。直到礼部门首，也挤在人丛中来。只见衙门大开，远远地望见雷太监和礼部官员，都坐在堂上。一班官媒婆引着各良家女子过堂，上面照册点名。从东角门进，西角门出。也有贫户爱女的，父母自家跟随，在门外伺候。也有宦家小姐，整队家人养娘跟着。总来何止百人！都是十三四岁的。其间眉清目秀，红唇齿白的也尽多。只没有个超群的娇姿，出尖的美色。媚儿一一看了，道："古来说：佳人难得。一个花锦东京，人才也只如此矣！"众人挨挨挤挤，下午方散。媚儿躲在土地堂中，至晚竟不回家。发个痴念头，要往朝廷大内，遍看三宫六院如何富贵。

你道她为何发这痴念头？一来被仙笔传下她的真魂，因此精神颠倒；二来有"王家后"三字在肚中打搅。听了妲己的故事，一发心中发痒，按捺不住，乘夜黑溜入皇城。虽然妖狐幻惑，来不知迹，去不知踪。那皇城里面，比民间不同，不是要处。她见前门侍卫严紧，也未免心怀恐惧，不敢闯入。转到后宰门，原来一伙子匠人修葺御花园，恰好放工完了。太监在那里审问工头什么说话，打着两碗纱灯，两个火把，照得白日一般。媚儿乘闹中溜进，径入御花园。行了多时，猛见宫中墙垣高峻，难以逾越。又打个寒噤，且坐下踌躇则个。忽然想起，皇太子独居东宫，血气未定。倘然讨得相见，必有怜爱之意。闻得他又是赤脚大仙转生，骨器非凡，若取得他一点真元，又落得一节便宜了。转步向东，迤逦而进。过了金水桥，想要在御沟中钻去，一来怕他水深，二来有铜柱隔绝，不便，只得又向前行。听宫漏正打初更，月尚未起，只见远远的数点火光，急跑上前去望时，却是四五个小太监，提着红纱灯儿，做伙出来出恭。媚儿道："他既有门而出，我不怕无门而入。"趁火光悄地看时，果然有个角门开着。媚儿挨身进去，观个便处，爬上屋檐，过了几层院宇。只听得下面读书之声，媚儿且不下来，在屋上揭去几片琉璃瓦，挖开望板，向下张看。原来这去处叫做资善堂，是皇太子读书之所。这皇太子生性聪明好学，虽然夜深，兀自秉烛而坐。几个内侍们，四下倚台靠壁，东倒西歪，都去打瞌睡。媚儿道："此机失了，更待何时？"便从窟隆中飞身而下。瞧见后堂几个老宫人守着茶炉，在那里煎茶。桌上摆着剔漆茶盘及银碗金匙之类。媚儿去了兜头布儿，把脸嘴一抹，变做年轻美貌一个绝色的宫娥。忽地偷得来一个茶盘、一个银碗，吐些涎沫在内。吹口气，变成香喷喷的热茶。原来狐涎是个媚人之药，人若吃下，便心迷意惑。不拘男女，一着了他道儿，任你鲁男子，难说坐怀不乱，便露筋祠中的贞女，也钻入帐子里来了。媚儿捧着茶盘，妖妖娆娆地走出后堂，恰待向前献与皇太子，忽见皇太子背后闪出一尊神道。怎生模样？有《临江仙》为证：

眉似卧蚕丹凤眼，面如重枣通红。钢刀偃月舞青龙，战袍穿绿锦，美号是髯公。　　一片丹心悬日月，扶刘佐汉成功。神灵千古播英风，馘魔称上将，护国显神通。

这尊神道正是义勇武安王馘魔上将关圣。从来圣天子百神呵

胡媚兒癡心遊內苑

护，这日正轮着关圣虚空护驾。见媚儿施妖逞幻，看看上交了，圣心大怒，显出神威，将青龙偃月刀，从头劈下。媚儿大叫一声，撇了茶盘，望后便倒。皇太子听得狐嗥，吃了一惊。内侍们都惊醒了，携着画烛四处照看。只得一个牝狐，头脑迸裂，死于地下。衣服如蝉蜕一般，褪在一边。乱起众人，打着行灯火把，只怕还有狐党在内，前后都照一遍，绝没影响，正不知哪里来的。当夜将狐尸抬出后面。

明早，太子入宫奏过圣上。命司天监占其吉凶，司天监奏道："狐妖冒人衣服，时常有之。但皇宫内地，何从窃入？此非常之妖也！昨日是尾火狐值日，适有狐怪，宫中宜慎防火灾。然狐死似有鬼神击之，此乃皇太子千秋之福，亦不为大咎矣。"后来火灾不验，天子亦不追究。后人有诗云：

> 浪说司天据理真，其中禅灶是何人。
> 只将泛语寻常应，宣室何曾问鬼神。

话分两头。再说雷太监这晚从礼部回来，教请新娘陪伴饮酒。小内侍禀道："新娘从早闭着房门，至今未开。叫唤亦不答应，不知何故？"雷太监自去敲了几下，又唤了几声，里面寂然。发起性来，教把房门打开。床上床下都看到，何曾有半个人影？心下想道：她见我待得不甚亲密，或者逃走去了，只是女儿家弓鞋袜小，这般墙垣又没个梯子，如何去得？踟蹰了一回，又道：她便去也只在她叔叔那边，教人去看就知端的。便差个官身连夜往淑景园张鸾寓所，看新娘在否。张鸾见官身到来，道其来意。张鸾大惊道："你家老公公差矣！我侄女既嫁了他，生死是他家的人了。女孩儿家往哪里去，少不得只在老公公家里。终不然不见了一个，又要我赔一个不成?"官身领着言语,自回复去讫。

张鸾当晚心下怀疑,把门闭了,即便书符念咒,要摄媚儿的灵魂到来审问。平昔间符到魂来,这番偏不应验。张鸾叫声:"怪事!"便向媚儿真容前,重复凝神注想了一会,再焚一道追魂符。只见一阵冷风过处,画中嘤嘤的似有哭声,忽地走将下来,正是媚儿的妖魂,扯住张鸾大恸。张鸾劝止了她,问其缘故,告诉道:"妾今不敢隐蔽,实乃雁门山下狐精也。随母亲圣姑姑云游求道,中途遇风变,刮来此地。蒙仙官收养,视同骨肉,感恩非浅。不意为雷家强娶,耽误终身。前宵嘌呓一番,自觉精魂耗散。昨闻礼部选妃,偷身去看。自念红颜不落人后,便潜入皇宫,希图蛊惑。不意阴中触了正值关圣之怒,撄其刀锋,欲将妾魂牒送酆都问罪。妾再四苦求,蒙关圣检阅簿籍,道妾冥数合得人身,他日发迹贝州,有中宫皇后之分。即今月内该往本地胡员外家托生。正待释放,恰遇仙符几番见召,遂至于此,方知妾之一魂已在图画之中。今三魂再得团聚,仗仙官之力,将画送入胡员外家,便是妾之生路矣!他日贝州之事,仙官亦是有名人数,倘遇我母亲圣姑姑,幸寄一信。"说罢依然走在画上去了。

张鸾因想起媚儿被风刮来之时,他曾闻空中神语两句道:"胡家女儿王家后,送与冲霄处士受。"我只道她本是姓胡,原来还有胡员外家托生一节。据那"王家后"三字,已不是赵家媳妇了。不知贝州之事,又是如何?我在江湖上,也闻得有个圣姑姑神通广大,此时正不知在哪里。若会了圣姑姑,这话自然明白了。那晚想了一夜。

次日侵早,雷太监亲到园中,只怕张鸾寻他要人,自己先来与他陪话。张鸾不对他说明,只将套话儿支吾答应,求他用心寻访。少停,满京中传遍说,昨夜有个牝狐死在东宫资善堂,今早奋出后宰门去了。张鸾肚里已自了了，暗暗地称奇。那雷太监如何想得到媚儿身上，只吩咐官身、私身、闲汉等，四下寻访，出一千贯文充赏。这些众人当一场生意，见神见鬼地东挨西问，哪有消息。好似：水中捞月何曾有，海底寻针毕竟无。不在话下。

再说张鸾早饭后，打扮得齐齐整整：头戴铁道冠，鱼尾模样，身穿皂沿边烈火绯袍。将媚儿真容卷起，放在一个荆筐篮中。左手提着篮儿，右手拿着鳖壳扇。闻知胡员外住在平安街上，径奔这条路来。正是：白云本是无心物，却被清风引出来。毕竟张鸾怎生把这画送入胡员外家，且听下回分解。

第十六回

胡员外喜逢仙画
张院君怒产妖胎

君今不识永儿谁，便是当年胡媚儿。

一自妖胎成结果，凶家害国总由斯。

话说大宋盛时，东京开封府汴州，花锦也似城池，城中有三十六里御街，二十八座城门，有三十六条花柳巷，七十二座管弦楼。若还有搭闲田地，不是栽花蹴气球。那东京城内势要官宦，且不说起，则这财主员外，也不知多少。有染坊王员外，珠子李员外，泛海张员外，彩帛焦员外，说不尽许多员外。其中有一员外，家中巨富，真个是钱过北斗，米烂陈仓。家中开三个解库：左边这个解库，专当绫罗缎匹；右边这个解库，专当金银珠翠；中间这个解库，专当琴棋书画古玩之物。每个解库内，用一个掌事，三个主管。这个员外姓胡，名浩，字大洪，止有院君妈妈张氏，嫡亲两口，别无他人。正是：眼睛有一对，儿女无一人。因这员外平昔间，一心只对着做人家，盘本算利，得一盘十，得十盘百，全不想到儿女头上。那院君又有一件毛病，专一吃醋捻酸，不容员外娶妾置婢。还是十年前员外偷了个丫头，院君知道，登时打个半死，就发与主管，教他召人卖了；又和员外闹吵，拌唇舌，做面嘴，整整地有个把月不得太平。所以员外也不做这个指望，终日只在钱钞中滚过日子。有诗为证：

世间只有妇人痴，吃醋捻酸无了时。

不想欢娱容易散，百年香火是孩儿。

光阴似箭，胡员外不觉行年五十。本家解库中三个掌事的，一伙儿商量打出钱来，备下一副羊酒公礼，侵早进去捧觞称寿。那九个主管另做一起，其余家人安童们，又做一起，都来磕头。城中一般的员外，及相识人家，也有亲来捧觞的，也有差人送礼的。免不得吩咐当值的备下筵席，写个颜色帖儿，请人吃面饮酒。中间只听得宾客里面，你亲家我亲家地交杯酬酢，都说些家常儿女的说话。员外转想着自家无男无女，心中默然不乐。到筵席散了，众宾作别而去。院君在房中另整个攒盒，请员外吃三杯贺喜。员外觑着院君，蓦然思想起来，两眼托地泪下。妈妈见了，起身向员外道：“员外，你家中吃不少，着不少，百事丰余，够你受用。虽不比为卿为相的富贵荣华，也是千人欣万人羡的一个财主，况且今日寿诞，又是个好日，缘何恁般烦恼？”胡员外道：“我不为吃着受用，家私虽是有些，奈我和你无男无女，日后靠谁结果？则今日酒席上，个个有亲戚攀谈的，都是儿女面上来的，偏我孤身独自。常言道：养儿待老，积谷防饥。明年就是五十一岁，望着六十年头了。生育之事，渐渐稀少，以此心中伤感。”妈妈道：“东村有个王老娘，四十八岁养头生。我今年才四十七岁，还不算老，终不然就养不出了？或是命里招得迟，也未见得，我若也到五十岁没有生育，那时少不得娶个通房与你。还有一说，闻得当今皇太子也

195

是皇帝拜求来的，偏我庶民之家，拜求不得？如今城中宝箓宫里，北极佑圣真君，甚是灵感。不若我与你拣个吉日良时，多将香烛纸马拜告真君，求祈子嗣。不问是男是女，也作坟前拜扫之人。"便叫养娘们安排热酒。"我与员外解闷则个。"夫妻二人吃了数杯，收拾了家伙歇息了。

又过数日，恰遇吉日良时，叫当值的买办香纸，安排轿马，伴当丫鬟跟随了，径到宝箓宫门首歇下轿马。走入宫里，来到正殿上烧香，少不得各殿两廊都烧遍了。来到真武殿上，胡员外虔诚祷祝生年月日，拜求一男半女，也作胡氏门中后代。员外堆金山，倒玉柱，叩齿磕头，妈妈亦然，插烛也似拜了几拜。祝告化纸，出宫回家，不在话下。

自此之后，每月逢初一、十五，便去烧香求子，已得半年光景。忽一日，时值十二月间，解库中正当算账的日子。又且逼着残冬，当的要当，赎的要赎，那掌事的和主管又要应接主顾，又要打点清理账目交割，好不忙哩。只有中间这个解库，当古玩的，到底比那边清闲一分。主管正在解库中把一年中当过赎过的本利账目结算，托地布帘起处，走将一个先生入来。那先生头戴鱼尾铁道冠，身穿皂沿边烈火绯袍，左手提着荆筐篮，右手拿着鳖壳扇，行缠绞脚多耳麻鞋，有飘飘出世之姿，分明似神仙模样。原来神仙有四等：

走如风，立如松，卧如弓，声如钟。

只见那先生揭起布帘入来，看着主管。主管见他道貌非俗，急起身迎入解库，与先生施礼毕，凳上分宾主坐了。主管道："我师有何见谕？"那先生道："告主管，此间这个典库，是专当琴棋书画的么？"主管道："然也！"先生道："贫道有一幅小画，要当些银两，日后原来取赎。"主管道："我师可借来观一观，看值多少。"主管只道有人跟随他来，拿着画，只见那先生去荆筐篮内，探手取出一幅画来，没一尺阔，递与主管。主管接在手里，口中不说，心下思量，莫不这先生作耍笑，这画儿值得多少，不免将画叉儿叉将起来看时，长不长五尺。把眼一观，原来光光的一幅美女图，上面写"僧繇笔"三字。画倒也画得好，只是小了些，不值什么钱。主管放了画叉，回身问道："我师要解多少？"先生道："这画非同小可，要解一百两银子。"主管道："我师休得取笑，若论这一幅小画儿，值也不过值五六百钱。要当百两银子，差了几多倍数，如何解得！"先生道："这是晋朝张僧繇画的，世间罕有之物。"主管道："张僧繇到今五百多年了，这幅美人图，还是簇簇新的。世上假画也多，忒说得没分寸了。"先生道："足下既认不真，只当五十两去罢！"主管道："便五两也当不得！"先生定要当，主管只是不肯当，回他去又不肯去。两个说假夸真，嫌多道寡。正在争论之间，只听得鞋履响，脚步鸣，中间布幕起处，员外踱将出来。问主管："烧午香也未？"主管道："告员外，烧过午香了！"那先生看着员外道："员外，稽首！"员外答礼道："我师请坐，拜茶！"员外只道他是抄化的。只见主管把画幅叉起，呈上员外道："此位师父有这幅小画，定要当五十两银子，小人不敢主张。"员外把眼一觑，笑道："我师，这画虽好，不值许多，如何当得五十两！"那先生道："员外，你只知其一，不知其二。这幅画儿虽小，却有一件奇妙处。"员外道："愿闻。"先生道："此非说话处，请借一步，方好细言。"员外与先生将着手径进书院内，四顾无人。员外道："这画有何奇妙？"先生道："这画不比世上丹青，乃是神仙之笔。于夜静更深之时，不可教一人看见，将画在密室挂起，烧

197

胡員外喜逢仙畫

一炉好香，点两支烛，咳嗽一声，在桌子上弹三弹，请仙女下降吃茶。一阵风过处，这画上仙女便下来。"那员外听得，思忖道："怎地时，果是仙画了。只怕未必如此！"先生见他沉吟，便道："员外如若不信，且留画在此。今夜试看，明日来领当价。"员外道："我师怎地说，必非谬言。敢问我师尊姓？"先生道："贫道姓张，名鸾，别号冲霄处士。"员外点着头，即同先生出来，教主管："当与这张先生去罢。"主管道："日后不来赎时，却不干小人事。"员外道："不要你管。只去簿子上注下一笔，说我自当的便了。"员外一面请先生吃斋，就将画收在袖子里，却与先生同入后堂里面坐定吃斋罢。员外送先生出来，主管兑足了五十两白银交付先生，先生作别自去，不在话下。

员外在家受了妈妈的制缚，等闲女子也不得近身，况且说是个仙女，妖娆美貌，生平不曾见面的，如何不魂摇洛浦，神荡阳台。当日巴不能够一拳把白日打落，谯楼上立地催他起鼓。正是：眼望捷旌旗，耳听好消息。

未到天晚，先教当值的打扫书院，安排香炉、烛台、茶架、汤罐之类，预思量定下一个计策，向妈妈说道："我有些账目不曾明白，今夜要到书院中去算清，快催晚饭来吃。"妈妈信之不疑，真个地早早收拾晚饭，两口儿吃罢。员外道："妈妈你先请歇息，我去去便来。"不觉楼头鼓响，寺内钟鸣，已是初更时分。但见：

十字街，渐收人影；九霄云，暗锁山光。八方行旅，向东家各队分栖；七点明星，看北斗高垂半侧。六博呼卢月下，无非狎客酒人；《五经》勤诵灯前，尽是才人学士。四面鼓声催夜色，三分寒气透重帏；两支画烛香闺静，一点禅灯佛院清。

胡员外径到书院，推开风窗，走进书院里面。吩咐当值的："你们出去外面伺候。"回身把风窗门关上，点得灯明了，壁炉上汤罐内汤沸沸地滚了。员外打些上号龙团饼儿，放在罐内。烧一炉香，点起两支烛来。取过画叉，把画挂起，真个是摘得落的妖娆美人。员外咳嗽一声，就桌子上弹三弹，只见就桌子边，微微地起一阵风。怎见得这风：

> 善聚庭前草，能开水上萍。
> 动帘深有意，灭烛太无情。
> 古寺传钟响，高楼送鼓声。
> 唯闻千树吼，不见半分形。

风过处，只见那画上美人，历历地一跳，跳在桌子上；一跳，跳在地上。这女子脚到头，五尺三寸身材，生得如花似玉，白的是皮肉，黑的是头发，怎见得有许多好处：

> 添一指太长，减一指太短。施朱太赤，傅粉太白。不施脂粉天然态，纵有丹青画不成。有沉鱼落雁之容，闭月羞花之貌。

只见那女子觑着员外，深深地道个万福。那员外急忙还礼。去壁炉上汤罐内倾一盏茶，递与那女子，自又倾一盏奉陪吃。茶罢，盏托归台，不曾道个什么。那女子一阵风过处，依然又在画上去了。员外不胜之喜，道："这画果然有灵。如今初次，且莫缠她。等待第二遍，细细与她攀话不迟。"当时把画轴自家卷起，叫当值的来收拾了家伙，员外自回寝室歇息，不在话下。

到第二日，又说要去算账，忙忙地催取晚饭吃了，又到书房中来。却说张院君思忖道：员外昨夜算账，今夜又算账，我不信有许多得算。既然有账算时，日里工夫丢向哪里去了？却到夜间怎般忙迫！事有可疑，不免叫丫鬟提个行灯在前，妈妈在后，径到书院边。近风窗听时，一似有妇人女子声音在内。妈妈轻轻地走到风窗边，将小拇指头蘸些口唾，去纸窗上轻轻地印一个眼儿。偷眼一张，见一个女子与员外对坐了说话。这妈妈两条愤气从脚板底直贯到顶门上，心中一把无名火，高了三千丈，按捺不下，舒着手，推开风窗门，打入书院里来。员外吃了一惊，起身道："妈妈做什么？"那妈妈气做一团，道："做什么，老乞丐，老无知，做得好事！你这老没廉耻，连连两夜，只推算账，却在这里做这等不仁不义的勾当。这没来历的歪行货，哪个勾引来的，你快快说！"正闹里，只见那女子一阵风过处，已自上画去了。那妈妈气喷喷地唤："梅香，来，与我寻将出来！教你不要慌。"员外口中不道，心下思量，自道：你便把这书院颠倒翻将转来，也没寻处。那妈妈寻不见这个女子，气做一堆。猛抬头起来周围一看，看见壁上挂着幅美女，妈妈用手一扯，扯将下来，便去灯上一烧，烧着放在地上。员外见妈妈盛怒之下，又不敢来夺。那画烘烘地烧着，纸灰起地上团团地转，看看旋到妈妈脚边来。妈妈怕烧了衣服，退后两步，只见那纸灰看着妈妈口里只一涌，那妈妈大叫一声，蓦然倒地。有诗为证：

传神偶入风流谱，带焰还归离恨天。
只为妖踪消不尽，重来火宅作姻缘。

胡员外慌了手脚，教丫鬟相帮扶起来，坐在地上，去汤罐内倾些汤，将妈妈灌醒。扶将起来，交椅上坐定。妈妈道："老无知，

做得好事！唤养娘且扶我去卧房中将息。"妈妈睡到半夜光景，自觉身上有些不快，自此之后，只见妈妈眉低眼慢，乳胀腹高，身中有孕。胡员外甚是欢喜，却有两件事，心中不乐：一来可惜这轴仙画，被妈妈烧了，再不得会仙女之面；一来恐日后那先生来取赎，怎得这画还他。不在话下。

　　光阴似箭，日月如梭。经一年光景，妈妈将及分娩。员外去家堂面前烧香许愿。只听得门首有人热闹，当值的来报员外道："前番当画的先生在门前。"胡员外听得说，吃了一个蹬心拳，只得出来迎接道："我师，又得一年光景不会，不敢告诉，今日我房下正在坐草之际，有缘得我师到来。"只见那先生呵呵大笑道："妈妈今日有难，贫道有些药在此。"就于荆筐篮内，取出一个葫芦儿来，倾出一丸红药，递与员外，教将去用净水吞下，即时便得分娩。员外收了药，留先生吃斋了去。先生道："今日宅内忙迫，不敢相妨。改日却来拜贺扰斋！"说罢，作别而去，亦不提起赎画之事。且不说先生，却说员外将药与妈妈吃了，无移时，生下一个女儿来，员外甚是欢喜。老娘婆收了，不免做三朝满月，百岁一周，取个小名，因是纸灰涌起，腹怀有孕，因此取名叫做涌儿，后来又嫌"涌"字不好，改做"永"字。

　　时光迅速，不觉永儿长成七岁。生得十分清秀，素脸黑发，明眸皓齿，如观音座前龙女一般。夫妻两口儿，爱惜她如掌中之珠，椟中之玉。员外请一个教授在家，教永儿读书。这教授姓陈名善，为人忠厚老成，是个积年句读之师。员外请得到家，夫妻两口儿好生敬重。虽说慈亲护娇女，喜逢贤主对佳宾。这段话，且搁过一边。

　　再说雷太监自那日不见了新娘，差人四下寻访，并无踪迹。只恐张鸾发恶，着实赔礼奉承。张鸾已知不干雷家之事，落得受他恭敬。只为丁丞相谄佞，与皇太子不甚投机。真宗皇帝晚年，又得了个风疾，不能视朝。所以雷太监虽十分有心要引荐张鸾，无处用力。张鸾又信了小妖魂一番鬼话，况且胡员外家见在投胎生女，眼见得有几分灵验，把自己进身一节，也不甚上紧。只将淑景园做个下处，在东京城内城外散淡遨游。一来要寻访圣姑姑相会，二来要看取胡员外女儿下落。

光阴似箭，不觉到了景德元年。真宗皇帝晏驾，皇太子登基，是为仁宗皇帝。因委雷允恭管造山陵，误移皇堂于绝地，被学士王曾劾奏，并发丁丞相内外交结许多恶迹。仁宗龙颜大怒，将丁谓贬去远州司户参军。雷允恭即时处斩，抄没家私，连淑景园都没入做了官产。张鸾因在这园中住久，怕有是非干涉，预先脱身远去，浪迹江湖。

忽一日，游至山东濮州地方。其时四月节气，正值亢旱。各县都出榜广召法师，祈祷无验。闻得有个女道姑，在博平县揭榜建坛，刻期祷雨。张鸾心下思想道：这一定是圣姑姑了，我且去看个动静！拽开脚步，径投博平县来。正是：管教久旱逢甘雨，赛过他乡遇故知。毕竟张鸾这一去，遇着圣姑姑否，且听下回分解。

第十七回 | 博平县张鸾祈雨
五龙坛左黜斗法

春三夏四好栽秧，万目悬悬盼雨旸。
但愿天下贤宰相，用心燮理免灾伤。

话说张鸾闻得博平县有个老道姑登坛祈雨，心疑是圣姑姑在彼，一溜烟跑来。进得博平县城门，只见门内悬挂着一道榜文，旁边小杌儿上，一个老者呆呆地坐着。虽然往来人众，站住脚头看榜的却少。张鸾走上一步，从头念去道：

博平县县令淳于 ，为祈雨事。本县久旱，田业抛荒，多方祈祷无应。如有四方过往，不拘何等之人，能设法降雨，救济生民者，揭榜前来，本县待以师礼。雨降之日，本县见敛就一千贯文在库，即时酬谢，决不轻慢。须至示者。

天圣三年四月 日示

张鸾看罢，向老者拱手道："贵县几时没雨了？"老者见他道貌不俗，忙起身答应道："自去年十一月起，到今并无滴水。将有六个月亢旱了！"张鸾道："闻得有个远方道姑，揭榜祈雨，这信可真么？如今在哪里？"老者把双手一摊，撇着嘴，说道："在哪里，一万个也走了！"张鸾笑道："却是为何？"老者道："这道姑姓奚，自号女神仙，有五十多岁的人了。跟随的徒弟，男男女女，共有十来个。女的叫做仙姑，男的叫做仙官。据她说是大万谷乐总管府来的，善能呼风唤雨。初时揭了榜文，县主相公好不敬重。她要离北门十里之外，择高阜处，建立雩坛，名为五龙坛。装成青、黄、赤、白、黑五色龙形，按方摆设。又逼勒县主相公要地方上一千贯文酬谢，敛足了钱贮库，方始登坛。县主一一听允。她行的是什么月孛之法。各坊、各里，呈报怀孕妇人的年庚。凭她轮算一个指称魃母，腹中怀有旱魃，不由分说，教县里拿到坛前。这道姑上面坐着，指挥徒弟们鸣锣击鼓，喷水念咒。弄得这妇人昏迷，将她剥得赤条条的，躺在一扇板门上，双脚、双手和头发，共用五个水盆满满盛水浸着。一个仙官对了北方，披发仗剑，用右脚踏在她肚子上，口中不知念些什么言语。其余男女徒弟，也有摇旗的，也有打瓦的，纷纷嚷嚷。乱了一日，这怀孕妇人晦气，弄得七死八活，天上绝无云影。日色没了，只得散场。托言龙王今日不在家，明日管教有雨。教县主出三贯遮羞钱与那孕妇的丈夫，责领回去。到第二日，又轮一个魃母，要拿到坛前行事。众百姓愤气不平，登时聚集起三四百人，丢砖头、掷瓦片，喊声如雷，要打死他师徒们。这奚道姑慌了，和她一伙改换衣服，从坛后逃走了去。县主也不追究，另金这道榜文，各门张挂。老汉是本地方里正，怕有揭榜的来到，只得在此看守。"张鸾呵呵大笑道："原来如此！贫道拼着一刻工夫，与你们祈一坛甘雨耍子则个。"说罢，将榜文一手揭了。老者上前扯住道："你大胆揭榜，敢是真正有些本事么？休得要大话小结果，只有头儿，没有尾儿。学那女神仙坛前上去，坛后逃走。"张鸾道："你们要多少雨？怎般大惊小怪？"老者道："只要三尺甘雨，高低俱足了。"张鸾笑道："我只道倒翻江底，掠尽海涯，这还费贫道几个时辰的踌躇。只这点点雨水，有何难哉？"当下老者将杌子寄放人家，就引张鸾从县前一路而行。百姓们看见里正引个道人进城，想情定是揭榜祈雨的，什么欢喜，都跟来看。

原来博平县将有六个月不雨，亢旱非常。怎见得？但见：

河底生尘，田中坼缝。树作枯焦之色，井存泥泞之浆。炎炎白日，天如怒目之威；滚滚黄埃，草欲垂头而卧。担钱换水，几家夺买争先；迎客款茶，多半空呼不出。浑如汉诏干封日，却似商牲未祷时。途中行客渴如焚，井底眠龙鞭不起。

本县也有几个寺观，僧道们各依本教科仪，设醮修斋，念经祈祷。县令淳于厚，每日早上往城隍庙行香一次，全无应验。百姓起个口号道："朝拜暮拜，拜得头头干晒；朝求暮求，求得滴水不流。"县令也没个主意了，只得由他。

这日行香过了，早堂方毕。退在私衙安息，只听得堂上一片声喧嚷，将堂鼓乱挝。慌得县令冠带不迭，便服跑出后堂来。门子禀道："今有个远方道人，揭了祈雨榜文，百姓簇拥前来。"县令吩咐里正率领百姓们在门外伺候，单请道人后堂相见。张鸾左手提着荆筐篮儿，右手持鳖壳扇子，飘然而进。见了县令，放下篮儿，道个稽首。县令慌忙回礼，问道："先生高姓，尊号？从何处来？"张鸾道："贫道姓张，名鸾，别号冲霄处士。从海上到此。适见榜文祈雨，特来效劳。"县令道："先生行的不是月孛法么？"张鸾道："不是月孛法，是日黑法。不弄黑了日头，怎得下雨！"

县令也笑起来。又问道："北门外见筑得有雩坛，不知可用得否？"张鸾道："既有现成雩坛，便用它罢。"县令道："约莫几日之内，可以致雨？"张鸾道："早上坛，早有雨；晚上坛，晚有雨。"县令因奚道姑出丑了一遍，不甚准信，便道："先生夸得好大口。只不知还用着甚法物？好预准备。"张鸾道："并不用甚法物，只教本县各寺观祈雨的僧道，先去扫坛伺候。"县令道："这却容易！下官今晚吩咐停当，先生暂在城隍庙中一宿，明早登坛便了。"张鸾道："但凭尊命。只是一件，随分空闲公馆，贫道暂歇一宵。若到城隍庙去，恐烦神道接见，彼此不安。"县令道："公馆尽有。"口虽答应，心下不以为然。张鸾早已知觉，故意道："贫道今早枵腹而来，求些现成酒食。"县令道："要酒尽有，只是素斋。"张鸾道："贫道惯嗄酒的是鲜肉，却不用素。"县令道："不瞒先生说，只为祈雨一事，有三个多月禁屠。下官只是蔬食，要鲜肉却不方便。"张鸾笑道："官府断屠，从来虚套。常言道：官禁私不禁，只好作成公差和里正。尊官若不信时，县东第十三家，吕屠家里今早杀下七十斤大猪。间壁孙孔目为儿子周岁请客，买下十五斤，现今煮熟在锅里。又县西顾酒店，夜来杀羊卖，还剩得一只熟羊蹄，将蒲草盖在小竹箩里，放在床前米桶上。可依吾言语问他，说官府不计较你，平价买他的，必然肯与。"县令道："不信有此事！"当晚值日买办的，依着先生言语，问那两家要回买猪肉五斤，羊蹄一只。当值的去不多时，把猪肉羊蹄都取得来，回话道："那两家初时抵赖不承，被小的如言语破，他便心慌，即便将肉送出，连价也不敢取。"县令道："先生是什么数学？恁般灵验！"张鸾道："偶中而已！"县令方才晓得先生不比常人，刮目相敬。少停，当值的暖到一大旋酒约有六七斤，二十来个大馍馍，和猪肉羊蹄，一行儿摆在桌上。张鸾拱手道："贫道不为礼了！"大碗大块只顾吃，霎时间，吃个风卷残云，只剩三个空盘子，一把壶儿。口里说道："蒙赐已点过心了。"到庙中却又领饭，当下众人都吓骇[1]了，道："没见这样会吃的，好副大肠肚！"县令背后立个俊俏小厮，便接口耍道："不是大肠肚，怎配得这副大口？"张鸾听见，便把这小厮一指，说道："你的口也不小。"只见这小厮的两点朱唇，一时不由自己做主，直张开到耳根边，圆圆的好似一只朱红漆碗，开了再合不下，又说不得话，只是堕泪。原来这小厮才一十五岁，发方覆眉，生得清俊，是县令相公顶宠爱的一个亲随。县令见他作怪，已知冲撞了先生之故，慌忙作揖谢罪道："先生可怜他年小不知事，看下官薄面，饶恕他罢！"张鸾道："贫道并不曾难为他。"县令道："这小厮原好副嘴脸！"张鸾指道："如今原好副嘴脸！"县令回头看时，小厮的嘴照旧好了。一个押司在旁低低地说道："这是障眼法儿。"张鸾已经听得了，却不说破。问县令："这押司何姓？"县令道："姓陆，名茂。"张鸾道："好个陆押司！"慌得陆押司躲在一边去了。

县令差人送张鸾到公馆安歇，早晚酒食，自有本馆人供应。张鸾临别，约县令早起，同到雩坛行香。县令道："这是下官本等，自当陪侍。"当日晚堂，县令吩咐各寺观僧人道众，将五龙坛打扫洁净，铺设齐整。明日五鼓都要先在坛上伺候，迎接法师。又吩咐本县吏役侵晨取齐，又标拨官马一匹，到公馆去伺候法师起身。当晚哄动了博平县里。

次日东方发亮，县令出堂，方欲上轿，只见张鸾右手持鳖壳扇，左手持荆筐篮，摇摆进来。县令相见了，问道："先生何又赐顾？"张鸾道："昨日有约，特来奉邀同步。"县令道："此去有十里之遥，

1　痴呆、愚笨。

已曾拨马奉候，可曾到否？"张鸾道："马儿现在。只是贫道会走，不用着它。"县令道："用过早饭了么？"张鸾道："用过了。"县令道："既如此，请先行一步。下官随后便来。"张鸾道："贫道不认得雩坛，有烦陆押司作伴。"县令吩咐陆茂，好生替先生引路。陆押司领了县主相公之命，紧紧帮着同走。一个眼挫，忽然不见了先生，慌得他手足无措。料然不是落后，赶上一步看时，那先生前去，约有二三十步之远。押司道："在这里还好。倘然游方道人，一时口出大言，不能取验，临时溜去了，教我如何回话。又或者真个不认得路，走错了，县主先到雩坛，也显得我的不能干事。"发狠地趱步上去，要跟那先生。只见先生在前缓缓而行，这里尽力只赶不上。不论紧走慢走，只差二三十步儿。押司走得气喘，只喊叫道："先生慢一步，小人跟随不上哩！"张鸾在前呵呵大笑道："贫道走不惯慢走，你若不上前引路时，我走向天上去也，不与你祈雨了！"急得押司舍命又跑，眼盼盼看见在前，再赶不着脚跟。有诗为证：

遁甲之中缩地高，虽然缓步去程遥。
押司饶舌今劳步，要得浑身汗似浇。

　　押司汗如雨下，喘做一团，只得高声叫道："小人已知先生神术了，饶过小人罢！"张鸾道："贫道是障眼法儿，有什么神术！"押司方才省得昨日失言之过，磕头谢罪。张鸾把手一招，分明似磁石引铁一般，不觉立在先生背后了。押司一把扯住先生，死也不放。不够几步，到了五龙坛上。那伙和尚道士已先在了。闻得新法师到来，分作两班，下坛迎接。张鸾看这雩坛，甚是高爽，四围树木成林。那奚道姑摆设下的五龙尚在，都是竹胎纸糊的，涂抹着五色鳞文。中间大大架起个油布幔儿，设得有桌椅之类。少停，只见城内城外百姓们纷纷而至，何止千数。还不见县令到来，张鸾想道：这县令不肯陪我同行，却做张做智，叫我先走，自己要打轿来。你为百姓祈雨，便步行了这一遍儿，也不见失了体面，直恁做格！我今番且要他一要。便对着一个年小的道士说："县主未到，烦你前往一催！"扯他左手过来，自己捻个剑诀，在他手心中虚画个符形，急教握紧拳头，吩咐道："你见了县主时，便传吾言，请县主快来迎雨，如若迟疑，开掌为信。不可私自中途开看。"又脱下他两只鞋儿，也画个符在鞋底上，教他穿了快走，如要住脚，高声喝"咄退"二字。小道士刚把鞋穿上，两足犹如有人搬运一般，不由自己，如风而去。约有四五里之程，遇了县主相公头踏到来，喝一声："咄退！"脚便轻松，由他收住了。只见县主相公坐一乘朱青纱幔的凉轿，四抬四绰，打着青罗伞行来。小道士到轿前跪着禀道："法师教请相公快来迎雨。"县令道："这般烈日，雨在哪里？"小道士捻起拳头，对县令道："恐相公迟疑，命小道开掌为信。"

说罢，把拳头放开，忽然一声霹雳，从掌中发起，轿杠震得平断。吓得县令掩耳不迭，面如土色，直跌出轿来，众人七颠八倒，连小道士也惊呆了。停了一会，县令正待差人去问四下左近人家，或骡或马借来乘坐。只见一班和尚们，又引着许多百姓到来，催取县主上坛行香。县令已吃了这一番惊恐，不敢迟慢，此时只得教左右扶拥步行到坛。一面差人回县取轿马，到雩坛伺候转身。

张鸾见县令到来，迎接上坛，问道："相公何不乘轿来？"县令将雷震轿杠之事说了，道："先生原来有此神通法术，今日祈雨不难，乃万民之有幸也！"张鸾道："不是贫道夸口，风、云、雷、雨，是贫道腰囊内的东西。且试个戏术，与相公看。乞借大伞一用。"县令教伞夫将三沿青绢伞递与先生，先生接伞在手，旋了两旋，蓦地望上一掷，喝声："起！"吹口气，这把伞儿渐渐升上，到最高处，变成一朵乌云，将日色罩定，红光尽敛。众人都仰面而看，张鸾把手一招，这朵乌云托地堕下，仍是一柄青绢伞，便透出一轮烈日。县令心中又喜又怕，便请先生上坐，要下拜相求，速赐甘雨，以救一方之困。张鸾道："不须过礼。贫道十日前，从南岷山过，遇着大雨。贫道把这些雨云收得在此，今日舍与贵县结缘罢！"便向荆筐篮中，取出小小一个葫芦，摆在坛前，教县令焚香拜祷。张鸾捻诀念咒，作用已毕，将葫芦塞口拔去，轻轻用鳖壳扇一连几扇。只见坛前起阵大风，一股黑气从葫芦中出，被风刮起，直透九霄，布成一天浓云。张鸾将葫芦收了，走到那竹胎纸糊的黑龙旁边，吩咐道："黑龙，黑龙，助我神通。乘云宜速，行雨须洪。甘霖三尺，慰彼三农。顺我者吉，逆我者凶。"只见那黑龙鳞须俱动，忽然腾空而去。须臾之间，闪电乱发，雷声激烈，拳头般雨点打将下来，吓得百姓们四散都走了。县令也要下坛，奈县中取轿未到，只得同吏役及僧道们，在布幔中住札。顷刻，大雨如注，幸得布幔是熟油渍透的，又架在高阜，虽免得上漏下湿，四旁却无遮蔽。众人将桌椅都侧下遮雨。也有带得遮阳伞儿的，迎着风儿张开。正在忙乱，只见金蛇乱掣，霹雳连声，不离雩坛，左右旋转。县令道："敢问先生，今日雷神为何发怒？"张鸾道："想是看中意了几个歹人哩！"当下张鸾高声道："雷部听吾法旨，如有真正贪官污吏，破戒和尚，秽行道士，方许下击。如无此等，速宜退避。"那时霹雳愈加连声不绝，慌得县令先倒身下拜，自陈悔过。以下吏役及僧道们哪一个说得嘴响的，都着了忙，团团地拜做一堆。笑得张鸾眼花没缝。

约莫一个时辰，雨声方歇，雷电亦止。众人方才放心，爬将起

博平縣張鸞祈雨

来，向坛下一望，落得山鸣川响，池满沟盈，足足有三尺甘雨。

县令刚在那里称赞先生之功，只听得坛下有人厉声喝道："何处初学，敢在此施逞伎俩，恐吓众人。莫非要诈这一千贯钱么？"张鸾看时，却是一个瘸足道者。生得身材矮小，衣服腌臜，提着一根青藜杖，从大雨中一步步拐上坛来，浑身无一丝沾湿。到得坛上，放下藜杖，操着手与县令稽首。县令和众人俱各骇然。张鸾道："贫道舍一坛甘雨，救济生灵，你这乞道到此溷扰，敢与贫道斗法么？"瘸子笑道："谅你有何法，敢与师父赌斗！"张鸾大怒，便把鳖壳扇子一丢，喝道："快去打那乞道！"只见那把扇子冉冉而行，径奔那瘸子头皮上来。瘸子呵呵大笑，把头一扰，这顶破头巾望上趿两趿，扑地脱了头，去迎那扇儿。分明两只老鹰相扑，一上一下。瘸子喝声："拐儿何在？"只见地下横着这根青藜杖忽然跃起，一步步跳去打那张鸾。张鸾把袖一拂，身边这只荆筐篮儿，离地相迎。如藤牌架棍，一来一往。众人都吓得躲在一边，连县令也不敢上前了。两下赌斗，各无胜负，都收了法术。

张鸾大怒，抖擞精神，口中念念有词，举手向北方一招，大呼："黑龙快来！"那瘸子听得，便把坛上黄龙头上打将一下。只见先前飞去行雨的那条黑龙，半云半雾飞向坛来。这里黄龙，鼓鬣张鳞，就地腾起，迎住黑龙，空中相斗。自古道：土能克水，黑龙敌不过黄龙。张鸾又叫："青龙快去相助。"瘸子又把白龙一掌，那青龙才飞起去，白龙又去迎住。恼得张鸾咬牙切齿，急唤赤龙帮助。五条龙向空中乱舞，正按着金、木、水、火、土五行，互生互克，搅做一团。狂风大起，布幔架子都吹倒了。

众人正立脚不住，忽然走出一个和尚，耳坠金环，身披烈火袈裟，手中托一个水晶钵盂。这和尚正不知哪里来的，喝道："二位同道中，休得自伤和气，待贫僧与你劝解则个。"将手中水晶钵盂

五龍壇左黙開法

猛力往空中一抛，变成一颗五彩明珠，那五条龙都来戏这颗珠，成团作阵而去。瘌子已认得是蛋子和尚，暗暗喜欢，彼此俱不说破。只见和尚举手道："二位赌法，没有胜负。哪一个取得水晶钵盂还了贫僧，就断他是师兄。"张鸾和瘌子齐声应道："有何难哉！"两个默念咒语，都收了法术，那五条竹胎纸糊的龙形，依然复还旧处，恰似不曾移动一般，又不见它那里飞回的。只见张鸾袖中取出一个水晶钵盂，送还和尚。瘌子道："它是假的，那真的在我处。"果然向腰胯间也取出一个来，大小一般无二。那和尚都不接受，却在自家袖中摸出钵盂来，笑道："贫僧的现在，二位休得相戏！"

　　原来张鸾的钵盂，是袖中葫芦变的。瘌子的钵盂，是腰间椰瓢变的。一见真钵盂出来，二物都还本相。各各大笑，都收去了。张鸾心下也自骇然，想道："这乞道的本事，不弱于我。又不知哪里走出这莽和尚来，更是利害。"有诗为证：

　　　孙庞斗智非为敌，楚汉争锋未足夸。
　　　争似雩坛齐斗法，大家看得眼睛花。

　　只听得坛下人语嘈杂，百姓们络绎不终，人人执香来迎法师进县，县中轿马也都到了。县令方敢出头开谈道："适才下官见三位师父手段俱有惊天动地之术，不相上下。依下官说，三教同源，休争客气，都请到敝县，下官一同尊礼。备得有马匹在此，各请乘坐，幸勿推却。"瘌子见有马匹在坛下，便要去乘。张鸾终有些不平之意，明欺他是瘌脚，一把抓住道："我们不许乘骑，大家步行，赌个迟快。"瘌子道："足下莫非是骒子！"张鸾道："如何是骒子？"瘌子道："不是骒子，怎的放了马步行！"众人都笑起来。县

216

令道："既三位不肯乘马，下官礼当陪步。"蛋子和尚道："地下泥泞，官府们不可失了观瞻。贫僧同二位道友，先到贵县相候。"

说罢，牵了两个道人的手，步下坛来。百姓们起初只认得祈雨的一位师父，如今忽然又添了一僧一道，正不知哪里来的，好生怪异，纷纷地分开两边，让一条路与他们先行。蛋子和尚在前，张鸾居中，瘸子在后。走不多几步，瘸子故意拐着道："二位慢行，地下好不难走哩！"张鸾正中其意，扯着蛋子和尚，越走得快了。只听得后面叫声："啊呀！"回头看时，路旁有个小小水潭，瘸子右脚陷入，提得起时，左脚把滑不住，扑通地倒撞下水了。张鸾口称："惭愧！"蛋子和尚道："莫管他，且到县里等他便了。"比及两人进得县门，只见县堂上一个人拖着青藜杖，拐将下来，口中叫道："二位如何来迟？"张鸾看了大惊，那人非别，正是瘸子。方知撞下水潭，乃是水遁之法。张鸾到此，心下才服，到县堂上重新讲礼，方才动问名号。瘸子道："贫道姓左名黜，因为左腿损伤，改名左瘸，法侣中都称贫道是瘸师。这位就是贫道师兄，号叫蛋师，幻名蛋子和尚便是。"张鸾道："二位莫非是在杨巡检家与圣姑姑一同修道的？"瘸子道："足下何以知之？"张鸾道："贫道曾到永兴地方，多曾听得人说起大名，只是无缘会面。今幸相逢，多有冲撞！"说罢，便拜下地去，蛋师和瘸子两个慌忙答礼。问道："师兄是谁？"张鸾叙了名号。蛋子和尚道："原来就是冲霄处士，圣姑姑甚想相会。"

张鸾正待叩问，报道县令回来。那县令已知众师父们先到，便下了轿，步入县门。这班和尚道士及百姓们，都随进来。县令教铺下红毡，先请张鸾拜谢，张鸾不肯。县令道："下官为万民屈膝，礼之当然！"两下再三谦让，交拜了两拜。次请那两位相见，那两个教收起红毡，宾主作揖。阶下这班僧道及百姓们，一齐拜倒，欢声如雷。张鸾安慰了几句言语，教县主发放他去。和尚自去做回向功德，道士自去杀鸡谢将，其余百姓，各自散归。县令预先吩咐备有桌席，摆在后堂，管待三位。县令尚不知蛋子和尚及左瘸师名号，到后堂一一动问，都是张鸾代答。县令道："先生如何晓得？"张鸾道："原来平日最相慕的，恰才说起方知。"县令笑道："下官劝三位休争客气，正为此也。既然三位都是神交，今日之坐，下官不敢僭序，请三位自定位次。"蛋子和尚道："张先生今日有功之人，自宜首席。"县令也是此意。张鸾谦不过，只得允了。瘸子让蛋师坐了第二位，自家坐了第三位，县令下面陪席。县令道："蛋师莫不奉斋么？"蛋子和尚道："荤素不拘。"县令暗想道：是不曾见这一般和尚道士。

当下酒过三巡，食供两套。县令起身把盏，教取一千贯文支帖，亲手递与张鸾道："此乃地方薄酬，休嫌轻亵。鹤驾行时，但凭支取，库上即当赍送。"宋朝那时，一贯钱值一两银子，一千贯便值千两，就是千两银子，一个人还带不得，况且千贯铜钱，如何领得。县令也是有言在先了，尽做人情，算定那先生必然推辞的，就受也受不得许多。谁知张鸾正待推辞，瘸子向耳边说道："这银钱他日正有用处，可以受之。"张鸾点头，便讨纸笔过来，写道："暂寄博平县城隍收库。"就央本县库吏，将这纸烧在庙中香炉之内，这一千贯钱，抬至神座下放着。县令默然半晌，只得教库吏来吩咐。库吏答应去了，心中想道：哪见城隍替人掌财，就是送去，也干被人取用了。趁此黑夜抬回家中，看他怎地？又想道：这一千贯文非同小可，掩得谁人耳目！况且官府事情，倘在城隍庙中查问，却不稳便。我且抬到庙中，与道士通同商议，大家八刀[1]。若官府问

---

1 "分"的隐语。

时，只说城隍爷收去了，哪里查账？好计，好计！

当夜唤起人夫，大扛小扛，抬那一千贯钱到城隍庙正殿中间。先对道士说知，把法师亲笔焚过，然后将一千贯钱，堆在香炉两边，如两个土墩相似。库吏私与道士约定黄昏后面，大家计较八刀。

库吏回复去了。道士忽动了欺心，想道：常言见物不取，反受其咎。现送在我庙里的钱财，如何却与别人分用！庙后有个大鱼池，不免唤徒弟们相帮，陆续运去，撒向池中，总算做城隍爷收去，无形又无迹，却不干净？等待久后，从容取出受用。连忙关了庙门，唤齐了徒弟，收拾家伙，准备扛抬。

道士才拿得一贯钱在手，觉得手中蠕蠕而动。提起看时，却是一条赤练蛇，慌忙撒手。当下徒弟们发起喊来，只见两堆钱乱动，都变做蛇，成团绞块，滚向神橱中去了。此时五月十四日，雨霁后，月色倍明。只听得敲门响，开来看时，正是库吏。道士便将变蛇之事告诉了。库吏哪里肯信，取火把向神橱照看，并不见一条蛇影。库吏认定道士将钱藏过，各处搜索无获，两下争论相打，后来诘告在县。县令鞫出真情，各人责二十板，库吏问革，道士逐出庙外，不许居住。这是后话。有诗为证：

库吏心贪道士乖，欲图千贯作私财。
八刀无成才丁有，不是天灾是自灾。

再说张鸾等三人直吃到月明时候，起身谢了县令，作别要行。县令道："三位既蒙降重，屈在公馆同宿一宵，来日还要请教。"蛋子和尚道："贫僧有个茅庵，敢屈尊官同往，随喜一回。"县令道："琳宫何处？"蛋子和尚道："离此不远。"县令送出前堂，蛋子和尚道："告求净水一碗。"小厮取水到来。蛋子和尚接得在手，口中念咒，含水向下一喷，只见阶前一片水响，变化江湖，波涛汹汹，印月如银。左黜向腰间解下椰瓢撇下，变化一叶扁舟。只因这番，有分教：左道成群，叙出生死公案；冤家相遇，翻成贫富波澜。正是：法当灵处重重幻，话若新时句句奇。毕竟这船是哪里来的，且听下回分解。

第十八回

张处士乘舟会圣姑
胡员外冒雪寻相识

五行生克本常然，一气灵通万法圆。

喷水成江瓢可渡，更于何处觅神仙。

话说蛋子和尚喷水成江，瘸师将椰瓢掷下，化成一叶扁舟，要请县令同登。县令看这船时，从头至尾，没八九尺长，如何容得多人，再三推辞不肯。蛋子和尚让张鸾先下，坐在中间，蛋子和尚在船头，瘸子在船尾。三人向县令拱手称谢。张鸾竖起鳖壳扇，如风帆一般，长啸一声，如飞而去。眨眼之间，船与水都不见了，依旧堂下阶前甬道塞门光景。惊得县令目瞪口呆，恰似做了一个怪梦。虽然求了一坛甘雨，救济万民，却担了无限的小心惊恐。不知是仙术，还是妖术，好难判断。怕他们又来缠扰，吩咐将五龙坛废了。

三日之后，各县传闻博平县有个游方道士，立刻致雨，他都在亢旱之际，纷纷地备礼来迎。濮州知州也有文书下县。县令淳于厚瞒不过了，只得含糊将不识姓名僧道三人，前后祈雨斗法，及登舟而去，许多奇异事迹，备细申文回复。知州见请不来，甚不欢喜。各县自家祈雨不应，见博平县雨足，都怀妒忌，又来知州面前一口撺掇，道："据文书所说，分明一伙妖人。县官不该与他相接，恐情熟生变，有累地方。"知州听信，反将博平县严饬，着他体访妖人姓名窟宅，一面将事情申报枢密院去。枢密院奏过朝廷，东京地方广阔，恐有妖党潜住为祸。出榜晓谕，遇有踪迹诡异者，即便报官，不许隐蔽。从此东京传遍，游方僧道，俱不敢入城。后人有诗叹淳于县令之枉，诗云：

> 阴谋忌嫉起同僚，祈雨无功反坐妖。
> 只为畏途公道少，高人直欲老渔樵。

话分两头。再说张鸾等三人，坐着小船，御风而行，霎时到岸。蛋子和尚引着张鸾先走，瘌师后随。不多步，到了一个所在，茂林修竹，鹤鹿成群，中间闪出一座精致茅庵来。张鸾问道："此是蛋师习禅之所？"蛋子和尚道："生不习禅，亦无常所，闲云去住，偶然而已。"张鸾叹服。蛋子和尚向瘌师道："张先生在此，何不请圣姑姑来相会！"瘌子仰面对月，连叫三声圣姑姑，只见月中飞出一道金光，忽地坠下，变成一个老婆子。那婆子生得苍形古貌，雪发庞眉，头戴星冠，身穿鹤氅，真个有飘然绝尘之相。张鸾已知是圣姑姑，便上前道名稽首，圣姑姑口称先生，慌忙答礼，两下各叙相慕之意。圣姑姑看那张鸾身长七尺，伟干修髯，面如噀血，目若朗星，丰神自与凡人不同，暗暗称奇。

当夜月白如昼，四人都进庵坐定，上边圣姑姑居首，张鸾居次，瘌子旁坐，蛋子和尚在下相陪。圣姑姑问道："小女媚儿，何处与先生相会？"张鸾便把十三年前淑景园中风吹媚儿下来，直至胡员外家投胎养育，备细叙了一遍。圣姑姑称谢道："若非先生始

張慶士乘舟会聖姑

终用情，吾女永绝人身矣！"又对瘸儿道："可记得严三点之言乎？真神医也！"张鸾道："莫非益州严半仙么？"圣姑姑道："先生也曾会来？"张鸾道："贫道曾在东京一个宦家窃得一丸催生药，送与胡员外家妈妈，度其产厄，晓得是半仙堂严太医家来的，但闻其名，实未会面。"瘸师道："你们丢了正务不说，却讲闲话。"

张鸾方才问起贝州之事，圣姑姑也把梦中遇见了武则天娘娘一段说话叙过，又道："此乃天数，不可违也。"张鸾又提起"胡家女儿王家后"之语："今在胡员外家托生，上半句已应了，只不知'王家后'是如何？"圣姑姑道："他日到贝州，自有分晓。"张鸾道："此事何时起手？"圣姑姑屈指道："从此去一十五年，真人方出。先生乃第一起手之人，帮助的尚该有几位。且看缘分如何，大家去用心招引，以成其功。"

说话良久，蛋子和尚唤小沙弥看茶。庵里面走出一个清瘦小沙弥，手捧朱红托子，托出杏子一盘，比梨还大，比橘还黄。蛋子和尚道："此临淄所出金杏，汉武帝最爱之，至今土人称为汉帝果。聊当一茶之敬。"恰好是八枚金杏，四人各取二枚食之。只见小沙弥在旁看见众人吃杏，口内流涎，把朱红托子失手堕地，打得粉碎。蛋子和尚大怒，一手提起小沙弥，步出中庭，抛向半天里去，在空中打滚。张鸾方欲上前劝解，那小沙弥从空坠下，一声响亮，直挺挺的在地下不动。张鸾看时，却是一根齐眉短棒，再看朱红托子，乃是石榴花一簇。圣姑姑喝道："大匠面前，何须弄斧！"这句话，明是说张鸾同是法师，不可相戏。张鸾道："蛋师神通广大，非某所及也。"

此时月色西沉，东方将亮。圣姑姑起身道："老拙今往东京看女了，不时相唤，便得会聚。"说罢，腾空而去。张鸾等三人，一时俱散，不知所之。有诗为证：

茅庵夜月清如水，偏称幽人促膝谈。

自去自来真自在，如斯妙法几人探。

再说东京胡员外请个学究先生在家，教永儿读书。这永儿聪明智慧，胜于男子，读过的便会，讲过的便知。看看长成一十三岁，生得一貌如花，又且写算皆通，伶俐无比。多少一般样的员外人家，慕她才貌，央人说合，欲聘她为媳妇。胡员外爱惜过了，拣来拣去，只是不就。正是：婚姻前注定，迟早不由人。不在话下。

且说圣姑姑自到东京，在胡员外家前前后后，串了好几遍，只是来无迹，去无踪，他家哪里知道。已自看见永儿长大聪明，心中欢喜，意欲把法术教导她。想她处这般富贵之日，深闺绣阁，如何相见；便相见时，她如何肯信心学道。不如使个神通，把她万贯家私摄去，弄得她流离颠沛，那女儿到十分穷苦之际，然后设法诱之，无有不从。

不提圣姑姑。再说胡员外家，每年八月中秋，整备筵席，请陈学究玩月饮酒。其年因永儿年长，陈学究辞去了，没有外客，吩咐备酒在后花园中八角亭子上，至亲三口儿赏玩。那一夜，天色晴明，东方月色如一个玉盘堆起。但见：

桂华离海峤，云叶散天衢。彩霞照万里如银，玉兔映千山似水。一轮皎洁，能分宇宙澄清；四海团圆，解使乾坤明白。影摇旷野，惊独宿之栖鸦；光射幽窗，照孤眠之怨女。冰轮碾破三千界，玉魄横吞万里秋。

胡员外早早打发各解库掌事的及主管各人，回家赏中秋，吩咐院子俱各牢闩门户，仔细火烛。自己同妈妈永儿三口，到后花园中八角亭上来坐下饮酒，只用奶子侍婢服侍，并无三尺之童。看看坐到一更天气，只见门公慌慌忙忙来报道："员外祸事！"员外道："祸从何来？事在哪里？"门公道："外面中间这个解库里火起！"员外和妈妈永儿吃那一惊不小，都立下亭子来看时，果然是好大火。怎见得这火大？

　　初如萤火，次若灯光。千条蜡烛势难当，万个水盆敌不住。骊山顶上，料应褒姒逞英雄；扬子江头，不若周郎施妙计。氤氲紫雾腾天起，闪烁红霞贯地来。楼房好似破灯笼，土库浑如铁炮杖。

这火从解库中起，延入中堂内室。若是一层层地次第烧将进来，还好做整备。这火是圣姑姑使神通降来的天火，能穿墙透壁，倒柱崩梁。就是炮杖上的药线，也没这样传递得快。更兼刮起大风，风随火势，火趁风威，毕毕剥剥，只顾烧着。员外跌脚叫苦，呼神道，唤祖宗。一面教奶子侍婢开了后门，唤院子们传话：愿出重偿，倩人救火。一面教家中男女到内室里面，抢些细软家私，紧要箱笼。那伙地方邻里，初时也有许多人捎铙钩、担水桶，似蚂蚁一般地缘梯上屋，哪里救得火灭！一时间，火头透起，如天摧地裂之声，众人发声喊都走了。前后一周围房子，顷刻之间，变做个烟团火块，男女们一个也进步不得。妈妈和永儿抱头而哭，员外见她母子悲切，倒去安慰她道："你两个且不要慌，便烧尽了，也穷我们下半世不得！"

　　只见火焰腾腾，越冒越炽，整整地烧了一夜。三口儿只得在八角亭子上权歇。等天晓，起来叫人去爬火地盘。众人去爬看，开了口合不得，睁了眼闭不得。常言道：人虽有千算，天只有一算。天若容人算，世上无穷汉。胡员外不想被这场天火烧得寸草皆无，前厅、后楼、通路、当房、侧屋都烧尽了。只指望金银器皿铜锡动用什物，虽然烧烊了，也还在地下，收拾拢来还有个小小家私。教人爬看时，不料都被圣姑姑摄去，上半世有福受用，如今福退了，满火地盘爬看，并没寻一丝儿处。

真个是百万豪家一焰穷。胡员外家三口儿就在亭子上住下，那伙掌事主管，都辞去了。家中男女们没屋住、没饭吃，只得都打发出去。存几个丫头养娘，不免转卖与人。因妈妈平昔吃醋捻酸，使唤的都是这些下等的花面丫头，就卖与人家也不值大钱。况且财主的性儿还在，受不得十分清淡，除了煤炭之外，其余哪一件不要买的。不多时，手中用得罄尽了。看看早晚三餐，都不接济。亲邻朋友好意的，送了一两遍，也索罢休。又不免去借些柴米，只好一遭两次，一日三，三日九，半年周岁，口内吃的，身上穿的，件件皆无。央人作中，情愿将空地贱价卖与左右两邻。却又道："天火烧过地，十年没生气。地经天火烧，十年害枯焦。"有这些俗忌，哪个要他。看看穷得褴褛，去求告旧时相识，在家里的，只说不在。日常里认得的，只做不认得。街上撞着，也把扇儿遮脸，只当不看见。自古道：贫居闹市无人问，富在深山有远亲。又道是：行得春风，便有夏雨。胡员外平日间得一盘十，得十盘百，原是刻苦做家的人。说起穷似他的一辈，不曾受过他一分恩惠。若与他一般样的财主，常时你妒我忌，到今日还有喜谈乐道的，谁肯道个可怜二字。就是说旧时相识，不过为他有钱有钞，相攀来往的，哪里是管鲍心腹之交。所以有行止的穷汉，反有人持扶他起来，没下梢的富家，往往一败涂地。那胡员外住在亭子上，四卜又无墙壁。遇着晴天还好，倘然风雨雪落，怎地安身。不免搬去不斯求院子里住，就似于今孤老院一般。时逢仲冬，彤云密布，朔风凛冽，纷纷洋洋，下一天好大雪。怎见得这雪大？但见：

纷纷柳絮，片片鹅毛。空中白鹭群飞，江上素鸥翻覆。千山玉砌，能令樵子迷踪；万户银装，多少行人肠断。畏寒贫士，祝天公少下三分；玩景王孙，愿滕六平添几尺。

正是：

尽道丰年瑞，丰年瑞若何；
长安有贫者，宜瑞不宜多。

爱雪的，是高楼公子；嫌雪的，是陋巷贫民。在东京城里这个才落魄的胡员外，原是大财主，只因天火烧得落难，荡尽了家私，搬在不厮求院子里住。正逢冬天雪下，三口儿厮守着地炉子坐地，日中兀自早饭得吃。妈妈将指头向员外头上指一指，胡员外抬起头来看见，道："妈妈，没甚事！"妈妈道："怎的没甚事，大雪下，屋里没有饭米。我共你曾丰衣足食享用过来，便今日忍饥受饿，也是合当。"指着永儿，道："她今年只得一十四岁，曾见什么风光来，教我儿吃恁般苦楚，做爹妈的于心何忍！"胡员外道："没奈何，教我怎生是好？"妈妈道："你是养家的人，外面却才雪下，若一朝半日冻住了，急切出去不得，终不成我三口儿直等饿死！你趁如今出去，见一两个相识，怕告得三四百文钱归来，也过得几日。"员外道："近来世情，你可也知道的。今番我出去，见兀谁是得？"妈妈道："然虽如此，一日不识羞，三日吃饱饭，你不出去，终不成我出去？"胡员外吃妈妈逼不过，起身道："且把腰系紧些个，不知是一日半日的事。如今的世界，只有锦上添花，哪肯雪中送炭。却不道上山擒虎易，开口告人难。你们且耐心着，莫要看得十分便易。"说罢，含着一包眼泪，开了门出来。走得两步，倒退了三步。口里说道："好冷！"劈面寒风似箭，侵人冷气如刀。被西北风吹得倒退几步，欲待回身转来，妈妈又把门来关上了。没计奈何，只得荡风冒雪而行，走出不厮求院来告人，不在话下。有诗为证：

彤云四野雪纷纷，满地琼瑶路不分。
欲乞青蚨赡妻子，眼前谁是孟尝君。

胡员外要寻相识，顾不得羞，只得在旧宅左近街坊串走。这市上人多有认得的，见他来时，点点搠搠道："这便是财主的下场头了。"也有那轻薄的，却低低唱道："胡员外，天降灾，好日去了，恶日来。"又有曾在解库内吃亏过的，便道："出等轻，入等重，假纹出，真纹入，世间只有开典当的欺心。只愿一个个像胡家老儿，现世受报。"胡员外低着头只顾走，劈面撞着一个人，手里拿柄小伞，叫一声："员外，这雪天哪里去？"胡员外看时，却是旧时请在家内教永儿经书的陈学究先生陈善。胡员外满面羞惭，作了个揖，便道："瞒不过学究，家中实是艰难，只得出来寻个相识则个。"陈善道："既是窘乏时，如何不去投奔四牌坊下那一个人来？"胡员外问："是哪个？"陈学究向他耳边说了几句说话。胡员外大喜，拱手道："全仗学究扶持撺掇。"陈善道："当得当得。"就把胡员外扯向小伞底下，一同遮盖了。胡员外趁着伞，复身从旧路转南，向四牌坊大门楼下投那个人来。原来那人姓糜名必达，东京人氏。原是个闲汉出身，得了枢密院一个官员的心，扶持他做个提辖。三年前，要谋升迁，缺少些使用。因陈善是他的故友，晓得他在胡员外家教书，托他去借了三百两银子，凑办衙门营干，得升冀州都监之职。做了二年有余，因与同僚不睦，改调青州赴任，顺路带家小家中看看，回家才得两日。当初借契上曾有保人陈学究花押，今日胡员外虽然烧没了文契，却喜保人见在。况且是恩债，万无不还之理。今日陈学究正去拜望。有他引进，却不两便。所以胡员外欣然而去，到得门首，多少官身私身一出一入，好不闹热。也有管门的门公，一见员外衣衫褴褛，分明像个乞丐模样，咄喝起来，谁肯放他进门。陈教授分说，也不作准，只得把小伞与他，教他权且站在街头，等我进去见了都监，必然相请。众人又道，街头上站立一个叫化模样的人，坏他官府体面，直赶得他在对门檐头去了。

却说陈学究进厅去，与糜都监相见，叙了些寒温贺喜的说话，茶罢。糜都监请陈学究到书房中宽坐。陈善道："还有个朋友在外面，特来奉拜。"糜都监道："是甚人？"陈善道："原与都监有往来的，叫做胡大洪。"糜都监道："莫不是平安街上开解库的胡员外么？"陈善道："然也。"糜都监道："快教请进。"家童即忙传话出去，请胡员外进来相会。门公道："从不见有什么胡员外到来。"胡员外在对门檐头下听得了，便走过来说道："则我便是胡员外。"众人笑道："走尽了四百军州，也没见你这个员外。你这副嘴脸也叫员外时，像我们都该叫尚书了。"门公把他拦住，不放进去。胡员外便高声叫起陈学究来。只见宅里走出一个老汉，姓留名义，是糜家的老苍头，为人老实忠厚，向来跟在任上，近日方回。当初糜必达在胡员外家借银，是他经手担回，也往来了好几遍。今日员外虽然改样，面庞兀自认得。他便喝住门公，上前迎住员外。胡员外便将遇难的大略，并今日来意对他说了。留义道："家主相请，

230

必有好情。"便引着员外到厅上来。陈学究望见，慌忙起身。那糜都监看见是个褴褛穷汉，便有欺他之意，竟自坐定。胡员外走近椅子边，恭恭敬敬地作个揖，道："尊官，久违了。"糜都监就在椅上把手浅浅一兜，依旧坐下，问陈学究道："此位何人？"陈善道："就是胡大洪员外。"糜必达故意瞅着眼睛，觑了一觑，便道："一别三年，竟不相认了。"也不另作个揖，口里叫声请坐，又不看椅。倒是陈学究半宾半主的，拖把椅子在上面同坐了。胡员外见糜都监不言不语，只得先开口道："在下有句不识进退的话奉告。"糜必达只做不知，问道："有何见教？"胡员外道："当初三年之前，在下还开解库，家事颇裕，尊官曾立个券约，与在下取银三百两，契上加二起利。尊官荣任冀州，在下并不敢启齿。近因在下命运穷苦，遭了一场天火，烧得罄尽，寸草不留，食缺衣单，实难度日。幸遇尊官高转回府，特来叩谒。利钱已不敢计较，只见赐本银，与在下为营生之资，恰似尊官见惠一般。"糜必达道："下官初任提辖时，曾借过百金使用，也没借许多。到冀州一年，本利都寄还了，哪里又欠什么银两？"胡员外道："贵人多忘事，实是三百金，并不曾见还。"糜都监道："既是未还，必有借券，取出来看便知。"胡员外道："借券已被火焚了。"指陈学究道："见有保人在此为证。"陈善道："是学生经手的，果系未还。想都监错记了。"糜必达就变了脸道："闲说常言道，有文书，不斗口。既无原券，有何凭据？你两人口里说三百，就是三百，若说三千，就是三千么？"陈善还只道他偶然忘记了，便道："都监休执意，天理人心，有则有，无则无，请自慢慢思量。"胡员外陪着笑说道："如今在下也不敢说三百二百，但凭尊官斋发些便了。"糜必达大怒，立起身来说道："你两个一吹一唱，同谋同伙，硬要人的钱钞，好没来由。你若有原契时，三千两也还你。没有原契，休想半文破

胡貨外冒雪
尋相識

钱到手。"说罢，一直走进内宅去了。老家人留义先前见家主口气不好，只恐问他一句时，有无难好答应，预先躲过，倒是有些良心的。却在大门口相等，只见胡员外和陈学究气愤愤地走将出来，留义道："员外休要着急，容小人从容向家主再禀，定有处置。来了这半日，想饥饿了，若不嫌小人下贱，请到店上吃三杯，便屈教授同去遭，何如？"陈善一肚子气，哪里要吃留义的东西。见胡员外面有饥色，只恐自己辞了，连累他也没得吃。只得倒扯胡员外，劝他同走。留义引着胡员外、陈学究，到左近处一个僻静酒店内来。胡员外这番真个是绝处逢生，死中得救。正是：饱食三餐非足贵，饥时一口果然难。毕竟胡员外怎地回家，且听下回分解。

第十九回

陈善留义双赠钱
圣姑永儿私传法

近日厨中乏短供，婴儿啼哭饭箩空。

母因附耳和儿语，爹有新诗谒相公。

话说糜都监倚富欺贫，见胡员外穷形窘状，负债不还。胡员外冒雪而往，落得一场怠慢，肚里又气又苦。倒是糜家老院子留义见员外饥寒之色，看他不过，拉他到僻静处一个小酒店内，拣副干净座头，请员外上坐，陈学究下面陪席。唤酒保吩咐："打两角酒，要暖得滚热，却不用小杯。有上好嘎饭，只顾搬来。"酒保道："只有新出笼的黄牛肉，别没甚卖。"留义道："有壮鸡婆宰一个却不好。"胡员外道："一味足矣，何劳过费。"留义道："简亵休笑。"留义亲到瓮边，把酒尝得好了，方教酒保去暖。酒保满满地切一大盘牛肉，连小菜盐醋碟，一齐摆下。放着三个大瓯子，正待斟酒。留义夺了他壶瓶，道："待我们自便，你自去宰鸡，快快煮来。"胡员外对留义道："你老人家也请坐下。"留义道："员外和教授在上，小人如何敢坐。"陈学究道："你不坐时，连我与员外坐下得都不安了。"留义道："既恁地吩咐时，小人旁坐斟酒，大胆休怪。"把大瓯子满斟，送与员外和学究吃。胡员外还是空心出门的，吃了两瓯热酒，便觉面红心跳，道："在下不能饮了，有饭求一碗罢。"留义怕他肚饥，也不苦劝，便吩咐酒保："等鸡熟了，先拿一位的饭来，我陪教授还吃壶酒。"酒保煮熟了鸡，也剁做一盘，连酒送到。才去取碗盛饭，将一吃一添捧来问道："哪一位用饭？"留义教送在胡员外面前，叫一声："先请！"员外擎着饭碗在手，刚咽得一口，想着家中妻女，眼睁睁做指望，如今却空手而回，我便有这碗饭吃了，她们的饭，还不知在哪里，几时到口，不觉吊下两行珠泪。陈学究已知其意，便道："当初是我多嘴的不是，带累员外将财买气，也不信得糜家是这样人。"对着留义道："你家家主公，幼年与我相交，如一个人。百事与我商量，有仁有义。今日纱帽上了头，叫声老爷，就似阎罗王面前，重换个人身一般，肚里心肝五脏都变过了。"留义道："黄河尚有澄清日，岂可人无得运时。员外暂时落寞，终有好日。且请吃个饱，却又理会。若是我家主到底不认时，在小人身上，会也打一个来，与员外经纪过活。"胡员外道："如此多谢。"吃了两碗饭，便放下筷。留义道："再请用些。"胡员外道："多了些酒，便吃不得了。"留义看着陈善道："既不用饭，还劝杯酒么？"陈善道："员外从来节饮。"胡员外道："自从患难之后，一发来不得。真个是酒落快肠，今日领二位高情，已为过分了。"陈善与留义两个也吃完了酒饭。陈善便立起身来，在袖里摸出二百文铜钱，把与员外道："这一串钱，胡乱拿回家去，买顿点心。只恨穷教读，不能十分加厚。"留义唤酒保会过了钞，还剩得一百多钱，也送与胡员外，说道："小人却轻亵了，聊当一茶之敬。"胡员外想着家中苦楚，又见他两个都出于至诚，只得受了，作揖称谢。正是：着意种花花不发，无心栽柳柳成阴。有诗为证：

陳善留義雙贈錢

欺心官长输穷汉，有意家奴胜主人。

善恶俱从心上发，由来不在富和贫。

常言道：施不在多，要于当厄。东京城内有名堆金积玉的胡员外，今日患难中见了三百多铜钱，便十分欢喜，百分感激。可见好人原是容易做的，越显得廉都监人品，反不如陈学究与留义了。

话分两头。且说张院君共女儿冷冷清清坐着。永儿道："爹爹出去告人，未知如何？"妈妈道："世情看冷暖，人面逐高低，爹爹没奈何，担着脸皮去告人，知道如何。"永儿又道："妈妈，雪又下得大，风又冷，爹爹去告谁是？"妈妈道："我儿，家中又没钱，不教爹爹出去，终不成饿得过日了。我儿，你且去床头边寻几文铜钱，出巷去买些点心来吃，待你的爹爹回来，却又作道理。"当时永儿去床头翻来倒去，止寻得八文铜钱。妈妈道："我儿，都拿去买几个炊饼来，你且胡乱吃几个充饥。"永儿拖着一只破鞋，将衣襟兜着头，踏着雪走出不厮求院子来。那街市上不比深山旷野，这里往来人众，地下积雪不起，都践做烂泥，十分难走。永儿才转个弯，一脚踏个高低，跌上一跤，手中铜钱撒做一地，衣服都泥污了。永儿爬将起来，顾不得衣服，且在烂泥中捡起铜钱，只有七文，那一文不知抛向哪里去了。寻了一会不见，只得罢了。行到大街卖炊饼处，永儿便与店小二道个万福，道："叔叔，买七文钱炊饼。"小二哥接钱在手看时，一文钱又是破的，拣出不用。永儿把来系在衣带上，道："只买六文钱罢！"小二哥把一片荷叶，包了六个炊饼，递与永儿。永儿接了，取旧路回来，已是未牌时分。沿着屋檐正走之间，到一个空处，只见一个婆婆拄着一条竹杖，胳膊上挂着一个篮儿，从背后赶上前来。那婆婆怎生模样？但见：

腰驼背曲，面瘦皮宽。眉分两道雪，鬓挽一窝丝。眼如秋水微浑，发似楚山云淡。形如三月尽头花，命似九秋霜后菊。

却原来是个叫化婆子，看着永儿道个万福。永儿还了礼。婆婆道："你买什么来？"永儿道："家中母亲教奴家买炊饼来。"那婆婆道："我儿，好教你知道，我昨日没晚饭，今日没早饭。你肯请我吃个炊饼么？"永儿口中不道，心下思量，我妈妈也昨日没晚饭，今日没早饭，这婆婆许多年纪，好不忍见，解开荷叶包来，把一个炊饼递与婆婆。婆婆接得在手，看了炊饼道："好却好了，这一个如何吃得我饱，何不都与了我？"永儿道："告婆婆，奴家却不敢都把与你，家中三口儿两日没饭得吃。妈妈教爹爹出去告人，止留八文铜钱，教奴家出来买炊饼。中途跌失了一文，又退了一个破钱，只买得六个炊饼。妈妈吃两个，奴奴吃两个，还留两个等爹爹回来。只怕他没吃什么东西，要把与他救饥。因见婆婆年高，奴奴不忍，只得让一个与婆婆吃。"婆婆道："你妈妈问炊饼如何买得少了，你却说甚的？"永儿道："妈妈问时，只说奴奴肚饥，就路上先吃了一个就是。"婆婆道："既然炊饼要将回去，把这文破钱舍我罢！"永儿全无难色，真个就在衣带上解下这文钱，递与婆婆。婆婆道："妈妈问起钱来，又是怎的回答？"永儿道："只说街上泥泞，跌失了两文钱就是。"婆婆道："难得我儿心好，且是聪明，实对你说，我不肚饥，不要吃这炊饼，还了你去。"永儿道："我与婆婆吃的，如何又还了奴奴？"婆婆道："我试探你则个，难得你这片慈悲孝顺的心。我撩拨你耍子！"将这文破钱在手心中颠一颠，呵一口气，便变成周周正正的一文好钱，递在永儿手里。问道："这法儿好么？"永儿道："什么样法儿！婆婆教会奴奴则个。"婆婆道："这小法不为希罕，你肯学时，还有许多好耍子的，一发教你。你识字么？"永儿道："奴奴识得几个字。"婆婆道："我儿，怎地却有缘法。"伸手去那篮儿内取出一个紫罗袋儿来，外面细细一条麻索儿缠紧，看着永儿道："你好生收了。"永儿接了袋儿，道："婆婆，这是什么物事？"婆婆道："这个唤做如意宝册，许多好耍子法儿，都在上面，你可牢收了。若有急难时，可解开索子来看，便有解法。倘不省得处，只暗暗地唤圣姑姑，我便来教你，切勿令他人知道。"永儿把册儿揣在怀里，把这文变的好钱，直穿在里头裙带上。谢了婆婆先走，不上几步，回头看时，那婆婆忽然不见。永儿心中好生惊怪，后人有诗为云：

一枚炊饼见人心，罗袋天书报德深。
识得好心还好报，施恩何必吝千金。

永儿捧着炊饼还家。妈妈道："我儿如何归来得怎迟，衣服都泥污了，敢是跌了一跤么？"永儿道："妈妈，街上雪滑难行，又跌失了两文钱，只买得六个炊饼。"妈妈叹口气道："我儿，命苦的只是苦，多两个钱的炊饼，也饱不得我们一世，只索罢了。这泥污处莫动弹它，等待干时，擦去了就是。"娘儿两个把六个炊饼各吃了两个。那两个仍把荷叶包了，放在一边。

不多时，只见员外归来，妈妈见他脸红，问道："你去这半日，见甚人来，哪里得酒吃？"员外把途中遇了陈学究同到糜都监家这段话述了一遍，又道："喜得天无绝人之路，亏了他家老院子，叫做留义，一片好心，请我到店上吃了酒饭，又与陈教授凑出三百多钱相助。"妈妈欢喜，教员外去籴些米，买些柴炭，且过三五日，又作区处。娘儿两个把剩下的炊饼又分吃了。等得米来，免不得做些饭吃。到晚去睡，永儿却睡不着，思想：日间那婆婆与我册儿

聖姑姑永兒私傳法

时说道，有急难，便可解开来看。今是爹爹虽籴得些米，够得几日之用，少不得又是饥饿，也算做急难了。我且去开看，有救饿的法儿没有。永儿款款地起来，轻轻地穿了衣裳，走出房来。原来胡员外住下房屋，是一间一披。无非是些篱笆土砌，那侧边披屋又破了，只好将就做个炊爨之所。把那一间屋隔断，做了两个卧房。前半段逼近了外街，自己老夫妻住着，后半段把与女儿做房。却又在左边抽出一条走路，通着厨下天井里去。当夜永儿开门出去，虽不经由爹妈床边，却在紧贴壁，如何不知，惊觉了妈妈，问道："我儿哪里去？"永儿道："我肚疼起来，要去后则个。"娘道："我儿想是受寒了，你起身时，仔细避风，多穿件衣服，莫要重重做病。"永儿道："不妨事。"下床夹着了鞋儿，到侧边破屋内，只见雪光照耀，如同白日。厨下土灶砂锅和那水缸面桶之类，无物不见。永儿去怀中取出紫罗袋儿来，解开细麻索儿，打一抖，抖出这个册儿来看时，只因胡永儿看了这个册儿，有分教：少年闺女，变成作怪妖精；倒运乞儿，仍作多钱员外。直教：三十六州年号改，五六七载战尘飞。毕竟永儿怎么样变化，且听下回分解。

第二十回　胡洪怒烧如意册
　　　　　　永儿夜赴相国寺

　　　　九天秘册好惊人，但恐于中传不真。
　　　　若得善传并善用，等闲疑鬼复疑神。

　　当夜胡永儿解开紫罗袋外边缠的麻索，抖出那本册儿来，走出披屋外。仔细看时，上面题道："如意宝册"。揭开第一板看时，第一行就写道：

　　　　变钱法：将一条索子穿着一文铜钱，要打个疙瘩，放在地上，用物掩盖。舀一碗水在手，依咒语念七遍，含口水望下一喷，喝声："疾！"揭起盖时，就变成一贯铜钱。

　　永儿道："原来如此方法！"便就把解下来的这条麻索子，将日间婆婆变的一文好铜钱，解下裙带来，穿在索子上，打了疙瘩，放在地下。将面桶来盖了。去水缸内舀一碗水在手，依咒语念了七遍。含口水望下只一喷，喝声："疾！"放下水碗，揭起面桶，打一看时，青碗也似一堆铜钱！永儿倒吃了一惊，没做理会处。思量道："若把去与爹爹妈妈，必问是哪里来的。如何回答？"永儿就心生一计，轻轻地开了后门，一撇撇在自家篱笆内雪地上。只说别人暗地里舍施贫户的。便把后门关上，入房里来，把册儿藏了。妈妈道："女儿肚里疼也不？"永儿道："不疼了。"依然上床再睡。

到天晓，三口儿起来，烧些面汤。妈妈开后门泼那残汤，忽见雪地上有一贯钱，吃了一惊，慌忙提起把与员外看了，道："不知谁人撇这贯钱在后面雪地上，我拾得在此。"胡员外道："妈妈，宁可清贫，不可浊富，我的女儿长成，恐有不三不四的后生来撩拨她，把这铜钱来调戏。我今又是没运气的时节，一时间取用了，引得后生们到家啰唣，没法摆布。"妈妈道："你好没见识，东京城内有多少财主做好事，济贫拔苦，见老大雪，可怜这院子里有许多没饭吃的，夜间撇在人家屋里来舍贫，也不见得。"员外摇手道："难说！难说！我也是做过财主的，几曾有此事么？"妈妈焦躁起来，骂道："老无知！真个是人贫智短。自古道，贤愚不等，也有舍得的，也有不舍得的，哪里都要与你一样？你被天火烧了，怎的别个财主天火不烧，他们行好事的到底好。自家女儿，你却三心四意去疑她。我女儿又不曾出去一遍两遍，认得什么人来，你却这般胡说！"骂得员外顿口无言，点头道："也说得是，我昨日出去求人三二百钱，兀自不能够得。如今有这一贯钱，且籴五百钱米，买三百钱柴，二百钱把来买些盐酱菜蔬下饭，且不烦恼雪下。"

三口儿欢欢喜喜，过了一日。到晚去睡，到二更前后，永儿自思：昨夜变得一贯钱也好，今夜再去安排看。日里便有这心，预先寻得一条索子，藏在身边了，永儿款款地起来，着了衣服。妈妈问道："我儿做什么？"永儿道："肚里又疼，要去后则个！"妈妈道："苦呀！我儿先前那几日，有一顿无一顿，这两日有些柴米，不知饥饿，只顾吃多了。明日教爹爹出去赎帖药吃。"永儿下床来，到破披屋下，一似昨夜安排如法。用索穿钱，将面桶盖了，念了咒，喷一口水。揭起桶来看时，和夜来一般，又有一贯钱。永儿开后门把这钱又撒在雪地上，关了后门，入房里睡。

到天晓，妈妈起来烧汤洗面，开后门泼汤，又看见一贯钱，好不欢喜，拿了回来。胡员外道："好蹊跷，这钱来得不明。"妈妈道："莫胡说，我不怕！这是当方神道不忍见我们三口儿受苦，救济我们。又把这一贯钱安在我家。"员外见妈妈昨日焦躁，今番再不敢说，只得含糊答应道："妈妈说得是，安在家中，慢慢用度。"过了三五日后，雪却消了，天晴得好。妈妈对员外道："趁家中还有几日粮食，你出去外面走一遭。倘撞见熟人，赚得一二百钱也好。"员外听得说，只得走出去。妈妈心宽无事，出去邻舍家吃茶闲话。

永儿见妈妈出去，屋里没人，关了前门，取出册儿，揭开第二板看时，上首写着变米法。永儿道："谢天地！既是变得米，忧他甚没饭吃！"妈妈床头原有一只米桶，一只米缸。永儿去看时，都盛得有米。想了一回，把桶内的米并在那缸内。剩下的，把被单铺在地下，都倾出了，止存十数粒米在空桶内。提在披屋内来，把件衣服盖了，念了咒，喷一口水，喝声道："疾！"只见米从桶里涌将出来，永儿心慌，不曾念得解咒。米突突地起来。桶箍长久，却是烂的。忽然一声响，断了桶箍，撒一地米。后人听说变钱变米之事，戏作诗云：

> 钱满索时米满屋，何物咒语能神速。
>
> 有人肯把咒传吾，生愿事他死当哭。

永儿见了，失声叫苦。妈妈在隔壁，听见女儿叫苦，慌忙走过来看。这米被生人一冲，便不长了。只见披屋内一地都是米。妈妈吃了一惊，道："如何有这许多米？"永儿生一个急计，唤做脱空计，道："好教妈妈得知，一个大汉驮一布袋米，把后门挨开来，倾下在此便去了。吃他一惊，因此叫起来。"

妈妈看见桶箍散了，问道："这米桶是我房里的，拿出来做甚，这桶里米哪里去了？"永儿道："是我倾在房里，要出这空桶，盛这披屋下的米。不想桶箍年深断了。"妈妈道："那大汉却是甚人，是何意故？"正在絮叨，却被隔壁张大嫂听了，不知高低，敲着壁儿叫道："胡妈妈，你直恁地不晓得，是那有钱的员外财主，见雪雨下了多日，情知院子里有万千没饭吃的，做这样好事，不教人知道。撒钱撒米在人家里，这是阴骘。若明明地舍，怕人啰唣。这个何足为道。"妈妈因张大嫂听见了，便不言语。教女儿作急收拾，妈妈也来相帮。

两个兀自收拾未了，员外却好归来，见娘儿两个在地下扫米，便焦躁起来道："哪见你娘儿两个的做作，才有一两顿饭米，便要作塌了。"妈妈道："我如何肯作塌，教你看！缸里、瓮里、盆里、桶里，都盛得满了。这里还有许多兀自没家伙盛的哩！"员外看了吃惊道："这米却从哪里得来？"妈妈道："你出去了，我在隔壁吃茶，只听得女儿叫起苦来。我连忙赶将归来，看见一地上都是米。"员外道："却是作怪，这米从何而来的？"妈妈道："永儿说见一个大汉，驮着一袋米，挨开后门，倾下米在家里便去了。"那胡员外是个晓事的人，开了后门，看篱笆里外都没有人来往的脚迹，心下疑惑，把后门关了，入来寻条棒在手里，连叫："永儿！"永儿见势头不好，躲在自家房里，不敢出来，员外扯将过来。妈妈道："没甚事，打孩儿做什么？"员外道："且闭了口，这件事却是利害。前日两贯钱来得蹊跷，今日米又来得不明。教这妮子实对我说，我便不打她，若一句不实，我一顿打杀她。我问她，因何有这两贯钱在雪地上，因何有这米在屋里，这大汉的是何人。便做道财主家行好事的，难道偏照顾我家？其中必有缘故！"永儿初时抵赖，后来吃打不过，又逼她招称那大汉来历。这天大冤枉，承当不起，只得实说道："不瞒爹爹妈妈说，那一日初下雪时，爹爹出去了。妈妈教我出去买炊饼了回来，路上撞见一个婆婆，看着我说肚饥，问我讨炊饼吃。是奴不忍见，把一个炊饼与那婆婆。她道，我不要吃你的，试探你则个，便还了我。道是难得你慈悲孝顺好心，便把我一个紫罗袋儿，内有个册儿，说道：'你若要钱和米，看这册儿上的咒语，都变得出来。'我初时不信，一连两夜依那册儿上咒语，都变得有钱。今日妈妈在间壁人家去了，我把变米的法儿试用，果然又变得米来。"胡员外听得说，跌脚叫苦道："如今官司现今张挂榜文，要捉妖人，吃你连累我！我打杀这妮子，也免我本身之罪。"拿起棒来便打。永儿叫："救人！"只见隔壁张大嫂听得打永儿，走过来劝时，却关着门。大嫂就在门外叫道："员外，饶了孩儿则个，闲常时不曾这般焦躁，为甚事打她？妈妈，也不劝劝？"员外含着一口气，答应道："大嫂，可奈这妮子藏着一本册儿……"说了半句，便住了口。大嫂道："册儿上写着什么？"员外道："都是些闲言闲语。"大嫂认错了，只道是什么私情本儿，便叫道："你女儿年纪小，又不理会得。须是街坊上浮荡子弟们，撩拨她论口辩舌。若不中看的，你只把这册儿来烧了，戒她下次便是。何须动气，把孩儿恁般狠打。"员外倒被她提醒了，应道："大嫂说得是。"看着永儿道："你把册儿来我看。"那永儿去怀中取出册儿来，递与爹爹。员外接了道："你记得上面的言语也不？"永儿道："告爹爹，记不得。若看上面时，便读得出。"员外叫妈妈点一把柴火来，连紫罗袋儿一包地烧了。看着永儿道："今日看

胡洪慈燒如意冊

间壁干娘面皮，饶你这一遭，后番若再恁地，活打杀你！"永儿道："告爹爹，再不敢了！"员外对妈妈道："又是我夫妻福神重，只是自家得知。若还外人传闻时，却是老大利害。"妈妈被员外乱了一场，不知高低，只索由他。有诗为证：

昔年妈妈焚仙画，员外今将宝册烧。
似此火攻能用惯，争教天火肯相饶。

说话的，有一句话问你：这书第十三回上，说圣姑姑和蛋子和尚、左黜三人炼法，三年方就，何等烦难，今日胡永儿变钱变米，恁地容易，可不前后相背了？看官有所不知，当初炼神炼鬼，都是生手做事。今日是圣姑姑设法来度她女儿，阴空中暗暗佐助。若初次见得烦难时，永儿又不肯学了。这册儿第一页便是变钱法，第二页便是变米法。也只拣永儿家中缺少的打动她心。这都是圣姑姑引诱入门处。

闲话休提。且说胡永儿被父亲打了一顿，逼取册儿烧了。好不气闷，自去流泪。是妈妈看见，劝住了。过了一夜，到次日，员外又出去了。妈妈仍到间壁张大嫂家闲话。永儿把前后门都闭了，闷闷地坐在房中思量：这本册儿，千金难换。那婆婆一团美意，把来与我。就是变些钱米来度日，也免得求人。却被爹爹烧了，可惜后面都没看得，不知是什么要法。那婆婆吩咐不省得时，可叫圣姑姑，她便来教导我。今日虽没了册儿，我且唤一声，看她来也不来。若肯来时，或者她还存留得有，再与她取讨一本。只怕那婆婆来时，惊动了妈妈，却不稳便。走到天井中去，仰面看着天，低低唤一声："圣姑姑！"只见那婆子手携竹杖，从屋檐而下，径入披屋，悄然无声。永儿跟进屋去，道了万福。把父亲火烧册儿之事，告诉过了。婆婆道："册子不曾烧，原是我收得在此！"袖里摸出册儿，依然紫罗袋包着，毫无损伤。永儿吃惊，连忙下拜相求。婆婆扶起道："我儿，我原是你前世的亲娘！今番怜你受苦，特来度你。你要这册儿，家中不能施展，也是无用。可依我言语，日里睡眠，养息精神。夜间莫脱衣服，待黄昏人定后，但闻鹤唳之声，便是我差来迎你的。你便悄悄出房，跨鹤而来，我与你相会，五鼓仍回。这册儿上的术法，我一一传授与你。得道之日，神通广大，逍遥快活，不可尽说也。"永儿道："如此甚好，只怕爹妈夜间觉察，寻觅起来，不见了奴奴，早晨回去，如何抵赖？"婆婆道："这个容易！"把手中竹杖递与永儿，吩咐道："我儿，把这杖儿藏好，到夜间动身时，放在卧处，将被盖着。你爹妈若来看时，便如你睡着一般。此乃仙家替身之法。"永儿接了竹杖在手。那婆婆飞上屋檐，忽地又不见了。永儿方才欢喜，把杖儿藏在席子底下，依着婆婆言语，不脱衣服。到黄昏时候，果然听得一声鹤唳，永儿便在里床席子下取出杖儿，覆于被内，悄悄步出庭中。只见一只仙鹤，舒颈迎接。永儿跨上鹤背，望空飞去，须臾到一个所在歇脚。只见婆婆先在，又不是先前打扮了，头戴星冠，身穿鹤氅，甚是齐整。那婆婆把手一招，那鹤便钻进她衣袖里去，取出看时，却是一个纸剪的仙鹤，慌得永儿又拜下去。婆婆扶起道："我儿休得惊恐。"永儿觉得站身之地，甚是高峻，问道："此处是哪里？"婆婆道："这是大相国寺中浮图第一层，人迹不到，正好教导你。先教你个飞形法，可以穿窗入隙，出入不用开门。次教你个飞行法，跨在个板凳上，念个咒语，这凳随意变化，腾空而起。你每夜自来自去，何等方便！"永儿会了这法，自此暮去晨归，把这如意宝册次第领会。一来永儿聪明灵性，书符念咒，一教便会。二来多分是圣姑姑现成炼就的法物，交付与她，只须指点运用，甚是省力。

永兒夜赴相國寺

不提永儿学法，再说胡员外烧册的时节，米桶里有米吃，床头边有钱用。古人原说：坐吃山空，立吃地陷。一日三、三日九，哪里过得半月十日，桶里吃的渐渐浅了，床头钱渐渐地短了。再过几时，米尽钱空，依然有一顿，没一顿。求告人，又没求告处，依先没饭得吃。妈妈重复思量起永儿变钱变米，冷痛热疼埋怨老公道："你却把永儿来打，又烧了她的册儿。今日你合该饿死，连累我和女儿受苦。你如何做这般人，靠米缸饿死，教我娘儿两个忍饥受饿！"员外道："事到如今，也没奈何。你只顾埋怨我怎的？"妈妈道："才有些饭吃，便生出许多事来。你既然大胆打她，须有用处置钱米。如今穷性命尚在，那册儿却把来烧了。"员外道："是我一时没思算，千不合万不合烧了。早知留了那册儿也好。"妈妈道："你省口时却迟了。"员外道："没奈何，我陪些下情央我女儿，想她还记得，再变得些钱和米，搭救我们则个。你且去问她看。"妈妈道："女儿自从吃你打了，再不到爹妈身边来，只在自房里住，日里闷闷昏昏，只打瞌睡。夜里上床，便如一块木头相似，昏迷不醒。我前晚半夜里起来解手，见后房门关得不紧，被风刮开了。我怕女儿伤了风，打个灯火看时，她紧紧拥着被儿睡倒，随你左摇右摇，只是不醒。好端端一个聪明孩子，被你一顿拳头打呆了，还记得什么册儿不册儿。要问她时，你自进她房去问，我没这副嘴脸。"员外真个走进房里，陪着笑道："我儿，爹爹问你则个，册儿上变钱米的法，你记得也不记得？"永儿道："告爹爹，不记得了。"员外道："我儿，搭救了爹妈，又不搭救了别人，休得使性，是做爹的不是了。"永儿只不开口。妈妈跨进房门，把员外一揿，骂道："死汉走开！"娘的向前道："我儿，莫看爹面看娘面，好歹记得些法儿，便救娘的性命则个。"员外道："今后再不打你了。"永儿道："前番因爹爹打了，都忘记了，暗暗记得些儿，不知用得也不。爹爹，你去凳子坐定，我教你看。"员外依着女儿口，在板凳上坐了，只见永儿口中念念有词，喝声："疾！"那凳子从空便起，吓得妈妈呆了。员外头顶着屋梁，叫："救人！"下又下不来。若没这屋，直起在半天里去了。正是：未曾施展神通手，先把亲爹耍一场。未知胡员外如何下来，且听下回分解。

第二十一回　平安街员外重兴
胡永儿豆人纸马

五雷正法少人知，左道流传世亦稀。

不作欺心负天地，神通游戏总仙机。

话说胡永儿，耍着员外坐在板凳上，凳便飞起，直顶屋梁。那时员外好慌，看着女儿道："这个是什么法儿，且教我下来。"永儿道："告爹爹知道！变钱米法儿都忘了，只记得这个法儿，救不得饥，又济不得急。"员外道："好怕人子，且放我下来则个。"永儿口中念念有词，喝声道："疾！"凳子便下来了。员外道："好险！几乎儿跌下来，便不死，也少不得青肿了几处。"永儿道："爹爹，你真个要钱也不？"员外道："我儿，你说痴话，爹妈两三日没有饱饭吃了。不要钱也罢，难道不要性命的？"永儿道："既爹爹要钱时，去寻两条索子来，且变一两贯钱来使用。"

员外口虽不语，心下想道：有心做我女儿着，一客不烦两主。趁她心肯时节，多寻些索子。要她变几百贯钱，教我快活则个。事发到官，却又理会。到床头检看，只剩得二条索子，员外心上嫌少，一径走出巷来，到大街相识的邹大郎杂货铺内，问道："大郎，细麻索要大些一捆。"邹大郎道："什么用的？"员外是老实人，便道："穿钱用的。"邹大郎笑道："员外又发财了，有许多钱穿哩。索子尽有，数钱来便了。"员外才省得身边没钱，便将身上旧布氅衣脱下，权时为当。邹大郎想道：他买索子的钱也没有，哪里有钱要穿？眼见是虚话。他恁般贫困，口食不周，知道将麻索子去做什么把戏。明日弄出一场是非，连累着我。便道："小店本少利微，现钱便卖。这衣服休要脱下。"员外道："寄下一时，少停便来取赎。"邹大郎哪里肯依。员外只得下了阶头。想着：相熟的如此，别家定然也是不肯的，足见我命薄。且把三条索儿，先变三贯钱再处。急急跑回院子里来，钻进房里，在床头忙忙检看，不见了索子。妈妈和永儿看了，忍不住笑。妈妈道："老无知！你忙做什么？"员外道："我捡出三条索子在此，如何不见了？"妈妈道："我把与女儿，变得三贯钱在此，你又跑到哪里去来？"员外道："我想着有心央女儿一遭，多寻百十条索儿，变些钱来，长远受用。叵耐开杂铺的邹大郎，定要现钱来买。我脱这氅衣与他为当，他执意不肯。"妈妈道："你莫要利心忒重，每日不脱有一二贯钱在家，也够你下半世不求人了。"员外问："钱在哪里？"妈妈道："在被窝里盖着。"员外不胜欢喜，便取去籴米买柴。明日又同妈妈去求永儿变钱。

自从这日为始，永儿不时变些钱来，缸里米也常常有。员外自己身边，也常有钱买酒食吃，衣服逐件置办，身上也比旧光鲜了。

一日，员外出去买些东西归来。永儿道："爹爹，我教你看件东西。"去袖子里摸出一锭银子来。员外接得在手里颠一颠看，约有二十四五两重。员外道："这锭银子哪里来的？"永儿道："早起门前看见卖香纸老儿过，车儿上有纸糊的金银锭，被我把一文钱买他一锭，将来变成真的。"员外道："变成百十贯钱，值得什么，若还变得金银时，我三口儿依然富贵。"走到纸马铺里，买了三吊金银锭归来，看着女儿道："若还变得一锭半锭，也不济事。索性变得三二十锭，也快活下半世。"永儿接那金银锭，安在地上，腰里解下裙子来盖了，口中念念有词，喷上一口水，喝声道："疾！"揭开裙子看时，只见一堆金、一堆银在地上。员外看见，欢喜自不必说了，都是得女儿的气力，变得许多金银。员外看着妈妈，和永儿商议道："如今有了金银，富贵了，终不成只在不厮求院子里住。我思想要在热闹去处寻间房屋，开个彩帛铺。你们道是何如？"妈妈道："我们一冬没饭得吃，终日里去求人。如今猛可地去开个彩帛铺，只怕被人猜疑。"员外道："不妨，有一般一辈的相识们，我和他们说道：近日有个官人照顾我，借得些本钱来。问牙人买一半，赊一半。便不猜疑了。"妈妈道："也说得是。"

当日，胡员外打扮得身上干净，出去见几个相识，说道："我如今承一官人照顾，借得些本钱，要开个小铺儿。你们众位相识们，肯扶助我么？只是要赊一半买一半，望作成小子则个！"众人道："不妨！不妨！都在我们身上。"众相识一时说了，去那当坊市井，赁得一所屋子，置些橱柜家伙物件，拣个吉日，开张铺面。

虽说赊一半，买一半，其实只做个媒儿，能收得许多货物？都亏了永儿在铺中听了要长要短，便到里面去变将出来。因不费本钱，所以但是一贯货物，只卖别人九百文，加一相饶。人人都是要讨便宜的，见买得贱，货物又比别家的好，人便都来买。铺里货物，件件卖得，员外不胜欢喜。家缘渐渐地长，铺里用一个主管，两个当值，两个养娘。没两三年，一个家计，甚是次第，把平安街火发场空地，依先造起屋来。虽比不得旧时齐整，一般有厅堂房室，后园种植些花草。正是：顿开新气象，重整旧门风。

东邻西舍，都来作贺。几年断绝来往的人家，到此仍旧送盘

送盒，做相识来往。胡员外住在八角亭子上和那不厮求院子里，将及二年，赁房子开铺，又是三年，共是五年。还归故里，依先是个胡员外。这才是：黄河尚有澄清日，岂可人无得意时。有诗为证：

贫富升沉总运该，家资摄去又还来。
凭谁寄语糜都监，财主于今复有财。

　　别家店里见他有人来买，便疑道："跷蹊作怪，一应货物主人都从里面取出来。"主管们又疑道："货物如何不安在柜里，都去里面去取？"胡员外便理会得他们疑忌的意儿，自忖道："我家又不曾买，却是女儿变将出来的。如今吃别人疑忌，如何是好？"过了一日，到晚收拾了铺，进里面教安排晚饭来吃，养娘们搬来，三口儿吃酒之间，员外吩咐养娘道："你们自去歇息，我们要商量些家务事。"养娘听了言语，各自去了，不在话下。

　　员外与永儿说道："孩儿，一个家缘家计，皆出于你。有的是金银缎匹，不计其数，外面有当值的，里面有养娘，铺里有主管，人来买的缎匹，他们疑道只见卖出去，不曾见上行。从今以后，你休在门前来听了。卖得百十贯钱，值得些什么。若是露出斧凿痕来，吃人识破，倒是大利害，把家计都撇了。今后也休变出来了。"永儿道："告爹爹，奴奴自在里面，只不出来，门前听做买卖便了。"员外道："若恁地，甚好！"叫将饭来，吃罢，女儿自归房里去了。

　　自从当晚吩咐女儿以后，铺中有的缎匹便卖，没的便教去别家买，先前没的便变出来。如今女孩儿也不出铺里来听了。胡员外甚是放心。隔过一月有余，胡员外猛省起来："这儿日只管得门前买卖，不曾管得家中女儿。若纳得住定盘星好，倘是胡做胡为，教养娘得知，却是利害！"

当日胡员外起这个念头来看女儿，来到中堂，寻女儿不见，房里亦寻不见。走到后花园中，也寻不见。往从柴房门前过，见柴房门开着，员外道："莫不在这里面么？"移身挺脚，入得柴房门，只见永儿在那空阔地上，坐着一条小凳儿，面前放着一只水碗儿，手里拿个朱红葫芦儿。员外自道："一地里没寻她处，却在此做什么？"又不敢惊动她，立住了脚且看她如何。只见永儿把那朱红葫芦儿拔去了塞的，打一倾，倾出二百来颗赤豆，并寸寸剪的稻草在地下，口中念念有词，含口水一喷，喝声道："疾！"都变做三尺长的人马。都是红盔、红甲、红袍、红缨、红旗、红号；赤马在地上团团地转，摆一个阵势。员外自道："那个月的初十边，被我叮咛得紧，不敢变物事，却在这里舞弄法术。且看她怎地计结。"只见永儿又把一个白葫芦儿拔去了塞的，打一倾，倾出二百来颗白豆，并寸寸剪的稻草在地下，口中念念有词，含口水一喷，喝声道："疾！"都变做三尺长的人马，都是白盔、白甲、白袍、白缨、白旗、白号；白马一似银墙铁壁一般，也摆一个阵势。这柴房能有许多宽转？却容了四百多人马，排下两个阵势还空得有战场，并不觉一分儿狭窄。看得员外眼花撩乱，如在梦中光景。只见永儿去头上拔下一条金篦儿来，喝声："变！"手中篦儿变成一把宝剑，指着两边军马，喝声道："交战！"只见两边军马合将来，喊杀连天。惊得胡员外木呆了，道："早是我见，若是别人见时，却是老大的事，终久被这妮子连累。要无事时，不如早下手，顾不得父子之情。"员外看了十分焦躁，走出柴房门，去厨下寻了一把砍骨的蛮刀，复转身来。却说胡永儿执着剑，喝人马左右旋合，龙门交战。只见左右混战，不分胜败。良久，阵势走开，赤白人马分做两下。永儿把剑一挥，喝声："收！"只见赤白人马，依先

胡永兒蓋人紙馬

变成赤豆、白豆、寸草。永儿收拾红白葫芦儿内了。胡员外在背后，提起刀，看得永儿分明，只一刀，头随刀落，尸横在地，有诗为证：

父子天亲岂忍戕，只防妖法惹灾殃。
可怜两队如云骑，不救将军一命亡。

员外看了永儿身首异处，心中又好苦，又好闷，又好慌。便把刀丢在一边，拖那尸首僻静处盖了，出那柴房门把锁来锁了。没精没彩走出彩帛铺里来坐地，心中思忖道：罪过！我女儿措办许多家缘家计，适来一时之间，我见她做作不好，把她来坏了，也怪不得我。若顾了她时，我须有分吃官司。宁可把她来坏了，我夫妻两口儿，倒得安迹。她的娘若知时，如何不气。终不成一日不见，到晚如何不问，着什么道理杀了她？胡员外坐立不安，走出走入有百十遭。

到晚，收了铺，主管都去了，吩咐养娘："安排酒来，我与妈妈对饮三杯。"员外与妈妈都不提起女儿，两个吃了五七杯酒，只见员外叹了一口气，簌簌地两行泪下。妈妈道："没甚事，如何这等哭？"员外道："我有一件事，又是我的不是。你我夫妻两个方得快活，我看女儿做作不好，一时间见不到，把她来坏了。恐怕你怪，你不要烦恼。"妈妈道："员外怎的说这话，孩儿又做什么蹊跷的事？"员外把永儿变人马之事，从头至尾说了一遍。妈妈听得说，捶胸撅脚，哭将起来，道："你忘了三年前在不厮求院子里住时，忍饥受冻，不是我女儿，如何有今日？你便下得手，把我孩儿来坏了！"员外道："单是我一时间焦躁，却也是为着身家所系，万不得已。你休怨我，且看日常夫妻之面。"妈妈道："你杀了我女

260

儿，我如何不烦恼！"妈妈又疑道："适才我见女儿好好地在房里，如何说是坏了？"乃问道："你是几时杀的？"员外道："是日间杀的。"妈妈道："既是日间杀，我教你看一个人。"妈妈入去不多时，臂胳膊拖将出来。员外仔细看时，吃了一惊："正是我女儿！日间我一刀剁了，如何却活在这里？"吓得员外肚里慌张，想道：终久被这作怪的妮子连累。不免略施小计，保我夫妻二人性命。只因员外动了这念头，有分教：永儿弄出一段奇异姻缘，闹遍了开封一府。正是：一味平安方是福，万般怪异总非祥。毕竟员外设出什么计来，且听下回分解。

第二十二回　| 胡员外寻媒议亲
　　　　　　　蠢憨哥洞房花烛

多言人恶少言痴，恶有憎嫌善又欺。

富遭嫉妒贫遭辱，思量哪件合天机。

　　话说妈妈一只手牵着永儿臂膊出来。永儿见了爹爹，背转了脸道个万福，对娘道："爹爹没甚事，叫孩儿出来做甚？"说罢，依旧进房去了。胡员外亲眼见了女儿好生生在那里，倒是满面羞惭，开了口合不得。又被妈妈抢白了一场，员外只得含糊过了一夜。

　　次日早起，先去开柴房门看时，吓得员外呆了。只见刀在一边，剁的尸首，却是一把株笤帚砍做两截。员外道："哎呀，昨日明明是我下手的，如何却是笤帚？似此成妖作怪，决留她不得了。只教她离了我家便了。"员外踌躇一日，到晚来与妈妈夜饭，商议道："常言道男大须婚，女大须嫁。如今永儿年已长成，只管留她在家，不是长久之计。她的终身，也是不了。"妈妈道："今日家计，都是女儿挣的，何忍推她出去！况且你我膝下并无第二个人，还是赘个女婿在门帮家过活，你我也得个半子倚靠。"员外道："妈妈，我初意亦是如此。只是女儿从幼娇养惯了，好的是玩耍。"便

262

赶开养娘，把柴房中豆人草马争战之事，述与妈妈听了。"似此弄手弄脚，倘然落在别人眼里，说将出来，可不断送了你我的性命！不如择个良姻，嫁她出去，在公婆身边，到底不比自家爹妈，少不得收敛些。过了三年五载，待她年长老成，连女婿收拾回来，可不两得其便？"只这一席话，哄过了妈妈，便应道："员外见得也是。"次日天明，便叫当值的去前街后巷叫得两个媒人来。当值的去不多时，叫得两个媒婆。有一首小词名《驻云飞》，单道那做媒婆的行径：

　　堪叹媒婆，两脚搬来疾似梭。八字全凭做，年纪传来错。喳！舌上弄风波，将贫作富，撮合成交，哪管终身误。只要男家财礼多，只望花红谢礼多。

　　那两个媒婆，一个唤做快嘴张三嫂，一个唤做老实李四嫂。两个来到堂前，叫了员外妈妈万福。妈妈教坐了，请茶。茶罢，安排酒来相款。张三嫂起身来，告妈妈和员外道："叫媳妇们来，不知有何使令？"员外道："且坐！你二人曾见我女儿么？"张三嫂道："前次曾见小娘子来，好个小娘子！"员外道："我家只养得这个女儿，年方一十九岁，要与她说亲。特请你二人来商议则个。"张三嫂道："谢员外妈妈照顾媳妇。既是小娘子要说亲事，不知如今要入赘，却是嫁出去？"胡员外道："我只是嫁出去。"李四嫂道："若要嫁出去时，这亲事却有。"员外取出二两银子来，道："权与你二人做脚步钱。若亲事成时，自当重重地相谢。"两个道："媳妇们不曾出得分毫之力，如何先蒙厚赐，受之不当。"口里虽恁般说，两个都伸手去接那银子。是张三嫂先接到手，作谢出来，到彩帛铺里，借戥子夹剪把银子平分了。两个于路上商量道："哪里有

胡自外尋媒謀親

门厮当户厮对的好人家，趁热就去说便好。"李四嫂道："急切难得，只看我们造化。"张三嫂道："今日讲过了，你也不要瞒我，我也不要瞒你。大家分头去寻访，访得一头来，我两个有话同说，有钱同进，有酒同吃。"李四嫂道："说得是，我寻得来也对你说，你寻得来也对我说。"两个约定了，分路而去。张三嫂想道：西街上大桶张员外单生得一个儿子，年方一十七岁，只要说一个好媳妇，我且去走一遭。只怕他嫌胡家年长，成不成，吃三瓶，且去哄杯酒吃也好。

当下张三嫂径到张员外家。张员外见个媒婆入来，便问道："有何事到我家？"张三嫂道："有一门好亲，特地来说。"员外道："有多少媒人来说过，都不成得。如今不知是谁家女儿？"张三嫂道："是开彩帛铺胡员外的女儿，生得花枝般好。"张员外道："我曾在金明池上见来，真个生得好。只不知多少年庚？"张三嫂道："一十九岁，独养女儿。"张员外道："长两岁也不妨，只怕她不愿嫁出。我只有这个儿子，我却不肯入赘。"张三嫂道："胡员外也情愿嫁出来。"张员外见说，十分欢喜。教安排酒来与张三嫂吃三杯。取出一两银子相送，说道："若亲事成时，别有重谢。"张三嫂收了银子，作谢出来。吃了两家的酒，醺醺地自言自语道："今日是好日，都顺溜。这头亲事，管情要成。过了今夜，明日起个黑早，到胡家去说，莫要通李老实知道。"

却说老实李四嫂，这日因在金沙唐员外家门首经过，想着：他有个儿子，年方二十一岁，向来定下徐大户家的女儿。因此女害了痨怯，未曾完娶。二月间女儿已死，那唐小官人是要紧做亲的。若说胡员外宅里女儿，必然乐从。走到唐家门首，恰好唐员外在门前闲坐，看见李四嫂前来，原是相熟的，便道："四嫂哪里来？"李四嫂道："有句话特地到宅。"唐员外道："既有话，请到里面讲。"

李四嫂跟员外进去坐了，问道："小官人在宅么？"唐员外道："出外去收些小货未回。"李四嫂道："徐家小娘子没了，另攀得有好亲么？"唐员外道："还不曾，你看见有好头脑作成则个。"李四嫂道："有一头在此，说来必定中意。"唐员外道："是哪一家？"李四嫂道："是开彩帛铺的胡员外的女儿，年方一十九岁。"唐员外听得说，笑道："我知胡员外的女儿，且是生得好，又聪明伶俐。当初胡家开典铺的时节，我家便央人去说，胡员外要招赘在家。摇得头落不肯，因此攀了徐家这头亲事。只不知胡员外有口风没有，你却如何来说？"李四嫂道："昨日胡员外叫将我去，与了我一两银子，又与了三杯酒吃，要说门当户对的亲，情愿嫁出。故此媳妇特来宅上说。"唐员外见说，十分欢喜，即时叫安排酒来，教李四嫂吃了，也把一两银子相送，道："若亲事成时，另有重谢，有烦用心着力则个。"李四嫂谢了唐员外出来，一路上欢欢喜喜，也打帐瞒过了快嘴张三嫂，明日独自个去做这头媒人。

却说次日胡员外家开了大门，是张三嫂先到，刚要进门，远远地望见东边来的，好似李四嫂模样。张三嫂道："这婆子清早赶哪里去，我且躲在一边看她。"只见李四嫂到了胡家门首，两头打一看，径钻进门内来了，正与张三嫂打个照面。正是：夜眠清早起，又有不眠人。两下都吃了一惊，好生没趣。张三嫂道："你来有甚话说？"李四嫂道："看见你在此，特地进来陪你。"张三嫂道："我也想到你决然到这里的，所以先来等候。"两个笑了一场。李四嫂道："阿姆，你实说，寻得头好主儿么？"张三嫂道："不瞒你说，有一个上好头脑，管取十说九成。"李四嫂问："哪家？"张三嫂道："是大桶张员外家一十七岁花枝般的小官人。"李四嫂道："阿姆莫怪！我说男大女小团圆到老，倒是雌的大了两岁，恐怕不中本宅的意。"张三嫂道："你快闭了口！常言道：妻大一，有饭吃；妻大二，多利市；妻大三，屋角摊。如今刚大两岁，正是利市，发财旺夫，如何不好？你嫌我这主儿不好，有甚别个主儿胜得这一头的？"李四嫂道："我这家却胜得多哩。是金沙唐员外家儿子，长房长媳。目下说成，就行聘就做亲的。"张三嫂道："便是那望门寡的硬东西么？谁家女儿是铜盆，肯去对那铁扫帚！恁般头脑，不讲得也罢，也省些后来抱怨。"李四嫂道："我与你打个掌，偏要员外成我这头亲事。"张三嫂道："不须赌得。从今说过了，成了你的，我也不来争。成了我的，你也休指望八刀。只吃杯喜酒便了。"铺里主管听得了，便插口道："这句话说得是！各人船底下有水，各人自行。拌干了涎唾儿，也是没用。正不知我家员外喜哪一头哩。姻缘是五百年前结下的，勉强不得。"两个方才住了口，双双地走进客座里来，有诗为证：

媒婆两脚似船形，有水河中各自行；
空自相瞒争起早，谁知员外不应承。

却说胡员外正走出客座来，两个媒人相见了。员外教坐道："难得你们用心，昨日说了今日便有。"张三嫂不等李四嫂开言，便抢先答应道："有一头好亲事，是小媳妇寻来的。西街上大桶张员外家，单生一子，年方十七，人才出众。真个十分伶俐，一手写，一手算。"胡员外听说了，道："且放过这头亲事！"李四嫂道："我说的又是一个主儿，是金沙唐员外家。好个小官人，年二十一岁了，百伶百俐，写算俱精。五六年前，曾在宅上求过亲的，不曾成得，今番又来相求。"胡员外摇着头道："这头亲也且放过一边。别有亲时，再烦你二人来说。"两个媒人都道："恁地好亲事，如何教放过了？员外且与院君商议则个。"胡员外道："我心里便是有些不在意，院君也十分做不得主。"便去衣袖里摸出一两银子来，送与二位，道："天早不敢相留，权当一茶。有烦用心体访一头诚实小官人。直待我自心里像意方好。"两个媒人受了银子，只得起身出来，说道："虽然亲事说不成，也不白折了这个早起。想起来，这头媒人不是独做得的。今后须是你吹我唱，大家揎掇怂恿，不怕他不听。"两个又把一两银子分了，各自去讫。

从此两个媒婆真个和同水蜜，一条跳板上走路。话休絮烦，但有好亲去说，听得说儿郎聪明伶俐，便教放过了。如此也不知几次。又隔了数日，两个媒人商量道："难得胡员外，去时便是酒和银子，不曾空过，我两个有七八头好亲事去说，只是不肯，不知是甚意故？"李四嫂道："他说要寻个小官人，莫非到嫌忒聪俊了么？"张三嫂道："今日我们两个没处去了，我和你去胡员外宅里骗他几杯酒吃。有采，骗得他两把银子，大家取一回笑耍。"李四嫂道："你有甚亲事去说？"张三嫂道："你休管，只顾随我来，教你吃酒便了。"两个来到胡员外家，却好员外正在铺里。两个坐定吃茶。员外问道："有甚亲事来说？"张三嫂道："告员外，今有和宅上一般开彩帛铺的焦员外，他有个儿子甚是诚实，只怕太过分了些。"员外问道："他儿子几岁，诸事如何？"张三嫂道："焦员外的儿子虽则也是一十九岁了，还是奶子替他着衣服，三顿喂他茶饭，口边涎沥沥的，不十分晓人事，满门都称他是憨哥。"胡员外听了道："这头亲事倒称我意，烦你二位用心说说则个。院君面前莫说实话，只是褒奖罢了。"两个媒人听得说，口中不说，心下思量：千头万头好亲，花枝也似儿郎，都放过了。却将这个好女儿，嫁这个疯子。两个又吃了数杯酒，每人又得了二两银子，谢了员外出来。对门是个茶坊，两个入去吃了茶。李四嫂道："你没来由，教我忍不住笑，捏着两把汗。只怕胡员外焦躁起来，带累我，什么意思。"张三嫂："我和你说这许多头好亲事，都教放过了。我自闲着要他，若胡员外焦躁时，我只说取笑。谁想倒成了事。"李四嫂道："想是他中意了。若不中意时，今日如何把四两银子与我们，比往常更是加厚。"两个厮赶着，一头走，一头笑，径投国子门来见焦员外。焦员外教请坐吃茶。员外道："你两个上门，是喜虫儿，有甚好话来说？"张三嫂道："告员外，我两个特来讨酒吃，与小员外说亲。"焦员外道："我的儿子是个呆子，不晓人事的，谁家女儿肯把来嫁他？"李四嫂道："与员外一般开彩帛铺的胡员外宅里，花枝也似一个小娘子，年方一十九岁，多少人家去说亲的，都不肯。方才媳妇们说起宅上来了，胡员外便肯应承，特教我两个来说。"焦员外见说，好欢喜，道："你两个若说得成时，重重地相谢。"两个吃了数杯酒，每人送了二两银子，出得焦员外家，径来见胡员外。李四嫂道："焦员外见说宅上小娘子，十分欢喜，教来禀复，要拣吉日良辰，下财纳礼。要甚安排，都依宅上吩咐。"胡员外听说，不胜之喜，自教媒人去对张院君说。院君细问时，只说小官人生得丰厚，是个有造化的。只是从小娇养惯了，穿衣服还要别人服侍。生在这般的富足人家，好不受用。院君也允了。媒人去焦家回复。话休絮烦，回家少不得使媒人下财纳礼，奠雁传书。焦员外因是自家儿子不济，每事从厚。不只一日，拣了吉日良辰，成那亲事。

却说焦员外和妈妈叫奶子来吩咐道："小官人成亲，房中的事，皆在你身上。若得夫妻和顺，我却重重赏你。"奶子道："多谢员外妈妈，奶子自有道理。"妈妈道："恁地时，慢慢教他好。"奶子与妈妈入房里来，看着憨哥道："憨哥，明日与你娶老婆也。"憨哥也道："明日与你娶老婆也。"奶子又道："且喜也！"憨哥道："且喜也！"奶子口中不说，心下思量道：我们员外好不晓事！这样一个疯子，却讨媳妇与他做什么。苦害人家的女儿！那胡员外也没分晓。听得人说，这个女儿十分生得标致，又聪明智慧，书算皆能。却把来嫁这个疯子，不知是何意故。

当夜过了，至次日焦家打点迎娶，不在话下。晚间，胡妈妈送新人进门。少不得要拜神讲礼，参筵拂尘。奶子扶那憨哥出来，胡妈妈看见，吃了一惊。但见：

> 面皮垢积，口角涎流。帽儿光，歪罩双丫；衫子新，横牵遍体。帝眉缩颊，反耳斜睛。靴穿歪，腿步跟跄，六七人揽；涕挂掀，唇嘴腌脏，一双袖抹。瞪目视人无一语，浑如扶出狰狞；短毛连鬓有千根，好似招来鬼魅。蠢驱难自立，穷崖怪树摇风；陋脸对神前，深谷妖狐拜月。但见花灯，哪解今宵合卺；虽逢鸳侣，不知此夜成亲。送客惊翻，满堂笑倒。洞房花烛，分明织女遇那罗；帘幕摇红，宛似观音逢八戒。便教媒姆也嫌憎，纵是无盐羞配合。

当晚奶子扶着憨哥行礼，揖不成揖，拜不成拜。平昔间惯随人口里说话，到此没随一头处，口中只是乱哼。胡妈妈看见新女婿这般模样，不觉簌簌地泪下，暗地里叫苦，道："老无知！却将我这块肉，断送与这样人。我女儿终身，如何是了！"要叫两个媒人来发作时，那李老实已躲过一边去了。张快嘴看见辞色不善，先把说话来迎住道："老院君，这头亲事，媳妇们也不敢斗胆，都依着老员外吩咐下来。老院君回去问老员外时，自然明白。今日大喜之日，列位高亲在此，望院君凡百包荒，隐恶而扬善则个。"只这几句话，张院君倒不好开得口了。正是：哑子慢尝黄连味，难将苦口对人言。没奈何，与许多亲眷劝酬了一夜。次早，只得撇

了女儿，别了诸亲回家。一见了员外，不觉怒气冲天，掇了髻儿，撞一个满怀，便叫天叫地价哭将起来。员外道："好时好日，没事为着甚的？"妈妈道："只想你是一家之主，百事凭你。谁知是个老禽兽，没人心的！我这一个成家立业的好女儿，千百头亲事来说，只是不允。偏拣这个疯子嫁他，是何道理？"胡员外道："我女儿留在家中，久后必然累及我家。便是嫁别人家里去，嫁了个聪明伶俐的老公，压不住定盘星，露出些斧凿痕来，又是苦我。如今将她嫁个木畜不晓人事的老公，便是有些泄漏，他也不理会得。"妈妈道："这等一个好女儿，嫁恁地一个疯呆子，岂不误了我女儿一生？"员外道："她离了我家，是天与之幸。你管她则甚！"妈妈只是哭亲哭肉，骂一回，哭一回，整整地厮闹了一夜，不在话下。

却说胡永儿见妈妈去了，眼泪不从一路落，苦不可言。陆续相送诸亲出门，晚饭已毕，谢了婆婆，道了安置，随奶子入房里来。见憨哥坐在床上，奶子道："你和小娘子睡。"憨哥道："你和小娘睡。"奶子道："你和小娘子睡休！"憨哥道："你和小娘睡休！"奶子心里道：只管随我说时，几时是了。不若我自安排小娘子睡便了。奶子先替憨哥脱了衣服，扶他上床睡倒，盖了被。然后看着永儿道："请小娘子宽衣睡了罢。"永儿见奶子请睡，包着两行珠泪思量道：爹爹！妈妈！我有甚亏负你处，你却把我嫁个疯子。你都忘了在不厮求院里受苦时，如今富贵，不知亏了谁人，休！休！我理会得爹爹意了，教我嫁一个聪明的丈夫，怕我教他些什么。因此先识破了，却把我嫁这个疯子。抹着眼泪，叫了奶子安置。脱了外盖衣裳，与憨哥同睡。奶子自归房里去了。永儿上得床，把被紧紧地卷在身上，自在一边睡，不与憨哥合被。心下想道：我久有跟随圣姑姑出门之意。只为爹妈难忘，一时撇他不下。他又无第二个男女靠着，何忍将奴嫁出，又配着这个歪货。不知圣姑姑那边知道也不知道。叹了一回，不觉睡去了，梦见圣姑姑乘鹤而来。只因这一来，有分教：永儿安心息念，又过几时。正是：夫妻本是前生定，莫怨东风当自嗟。毕竟圣姑姑说出什么话来，且听下回分解。

第二十三回 | 蠢憨哥误上城楼脊
费将仕扑碎游仙枕

骏马惯驮村汉走，巧妻常伴拙夫眠。

姻缘都是前生债，莫向东风怨老天。

话说胡永儿梦见圣姑姑骑鹤而至，叫声："我儿！闻得你嫁了新郎，特来看你。"永儿便把心中苦楚告诉了一遍。圣姑姑道："你终身结果，自在贝州。这里原非你安身之处。"永儿道："奴奴只今日跟了娘娘去休！"圣姑姑道："宿债未毕，还不是脱身的时候。"永儿道："奴奴与那疯子有甚宿债？"圣姑姑道："你前生做我的女儿时节，我同你到剑门山关王庙中避雪。有个年少道士贾清风，与你眉来眼去。虽则未曾成就，你却也不曾决绝得他。那道士为思忆你，一病而亡。只为他情痴忒重，所以今生投胎，变成痴子。但他的情根，却也种得深了。少不得今世要开花结果，今日与你做一场夫妻，也是还债。到缘分了时，自有个散场。你也须索忍耐，休得搬弄神通，惹人猜忌。若有急难，可到郑州来寻我。"说罢，依旧乘鹤飞去了。永儿醒来，一句句都记得在心里，晓得前缘宿业，倒也心定了。

张院君回家，到第二日，一心只牵挂女儿，不知这一夜如何过了。眼儿也一定哭得红肿了。差两个养娘去看，回来说道："欢欢喜喜在那里。"妈妈不信，连看了几遍，回报都是一般话儿。妈妈叹口气，也放下了心，从此不和员外争嚷。那焦员外夫妻两口儿，也只怕新妇心中不乐。见他两个孝顺，十分欢喜，自不必说。焦员外又自到胡亲家处来称谢，从此两家无话。

再说永儿与憨哥虽为夫妇，实则同床千里，憨哥从来不省人事，不来缠老婆。永儿也落得推开，闲常倒怀个可怜之意，冷冷热热常照顾他，恰像添了个奶子一般。有时节闭上房门，演弄法术儿玩耍，憨哥呆呆地看，只不则声，所以一向相安无事。荏苒光阴，不觉过了三载。时遇六月间，这一年天气倍加炎热。永儿到晚来，堂前叫了安置，与憨哥来天井内乘凉。永儿道："憨哥，我们好热么？"憨哥道："我们好热么？"永儿道："我和你一处乘凉，你不要怕。"憨哥道："我和你一处乘凉，你不要怕。"永儿见憨哥七颠八倒，心中好闷。当夜，永儿和憨哥合坐着一条凳子。永儿念念有词，那凳子变做一只吊睛白额大虫，背上载着永儿和憨哥从空便起，直到一座城楼上。这座城楼叫做安上大门楼。永儿喝声："住！"大虫在屋脊上便住了。永儿与憨哥道："这里好凉么！"憨哥道："这里好凉么！"两个直乘凉到四更。永儿道："我们归去休！"憨哥道："我们归去休！"永儿念念有词，只见大虫从空而起，直到家中天井里落下，依旧变做凳子。永儿道："憨哥，我们去睡休！"憨哥道："我们去睡休！"自此夜为始，永儿和憨哥两个夜夜骑虎直到安上大门楼屋脊上，乘凉到四更便归。有诗为证：

白云洞法大神通，木凳能令变大虫。

不信试从吴地看，西山跳虎是遗踪。

忽一日，永儿道："我们好去乘凉也。"憨哥道："我们好去乘凉也。"永儿念念有词，凳子变做大虫，从空便起，直到安上大门楼乘凉。当夜却没有风，永儿道："今日好热。"拿着一把月样白纸扇儿在手里，不住地摇，此时月却有些朦胧。有两个上宿军人出来巡城，少不得是张千、李万。两个巡了一遍，回到城门楼下。张千猛抬起头来看月，吃了一惊，道："李万，你见么，门楼屋脊上坐着两个人？"李万道："若是人，如何上得去？"张千定睛一看，道："真是两个人。"李万道："据我看时，只是两个老鸦。"当夜，两个在屋脊上不住手把扇摇。李万道："却不是老鸦，如何在高处展翅？"张千眼快，道："据我看，一个像男子，一个像妇人。如今我也不管他是人是鸦，教他吃我一箭！"去那袋内扢弓取箭，搭上箭，拽满弓，看清，只一箭射去，不偏不歪，不邪不正，射着憨哥大腿。憨哥大叫一声，从屋脊上骨碌碌滚将下来，跌得就似烂冬瓜一般。张千、李万上前看时，却是个汉子。幸得不曾跌死，将他缚了。再看上面时，不见了那一个。

至次日早间，解到开封府来。正值知府升厅，张千、李万押着憨哥跪下，禀道："小人两个是夜巡军人。昨夜三更时分，巡到安上大门，猛地抬起头来，见两个人坐在城楼屋脊上，摇着白纸扇子。彼时月色不甚明亮，约莫一个像男子，一个像妇人。小人等计算，这等高楼，又不见有梯子，如何上得去，必是飞檐走壁的歹人。随即取弓箭射得这个男子下来，再抬头看时，那个像妇人的却不见了。今解这个男子在台下，请相公台旨。"知府听罢，对着憨哥问道："你是什么样人？"憨哥也道："你是什么样人？"知府道："你从实说来，免得吃苦。"憨哥也道："你从实说来，免得吃苦。"知府大怒，骂道："这厮可恶，敢是假与我撒疯！"憨哥也瞪着眼

安上大門

燕憨哥恠上城樓脊

道："这厮可恶，敢是假与我撒疯！"满堂簇拥的人，都忍不住笑。

知府无可奈何，叫众人都来厮认，看是哪里地方的人。众人齐上认了一会，都道："小人们并不曾识得这个人。"知府存想道：安上大门城楼壁斗样高，这两个人如何上得去？就是上得去，那个像妇人的，如何不见下来，却暗暗地走了？一定那个像妇人的，是个妖精鬼怪，迷着这个男子，到那楼屋上，不提防这厮们射了下来，她自一径去了。如今看这个人胡言胡语，兀自未醒。但不知这个人姓名家乡，如何就罢了这头公事。寻思了一会，喝道："且把这个人枷号在通衢十字路口。"看着张千、李万道："就着你两个看守，如有人来与他厮问的，即便拿来见我。"不多时，狱卒取面枷，将憨哥枷了。张千、李万搀扶到十字路口时，哄动了大街小巷的人，挨肩叠背，争着来看。

却说那焦员外家奶子和丫头，侵晨送脸汤进房里去，不见憨哥、永儿，吃了一惊，慌忙报与员外妈妈知道。员外和妈妈都惊呆了，道："门不开，户不开，去哪里去了？"焦员外走出走入，没做理会处。忽听得街上的人，三三两两说道："昨夜安上大门城楼屋脊上，有两个人坐在上面，被巡军射了一个下来，一个走了。"又有的说道："如今不见枷在十字路口？"焦员外听得说，却似有人推他出门一般，径走到十字路口，分开众人，挨上前来看时，却是自家儿子，便放声大哭起来，问道："你怎的去城楼上去，你的娘子在哪里？"张千、李万见焦员外来问，不由分说，横拖倒扯捉进府门。知府问道："你姓甚名谁？那枷的是你什么人？如何直上禁城楼上坐地？意欲干何歹事？与那逃走妇人有甚缘故？你实实说来，我便恕你。"焦员外躬身跪着道："小人姓焦名玉，本府人氏。这个枷的，是小人的儿子。枉自活了二十多年纪，一毫人事也不晓得。便是穿衣吃饭，动辄要人。人若问他说话时，他便依人言语回答，因此取个小名叫做憨哥。小人只是叫他小时服侍的奶子看管，虽中门外，一步也不敢放他出来。三年前偶有媒人来与他议亲。小人欲待娶妻与他，恐误了人家女儿。欲待不娶与他，小人止生得这个儿子，没人接续香火。感承本处有个胡浩，不嫌小人儿子呆蠢，把一个女儿叫做胡永儿嫁他。且是生得美貌伶俐。不料昨晚吃了晚饭，双双进房去睡，今早门不开，户不开，小人的儿子并媳妇，都不见了。不知怎地出门，得到城楼高处。又不知媳妇如何不见下来，便走得去。"知府喝道："休得胡说！既是你的儿子媳妇，如何不开门启户，走得出来？媳妇一定是你藏在家中了，快叫她来见我！"焦员外道："小人安分愚民，怎敢说谎，便拷打小人至死，端的屈杀小人！"知府听他言语真实，更兼憨哥依人说话的模样又是真的，再差两个人去拿胡永儿父亲来审问，便见下落。公差领了钩牌，飞也似赶到胡员外家里来。

却说胡员外听得街坊上喧传这件事，早已知是自家女儿做出来的勾当，害了憨哥，与妈妈正在家暗暗地叫苦。只见两个差人跑将入来，叫声："员外有么？"员外惊得魂不附体，只得出来相见，问道："有何见谕？"公差道："奉知府相公严命呼唤，请即那步。"胡员外道："在下并不曾闲管为非，不知有甚事相烦二位唤我？"公差道："知府相公立等，去则便知分晓。"员外就在铺内取银十两，送与二位："权当酒饭，没事回来，再当酬谢。"两个公差接了银子，不容转动，推扯出门，径到府里。知府正等得心焦，见拿到了胡员外，便把城楼上射下憨哥，次后焦员外说出永儿，并憨哥对答不明，要永儿出来审问的情由说了一遍。胡员外只推不知。知府道："我闻你女儿极是聪明伶俐，女婿这般呆蠢，必定别有奸夫，做甚不公不法的事。你怕我难为她说出真情，一意藏在家中，反来遮掩。"焦员外跪在那边插口道："若在你家，快把他出来，救我儿子性命。"胡员外道："世上只有男子拐带女人做事。分明是你把我的女儿不知怎的缘故，断送哪里去了。故意买嘱巡军，只说同在城楼屋脊上，射了一个走了一个。相公在上，城楼在半天中一般，又无梯子，难道这两个人插翅飞上去的？若果同在上面时，怎的瓦也不响，这般逃走得快？女人家须是鞋弓袜小，巡军如何赶她不着，眼睁睁放她到小人家中来躲了？"知府听他言语，句句说得有理，喝："把憨哥的父亲与张千、李万俱夹起来！"指着焦员外道："这事多是你家谋死了他的女儿，通同张千、李万设出这般计策，把这疯癫的儿子做个出门入户。不打如何肯招！"喝将三人重重拷打。两边公人一齐动手，打得皮开肉绽，鲜血淋漓。焦员外受苦不过，哀告道："望相公青天作主，原不曾谋死胡永儿，容小人图画永儿面容，情愿出三千贯赏钱。只要相公出个海捕文书，关行各府州县，悬挂面貌信赏。若永儿端的无消息时，小人情愿抵罪。"知府见他三个苦死不招，先自心软。况兼胡员外也淡淡的不口紧要人，知府便道："这也说得是。"一边把三个人放了，一面取憨哥进府，开了枷，并一干人俱讨保暂且宁家伺候。着令焦家图画永儿面貌，出了海捕文书各处张挂。有诗为证：

自古公堂冤业多，无如讼口惑人何。
上官比及回心转，一顿严刑已受过。

这四句诗，是说听讼之难，假如两边说来都似有理，少不得要看哪一边理胜一分地听他。及至有恁般理的，未必有恁般事。即如胡员外当堂一番说辨，何等可听！知府为此将焦玉和巡军一齐拷打，谁知都是冤枉。所以坐公堂的，切不可自恃聪察，轻易用刑。

闲话休提。且说胡永儿见憨哥中箭跌下去了，口中念念有词，从空便起。独自个回到家里，想道：失了憨哥，住在这里不成了。爹爹妈妈家中，也不好去得，如何是好？想起成亲之夜，梦见圣姑姑与我说道：此非你安身之处，若有急难，可来郑州寻我。现今无处着身，不若去郑州投奔圣姑姑，看是如何。当下穿了几件随身衣服，带了随法物，依旧跨着凳子，从空而出，直到野地无人处，渐渐下来撇下凳子，独立一个取路而行。此时天色方明，恰好遇见旧时从他读书的陈学究先生陈善，从乡里赶早入城，有些事干。认得是女学生胡永儿，吃了一惊，问道："贤弟为何独行至此，爹爹妈妈何在？"永儿道了万福，答道："奴奴为夫家遭难，只身逃出，不及对爹妈说知了。"身边取出一个白土做就光光滑滑的小方枕儿，递与陈学究道："有烦师父将这枕儿寄与我家爹妈，聊表挂念。此乃九天游仙枕，悦人魂梦，枕之百病俱除，师父是必寄去。"陈学究接得在手，问道："贤弟如今往哪里去？"胡永儿指着前面道："有个亲戚在前途等我同到他家去。"陈学究抬头向前面瞭望时，永儿使个隐身法，忽然不见了。

陈善把眼睛抹一抹，啐了一口唾，叫声："见鬼！"莫非永儿已死，方才精魂出现么！这泥做的枕儿，分明不是阳间用的。欲待抛弃了，又想道：她特地寄与爹妈，再三叮咛。难道是鬼话？我也莫管她真假，便捎去问个信儿，怕她怎！将衣袖裹着枕儿，忙忙地走入城来。忽然又想道：我今日自家还有紧要事件，不得工夫。况且平安街不是顺路，带着枕儿行走，好不方便。偶到费将仕门首经过，一个小厮叫道："陈师父哪里去？"

原来陈善也曾在费家教授过来，这小厮正是旧时学童。陈学究便把枕儿递与他道："这东西权寄你处，今日忙些个，明日来取，就顺便来看将仕。"说罢自去了。

学童看着这土做的枕儿，也不在意。带进宅里，就撇在耳房

費將仕樸碎遊仙枕

中自家睡的铺上。早饭后费将仕出去拜客，书童没些事，到铺上去睡觉，见枕儿方便，就用着他。也是这小厮凤世有缘，好个九天游仙枕，多少王侯贵戚，眼不曾见，耳不曾闻，倒是他试法受用。正是：黄粱犹未熟，一梦到华胥。

学童正在熟睡之际，有与他一般样的两个小厮，来寻学童同打升官图耍子。寻到耳房里，见他躺躺地睡着，一个便去抓脚心，一个去捻个细纸条儿，弄进他鼻管底去。只见学童一连几个喷嚏，似风邪般舞将起来，乱嚷道："好快活！好快活！"两个小厮每人持了一只耳朵，唤他醒了，问道："什么好快活？"学童道："才睡去，忽见枕墙上两扇门开，异香扑鼻，一班女乐吹弹而出，个个有月貌花容，迎我去仙界游玩。转步之间，果然仙山、仙水、仙花、仙鸟，景致非常。一个仙女执壶，又一个把盏，连劝我仙酒三杯。第三杯还不曾吃干，被你们啰唣醒了！"一个道："我不信！我不信！"一个便去抢那枕儿在手。看时，只见一边枕墙上，泥金涂写"九天游仙枕"五字。那一边画成两扇门儿，上面横个牌额写"仙界"二字。看得仔细，方知所梦乃此枕之故。一个道："不知你是真是谎，今夜把这枕儿，我拿去也睡一夜，看有梦也没有。"那一个道："不要偏枯了！大家受用受用，上半夜是你，下半夜是我。"

费将仕拜客方回，在耳房边过去，听得说要分上下半夜受用。只道商量什么歹事，一脚踢开房门来。三个小厮，丛着一个白土做就光滑滑的小方枕儿，在那里胡言乱道。费将仕一时怒起，双手抢那枕儿在手，眼也不去瞧，高高地望空一扑，在青石街沿上打个粉碎。可怜无价游仙枕，化作阶前一片尘。难道这枕只与寻常枕头一般，随手而碎，别没有什么灵迹显示，一定不同。要知端的，且听下回分解。

第二十四回 八角镇永儿变异相
郑州城卜吉讨车钱

游仙枕上游仙梦，绝胜华胥太古天。

此枕有谁相赠我，一生情愿只酣眠。

话说费将仕不由分说，将枕儿望空扑下。学童刚叫得一声："啊呀！"那枕儿跌在青石阶前，打得粉碎。就那枕儿碎破之时，喤的一声，只见一阵东西，又不是雀儿，又不是蝶儿，有影无形的，飞起屋檐上去了。费将仕走下阶头看时，原来是三寸多长一班的仙女，手中执着乐器，笙箫弦索，无所不具。也有执壶、执盏、执扇、执如意的，共二十余人，如一棚木偶人儿相似。一个个艳质浓妆，美丽无比。那一班仙女一字儿站在檐头，向着费将仕齐齐地道个万福，启莺声，开燕语，说道："妾等原系前朝内班近侍宫人，被九天玄女娘娘符令拘禁在此。今叨恩庇，释放逍遥，实乃万分之幸也。"说罢，把乐器一齐动起，声调和谐，凄婉可听。徐徐从屋脊上行去，向北方即渐没了。

费将仕从来未见此异，呆呆地看了半日，再把破枕片儿细细捡起看时，里面滑滑净净的，都画着细山细水、亭榭树木。这枕儿是一块白土捻就的，外面又无丝缝，不知里面画工如何动手，岂不是个仙枕！费将仕才把三个小厮喝来跪下，问这枕儿的来历。那两个小厮指着学童道："是他说陈学究先生寄与他处，约明日来取的，小的们并不知情。只听得他说枕着睡去时，便有许多快乐受用。看的是仙景，听的是仙乐，吃的是仙酒。小的们见枕墙上写着'九天游仙枕'五个金字，心下疑惑，正在此商量议论，不期老爹回来。"再问学童，果是如此。费将仕只是不信，将三个小厮锁禁一间空房里头。且待来朝陈学究来时，问明是实，方才饶恕。

再说陈善到次日，身上空闲了，要去平安街胡员外家走遭。先来看费将仕，就便讨那枕头儿去。费将仕一听得陈善到来，忙请进内书房相见。坐下，费将仕先问道："教授曾有个枕儿寄在小童来？"陈善道："不曾教对将仕公说，将仕公何以知之？"费将仕道："此枕有些怪异之处，教授实说，哪里来的？下官亦有言告诉。"陈善道："小可旧时曾在平安街胡大洪家处馆，那女学生叫做永儿，年长嫁人，已经三载。昨早忽然在城外相逢，说夫家遇难，故此潜逃。将此枕托小可寄与她家爹妈，聊表情念。小可因昨日有些事忙，也不曾细看得，不知有何怪异？"费将仕道："如此说，又是教授不曾替她寄得倒好！"便把学童梦见这般这般，及自己扑碎了枕儿，又是如此如此怎样怪异。现今官府行文，出三千贯赏钱，要拿妖人胡永儿。教授若将这枕头去时，刚好做个表证，须有分吃官司。又是下官扑碎了，妖物泯于无迹倒好。陈善吓得魂不附体，谢道："小可因僻居乡村，与城中吊远，并不知官府事情。若非将仕公说明，小可险为所误。只不知官府怎见得胡永儿是妖人，将仕公必知其详？"费将仕又把张千、李万在安上大门城楼屋脊上射下憨哥，并焦胡两家见官对证始末，述了一遍。说得陈善毛骨悚然。

当下费将仕留了酒饭，陈善再三作谢而别，竟自回去，也不到胡员外家去了。

费将仕开了锁，放出三个小厮来，吩咐："从今以后，再不许提起枕儿一节。若有外人风闻时节，我便把你三个奴狗当妖人解官。"三个小厮连声不敢。自此无人提起游仙枕之事。

语分两头，再说胡永儿离了陈学究，独自行了一日。天色已晚，到一个凉棚下，见个点茶的婆婆。永儿入那茶坊里坐下歇脚，那婆婆点盏茶来与永儿吃罢。永儿问婆婆道："此是何处？前面出哪里去？"婆婆道："前面是板桥八角镇，过去便是郑州大路。小娘子无事，独自个往哪里去？"永儿道："爹爹妈妈在郑州，要去探望则个。"婆婆道："天色晚了，小娘子可只在八角镇上客店里歇一夜却行，早是有这歇处，独自一个，夜晚不便行走。"永儿变十数文钱，还了茶钱。谢了婆婆，又行了二里路，见一个后生：

　　六尺以下身材，二十二三年纪。三牙掩口细髯，七分腰细膀阔。戴一顶木瓜心攒顶头巾，穿一领银丝似白纱衫子，系一条蜘蛛斑红绿压腰，着一对土黄色多耳皮鞋。背着行李，挑着柄雨伞。

那后生正行之间，见永儿不戴花冠，绾着个角儿，插两支金钗，随身衣服，生得有些颜色。向前与永儿唱个喏道："小娘子哪里去来？"永儿道："哥哥，奴去郑州投奔亲戚则个。"那厮却是个人家浮浪弟，便道："我也往郑州那条路去，尚且独自一个难行。你是女人家，如何独自一个行得。我与小娘子一处行！"一面把些恐吓的言语惊她。

到一个林子前，那厮道："小娘子，这个林子最恶，时常有大虫出来。若两个行，便不妨得。你若独自一个走，大虫来便驮了你去！"永儿道："哥哥，若如此时，须得你的气力，拖带我则个！"

那厮一路上，逢着酒店便买点心来，两个吃了，他便还钱。又走歇，又坐歇，看看天色晚来。永儿道："哥哥！天晚了，前面有客店歇么？"那厮道："小娘子，好教你得知，一个月前，这里捉了鞑子国里两个细作，官府行文书下来，客店里不许容单身的人。我和你都讨不得房儿。"永儿道："若讨不到房儿时，今夜哪里去宿歇？"那厮道："若依得我口，便讨得房儿。"永儿道："只依哥哥口便了。"那厮道："小娘子，如今不真个，只假说我们两个是夫妻，便讨得房儿。"永儿口中不道，心下思量：这厮与我从无一面，萍水相逢，并没句好言语，只把鬼语吓我，要硬讨人便宜。我胡永儿可是怕事的么！永儿道："哥哥！拖带睡得一夜也好。"那厮道："如此却好！"

来到八角镇上，有几个好客店都过了，却到市梢头一个客店。那厮入那客店门，叫道："店主人，有空房也没？我夫妻二人讨间房歇！"店小二道："大郎莫怪，没房了！"那厮道："苦也！我上上落落，只在你家投歇，如何今日没了房儿？"店小二道："都歇满了，只有一间房，铺着两张床，方才做皮鞋的胡子歇下。怕你夫妻二人不稳便。"那厮道："且引我去看一看。"店小二在前，那厮同永儿随后。店小二推开房门，与那厮看了。那厮道："怕什么事，他自在那边。我夫妻两个在对床。"店小二道："恁地，你两个自入房里去。"店小二交了房儿，永儿自道：却不叵耐这厮！我又不认得你，却教我做他老婆，来讨房儿，我只教他认一认老婆手段。有诗为证：

堪笑浮华轻薄儿，偶逢女子认为妻。

黄金红粉高楼酒，谁谓三般事不迷？

岂不闻古人云：他妻莫爱，他马莫骑。怎的路途中遇见个有颜色的妇人便生起邪心来。那厮看着店小二道："讨些脚汤洗脚。"店小二道："有！有！"看着待诏说道："他夫妻两个自东京来的，店中房都歇满了。只有这房里还有一张床，没奈何教他两个歇一夜。"待诏道："我只睡得一张床。有人来歇，教他自稳便。"永儿进房来，叫了待诏万福，待诏还了礼。那厮看着胡子道："蒿恼则个！"待诏道："请自便。"待诏肚里自思量：两个言语不似东京人。怎地个孤调调地行，两个不像是夫妻，事不一心，有些脚叉样。干我甚事，由他便了。胡子道："你们自稳便。"那厮和永儿床上坐了。

店小二掇脚汤来，那厮洗了脚，讨一盏油点起灯来。胡子不做夜作，唤了安置，朝着里床自睡了。那厮道："姐姐，路上贪赶路，不曾打得火。我出去买些酒食来吃。"转身出房去了。永儿道："却叵不耐这厮无礼！他买酒去了，我且作弄他耍子则个。"口中不知道些甚的，舒气向胡子床上只一吹，又把自己脸上摸一摸，永儿就变做个胡子，带些紫膛色，正像做皮鞋的待诏，待诏却变做了永儿。假待诏也倒在床上假睡着。

却说那厮沽些酒，买些炊饼，拿入店里来。肚里寻思道：我今朝造化好，遇着这等一个好妇人。客店里都知道我是她的丈夫了，今晚且快活睡她一夜。那厮推开房门，放酒瓶在桌子上，剔起灯来，看那床上时，却是做皮鞋的待诏。疑惑道：却是什么意故，如何换过了来我床上睡？看那对面床上时，却睡着妇人。那厮道：想是日里走得辛苦，倒头就睡着在这里。向前双手摇那妇人，叫道："姐姐，我买酒来了，你走起来，你走起来。"只见那做皮鞋的待诏跳将起来，劈头揪番来便打。那厮叫道："做什么便打老公？"胡子喝道："谁是你的老婆？"那厮定睛看时，却是做皮鞋的待诏。

慌忙叫道："是我错了！莫怪莫怪！"店小二听得大惊小怪，入房里来问道："做什么？"待诏道："可奈这厮走将来摇我，叫我做姐姐。"小二道："你又不眼瞎，你的床自在这边。"店小二劝开了，待诏依旧上床睡了。那厮吃了几拳，道："我的晦气，眼睁睁是个妇人，原来却是待诏。"看这边床上女娘睡着，叫道："小娘子，起来吃酒。"定睛只一看时，却是朱红头发、碧绿眼睛、青脸獠牙的。叫声有鬼，蓦然倒地。店小二正在门前吃饭，只听得房里叫有鬼，入来看时，见那厮跌倒在地上。连忙扶起，惊得做皮鞋的待诏也起来。店里歇的人，都起来救他。也有噀噀吐的，也有咬中拇指的。那厮吃剥消了一夜，三魂再至，七魄重生。那厮醒来道："好怕人！有鬼！有鬼！"被店小二揪住劈脸两个噀吐，道："我这里是清净去处，客店里有甚鬼？是甚人教你来坏我的衣饭？"将灯过来道："鬼在哪里？"那厮道："床上那妇人是鬼！"店小二道："这厮却不弄人！这是你浑家，如何却道是鬼？"那厮道："她不是我浑家。我在路上撞见她，和我同到此讨房儿，做假夫妻的。方才我去买酒，来到房里看她，却是胡子。我却错叫了待诏，吃他一顿拳头。再去看她时，却是朱红头发、碧绿眼睛、青脸獠牙，原来是鬼。"

众人吃了一惊，灯光之下，看那妇人时，如花似玉，一个好妇人。都道："你眼花了！这等一个好妇人，你如何说她是鬼？"永儿道："众位在此，可奈这厮没道理。我自要去郑州投奔爹爹妈妈。这厮路上撞见了我，和我同行。一路上只把恐吓的言语来惊我。又说：捉了两个细作，店里不容单身的歇，强要我做假夫妻，来讨房儿。及至到了这里，又只叫我是鬼。一晚胡言乱语，不知这厮怀着什么意故。"众人和店小二都骂道："可奈这厮，情理难容。着他好生离了我店门。若不去时，众人一发上，打教你粉骨

八角鎮永兒變異相

碎身！"把这厮一时热赶出去，把店门关了。那厮出到门外，黑洞洞的不敢行。又怕巡军捉了吃官司，只得在门外僻静处人家门前蹭了一夜。

到天晓，那厮道："我自去休。"离了店门，走了六七里路了，却待要走过一林子去，只见林子里走出胡永儿来，看着那厮道："哥哥，昨夜罪过，你带挈我客店里歇了一夜，你却如何道我是鬼？你今番青天白日里，看奴家是鬼不是鬼？"那厮看了永儿如花似玉，生得好，肚里与决不下道：莫不昨晚我真个眼花了？那厮道："姐姐，待要和你同行，昨夜两次吃你惊得我怕了。想你不是好人，你只自去休！"永儿道："昨夜你要我做假夫妻也是你，如今却又怕我。我有些怕冷静，要哥哥同行则个。"那厮道："白日里怕怎的？"永儿道："哥哥昨日说有大虫出来伤人。"那厮道："说便是这等说，哪里真个有大虫！"永儿用手一指，道："这不是大虫来了？"说声未绝，只见林子内跳出一只吊睛白额大虫来，看着那厮只一扑。那厮大叫一声，扑地便倒。那厮闭着眼，肚里道：我性命今番休了！

多时没见动静，慢慢地闪开眼来看时，大虫也不见了，妇人也不见了。那厮道："我从来爱取笑人，昨日不合撩拨这妇人，吃胡子打了一顿拳头，又吃她惊了，教我魂不附体。今朝她又叫大虫出来。我道性命休了，原来是惊耍我。这妇人不知是妖是鬼。若是前面又撞见她，却了不得！我自不如回东京去休。"那厮依先转身去了。后人有古风一篇为证：

美人颜色如娇花，独行踽踽时嗟呀。
路旁忽逢年少子，殷勤借问向谁家。
答言郑州访爹妈，客店不留鳏与寡。

假为夫妇望成真，谁道欢娱翻受耍。
交床换面神难察，迷眸色眼真羞杀。
岂是美人曾变鬼，美人原是生罗刹。
老拳毒手横遭楚，明日林中惊复睹。
何曾美人幻虎来，美人原是胭脂虎。
少年贪色不自量，乍逢思结野鸳鸯。
英雄难脱美人手，何况无知年少郎。

　　且说胡永儿变大虫出来惊他，他再不敢由这路来了。"我自向郑州去，一路上好慢慢地行。"此时天气炎热，且行且住。将近巳牌时分，看见一株大树下好歇，暂坐一回。正坐之间，只听得车子碌碌刺刺地响，见一个客人头戴范阳毡笠，身上着领打路布衫，手巾缚腰，行缠爪着裤子，脚穿八搭麻鞋，推那车子到树下，却待要歇。只见永儿立起身来道："客长万福！"那客人还了礼，问道："小娘子哪里去？"永儿道："要去郑州投奔爹爹妈妈去，脚疼了，走不得，歇在这里。客长贩甚宝货，推车子哪里去？"客人道："我是郑州人氏，贩皂角去东京卖了回来。"永儿道："客长若从郑州过时，车厢里带得奴奴家去，送你五百文钱买酒吃。"客人思量道：我货物又卖了，郑州又是顺路，落得趁她五百文钱。客人道："怎地不妨。"教永儿上车厢里坐。

　　那客人尽平生气力推那车子，也不与永儿说话，也不打眼来看她，低着头，只顾推那车子而行。永儿自思量道：这个客人是个朴实头的人，难得难得。想昨夜那厮一路上把言语撩拨我，被我略用些小神通，虽不害他性命，却也惊得他好。一似这等客人，正好度他，日后也有用他处。那客人推那车子，直到郑州东门外，问永儿道："你爹爹妈妈家在哪里住？"永儿道："客长，奴奴不识地名，到那里奴奴自认得。"客人推着车子入东门来，到十字路口，永儿道："这里是我家了。"客人放下车子，见一所空屋子锁着。客人道："小娘子，这是锁着的一所空屋子，如何说是你家？"永儿跳下车子，喝一声道："疾！"锁便脱下来。用手推开一扇门，走入去了。

客人却在门前等了一个多时辰，不见有人出来。天色将晚，只管舒着头向里面望。不提防背后一个人喝道："你只望着宅门做什么？这宅门谁人打开的？"吓得客人回头不迭，见一个老儿，慌忙唱个喏道："好教公公知道，适间城外五十里路见个小娘子，说脚疼了，走不得，许我五百文钱，教我载到这里入去了，不出来。教我等了半日。"老儿道："此宅是刁通判廨宇。我是看守的，原系封锁在此，却是谁人开了？"客人道："恁地时，相烦公公去宅里说一声，教取银子还我则个。"老儿道："啐，我问你，谁打开的宅门？"客人道："是你小娘子自家开的。"老儿道："锁的空宅子，向无一人居住，哪有什么小娘子！你却说恁般鬼话，莫不害风么？"客人道："好没道理，我载你家小娘子来家，许我五百文钱，又不还我，倒说白府话儿。你只教我入去看，若是小娘子不在时，我情愿下情陪礼。"老儿道："你说了，若寻不见时，不要走了！"

老儿大开了门，教客人入去。到前厅，过回廊，直至后厅，远远地见永儿坐在厅上。客人指道："这不是小娘子么？"老院子心中正在疑虑：这妇人哪里来的！只见客人走上前叫道："小娘子如何不出来还我银子，是何道理？"永儿见客人来，忙起身望后便走，客人大踏步走到后厅。永儿见他赶得紧，厅后有一眼八角井，走到井边，看着井里，便跳下去了。客人见了，吓得连叫："苦也！苦也！"却待要走，被老院子一把捉住，道："这妇女我又不认得。你自同她来，却又逼她下井去。清平世界，荡荡乾坤，逼死人命，

鄭州城下言討車錢

你却要脱身。倘或这妇人家属知道，到此索命，那时哪里寻你说话？今番罢休不得！”拖出宅前，叫起街坊人等，将客人一条索子缚了，直解到郑州来。只因这番，有分教：老实客长，却打着没影官司；贪墨州官，转弄出欺心手段。直教：匹夫瞑目开天眼，草寇凭城地画沟。毕竟客人解到州里怎生决断，且听下回分解。

第二十五回　八角井众水手捞尸
　　　　　　郑州堂卜大郎献鼎

　　偌大乾坤何事无，壶中天地井中区。

　　有人从此翻筋斗，便是人间大丈夫。

　　话说老院子和街坊人等，将客人一条索子缚了，直解到郑州来。正值大尹在厅上断事。地方里甲人等，解客人跪下，备说本人在刁通判府中，将不识姓名女子，赶下八角井里去了。大尹将客人勘问。客人招称：系本州人氏，姓卜名吉，因贩皂角，前往东京货卖回来，行到板桥八角镇五十里外大树下，遇见不识姓名女子。言说脚疼行走不得，欲赁车子前到郑州东门十字街爹爹妈妈家去则个，情愿出钱五百。是吉载到本家，即开门入去，并不出来。吉等已久，只见老院子出来，言说我家是刁通判廨宇，无人居住空房，不肯还银。一时间，同老院子进去寻看。不期女子见了，自跳在井中，即非相逼等情。

　　大尹教且将卜吉押下牢里，到来日押去刁通判宅里井中打捞尸首。次日，大尹委官一员，狱中取出卜吉，同邻里人等，押到刁通判廨宇里来。街上看的人，挨肩叠背，人人都道："刁通判府里，时常听得里面神歌鬼哭，人都不敢在里面住。"有的人道："看今日打捞尸首何如。"

委官坐在交椅上，押卜吉在面前跪下。委官问老院子并四邻人等，卜吉如何赶这女子落井。卜吉告道："女子自跳落井，并不曾赶她下去。"委官叫："打捞水手过来！"水手唱了喏，着了水背心。委官道："奉本州台旨，委我押你下井。你须仔细打捞！"水手道："告郎中，方才小人去井上看验，约有三五十丈深浅。若只恁地下去，多不济事。须用爪扎辘轳，有急事时，叫得应。"委官道："要用甚物件，好教一面即速办来。"水手道："要爪缚辘轳架上，用三十丈索子，一个大竹箩，一个大铜铃，人夫二十名。若有急事，便摇动铃响，上面好拽起来。"不多时，都取办完备。水手扎缚了辘轳、铜铃、竹箩，俱完了，水手道："请郎中台旨，教下井去打捞。"委官道："你众水手中，着一个会水了得的下去。"四五个人扶着辘轳，一个水手下竹箩坐了，两三人掇那竹箩下井里去，四个人便放辘轳，约莫放下去有二十余丈，只听得铃响得紧。委官教众人退后，急把辘轳绞上箩来。众人见了，一齐呐声喊。看那箩里时，亘古未闻，于今罕有。那水手当初下去，红红白白的一个人，如今绞上来看时，一个脸便如蜡皮也似黄的，手脚却板僵，死在箩里了。委官叫抬在一边，一面叫水手老小扛回家去殡殓，不在话下。

委官道："终不成只一个下去，了不得公事，便罢了。再别差一个水手下去。"众水手齐告道："郎中在上！众人家中都有老小。适才见这样子么！着甚来由，把性命打水撇儿？断然不敢下去。若是郎中定要小人等下去，情愿押到知州相公面前，吃打也在岸上死。实是下去不得。"委官道："这也怪不得你们，却是如何得这妇人的尸首上来？你一干人都在此押着卜吉，等我去禀复知州

八角井架水手捞屍

相公，商议则个。”委官上了轿，一直到州门前下了轿，径到厅上，把上件事，对那知州说了一遍，知州也没做道理处。委官道："地方人等都说，刁通判府中自来不干净，今日又死了一个水手，谁人再敢下去？只是打捞不得那妇人的尸首起来，如何断得卜吉的公事？依卑职愚见，不若只做卜吉着，教卜吉下去打捞。便下井死了，也可偿命。"知州道："也说得是，你自去处分。"委官辞了知州，再到井边。押过卜吉来，委官道："是你赶妇人下井，你自下去打捞尸首起来。我禀过知州相公，出豁你的罪。"卜吉道："小人情愿下去，只要一把短刀防身。"众人道："说得是！"随即除下枷，去了木杻，与他一把短刀。押那卜吉在箩里坐了，放下辘轳。

许多时，不见到底，众人发起喊来，道："以前的水手下去时，只二十来丈索子便铃响，这番索子在辘轳上看看放尽，却不作怪。放许多长索，兀自未能够到底。"正说未了，辘轳不动，铃也不响。

且不说井上众人，却说卜吉到井底下，抬起头来看时，见井口一点明亮。外面打一摸时，却没有水。把脚来踏时，是实落地，一面摸，一面行。约莫行了一二里路，见那明处，摸时却有两扇洞门，随手推开，闪身入去看时，依然再见天日。卜吉道："井底下如何有这个所在？"提着刀正行之间，见一只大虫伏在当路。卜吉道："伤人的想是这只大虫。譬如你吃了我，我左右是死！"大跨步向前，看着大虫便剁，喝声："着！"一声响亮，只见火光迸散，震得一只手麻木了半响。仔细看时，却是一只石虎。卜吉道："里面必然别有去处。"又行几步，只见两边松树，中间一条行路，都是鹅卵石砌嵌的。卜吉道："既是有路，前面必有个去处。"仗着刀入那松径里。行了一二百步，闪出一个去处，吓得卜吉不敢近前。定睛看时，但见：

金钉朱户，碧瓦雕檐。飞龙盘柱戏明珠，双凤帏屏鸣晓日。红泥墙壁，纷纷御柳间宫花；翠霭楼台，淡淡祥光笼瑞影。窗横龟背，香风冉冉透黄纱；帘卷虾须，皓月团团悬紫绮。若非天上神仙府，定是人间帝王家。

卜吉道："这是什么去处，却关着门，敢是神仙洞府？"欲推门，又不敢，欲待回去，又无些表证。终不成只说见只石虎来，知州如何肯信我？正踌躇之间，只见呀地门开，走出一个青衣女童来。女童叫道："卜大郎，圣姑姑等你多时了！"卜吉听得说，想道：这个女童如何认得我？却是什么姑姑姓圣？我三党之亲，都没有这个姓，她却又等我做甚的？卜吉只得随女童到一个去处。见一所殿宇，殿上立着两个仙童，一个青衣女童。当中交椅上，坐着一个婆婆。卜吉偷眼看时，但见那婆婆：

苍形古貌，鹤发童颜。眼昏似秋月笼烟，眉白如晓霜映日。绣衣玉带，依稀紫府元君；凤髻龙簪，仿佛西池王母。正大仙客描不就，威严形象画难成。

卜吉想道：必是个神仙洞府，我必是有缘到得这里。卜吉便拜道："告真仙！客人卜吉谨参拜。"拜了四拜。婆婆道："我这里非凡，你福缘有分，得到此间，必是有功行之人，请上阶赐坐。"卜吉再三不肯坐。婆婆道："你是有缘之人，请坐不妨！"卜吉方敢坐了。婆婆叫点茶来。女童献茶已罢，婆婆道："你来此间，非同容易。因何至此？"卜吉道："告姑姑！小客贩皂角去东京卖了，推着空车子回来，路上见一个妇人坐在树下，道：'我要去投奔爹妈，脚痛了，行不得。'许我五百文钱，载她到东门里刁通判宅前。

妇人道："这是我家了。'下车子推门走入去了，不见出来。见我寻进去，她就跳在井里。因此地方捉了我，解送官司。差人下井打捞，又死了一个水手。知州只得令小人下来，见井里有路无水，信步走到这里。"婆婆道："你下井来，曾见甚的？"卜吉道："见一只石虎。"婆婆道："此物成器多年，坏人不少。凡人到此见此虎，必被它吃了。你倒剁了它一刀，你后来必然发迹。卜吉，我且教你看个人！"看着青衣女童道："叫她出来！"

　　女童入去不多时，只见走出那个跳在井里的妇人来，看着卜吉道个万福，道："客长，昨日甚是起动。"卜吉见那妇人，怒从心上起，恶向胆边生，便骂道："打脊贼贱人！却不叵耐，见你说脚痛走不得，好意载你许多路。脚钱又不与我，自走入宅里，跳在井中。教我被官司捉了，顶上带枷，臂上带杻，牢狱中吃苦。这冤枉事如何分说？只道永世不见你了，你却原来在这里！"仇人相见，分外眼睁。"且教你吃我一刀！"就身边拔起刀来，向前劈胸揪住便剁。被胡永儿喝一声，禁住了手，卜吉和身与脚都动不得了。胡永儿道："看你这个汉子一路上载我之面。若不时，把你剁做肉泥。因见你纯善稳重，我待要度你，你却如此无礼，敢把刀来剁我，却又剁我不得。"婆婆起身劝道："不要坏他，日后自有用他处，还要他们来助你。"婆婆看着卜吉脸上只一吹，脚便动得了。卜吉看着婆婆道："小娘子是个唵噆[1]的人。"婆婆道："若不是我在这里，你的性命休了。再后休得无礼。"卜吉道："小人有缘，遇得姑姑。若救得卜吉牢狱之苦，出得井去，无事时，回家每日焚香设位，礼拜姑姑。"婆婆道："你有缘到这里，且莫要去，随我来，饮数杯酒，送你回去。"卜吉随到里面，吃惊道："我本是乡村下人，哪曾

1　厉害、了不起。

见这般好处！"安排得甚是次第，但见：

> 香焚宝鼎，花插金瓶。四壁张翠幕鲛绡，独桌排金银器皿。水晶壶内，尽是紫府琼浆；琥珀杯中，满泛瑶池玉液。玳瑁盘，堆仙桃异果；玻璃盏，供熊掌驼蹄。鳞鳞脍切银丝，细细茶烹玉蕊。

婆婆请卜吉坐，卜吉不敢坐。婆婆道："卜大郎坐定，异日富贵，俱各有分！"卜吉方才坐了，只见酒来，又见饭来，他几时见这般施设。两个青衣女童在面前不住斟酒服侍，杯杯斟满，盏盏饮干。酒至半酣，卜吉思忖道：我从井上来到这里许多路，见恁地一个去处，遇着仙姑，又见了这个妇人。知她是神仙是妖怪，在此不是久长之计。便起身告姑姑和小娘子道："我要去井上看车子钱物，恐被人捉了。"婆婆道："钱物值得什么？我教你带一件物事上去，富贵不可说。不知你心下何如？"卜吉道："感谢姑姑美意。休道是值钱的物事，便是不值钱的，把去井上做表证，也免得小人之罪。"婆婆叫永儿近前附耳低声。

入去不多时，只见一个青衣女童从里面双手掇一件物事出来，把与卜吉。卜吉接在手里，觉有些沉重，思量：这是什么东西，用黄罗袱包着？卜吉道："告姑姑，把与小人何用？"婆婆道："你不可开，将上井去，不要与他人。但只言本州之神，收此物已千年，今当付与知州，可免你本身之罪。又有一件事吩咐你，你凡有急难之事，可高叫圣姑姑，我便来救你。"卜吉听得说，一一都记了。婆婆教青衣女童送卜吉出来，复旧路入土穴。行到竹笆边，走入竹笆里坐了。摇动索子，那铃便响，上面听得便把辘轳绞起。

众人看时，不见妇人的尸首，只见卜吉掇抱着一个黄罗袱包，

鄭州堂下大
卽獻閽

来见委官。卜吉道："众人不要动，这件东西，是本州之神交付与知州的，直到知州面前开看。"委官上了轿，一干人簇拥围定着卜吉，直入州衙里来。正值知州升厅，公吏人从摆开两旁。委官上前禀说："卜吉下井去大半日，续后听得铃响，即时绞他上来。只见卜吉抱着黄罗袱，包着一件东西，口称是本州之神，付与州官。卑职不敢擅动，取台旨。"知州叫押过卜吉来，知州问道："黄袱中是何物件，因何得来？"卜吉道："告相公！小人下井去，到井底不见妇人的尸首。却没有水，有一条路径，约走二里，方见天日。见一只虎，几乎被它伤了性命。小人剁一刀去，只见火光迸散，仔细看时，是只石虎。又有一条松径路，入去，见一座宫殿。外有青衣女童，引小人至殿上，见一仙人。仙人言称是本州之神，与小人酒食吃了，又将此物出来，教小人付与州官收受，不许漏泄天机。"知州捧过黄包袱，放在公案上，觉得沉重。知州想道：一件宝物出世，合当遇我。教手下人且退，亲手打开黄袱包看时，道：可知这般沉重，却是一个黄金三足两耳鼎。上面铸着九字道："遇此物者，必有大富贵。"知州看罢，再把黄袱来包了，叫出家里亲随人拿入去，为守库之宝。该吏向前禀道："这卜吉候台旨发付。"知州寻思道：欲待放了卜吉，一州人都知他赶一个妇人落井，及至打捞，又坏了一个水手性命。若只恁地放了，州里人须要议我。我欲待把卜吉偿那妇人的命，怎奈尸首又无获处，倒将金鼎来献我。如何是好？蓦然提起笔来断这卜吉。有分教：知州登时死于非命，郑州一城人都不得安宁。正是：没兴店中赊得酒，灾来撞见有情人。毕竟知州惹出甚祸事来，且听下回分解。

第二十六回　野林中张鸾救卜吉
山神庙公差赏双月

君远天高两不灵，滥官污吏敢横行。

腰间宝剑如秋水，要与人间断不平。

话说知州心下踌躇了半晌，举笔判道："卜吉不合逼取车脚钱，致不识姓氏妇人一名情慌走避，误落入井。井在久闭空宅中，素多凶怪，捞尸不获，亦一异事也。卜吉原无威逼之情，似难抵偿。然误死人命，不为无因。合应脊杖二十，刺配山东密州牢城营当军。"当下当厅断了二十脊杖，唤个文字匠人，刺了两行金印。押了文牒，差两个防送公人，一个是董超，一个是薛霸。当厅押了卜吉，领了文牒，带卜吉出州衙前来。卜吉到州衙外立住了脚，回头向着衙里道："我卜吉好屈！妇人自跳在井中，我又不曾威逼她。她又不是别人，是本州土神，教我下去获得这件宝物献你。你得了宝物，相应免我之罪，倒把我屈断刺配密州去。我若挣揣得性命回来，却将你隐匿宝物事情，敲皇城，打怨鼓，须要和你理论！"董超见他言语不好，只顾推着卜吉了行。薛霸道："你在这里出言语，累及我两个，却是利害。"急急离了州衙。走到一个酒店，三个人同入来坐定。董超道："取两角酒来。"薛霸道："卜吉，我两个虽然是奉公差遣，防送你到山东密州。路程许多遥远，你路上也要盘缠，我们自不曾带盘缠随人走的。你有甚亲戚相识，去措置些银两，路上好使用。我两个不要你的。"卜吉道："告上下，小人原有些钱本，为吃官司时，不知谁人连车子都推了去。如今教我问谁去讨？小人单身独自，别无亲戚，盘缠实无措办处。"薛霸焦躁道："我们押了多多少少凶顽罪人，不似你这般嘴脸。你道没有盘缠，便是李天王，也要留下甲仗，生姜也捏出汁来。在我们手里的行货，不轻轻地放了。"说了一场，还了酒钱。两个押着卜吉，出郑州西门外来。

正走之间，只听得背后有人叫声："董牌！"董超回头看时，认得是本州吴孔目，便教薛霸押着卜吉先行，自己落后一步，与他相见。吴孔目道："在下奉知州相公所委，适间断配卜吉出来，这厮在州衙前放刁。如今奉知州相公台旨，教你二人怎的做个道理，就僻静处结果了他，揭他面上金印回话，重重赏你。"董超应承了，自赶上来和薛霸知会。只就前面林子里结果了他休。

两个押卜吉到一所空林子前。董超道："我今日有些困倦，行不动，且就这林子里睡一睡则个。"薛霸道："才离州衙，行不得三十里路，如何便要歇？"董超道："今日忒起得早了些，要歇一歇。只怕卜吉逃走了时，生药铺里没买处。你等我们缚一缚，便是睡也心稳。"卜吉道："上下要缚便缚，我决不走。"董超将条长索把卜吉缚在树梢上，提起索头，去那边树大枝梢上倒吊起来，手里拿着水火棍道："卜吉，我们奉知州相公台旨教害你，却不干我们事。明年今月今日今时，是你死忌。"卜吉慌得魂不附体，两眼吊泪，哀告道："二位，我与你日前无怨，往日无仇；便是知州相公，我也并没得罪于他。如何就要结果我性命？望二位开天地之

306

心，保留残命，生生世世，当效犬马之报！"一头说，一头泪如雨下。董超道："你啼哭也没用。知州相公怪你在州前放刁，要结果你。他是一州之主，谁敢违拗。你要性命，我回去倒替你受毒棒不成！"薛霸道："董大哥，有恁般闲气力与这蛮子讲话！早了早放，等他阎王面前快讨个好人身。"说罢，在董超手里劈手夺过棒来，却待举起要打。卜吉道："苦呀！苦呀！我命休矣！"猛然记得与我宝物的圣姑姑，曾说有急难时教我叫她，乃大叫："圣姑姑救我则个！"叫犹未绝，只见林子外面一个人喝声道："防送公人不要下手！我在此听得多时了。"董薛二人吃了一惊，慌忙跑出林子外面看时，见一个先生。怎生模样？有《西江月》为证：

> 奕奕丰神出众，堂堂七尺身材。面如紫玉美胡腮，目若朗星堪怪。　　束发铁冠如意，红袍腰系黄绦。天师张姓自天来，只少虎儿骑在。

那道士牵拳拽步，赶入林子里来，看着两个公人道："知州教你们押解他去，如何将他吊起害他性命，是何道理？"两个公人慌了手脚，道："先生！我们奉知州相公台旨，并无私怨。"先生道："你乱道，如今官司，清明如镜，缘何无罪要坏他性命？我是出家人，本当不管闲事。适才听得林子里高叫圣姑姑，是何意故？你且放他下来，待我问他。"董超只得把卜吉解放了。卜吉道："告先生，听卜吉说。我因贩皂角，去东京卖了回来，路上见一妇人，叫脚疼走不得，许我五百文钱赁我车子。载她到郑州东门内一个空宅子前，这妇人跳下车子走入去。我不见她出来，入去看时，妇人自跳下井去。地方人道我逼她下井，捉了我解到官司。知州教我自下井打捞尸首，我下去时，原来井里没水，却有一条路，见一所

野林中張為救卜吉

宫殿。遇着个仙姑与我一件宝物，教我送与知州免罪。临上井时吩咐我道，若有急难时便叫圣姑姑。"先生听得说了，道："原来恁的。"看着两个防送公人道："这卜吉不当死，遇着贫道。可同来林子外村店里吃三杯酒，更赍助你们些盘缠，好看他到地头则个。"董超、薛霸道："感谢先生！"

　　四个人同出林子外来。约行了半里路，见一个酒店。四人进那酒店里坐了，酒保来问道："张先生，打多少酒？"先生道："打四角酒来，有鸡回一只与我们吃。"酒保道："街市远，没回处。"先生道："又没甚菜蔬，如何下得酒？"酒保拿酒来，四个人一家吃了一碗。先生道："有心请人，却无下口。"东观西望，见壁边一个水缸。先生看时，是一缸干净水。先生袖内取出一个葫芦儿来，拔了屑儿，抖出一丸白药来，放在水缸里，依先去凳上坐了，叫酒保来道："我们四个如何吃得淡酒！我方才将下口放在你水缸里，与我将去煮来。"酒保道："张先生，你四个空手进来，不曾见什么下口。"先生道："你自去水缸里看。"酒保去看时，只见水动，双手去捞，捞出一尾三尺长鲤鱼来，道："却不作怪！"只得替他剐了鱼，落锅煮熟了，用些盐酱椒醋，将盘子盛了，搬来与他。四个一面吃酒，董超道："感谢先生厚意。"薛霸道："这鱼滋味甚好，怎的再得一尾吃也好。"先生道："这个不足为礼，贫道平日好饮贪杯，难得相遇二位，四海之内，皆相识也。若不弃嫌，同到贫道院中，尽醉方休，来日起程。不知二位尊意何如？"薛霸是后生心性，道："难得先生好意相请，今日也将晚了，我们就同往仙院借宿一宵。只是不当取扰。"董超终是年纪大，晓得事，叫薛霸到静处说道："这先生是个作怪的人。着甚来由，同他到道院中去？"薛霸道："董大哥，你空活这许多年纪，不识得事。这酒店里主人家也认得他，但有差迟，只问酒店里要人。"董超道："也说得是。"

　　先生还了酒钱，四个人离了酒店。一路说些闲话，不知行了多少路。只见那先生用手一指，道："这个便是贫道小庵。"董超看时，好座茅庵！不甚大，盖得团簇。庵前庵后没一个人家，两个便有些心疑。

　　先生开了门，请三人就门前坐地。先生道："你们三个莫忧，这里尽有宿歇处。今晚且快活歇一夜，来早便行。"此时是六月中旬，月儿早上。先生掇张桌子出来，放在外面，入里面去安排出荤腥菜蔬之类，铺在桌上。先生道："方才在酒店中请二位，不足为礼，就此尽醉方休。"两个公人面面相觑，私议道："这先生在酒店里请我们吃了；如今来庵里，又安排许多酒食。欲待不吃，肚里又饥；待吃他的，不知他主何意故？"薛霸道："我两个押着这个罪人，干系不小。方离得郑州一程路，就撞着这个蹊跷的先生。若是有些缓急，都有老小在家里，不是耍笑！"董超道："不来由客，来时由主。既到这里，且吃了他的，看他如何。"先生将酒出来，各人吃了十数杯，都饱了。两个公人道："谢先生酒食，都吃不得了。我三个借宿一宵，来早便行。"先生道："淡酒不足为礼，何必致谢。你二位且请坐。"那先生起身进去，不多时，拿出两锭大银子来，都有五十两重，便道："二位各收一锭，休嫌轻微。"薛霸不则一声。董超道："感谢先生赐了酒食，已为过扰。这银两决不敢受。"先生道："你二位权自收了，表意而已。"

　　二人被先生推不过，各收了一锭。先生道："贫道有一件事奉告，不知你二位肯依么？"两个思量道：酒也吃了，银子也收了，如何不依得。便道："先生休道一件事，十件事也依，先生但说不妨。"先生道："你二位各收了五十两银子，做了养家本。念卜吉是个含冤负屈的人，贫道又不认得他，只是以慈悲好生为念。且听卜吉说来，他是平白的人，却教他吃这场屈官事。望二位怎地做个方便，留他在庵里相伴贫道。贫道姓张名鸾，若知州问时，只说张鸾要救卜吉便了。不知二位意下何如？"董超不敢则声。薛霸叫将起来道："先生，你好不晓事！普天之下，皆属王土；率土之民，皆属王民。你虽是出家人，住在郑州界上，也属知州所管。他是本官问出来的罪人，甚人敢收留他？你道我们得了你的银子，你便挟制着我们。你的银子分毫不动在此，请自收去。"先生道："不须焦躁，肯留时便留下；不肯留时，你二位收下银子，再告杯酒。"董超道："扰了先生酒食，又赐了银子。何须只顾劝酒？"先生道："不只劝酒，贫道有个小术，就呈二位看看。上至知州，下及庶民，都教他们赏个双月则个。"先生就怀中取出一张纸来，将剪刀在手，把纸剪了一个圆圆月儿，用酒滴在月上，喝声："起！"只见那纸月望空吹将起去。三个人齐喝彩道："好！"只见两轮月在天上。有诗为证：

堪怜卜吉本无辜，献鼎翻教险害躯。
只为覆盆难鉴察，故将双月照糊涂。

先生道："看贫道这轮明月面上，请一杯酒。"这里四人自吃酒。却说郑州上至知州，下及百姓，哄动了城里城外居民，都看空中有两轮明月。有那晓事的道："只有一轮月，如何有两轮月？此必是个妖月。"且不说哄动众人。却说这先生与三个赏月吃酒，将散，先生道："二位做个人情，把卜吉与了贫道罢。"董薛二人道："我们家中各有老小，比先生不得。知州知道，我两家实难分解。"先生道："知州吩咐你们，要安排他死，其事甚容易。我教你两个带一件表证与知州看。"只见先生将道袍袖结做一个疙瘩，揣在背

山神廟公差賞雙月

后。双手揪住卜吉，用索子将卜吉背剪绑了，缚在草厅上。薛霸道："先生你早晨要救他，缘何如今又要缚他？"先生道："教你二人带他一件物事去见知州。"董超道："不知教我两个带甚的物事去？"先生道："知州既要坏他性命，如今贫道替你下手剖腹取心，带去与知州，表你二人能事。"董超道："使不得，这是断了的罪人。知州要谋害他，是知州的私意。如今将着心肝去，知道的，便是先生杀了他；不知道的，只说是我两个谋财害命。这一场屈官事，教我两个吃不起。"先生笑道："原来你们怕吃官事，我也取笑你们。"便把卜吉解了，就安排三个人睡。先生道："二位若回州里去时，说我张鸾要救卜吉，可牢记取。"三个叫了安置，就在外面宿歇，先生自进里面去了。

董超、薛霸一觉直睡到天明，闪开眼来看时，两个吃了一惊。身边不见了卜吉，也不见了庵院、先生。却睡在山神庙内，纸钱堆里。两个面面相觑道："苦也！苦也！我两人不晓事，走了罪人。如何是好？"董超道："我们且不要慌，和你且告知州。"一径直回到郑州，正值知州午衙升厅。董超、薛霸来厅前跪下，知州便问道："你两个解卜吉往山东，如何今日便回？"董超、薛霸道："告相公，昨日押卜吉上路去。在三十里外，撞见一个道士，邀到庵中，要夺卜吉，小人们和他争执。那道士是个异人，剪一轮纸月，吹在空中，便见两轮明月。"知州听得，说道："作怪！昨晚因见两轮月，闹吵了州城一夜。后来却是如何？"董超道："那道士教小人们就庵里歇睡了一夜。今日早起，开眼打一看时，却是个山神庙的纸钱堆里，正不知卜吉和道士哪里去了。那道士自称'我叫做张鸾'。"知州道："既有姓名，这妖人好捉了。"

当日即唤缉捕使臣吩咐。言说未了，只见一个道士铁冠草履，皂沿绯袍，直上厅前，高声道："贫道张鸾在此。"喏也不唱。知州大怒道："汝乃妖人，怎敢如此无礼！"张鸾道："汝乃一州之主，如何屈断平人？卜吉无罪，把他刺配山东。路上兀自教人杀害他性命，又取了他无价宝物，是何道理？"知州道："休得胡说！他有什么无价的宝物？"张鸾道："金鼎现在你库中，我就叫它出来。"只见张鸾叫道："金鼎金鼎，我今相请，作速出来，众人立等！"吓得知州并厅上厅下的人都呆了。只见金鼎从空中飞将下来，两只耳朵煽动如翅膀相似，直飞到厅上。知州见了，道："怪哉！怪哉！"说犹未了，金鼎内钻出一个人来。

那人正是卜吉，一跳跳出金鼎外来。右手仗剑，左手揪住知州，就厅上把知州一剑刴为两段。众人见知州身死，俱各手足无措。厅上厅下人都道："终不成杀了知州，就恁地罢了！"一齐向前捉那张鸾、卜吉。两个见众人来捉，提着金鼎，跳在马台石上放下。两个齐把双脚跨入鼎内，叫声："列位请了，我们去也！"将头向下一缩，两个人都不见了。忽然起阵狂风，风过处连金鼎也都不见了。众人面面相觑，都道："自不曾见这般怪异的事。"就请本州同知管事，六房吏典，买办棺木，将知州身尸殓盛了。一面差缉捕公人，四下里搜捉张鸾、卜吉，一面商议具表奏闻朝廷。只因此起，有分教：大闹河北，鼎沸东京。朝廷起兵发马，收捉不得，直惹出一位正直大臣，治国安民。正是：聊将左道妖邪术，说诱如龙似虎人。毕竟表奏朝廷如何，且听下回分解。

第二十七回　包龙图新治开封府
　　　　　　左瘸师大恼任吴张

君起早时臣起早，赶入朝门天未晓。

多少山中高卧人，不听朝钟直到老。

　　且说郑州官吏具表上奏仁宗皇帝。仁宗皇帝就将表文在御案上展开看了，遂问两班文武道："郑州知州被妖人杀害，卿等当以剿捕祛除。"道犹未了，忽见太史院官出班奏道："夜来妖星出现，正照双鱼宫，下临魏地，主有妖人作乱。乞我皇上圣鉴，早为准备。"仁宗皇帝曰："郑州新有此事，太史又奏妖星出现，事干利害。卿等当预为区处。"众官具奏道："目今南衙开封府缺知府，须得拣选清廉明正之人任之。庶可表率四方，祛除妖佞。"仁宗皇帝问："谁人可去任开封府？"众官奏道："龙图阁待制包拯，字希仁，庐州合肥人也。为人刚正无私，不轻一笑。有人见他笑的，如见黄河清一般。必须此人，可任此职。"仁宗准奏，教宣至殿前，起居毕。命即日到任，包拯谢了恩出来。开封府祗候人等迎至本府，免不得交割牌印，即日升厅。行文书下东京，并所属州县，令百姓五家为一甲，五五二十五家为一保。不许安歇游手好闲之人

包龍圖新治開封府

在家宿歇。如有外方之人，须要询问乡贯来历。各处客店，不许容留单身客人。东京大小有二十八座门，各门张挂榜文，明白晓谕。百姓们都烧香顶礼，道："好个龙图包相公，治得开封府一郡人民，无不欢喜。"真个是：

> 两行吏立春冰上，一郡民居宝镜中。
> 鬼魅潜形愁洞照，皇亲敛手避威风。

那行人让路，鼓腹讴歌；路不拾遗，夜不闭户。肃静了一个东京，不在话下。

却说那后水巷里，有一个经纪人，姓任名迁，排行第一，人都叫他做小大一哥，乃是五熟行里人。何谓五熟行：

> 卖面的唤做汤熟，卖烧饼的唤做火熟，卖鲊的唤做腌熟，卖炊饼的唤做气熟，卖馉饳儿[1]的唤做油熟。

这小大一哥是个好经纪人，去在行贩中争强夺胜。在家里做了一日卖的行货，都装在架子上，把炊饼、烧饼、馒头、馉饳糕装停当了。那小大一哥挑着担子，出到马行街十字路口歇下担子。把门面铺了，和一般的经纪人厮叫了，去架子后取一条三脚凳子，方才坐得下。只听得厮郎郎地响一声，一个人径奔到架子边来，却不是买炊饼的。看那厮郎郎响的，此物唤做随速殿家，又唤做法环，是那解厌法师摇着做招牌的。那法师摇着法环，走来任迁架子边，看着任迁道："招财来，利市来，和合来，把钱来。"任迁忍

---

[1] 古代的一种带馅的面食。

不住笑。看那解厌法师时，身材矮小，又瘸了一只腿，一步高，一步低。头巾没额，顶上破了，露出头发来，一似乱草。披领破布衫，穿着旧布裤，一似狮子。脚穿破行缠断耳麻鞋，腰里系一条无须皂绦。任迁道："厌师，仔细照管地下，不要踏了老鼠尾巴。巳牌前后来解厌，好不知早晚。"瘸师道："我也说出来得早了，只讨得三文钱。"任迁道："何不晚些出来？"瘸师道："哥哥莫怪！我娘儿两个在破窑里住，此时兀自没早饭得吃。胡乱与我一文钱，凑籴些米，娘儿们煮粥充饥。"任迁见他说得苦恼子，要与他一文钱。去腰里摸一摸看，却不曾带得出来。看着瘸师道："我有钱也不争这一文，今日未曾发市。"瘸师见他说没钱，便问道："哥哥，炊饼怎的卖？"任迁道："大的两文钱一个，小的一文钱一个。"瘸师便去怀中取出三文钱来，摊在盘中，道："哥哥，卖个炊饼与我娘吃！"任迁收了两文钱，把一文钱还了瘸师，道："我也只当发市，将这一文舍施你。"瘸师得了一文钱，藏在怀里。任迁去蒸笼里，取出一个大一个小，递与瘸师。瘸师伸手来接，任迁看他的手，腌腌臜臜，黑魆魆的，道："不知他几日不曾洗的？"瘸师接那炊饼在手里，看一看，捻一捻，看着任迁道："哥哥，我娘八十岁，如何吃得这般硬饼？换个馒头与我。"任迁道："弄得腌腌臜臜，别人看见须不要了。"安在前头篓儿里，再去蒸笼内捉一个馒头与他。瘸师接得在手里，又捻一捻，问任迁道："哥哥，里面有甚的？"任迁道："一包精肉在里面。"瘸师道："哥哥，我娘吃长素，如何吃得？换一个沙馅与我。"任迁道："未曾发市，撞着这个男女。"待不换与他，只见架子边又许多人热闹。只得忍气吞声，又换一个沙馅与他。瘸师又按在手里捻一捻道："如何吃得他饱，只换炊饼与我罢。"任迁看了焦躁道："可知教你忍饥受饿！只卖得你两文钱，倒坏了三个行货。这番不换了。"瘸师道："哥哥，休要焦躁！两个炊饼如何吃得我娘儿两个饱，不如只籴米煮粥吃罢。"去架子上捉了铜钱，看着架子上吹口气便走。任迁道："叵耐这厮，坏了我三个行货。你待走哪里去？"便来打那瘸师。忽然立住了脚，寻思道：这等一个模样，吃得几拳头脚尖。若是有些一差二误，倒打人命官司，只好饶他罢休。回过身来，到架子边定睛打一看时，任迁只叫得苦。一架子馒头炊饼，都变做浮炭也似黑的。有诗为证：

> 炊饼馒头随意换，弄得腌臜不好看。
> 乡下老儿也憎嫌，要买除非是瞎汉。

任迁大怒道："这厮蒿恼了我半日，又坏了一架子行货。这一日道路罢了，正是和他性命相博！"吩咐一般经纪人，看着架子，揎拳拽步向前，来赶瘸师。

后生家心性，赶了半日不见，欲待回来，只听得前头厮郎郎响声。任迁道："莫非便是那厮么？"望前头直赶来看，又不见。翻来覆去，直赶到安上大门楼下。见一伙人围着一个肉案子门前看。任迁道："这是我相识张屠家里，不知做甚的，有这许多人？"立住了脚，去了人丛里望一望。只见一个婆婆倒在地上。一个后生扶着，口里不住叫娘。叫了半个时辰醒来，婆婆紧紧地闭着眼不肯开。后生道："娘，你放松爽些，开了眼！"婆婆道："快扶我归去。"后生道："你开开眼！"婆婆道："我怕了，开不得！"后生扶了婆婆自去了。任迁道："不知这婆婆因甚倒在这里？"只见张屠道："众人散开！没甚好看！"

任迁认得本人姓张名琪，排行第一。任迁道："一郎，多时不见！"张屠道："任大哥，哪里去来？"任迁道："干些闲事。"张屠道："任大哥入来，我告诉你。"任迁入去，问张屠道："门首做什么这等热闹？"张屠道："不曾见这般蹊跷作怪的事。方才一个瘸脚的道人，上裹破头巾，身穿破布衫，手里拿着法环，口里道：'招财来，利市来，和合来，把钱来。'我道瘸师：'你好不知早晚，想是你家没有天窗？'瘸师听了，道：'没钱便罢休，却取笑我怎的。'不想看着挂在案子的猪头，摸一摸，口里动动地不知说些甚的，摇着法环自去了。我也不把他为事。侧首院子里做花儿的翟二郎，定下这个猪头，却教他娘来取。我除下猪头与他。这猪头扎眉扎眼，张开口把婆婆一口咬住，惊死那婆婆在地。我慌忙教小博士叫他儿子来，早是救得她活。若有些山高水低，倒要吃他一场官事。她儿子提起这猪头看时，又没一些动静，翟二郎道：'老人家自眼花了，何曾见死的猪头扎眉扎眼。'方才扶了他娘去。"任迁听了，把适间瘸师买炊饼的事，从头至尾对张屠说了一遍。张屠道："作怪！作怪！"说犹未了，只听得法环响。任迁道："这厮兀自在前面！"张屠道："坏了你炊饼不打紧，也不甚利害，争些儿教我与婆婆偿命，不须你动手，待我捉这厮打一顿好的。"任迁道："我和你同去赶那厮。"

两个拽开脚步来赶瘸师，赶了半日不见。张屠看着任迁道："如何是好？若还赶着，断无干休。如今赶他不上，回去了罢。"却待要回，又听法环响，又赶了五六里，出安上大门约有十余里路了。听得法环响，只是赶不着。两个却待要回，只见市稍头一个素面店，门前一个人，拿着一条棒，打一个汉子。张屠却认得是卖素面的吴三郎。张屠道："三郎息怒，看我面，饶恕他罢。"吴三郎住了手道："一店人要面吃了赶路，教他去烧火，横也烧不着，竖也烧不着。半日不能得锅里热，人都走了去。似恁般做生意时，不如折了店面罢。定教他皮开肉绽！"张屠道："看我面罢休！"吴

左瘸師大惱任吳張

三郎道："你今朝不是日分，出来闲走？"张屠遂把适才瘸师的事，一一说了一遍。

　　吴三郎听罢，呆了，道："怎地我便错打了他。你两个听我说，我当着灶上，只见一个瘸师摇着法环，到我门前叫道：'招财来，利市来，和合来，把钱来。'我手里正忙，我道：'你也没早晚，日中出来解厌。晚些出来，怕鬼捉了你去？我没零碎钱，且空过这一遭。'只见他看着我锅里吹一口气儿，便走了去。他转得背，我叫小博士去烧火，却如何烧得着。有两顿饭间，只是烧不着。许多吃面的人等不得，都走散了。我因此上打他。若不是你们说时，我哪里知道。叵耐这厮却是毒害，坏了我一日买卖。"正说之间，只听得法环响。吴三郎望一望，见瘸师在前面一路摇将去。吴三郎、任迁、张屠三人一齐道："我们去赶瘸师！"瘸师见三个人来赶，急急便走。只因他三个来赶瘸师，有分教：到一个冷静佛门，见一件蹊跷作怪的事。正是：开天辟地不曾闻，从古至今希罕见。毕竟三人赶瘸师到何处，见甚事来，且听下回分解。

第二十八回　莫坡寺瘸师入佛肚
　　　　　　任吴张梦授圣姑法

炊饼皆乌火不烧，猪头扎眼术能高。

只因要捉瘸师去，致使三人遇女妖。

　　话说当下瘸师见任、吴、张三人赶来，急急便走。紧赶紧走，慢赶慢走，不赶不走。三人只是赶不上。张屠道："且看他下落，却和他理会，不妨。"三人离了京城，行了一二十里，赶到一个去处，叫做蛟虬莫坡。那条路真个冷静，有一座寺，叫做莫坡寺。只见瘸师径走入莫坡寺里去了。张屠道："好了！他走了死路了，看他哪里去！我们如今三路去赶！"任迁道："说得是！"吴三郎从中间去赶，张屠从左廊入去赶，任迁从右廊入去赶。

　　瘸师见三人分三路来赶，径奔上佛殿，爬上供桌，踏着佛手，爬上佛肩，双手捧着佛头。三个齐赶上佛殿，看着瘸师道："你好好地下来。你若不下来，我们自上佛身，拖你下来！"瘸师道："苦也！佛救我则个！"只见瘸师把佛头只一撺，那佛头骨碌碌滚将下来。瘸师便将身早钻入佛肚子里去了。张屠道："却不作怪，佛肚里没有路，你钻入去则甚？终不成罢了！"张屠爬上供桌，踏着佛

莫坡寺癥師
入佛肚

阿弥陀佛

手，盘上佛肩，双手攀着佛腔子望一望，里面黑暗暗的。只见佛腔子中伸出一只手来，把张屠劈角儿揪住，张屠倒跌入佛肚里去了。吴三郎、任迁叫声："苦!"不知高低，两个计较道："怎地好!"任迁道："不妨事，我且上去看一看，便知分晓。"吴三郎道："小大一哥，放仔细些，休要也入去了。"任迁道："我不比张一郎。"即时爬上供桌，踏着佛手，盘在佛肩上，攀着佛腔子望里面时，只见黑暗暗的，叫道："张一郎，你在哪里？"叫时不应，只见一只手伸出来，一把揪住。任迁吃了一惊，连声叫道："亲爹爹！活爹爹！可怜见饶了我，再也不敢来赶你了。我特来问你，要炊饼，要馒头，沙馅，我便送将来与你吃。"只见任迁头朝下，脚朝上，倒撞入佛肚里去。吴三郎看了，道："苦呀！苦呀！他两个都跌入佛肚里去，我却如何独自归去得？"欲待上去望一望看，只怕也跌了入去；欲待自要回去，这两个性命如何，没做道理处。只得上去望一望，爬上供桌，手脚酥麻，抖做一堆，不敢上去。寻思了半晌，没奈何，只得踏着佛手，攀着佛腔子。欲待望一望，只怕跌了入去。欲进不得，欲退不得。吴三郎自思量道：好没运智，只消得去寻些硬的物事来，打破了佛肚皮，便救得他两个出来。正待要下供桌，却似有个人在背后拦腰抱住了。只一撺，把吴三郎也跌入佛肚子里去了。一脚踏着任迁的头，任迁叫道："踏了我也！"吴三郎道："你是兀谁？"任迁应道："我是任迁。"吴三郎道："张一郎在哪里？"只见张琪应道："在这里。"任迁道："吴三郎！你如何也在这里来了？"吴三郎道："我上佛腔子来望你们一望，却似一个人把我撺入佛肚里来。"任迁道："我也似一个人伸只手劈角儿揪我入来。"张屠道："我也是如此。这揪我们的，必然是癞师，他也耍得我们好了。四下里摸着，若摸得他见时，我们且不要打他，只教他扶我们三个出佛肚去。他若不肯扶我们出去时，不得不打他了。"

当时，三个四下里去摸，却不见瘌师。任迁道："原来佛肚里这等宽大，我们行得一步是一步。"张屠道："黑了，如何行得？"任迁道："我扶着你了行。"吴三郎道："我也随着你行。"迤逦行了半里来路，张屠道："却不作怪，莫坡寺殿里，能有得多少大？佛肚里到行了许多路。"

正说之间，忽见前面一点明亮。吴三郎道："这里原来有路！"又行几步看时，见一座石门，参差门缝里射出一路亮来。张屠向前，用手推开石门，伫目定睛只一看，叫声："好！这里山青水绿，树密花繁，好一个所在！"吴三郎道："谁知莫坡寺佛肚里有此景致！"任迁道："又无人烟，何路可归？"张屠道："不妨，既有路，必有人烟。我们且行。"又行了二三里路程，见一所庄院。但见：

名花灼灼，嫩竹青青。泠泠溪水照人寒，阵阵春风迎面暖。茆斋寂静，衔泥燕子翻风；院宇萧疏，弄舌流莺穿日。骑犊黄头稚子，吹来短笛无腔；荷锄黑体耕夫，唱出长歌有韵。羸羸瘦犬，隔疏篱乱吠行人；两两山禽，藏古木声催过客。

张屠道："待我叫这个庄院。"当时，张屠来叫道："我们是过往客人，迷踪失路的！"只听得里面应道："来也！来也！"门开处，走出一个婆婆来。三个和婆婆厮叫了。婆婆还了礼，问道："你三位是哪里来的？"张屠道："我三个是城中人，迷路到此。一来问路，二来问庄里有饭食回些吃？"婆婆道："我是村庄人家，如何有饭食得卖？若过往客人到此，便吃一顿饭何妨。你们随我入来。"三个随婆婆直到草厅上，木凳子上坐定。婆婆掇张桌子，放在三个面前，婆婆道："我看你们肚内饥了，一面安排饭食你们吃。你们若吃得酒时，一家先吃碗酒。"三个道："怎地感谢庄主！"婆婆进里面，不多时，拿出了一壶酒，安了三只碗，香喷喷地托出一盘鹿肉来，斟上三碗酒。婆婆道："不比你们城中酒好，这里酒是杜酝的，胡乱当茶！"三个因赶瘸师走得又饥又渴，不曾吃得点心，闻得肉香，三个道："好吃！"一人吃了两碗酒。婆婆搬出饭来，三个都吃饱了。三个道："感谢庄主，依例纳钱。"婆婆道："些少酒饭，如何要钱！"一面收拾家伙入去。三人正要谢别婆婆，求她指引出路，只见庄门外一个人走入来。

三个看时，不是别人，却正是瘸师。张屠道："被你这厮蒿恼了我们半日，你却在这里。"三个急下草厅来，却似鹰拿燕雀，捉住瘸师。正待要打，只见瘸师叫道："娘娘救我则个！"那婆婆从庄里走出来，叫道："你三个不得无礼，这是我的儿子，有事时但看我面！"下草厅来教三个放了手，再请三个入草厅坐了。婆婆道："我适间好意办酒食相待，如何见了我孩儿却要打他？你们好没道理！"张屠道："罪过！庄主办酒相待，我们实不知这瘸师是庄主孩儿，奈他不近道理。若不看庄主面时，打教他粉骨碎身。"婆婆道："我孩儿做什么了，你们要打他？"张屠、任迁、吴三郎，都把早间的事对婆婆说了一遍。婆婆道："据三位大郎说时，都是我的儿子不是。待我叫他求告了三位则个。"瘸师走到面前，婆婆道："三位大郎，且看老拙之面，饶他则个！"三人道："告婆婆，我们也不愿与他争了，只教他送我们出去便了。"婆婆道："且请少坐，我想你三位都是有缘的人，方到得这里。既到这里，终不成只怎地回去罢了。我们都有法术，教你们一人学一件，把去终身受用。"婆婆看着瘸师道："你只除不出去，出去便要惹事。直教三位来到这里，你有甚法术，教他三位看。"婆婆看着三个道："我孩儿学得些剧术，对你们三位施呈则个。"三个道："感谢婆婆！"

任吳張夢樧聖姑法

瘸师道："请娘娘法旨！"去腰间取出个葫芦儿来，口中念念有词，喝声道："疾！"只见葫芦儿口里，倒出一道水来，顷刻间波涛泛地。众人都道："好！"瘸师道："我收与哥哥们看。"渐渐收那水入葫芦里去了。又口中念念有词，喝声道："疾！"放出一道火来，顷刻间烈焰烧天。众人又道："好！"瘸师又渐渐收那火入葫芦里去了。张屠道："告瘸师，肯与我这个葫芦儿么？"婆婆道："我儿，把这个水火葫芦儿，与了这个大哥。"瘸师不敢逆婆婆的意，就将这水火葫芦儿与了张屠。张屠谢了。瘸师道："我再有一件剧术教你们看。"取一张纸出来，剪下一匹马，安在地上，喝声道："疾！"那纸马立起身来，尾摇一摇，头摆一摆，变成通身雪练般一匹白马。有《西江月》为证：

　　　　眼大头高背稳，昂昂八尺身躯。浑身毛片似银堆，照夜玉狮无比。　　云锦队中曾赛，每闻伯乐声嘶。登山渡岭去如飞，真个日行千里。

　　瘸师骑上那马，喝一声，只见曳曳地从空而起。良久，那马渐渐下地。瘸师歇下马来，依然是匹纸马。瘸师道："哪个大郎要？"吴三郎道："我要觅这个纸马儿法术则个。"瘸师就将这纸马儿与了吴三郎。吴三郎谢了。婆婆看着瘸师道："两个大郎皆有法术了，这个大郎如何？"瘸师道："娘娘法旨，本不敢违，但恐孩儿法力低小。"

　　正说之间，只见一个妇人走出来。那妇人不是别人，正是胡永儿。永儿与众人道了万福，向着婆婆道："告娘娘，奴奴教这大郎一件法术，请娘娘法旨。"婆婆道："愿观圣作！"胡永儿入去掇一条板凳出来，安在草厅前地上，永儿骑在凳子上，口中念念有词，喝声道："疾！"只见那凳子变做了一只吊睛白额大虫。这大虫怎生模样？有《西江月》为证：

> 项短身圆耳小，吊睛白额雄威。爪蹄轻展疾如飞，跳涧如同平地。　　剪尾能惊獐鹿，咆哮吓杀狐狸。卞庄虽勇怎生施，子路也难当抵。

胡永儿骑着大虫，叫声："起！"那大虫便腾空而起。喝声："住！"那大虫渐渐地下来。喝声："疾！"只见那大虫依旧是条板凳。婆婆道："任大郎，你见么？"任迁道："告婆婆，已见了。"婆婆道："吾女可传这个法术与了任大郎。"胡永儿传法与任迁，任迁谢了。婆婆道："你三人各演一遍。"三人演得都会了。婆婆道："你三人既有了法术，我有一件事对你们说，不知你三人肯依么？"张屠道："告婆婆，不知教我们依甚的，但说不妨。"婆婆道："你们可牢记取，他日贝州有事，你们可前来相助，同享富贵。"张屠道："既蒙娘娘吩咐，他日定来贝州相助。今日乞指引一条归路回去则个。"婆婆道："我教孩儿送你们入城中去。"瘸师道："领法旨。"三个拜谢了婆婆。婆婆看着三人道："我今日教孩儿暂送三位大郎回去，明日可都来莫坡寺相等。"三人辞别了婆婆、永儿。

当时瘸师引着路，约行了半里，只见一座高山。瘸师与三人同上山来，瘸师道："大郎，你们望见京城么？"张屠、吴三郎、任迁看时，见京城在咫尺之间。三人正看间，只见瘸师猛可地把三人一推，都跌下来。瞥然惊觉，却在佛殿上。张屠正疑之间，只见吴三郎、任迁也醒来。张屠问道："你两个曾见什么来？"吴三郎道："瘸师教我们法术来。你的葫芦儿在也不在？"张屠摸一摸看时，有在怀里。吴三郎道："我的纸马儿也在这里。"任迁道："我

学的是变大虫的咒语。"张屠道："我们似梦非梦，那瘸师和婆婆
并那胡永儿想都是异人，只管说他日异时可来贝州相助，不知是
何意故？"三人正没做理会处，只见佛殿背后走出瘸师来道："你
们且回去，把本事法术记得明白，明日却来寺中相等。"当时三人
辞了瘸师，各自归家。有诗为证：

> 逍遥蝴蝶真成幻，富贵南柯亦偶然。
> 何似梦中齐授法，等闲变化似神仙。

当日无话。次日吃早饭罢，三人来莫坡寺里，上佛殿来，看佛
头端然不动。三人往后殿来寻婆婆和瘸师，却没寻处。张屠道："我
们回去罢！"正说之间，只听得有人叫道："你三人不得退心，我在
这里等你们多时了！"三个回头看时，只见佛殿背后走出来的，正是
昨日的婆婆。三个见了，一齐躬身唱喏。婆婆道："三位大郎何来
甚晚，昨日传与你们的法术，可与我施逞一遍，异日好用。"张屠
道："我是水火既济葫芦儿。"口中念念有词，喝声道："疾！"只见
葫芦儿口内倒出一道水来。叫声："收！"那水渐渐收入葫芦儿里去。
又喝声："疾！"只见一道火光，从葫芦儿口内奔将出来。又叫声：
"收！"那火渐渐收入葫芦儿里去了。张屠欢喜道："会了！"吴三郎
去怀中取出纸马儿来，放在地上，口中念念有词，喝声道："疾！"
变做一匹白马，四只蹄儿巴巴地行。吴三郎骑了半晌，跳下马来，
依旧是纸马。任迁去后殿掇出一条板凳来骑在凳上，口中念念有词，
喝声道："疾！"只见那凳子变做一只大虫，咆哮而走。任迁喝声：
"住！"那大虫渐渐收来，依旧是条凳子。三人正逞法术之间，只听
得有人叫道："清平世界，浪荡乾坤，你们在此施逞妖法。现今官司
明张榜文，要捉妖人，若官司得知，须连累我。"

众人听得，慌忙回转头来看时，却是一个和尚，身披烈火袈裟，耳带金环。那和尚道："贫僧在廊下看你们多时了！"婆婆道："吾师恕罪，我在此教他们些小法术。"和尚道："教得他们好，便不枉了用心；教得他们不好，空劳心力。可对贫僧施逞则个。"婆婆再教三人施逞法术，三人俱各做了。婆婆道："吾师，我三个徒弟何如？"和尚笑道："依小僧看来，都不为好。"婆婆焦躁道："你和尚家，敢有惊天动地的本事？你会什么法术，也做与我们看一看则个。"只见和尚伸出一只手来，放开五个指头，指头上放出五道金光，金光里现五尊佛来。任、张、吴三个见了便拜。

　　三个正拜之间，只听得有人叫道："这座寺乃朝廷敕建之寺，你们如何今在此学金刚禅邪法？"和尚即收了金光，众人看时，却是一个道士，骑着一匹猛兽，望殿上来。见了婆婆，跳下猛兽，擎拳稽首道："弟子特来拜揖！"婆婆道："先生少坐！"先生与和尚拜了揖。任、吴、张三个也来与先生拜揖。先生问道："这三位大郎皆有法术了么？"婆婆道："有了！"先生道："贫道也度得一徒弟在此。"婆婆道："在哪里？"只见先生看着猛兽道："可收了神通！"那猛兽把头摇一摇，尾摆一摆，不见了猛兽，立起身来，却是一个人。众人大惊。婆婆看时，不是别人，正是客人卜吉。卜吉与婆婆唱个喏。婆婆道："卜吉，你因何到此？"卜吉道："告姑姑，若不是老师张先生救得我性命时，争些儿不与姑姑相见。"婆婆问先生道："你如何救得他？"先生道："贫道在郑州三十里外林子里，听得有人叫圣姑姑救我则个。贫道思忖道：此乃婆婆之名，为何有人叫唤？急赶入去看时，却见卜吉被人吊在树上，正欲谋害。贫道问起缘由，卜吉将前后事情对贫道说了，因此略施小术救了他大难。"婆婆道："原来如此，恁地时，先生也教得有法术了？"卜吉道："有了！"婆婆道："你们曾见我的法术么？"和尚同道士道："愿观圣作。"只见婆婆去头上取下一只金钗来,喝声道："疾!"变为一口宝剑。把胸前打一划,放下宝剑,双手把那皮只一拍,拍开来。众人向前看时,但见:

金钉朱户,碧瓦盈檐。交加翠柏当门,合抱青松绕殿。仙童击鼓,一群白鹤听经;玉女鸣钟,数个青猿煨药。不异蓬莱仙境,宛如紫府洞天。

众人都看了,失惊道："好!"正看之间,只听得门前发声喊,一行人从外面走入来。众人都慌道:"却怎地好?"和尚道:"你们不要慌,都随我入来!"掩映处,背身藏了。

看那一行有二十余人,都腰带着弓弩,手架着鹰鹞。也有五放家,也有官身,也有私身。马上坐着一个中贵官人,来到殿前下了马,展开交椅来坐了,随从人分立两旁。原来这个中贵官叫做善王太尉。是日却不该他进内上班,因此得暇,带着一行人出城来闲游戏耍。信步直来,到莫坡寺中,与众人踢一回气球了,又射一回箭。赏了各人酒食,自己在殿中饮了数杯,便上马。一行人众随从自去了。

众人再到佛殿上来。婆婆道:"我只道做什么的,却原来一行人来作乐耍子,也教我们吃他一惊。"张屠、任迁、吴三郎道:"我们认得他是中贵官,在白铁班住,唤做善王太尉,如法好善,斋僧布施。"和尚听得,说道:"看我明日去蒿恼他则个。"众人各自散了。只因和尚要恼善王太尉,直使那开封府三十来个眼明手快的公人、伶俐了得的观察使臣,不得安迹,见了也捉他不得。恼乱了东京城,鼎沸了汴州郡。真所谓:白身经纪,番为二会子之人;清秀愚人,变做金刚禅之客。正是:只因学会妖邪法,断送堂堂六尺躯。毕竟和尚怎地去恼人,且听下回分解。

第二十九回

王太尉大舍募缘钱
杜七圣狠行续头法

> 九天玄女法多端，要学之时事豁然。
> 戒得贪嗔淫欲事，分明世上小神仙。

话说善王太尉，那日在城外闲游回归府中，当日无事，众人都自散了。次日，官身、私身、闲汉都来唱喏。太尉道："昨日出城闲走了一日，今日不出去了。只在后花园安排饮酒，教众人都休散去，且来园里看戏文耍子。"原来这座花园不则一座亭子，闲玩处甚多。今日来到这座亭子，谓之四望亭。众人去那亭子里安排着太尉的饮馔。太尉独自一个坐在亭子上，上自官身、私身，下及跟随服侍的，各人去施逞本事。正饮酒之间，只听得那四望亭子的亭柱上一声响。上至太尉，下至手下的人，都吃一惊。看时，不知是甚人，打这一个弹子来花园里来。太尉道："叵耐这厮，早是打在亭柱上。若打着我时，却不利害。"叫众人看是谁人打入来的。众人四下里看时，老大一个花园，周围墙垣又高，如何打得入来。正说之间，只见那弹子滚在那亭子地上，托托地跳了几跳，一似碾线儿也似团团地转，转了千百遭。太尉道："却不作怪！"只见一声响，爆出一个小的人儿来。初时小，被凡风只一吹，渐渐长大，变做一个六尺来长的和尚，身披烈火袈裟，耳坠金环。太尉并众人见了，都吃一惊。只见那和尚走向前来，看着太尉道："拜揖！"太尉见了，口中不说，心下思量道：好个僧家，不可慢他。抬起身来还礼，问道："圣僧因何至此？"和尚道："贫僧是代州雁门县、五台山、文殊院行脚僧。特来拜见太尉，欲求一斋。"这太尉从来敬重佛法，时常拜礼三宝，见了这般的和尚来求斋，又来得跷蹊，如何不惊喜。太尉教请坐。和尚对着太尉坐了，道："有妨太尉饮宴。"太尉命厨下一面办斋，向着和尚道："吾师肯相伴先饮数杯酒么？"和尚道："多感！"面前铺下一应玩器食馔等物，尽是御赐金盏金盘。和尚道："有心斋僧，这等小盏子如何吃得贫僧快活。"太尉见说，即时教取个大金钟子来，放在和尚面前。太尉只是盏子吃，和尚用大钟子吃。太尉教只顾斟酒，和尚也不推故。

吃上三十来大金钟，太尉欢喜道："不是圣僧，如何吃得许多酒！"厨下禀道："素食办了。"太尉道："斋食既完，请吾师斋。"教搬将来，放在和尚面前。太尉面前些少相陪。和尚见了素食，拿起来吃，只不放下碗和箸。太尉教从人入去添来。这和尚，饭来，羹来，酒来，尽数尽吃，教供给的做手脚不迭。手下人都呆了。太尉见他吃得，也呆了，道："这个和尚必是圣僧，吃酒吃食，都不知吃去哪里去了。"只见和尚放下碗和箸，手下人道："惭愧，也有吃了的日子。"和尚道："才饱了。"

收拾过斋器，点将茶来，茶罢，和尚起身谢了太尉。太尉喜欢道："吾师，粗斋不必致谢。敢问吾师斋罢，往甚处去？"和尚道："贫僧乃是五台山文殊院化主长老法旨，教贫僧来募缘。文殊院山门崩损，得用三千贯钱修盖山门。贫僧今日遭际太尉蒙赐一斋。太尉若舍得三千贯钱，成就这山门盛事，愿太尉增福延寿，广种福田。"太尉道："这是小缘事，不知吾师几时来勾疏？"和尚道："不必勾疏便得更好，山门多幸。"太尉道："吾师，我把金银与你如何？"和尚道："把金银与贫僧，不便去买料物。若得三千贯铜钱甚好。"太尉暗笑道："吾师，你独自一个在这里，三千贯铜钱也须得许多人搬挑。"和尚道："告太尉，贫僧自有道理。"太尉即时叫主管开库，教官身、私身、虞候轮番去搬铜钱来，堆在亭子外地上。一百贯一堆，共三十堆。太尉道："吾师，三千贯铜钱在这里了。路途遥远，要使许多人夫脚钱，怎的能够得到五台山？"和尚道："不妨！"起身下亭子来，谢了太尉喜舍："不须太尉费力，贫僧自有人夫搬挑去。"袖中取出一卷经来，太尉口中不道，心下思量，且看他怎的。和尚道："僧家佛力甚大。"自把经卷看了一遍，教一行人且开。只见那和尚眨眼把那卷经去虚空中打一撒，变成一条金桥。

那和尚望空中招手，叫道："五台山众行者、火工、人夫！我问善王太尉抄化得三千贯铜钱，你众人可来搬去则个。"无移时，只见空中经上，众行者并火工、人夫滚滚攘攘下来，都到四望亭子下，将这三千贯铜钱，驮的驮，挑的挑，搬的搬。交叉往复，霎时间都运了去。和尚向前道："感谢太尉赐了斋，又喜舍三千贯钱。异日如到五台山，贫僧当会众僧，撞钟击鼓，幢幡宝盖，接引太尉。贫僧归五台山去也。"和尚与太尉相辞了，也走上金桥去，渐渐地小，去得远，不见了。空中起一阵风，那金桥依旧化作一卷经典，随风吹入空中去了。太尉甚是喜欢，教从人焚香礼拜，道："小官斋僧布施五十余年，今就遇得这个圣僧罗汉。"众人都来与太尉贺喜。后人诗云：

布施空门种福田，片言曾不吝三千。

王太尉大楷募缘钱

长安多少饥寒者，何不分些救命钱。

自此，善王太尉一家，人人都称赞圣僧弹子和尚，把弹子和尚一个名头，霎时传播京师，并不知有旧名"蛋子"二字。

当日无事，次日是上值日期。太尉早起梳洗，厅下只应人从跟随，直到内前下轿入内来。太尉当日却来得早些个，往从待班阁子前过，遇着一官人相揖。这官人正是开封府包待制。这包待制自从治了开封府，那一府百姓无不喜欢。因见他：

平生正直，禀性贤明。常怀忠孝之心，每存仁慈之念。户口增，田野辟，黎民颂德满街衢；词讼减，盗贼潜，父老讴歌喧市井。攀辕截镫，名标青史播千年；勒石镌碑，声振黄堂传万古。果然是慷慨文章欺李杜，贤良方正胜龚黄。

当日包待制伺候早朝，见了太尉请少坐。太尉是个正直的人，包待制是个清廉的官，彼此耳内各闻清德。虽然太尉是个中贵官，心里喜欢这包待制，包待制亦喜欢这王太尉。两个在阁子里坐下。太尉道："凡为人在世，善恶皆有报应。"包待制道："包某受职亦然，如包某在开封府断了多少公事，那犯事的人，必待断治，方能悔过迁善。比如太尉平常好善，不知有甚报应？"王太尉道："且不说别事，如王某昨日在后花园内亭子上赏玩，从空中打下一个弹子，弹子内爆出一员圣僧来，口称是五台山文殊院化主，问某求斋。某斋了他，又问某化三千贯铜钱。不使一个人搬去，把一卷经从空中打一撒，化成一座金桥。叫下五台山行者、火工、人夫，无片时，都搬了去。和尚也上金桥去了。凡间岂无诸佛罗汉！王某一世斋僧供佛，果然有此感应。"包待制道："难得难得。"虽然是恁般顺口答应，口中不道，心下思量：这件事又作怪，世上哪有此理？渐渐天晓，文武俱入内，朝罢，百官各自回了衙门。

包待制回府，不来打断公事，问当日听差，应捕人役是谁，只见阶下一人唱喏，却是缉捕使臣温殿直。包待制道："今日早朝间，在待班阁子里坐，见善王太尉说，昨日他在后花园亭子上饮酒，外面打一个弹子入来，弹子里爆出一个和尚，口称是五台山文殊院募缘僧，抄化他三千贯铜钱去了。那太尉道他是圣僧罗汉。我想他既是圣僧罗汉，要钱何用。据我见识，必是妖僧。现今郑州知州被妖人张鸾、卜吉所杀，出榜捉拿，至今未获。怎么京城禁地，容得这般妖人。"指着温殿直道："你即今就要捉这妖僧赴厅见我。"

温殿直只得应诺，领了台旨，出府门，由甘泉坊径入使臣房来，厅上坐定。两边摆着做公的，众人见温殿直眉头不展，面带忧容，低着头不则声。内有一个做公的，常时温殿直最喜他。其人姓冉名贵，叫做冉土宿。一只眼常闭，天下世界上人做不得的事，他便做得，与温殿直捉了许多疑难公事，因此温殿直喜他。

当时冉贵向前道："告长官，不知有甚事，恁地烦恼？"温殿直道："冉大，说起来教你也烦恼。却才大尹叫我上厅去，说早朝时白铁班善王太尉说道：昨日在后花园亭子上饮酒，见外面打一个弹子入来，爆出一个和尚，问善王太尉布施了三千贯铜钱去，善王太尉说他是圣僧罗汉。大尹道：他既是圣僧罗汉，如何要钱，必然是个妖僧。限我今日要捉这个和尚。我想他既有恁般好本事，定然有个藏身之处。他觅了三千贯铜钱，自往他州外府受用去了，教我哪里去捉他？包大尹又不比别的官员，且是难服侍，只得应承了出来，终不成和尚自家来出首。没计奈何，因此烦恼。"冉贵道："这件事何难，于今吩咐许多做公的，各自用心分路去，绕京城二十八门去捉。若是迟了，只怕他分散去了。"温殿直道："说得有理，你年纪大，终是有见识。"看着做公的道："你们分投去干办，各要用心。"众人应允去了。

温殿直自带着冉贵，和两个了得的心腹人，也出使臣房。离了甘泉坊，奔东京大路来。殿直用暖帽遮了脸，冉贵扮做当值的模样，眼也不闭，看那往来的人，茶坊酒店铺内略有些叉色的人，即便去挨查审问。温殿直对冉贵说道："他投东洋大海中去，哪里去寻？"冉贵道："观察不要输了志气，走到晚，却又理会。"两个走到相国寺前，只见靠墙边簇拥着一伙人在那里。冉贵道："观察少等，待我去看一看。"踮起脚来，人丛里见一二百人，中间围着一个人，头上裹顶头巾，戴一朵罗帛做的牡丹花，脑后盆来大一对金环。拽着半衣，系条绣裹肚，着一双多耳麻鞋，露出一身锦片也似文字。后面插一条银枪，竖几面落旗儿，放一对金漆竹笼。却是一个行法的，引着这一丛人在那里看。

原来这个人在京有名，叫做杜七圣。那杜七圣拱着手道："我是东京人氏，这里是诸路军州官员客旅往来去处。有认得杜七圣的，有认不得杜七圣的。不识也闻名。年年上朝东岳，与人赌赛，只是夺头筹。"有人问道："杜七圣，你有甚本事？"他道："两轮日月，一合乾坤。天之上，地之下，除了我师父，不曾撞见个对手与我斗这家法术。"回头叫声："寿寿我儿，你出来看！"那小厮脱剥了上截衣服，玉碾也似白肉。那伙人喝声彩道："好个孩儿！"杜七圣道："我在东京上上下下，有几个一年。也有曾见的，也有不曾见的。我这家法术，是祖师留下焰火炖油，热锅煅碗，唤做续头法。把我孩儿卧在凳上，用刀割下头来，把这布袱来盖了，依先接上这孩儿的头。众位看官在此，先教我卖了这一百道符，然后施逞自家法术。我这符，只要卖五个铜钱一道。"打起锣儿来。那看的人，时刻间挨挤不开。约有二三百人，只卖得四十道符。杜七圣焦躁，不卖得符，看着一伙人，道："莫不众位看官中有会事的，敢下场来斗法么？"问了三声，又问三声，没人下来。杜七圣道："我这家法术，教孩儿卧在板凳上，作法，念了咒语，却像睡着的一般。"正要施逞法术解数，却恨人丛里一个和尚会得这家法术。因见他出了大言，被和尚先念了咒，道声："疾！"把孩儿的魂魄先收了，安在衣裳袖里。看见对门有一个面店，和尚道："我正肚饥，且去吃碗面了来，却还他儿子的魂魄未迟。"和尚走入面店楼上，靠着街窗，看着杜七圣坐了。过卖的来，放下筷子，铺下小菜，问了面，自下去了。和尚把孩儿的魂魄取出来，用碟儿盖了，安在桌子上，一边自等面吃。有诗为证：

> 莫向人前夸大口，强中更有强中手。
> 续头神术世间无，谁料妖僧窃魂走。
> 小儿如玉得人怜，魂去魂来不值钱。
> 戏耍万般皆可做，何须走马打秋千。

话分两头。却说杜七圣念了咒，拿起刀来剁，那孩儿的头落了，看的人越多了。杜七圣放下刀，把卧单来盖了。提起符来，去那小儿身上盘几遭，念了咒，杜七圣道："看官休怪，我久占独角案，此舟过去，想无舟趁了。这家法卖这一百道符。"双手揭起被单来看时，只见孩儿的头接不上。众人发声喊道："每常揭起卧单，那孩儿便跳起来。今日接不上，决撒了！"杜七圣慌忙再把卧单来盖定，用言语瞒着那看的人道："看官，只道容易，管取这番接上。"再叩齿作法，念咒语，揭起卧单来看时，又接不上。

杜七圣慌了，看着那看的人道："众位看官在上，道路虽然各别，养家总是一般。只因家火相逼，适间言语不到处，望看官们恕

杜七聖狠行償頭法

罪则个。这番教我接了头，下来吃杯酒。四海之内，皆相识也。"杜七圣伏罪道："是我不是了，这番接上了。"只顾口中念咒，揭起卧单看时，又接不上。杜七圣焦躁道："你教我孩儿接不上头，我又求告你，再三认自己的不是，要你恕饶。你却直恁的无理。"便去后面笼儿里，取出一个纸包儿来，就打开撮出一颗葫芦子，去那地上，把土来掘松了，把那个葫芦子埋在地下。口中念念有词，喷上一口水，喝声："疾！"可霎作怪，只见地下生出一条藤儿来，渐渐地长大，便生枝叶，然后开花，便见花谢，结一个小葫芦儿。一伙人见了，都喝彩道："好！"杜七圣把那葫芦儿摘下来，左手提葫芦儿，右手拿着刀，道："你先不近道理，收了我孩儿的魂魄，教我接不上头。你也休想在世上活了！"看着葫芦儿，拦腰一刀，剁下半个葫芦儿来。

却说那和尚在楼上拿起面来，却待要吃。只见那和尚的头从腔子上骨碌碌滚将下来。一楼上吃面的人，都吃一惊。小胆的丢了面跑下楼去了，大胆的立住了脚看。只见那和尚慌忙放下碗和箸，起身去那楼板上摸一摸，摸着了头，双手捉住两只耳朵，掇那头安在腔子上。安得端正，把手去摸一摸，和尚道："我只顾吃面，忘还了他的儿子魂魄。"伸手去揭起碟儿来。这里却好揭得起碟儿，那里杜七圣的孩儿早跳起来，看的人发声喊。杜七圣道："我从来行这家法术，今日撞着师父了。"

却说面店吃面的人，沸沸地说出来，有多口的与杜七圣说道："破了你法的，却是面店楼上一个和尚。"内中有温殿直和冉贵在，哪里听得这话。冉贵道："观察！这和尚莫不便是骗了善王太尉铜钱的么？"温殿直道："我也有些疑惑。"冉贵道："见兔不放鹰，岂叫空过。"冉贵把那头巾只一掀，招一行做公的，大喊一声，都抢入面店里来。见那和尚走下楼，众人都去捉那和尚。那和尚用手一指，有分教：鼎沸了东京城，大闹了开封府。恼得做公的看了妖僧，捉他不得；惹出一个贪财的后生来，死于非命。正是：是非只为多开口，恼烦皆因强出头。毕竟当下捉得和尚么，且听下回分解。

第三十回 | 弹子僧变化恼龙图
李二哥首妖遭跌死

为人本分守清贫，非义之财不可亲。

命里有时当自至，不然好处反遭迍。

话说温殿直带着一行做公的，抢入面店里，只见和尚下楼来。温殿直便把铁鞭一指，教做公的捉这和尚。那和尚见人来捉，用手一指。可霎作怪，柜上主人、撺掇的小博士，并店里吃面的许多人，都变做和尚。温殿直与做公的，也是和尚。若干人你看我，我看你，都呆了。做公的看了，不知捉哪个是得。面店里热闹一场，吃面的都自散了。温殿直看那主人家并众人，依旧面貌一般。看那店里不见了和尚，温殿直即时教做公的，分投去赶。发报子到各门上去，如有和尚出门，便教捉住。

即时温殿直回府，正值大尹晚衙升厅，打断公事，温殿直当厅唱喏。龙图大尹道："我要你捉拿妖僧，事体若何？"温殿直禀复道："使臣领相公台旨，缉捕弹子和尚。适来大相国寺前，见一个行法的，叫做杜七圣。一刀剐下了孩儿的头，对门面店楼上有个和尚把那孩儿的魂魄来收了，教他接不上头。杜七圣不胜焦躁，就地

弹子僧变化
惱龍圖

上种出一个葫芦儿来，把葫芦儿一刀剁下半个，那面店楼上吃面的和尚，便滚下头来。和尚去楼板上摸那头来接上了。下面孩儿头也接上了。使臣见这般作怪，教人去捉。只见那和尚把手一指，店里人都变做和尚。连使臣并手下做公的，也变做和尚，教使臣没做道理处。告相公，这等妖人，实难捕捉。望相公台旨主裁。"龙图大尹道："我乃开封一府之主，似此妖人，在国之内，恐生别事，朝廷见罪于我。"即时吩咐该吏写押榜文，各门张挂。一应诸处庵观寺院人等，若有拿获弹子和尚者，官给赏钱一千贯。如有容留来历不明僧人，及窝藏隐匿不首者，邻右一体连坐。因此京城内外，说得沸沸的。

却说东京市心里，有一个卖青果的李二哥。夫妻两口儿，在客店里住，方才害病了起来。没本钱做买卖，出来求见相识们，要借三二百文钱做盘缠。当日出去借不得，归来闷闷不已。浑家道："二哥，你今日出去借钱如何？"李二道："好教你得知，今日出去借不得钱。街上人闹哄哄的，经纪人都做不得买卖。说昨日一个和尚，在面店楼上吃面。只见他的头骨碌碌滚落地来，他把手去摸着了头，双手捉住耳朵安在腔子上，依旧接好了。做公的见他作怪，一齐去捉他。被那和尚用手一指，满店里人都变做了和尚一般模样。如今开封府出一千贯钱赏，要捉这和尚。原来这和尚三五日前，曾骗了善王太尉三千贯铜钱，叫做弹子和尚。"浑家道："二哥，真个有这话么？"李二道："我方才看了榜来，如何与你说谎。"浑家道："二哥，我如今和你没饭得吃，若有采时，捉得这个和尚，请得一千贯钱来，把我们做买卖，却不是好？"李二道："胡说！官府得知不是要处。"浑家道："我包你请得一千贯钱便了。"李二道："你怎地教我请得一千贯钱？"浑家道："二哥，好教你得知，这和尚不在别处，远便十万八千里，近便只在目前。"李二哥道：“在哪里？”浑家道：“在间壁房里。”李二哥道：“你见他什么破绽来？”浑家道：“间壁这个和尚，来这里住有三个月了。不曾见他出去抄化，也不曾见他与人看经。每日睡到吃饭前后，才起来出去，未到黄昏后，吃得醉醺醺地归来。我半月前，因吃了些冷物事，脾胃不好，肚疼要去后，怕房里窄狭，有臭气。只得去店后面去上坑，却打从他房门前过。那时有巳牌时候，只见他房里放出些灯光来。我道这早晚兀自有灯，望破壁里张一张时，只见那和尚睡在床上，浑身迸出火来。和尚把头抬一抬，离床直顶着屋梁。吓得我不敢东厕上去，便归房里来了。这和尚必然就是妖僧。”李二哥道：“这事实么？”浑家道：“我与你说什么脱空。”李二哥道：“你且低声，不要走漏了消息。”吩咐了浑家，出门一地里径到使臣房来，却又不敢入去。只在门前走来走去。做公的看见，喝声道：“李二！你有甚事，不住在此走来走去？”李二道：“告上下，男女有件机密事，特来见观察。”做公的应道：“你在门首伺候，待我禀过方可入去。”

　　适值温殿直正在厅上，做公的禀道：“告观察，卖果子的李二在门外走来走去，我问他，他道有机密事要见观察。”温殿直道：“叫他进来。”做公的出来引李二到厅上，唱了喏。温殿直见了，不敢惊他，笑吟吟地问道：“李二哥，有甚事来见我？”李二道：“告观察，男女近日因病了，不曾做得道路，早间出来干些闲事。只见张挂榜文，男女也识几个字，见写着出一千贯赏钱捉妖僧。归去和浑家说了，浑家道：‘隔壁歇的和尚，是妖僧。’”温殿直不敢大惊小怪，笑着道：“李二哥，这件事却要仔细。你夫妻两个见他什么破绽来？”李二把浑家的言语说了一遍。温殿直道：“这事却要实落。你去补一纸首状来。”李二应了出来，央做公的草了稿儿，讨一张纸，亲笔誊了真，入来当厅递了。温殿直道：“如今这和尚在店里么？"李二道："每日早饭后出外，到黄昏便归。"温殿直道："你且在这里坐下，待我教人去买些酒来与你吃。"

不多时，买将酒来，教李二吃了。温殿直叫过做公的来，教李二做眼，带一行人离了使臣房，取路来客店左侧一个开茶坊的铺里坐了。教李二走来走去，看那和尚。

当日未有黄昏时候，只见那和尚吃得醉醺醺的，踉踉跄跄撞将来。李二慌忙入茶坊里，见温殿直道："告观察，和尚来了。"却好和尚走到茶坊门前。温殿直指着一行做公的道："捉这妖僧。"众人发声喊，正似：皂雕追紫燕，猛虎啖羊羔。一发都上，把那和尚横拖倒拽，把条麻索绑缚了。众人前后簇拥，押着径奔甘泉坊使臣房里来。有诗为证：

世间误事无如酒，一醉能令万事忘。

试看神通蛋和尚，何曾醉里脱灾殃。

温殿直道："惭愧！干办得这场公事，且教龙图相公安心。"众人把那和尚捆缚做馄饨儿一般。那和尚醉了不醒，齁齁地睡着。温殿直即时进府，申复大尹道："妖僧已拿下了。本合押赴厅前，因这和尚大醉，不省人事，现在使臣房里。禀领相公台旨。"龙图大尹见说："教且牢固看守，待来日早衙解来。"温殿直出府，到使臣房里，看那和尚酒还未醒，吩咐众做公的小心看守。

却说那和尚到半夜酒醒，觉道好不自在。开眼看见灯烛照耀，如同白日，两边坐着都是做公的。和尚问道："这是哪里？"做公的道："这是使臣房里。"和尚吃惊道："贫僧做什么罪过，将我来缚在这里？"众做公的情知这和尚是个妖僧，不敢恶他。内中有一个年纪老成的做公的道："和尚，你不要错怪我们。这是我们的职事。我们家中各有老小，不去惹空头祸。因你客店里隔壁卖果子的李二，说你住了三个月，不曾与人看经，又不出去抄化，每日吃得醉醺醺的。说你来历不明，因此我们来捉你。"和尚道："我自有官员府院宅里斋我，这也不干他事。"做公的道："和尚，没奈何，等到天明，你自去大尹面前和李二分辩。"将有五更，温殿直教做公的簇拥着和尚，入开封府的廊下。

伺候大尹升厅，四司六局立在厅前。只见大尹出来公座，甚是次第。一似水晶灯笼，却如照天蜡烛。皂隶喝："低声！"温殿直押那和尚到厅下，唱了喏，大尹看了李二的首状。看看和尚，焦躁道："叵耐你出家为僧，不守本分，辄敢惑骗人钱财！"教狱卒取面长枷来，把和尚枷了，叫两个有气力的狱卒过来："与我把这和尚先打一百棍，却再审问他。"狱卒唱了喏，将和尚腿上打不得两三棍，众人发声喊。门子喝："低声！"喝他们不住。大尹见枷窟里不见了和尚，却缚着一把笤帚。大尹道："怎有这般妖人，方才捉那和尚枷在这里，却如何是把笤帚？"

正说之间，只听得府衙门外有人发喊。大尹惊问："有甚事？"把门的来报道："告相公，有一僧人在门外拍手大笑道：'好个包龙图，无奈贫僧何。'"包大尹听得说，大怒道："这厮敢如此无礼！"即时教人下手去捉："这番捉着妖僧，依例赏钱一千贯。"当时做公的奔出府门，径来捉这妖僧。和尚见人来捉他，连忙走到街市上，不慌不忙摆着褊衫袖子去了。做公的见了，紧赶他紧走，慢赶他慢走，不赶他不走。做公的赶得没气力了，立住了脚。只争得十数步，只是赶他不着。众人将赶到相国寺前，那和尚在延安桥上，望见众人赶来，和尚连忙走入相国寺山门去了。

温殿直道："这和尚走了死路，好歹被我们捉了。"吩咐一半做公的围住了前后寺门，一半向佛殿两廊分投赶捉。只见本寺长老出来，与温殿直相见了，道："告观察，本寺是朝廷香火院，观察为甚事，将着一行人，手执器械，来寺中大惊小怪？"温殿直道："我奉大尹相公台旨，赶捉一个妖僧，到你寺中。你莫隐藏了，会事的即便缚将出来。"长老道："敝寺有百十众僧，都是有度牒的。但有挂搭僧到寺中，知客不曾敢留过夜。若是观察赶到寺中，必然认得此僧，何不便捉了，却来这里讨人？"温殿直道："这妖僧骗了善王太尉三千贯钱，蒿恼得一府人不得安迹。若不送出来时，我禀过大尹，教你寺中受累。"吓得长老慌了，道："告观察，本寺僧都是明白的，不是妖僧。若不信时，都叫出来，教观察一一点过。"温殿直道："最好！"长老即时鸣钟，聚集本寺百十僧众，教温殿直点视。温殿直同做公的看时，都叫不是。温殿直道："长老，我亲自赶入你寺里来，如何便不见了？须是教我们搜一搜看。"长老道："贫僧引路，任从观察搜看便了。"从僧房里到厨下、净头、库堂，都搜不见，转身到佛殿上，见塑着一尊六神佛。三个头，一似三座青山，六只臂膊，一似六条峻岭，托着六件法宝。温殿直道："寺内不塑佛像，却缘何塑哪吒太子？"长老道："哪吒太子是不动尊王佛，以善恶化人。"

温殿直与众人见殿上空荡荡地，只见哪吒一行人正出殿门，只听得佛殿上有人叫道："温殿直，包大尹教你来捉贫僧，见了贫僧如何不捉？"温殿直与众人回头看时，却是哪吒太子则声。众人看那哪吒泥龛塑就，五彩妆成，约有一丈五尺来高，六只臂膊早早地动，三颗头中间这颗头张开口，血泼泼地露出四个獠牙，叫道："温殿直，你来捉我去！"吓得长老和众人大惊道："作怪！作怪！"众人要来捉哪吒，却又是泥塑的，如何捉得他去。那哪吒又叫道："怎的不教人来捉我去？"众人商议道："莫不是泥塑的哪吒成了器，出来恼人么？如今去禀复大尹，须把哪吒来打坏了，便不出来

351

恼人。"长老道："观察，这个使不得，哪有泥神会说话？无过是妖物凭借作怪，不干法身之事。妆塑的工本大，将他坏了，日后难得成就。"温殿直道："既有妖物凭借作怪，合该毁除了，免成后患。"众僧中一个有德行的和尚，合掌向佛前道："龙天三宝，可以护法，逐遣妖僧出来，不则恐妄坏了神像。"

祷祝已毕，只听得外面有人拍着手呵呵大笑道："观察，我在这里，何劳费力？"一行做公的见了，正是和尚。发声喊，都来捉妖僧。只争得十来步远，只是赶不上。那和尚引着一行人，出了相国寺，径奔出大街来。经纪人都做不得买卖，推翻了架子，撞倒了台床。看的人越多了，赶来赶去，直赶出了城。过了接官厅，将到市稍头。那和尚叫道："你众人不要来赶了，我贫僧自归去了罢。"看着汴河里，踊身一跳。只听得腾的一声响，和尚蹿入水里去了。众做公的道："今番好了，得他自死在水里，也省了许多气力。"那汴河水滴溜溜也似紧的，众人都道："他的尸首不知流到哪里做住？"温殿直只得回去禀复大尹。正值大尹在厅上打断公事。温殿直唱了喏，把捉妖僧的事，从头说了一遍。包大尹听了，道："叵耐这厮，恼得我也没奈他何。得他自跳在水里死了，也罢！"

说犹未了，只听得阶下有妇人声叫屈。大尹问道："为甚事叫屈？"妇人道："告相公，丈夫李二因首告妖僧，已经捉获到官，反将我丈夫拘禁。于今妇人也不愿支赏钱，只要放丈夫回家，趁口度日。望相公台旨。"大尹道："李二首告得实，合给赏钱与他。如何把他监禁了？"温殿直道："不曾监禁他，朝夕款待他酒饭。留在使臣房里，伺候相公台旨。"大尹教他出来。温殿直即时到使臣房里，叫出李二到厅下。大尹道："既出榜文在先，合给赏钱一千贯与他。"当时东京一贯钱值银一两。李二是个穷经纪人，平白得了一千贯钱，非细得好了。李二夫妻两个当厅领了赏钱，谢了大尹，出府门，回到店里。有诗为证：

> 谁近龙图手内钱，平时李二赖妻贤。
> 妖僧不怕千金子，受用浮财得几年。

古往今来说话的总是一般，没钱便罢休，有了钱便有沈待诏来撺掇，张博士来相帮。

李二去相国寺前典了一所屋子，门前开一个大果子铺。夫妻二人，丰衣足食。时遇冬天，当日有晌午前后，生着一炉栗炭火，安排了几杯酒。夫妻两个正向火吃酒之间，只见一个人走入来，叫声："李二郎，有细果买些个。"夫妻二人却认得是和尚，惊得木呆了。和尚道："李二郎，你不因贫僧，如何得有今日快活？我特来问你求一斋。"他夫妻两个，有一个会事的，就出来拜谢了这和尚，便斋他一斋，打什么紧？终不成他真个要你的斋吃。他来试探你，也未见得，或者把几句好言语指断他，求他离了我家便了。李二夫妻却没有这般见识，千不合，万不合，起个念头道："你这妖僧！说你被做公的赶捉，跳在汴河水里死了，你却因何又来我家引惹是非？你若会事，快快走去。若少迟延，我这里叫一声当地巡军来，捉你去吃官司，不要怨我。"和尚道："若奈何得我时，捉了我多日了。你首我吃官司，我又周全你请了一千贯赏钱，教你夫妻二人快活受用。我来见你，你合当谢我，倒发恶念头，要叫做公的捉我。你这汉子，甚不近道理，且教你受些疼痛。"用手一指，喝声道："疾！"只见那李二向的火盆飞起来，望李二脸上只一掀。李二大叫一声，忽然倒地。浑家慌忙来救，扶起看时，栗炭火烧得脸上都是燎浆泡。看那和尚时不见了。李二被火烧得疼痛不可当。没钱时，也只得自受休了。因有了这几贯钱，便请医人救治。敷上药，越疼得紧，叫了三日三夜，烦恼得浑家没措置处。

只见门前一个道人，青巾黄袍，走到柜边，叫声："抄化！"李二嫂道："我家没事时，便与你两三个钱，打什么紧。这里人命交加，却没工夫与你。"先生道："娘子，你家中有甚事？"李二嫂道："好教先生得知，被一个妖僧把我丈夫泼了一脸火，烧起许多燎浆泡。敷上药越疼，叫了三日三夜，只怕要死。"先生道："娘子，贫道收得些汤火药，敷上便不疼，疮痂[1]便脱落。屡试屡验，救了许多人。"李二嫂道："休言便好，只止得疼痛时，自当重重相谢。"先生道："你去请他出来，就取些水来。"李二嫂入去，扶出李二，把碗水递与先生。先生把一个药包儿，抖些药放在水里，用鹅毛蘸了，敷在疮上。李二喜欢道："好妙药！就是铺冰散雪的，便不疼了。"先生道："这个不为奇妙，即时下落疮痂，教你无事，你意下如何？"李二道："若得恁地，感谢先生。"先生道："此乃热毒之气，你可出外面风凉处吹着，疮痂即便脱落。"李二依先生口，出街上来。先生教李二坐在凳上，先生看着李二道："你叫三声'疮痂落'，这疮痂便落下来。"李二听得喜欢，尽性命叫了三声。只见那李二坐的凳子，望空便起，去到那相国寺十丈长的幡竿顶上，不歪不偏端端正正搁一个住。街上人见了，发起喊来。李二嫂出来看见，吃了一惊道："苦也！苦也！先生，我丈夫如何得下来？"先生道："不要慌！我教他下来，教你认得我则个。"那先生脱了黄袍，除下青巾。李二嫂仔细看了一看，吓得叫声苦，不知高低。原来却是妖僧。那和尚道："你丈夫不近道理，一心只要害我，却又害我不得。我且教他在幡竿上受些惊恐。"街上人闹闹哄哄都来看，内中有做公的看见道："现今官司明张榜文，堆垛赏钱，要捉

---

[1] 疮痂。

354

李二哥首妖遭跌死

妖人。这和尚又在这里逞妖作怪，须要带累我们。"做公的与当坊里甲，一齐来捉这和尚。那和尚望人丛里一躲，便不见了。众人道："自不曾见这般蹊跷作怪的事。"

那李二紧紧地坐在幡竿顶上，下又下来不得，众人商议救他，又没有这般长的梯子。惊动了满城军民，都道："这和尚却也利害。这个人如何得下来？"

却说当坊巡军，飞也似来报包大尹。包大尹即时坐轿，来到相国寺里下轿，排开交椅，坐在殿前。抬起头来看时，见李二坐在幡竿顶上凳子上，高声叫救人。包大尹寻思，没个道理救他下来，教叫他妻子来问他。李二嫂向前拜了。包大尹问道："你丈夫为何缘故得在上头，可对我实说。"李二嫂把和尚投斋泼火的事，道人敷药的话，一一说了。包大尹道："叵耐妖僧，恁般无理。若今次捉住，断然不与干休。"话犹未了，佛殿上一壁厢走出一个和尚来，到大尹面前唱个喏。包大尹睁着眼问道："和尚，你有甚事来见我？"和尚道："贫僧有个道理教李二下来。"包大尹道："吾师若救得李二下来，当以斋供相谢。"只见这和尚轻轻地溜上幡竿，双手抱着李二，高叫道："包龙图！你是清正的官，我贫僧不敢来恼你。我自问善王太尉化得三千贯钱，干你甚事，你却要来捉我？我无可报答你，还你一个李二。"从空中把李二直搠下来。众人发声喊，看那李二时，正是：身如五鼓衔山月，命似三更油尽灯。毕竟李二性命如何，且听下回分解。

第三十一回 | 胡永儿卖泥蜡烛
王都排会圣姑姑

妖邪法术果通灵，赛过仙家智略精。

且看永儿泥蜡烛，黄昏直点到天明。

话说这李二，不合为这一千贯钱，首告那和尚。既得了赏钱做资本，开个果子铺，和尚来投斋，理合将恩报恩，反把言语来恶了他。当日被那和尚从幡竿顶上直捽下来，正在包龙图面前。龙图看时，只见李二头在下，脚在上，把头直撞入腔子里去，呜呼哀哉，伏惟尚飨。李二嫂大哭起来，免不得教人扛抬尸首回去殡殓，不在话下。

却说那和尚在幡竿顶上凳子高处坐着。看的人，人山人海，越多了。许多人喧嚷起来，手下人禁约不住。龙图看了，没个意志捉他。待要使刀斧砍断这幡竿，诸处寺院里幡竿都是木头做的，唯有这相国寺幡竿是铜铸的。不知当初怎的铸得这十丈长的。原来相国寺里有三件胜迹：佛殿上一口井，有三十丈深。头发打成的索子，黑漆吊桶，朱红写着"大相国寺公用"。忽一日断了索子，没寻吊桶处。以后有人泛海回来，到相国寺说道："我为客在东洋大海船上，只见水面上浮着一个吊桶，水手捞起来看时，朱红字写着'大相国寺公用'。正看之间，风浪大作，几乎覆船。随即许了送还吊桶，风浪即时平息。因此来还吊桶愿心。"方知那口井直通着东洋大海。相国寺门前有条桥，叫做延安桥。在桥上看着那座寺，如在井里一般。及至佛殿上看着那条桥，比寺基又低十数丈。并这条幡竿是铜铸的，截不得，锯不得。共是三件胜迹。

只见那和尚在幡竿顶上，将言语调戏着包大尹，包大尹甚是焦躁，没奈何他处。猛然思量一计，教去营中唤一百名弓弩手来。听差的即时叫到。包大尹教围了幡竿射上去。那弓弩手内中有射得好的，射到和尚身边，和尚将褊衫袖子遮了。包大尹正没做理会处，只见温殿直手下做公的冉贵跪上禀道："小人有一愚计献上，可捉妖僧。"包大尹道："你有何道理？"冉贵道："他是妖僧，可将猪羊二血、马尿、大蒜，蘸在箭头上射去。那妖僧的邪法，便使不得了。"包大尹听说大喜，命取猪羊二血及马尿、大蒜。手下人分头取来。包大尹教将来搅和了，教一百弓弩手蘸在箭头上。一声梆子响，众弩齐发。不射时，万事俱休。一百箭齐射上去，只见寺内寺外有一二千人发声喊，见这和尚从虚空里连凳子跌将下来。众人都道："这和尚不死也残疾了。"那佛殿西边却有一个水池。这和尚不偏不侧、不歪不斜跌在水池里。众做公的即时拖扯起来，就池子边将一桶猪羊血望和尚光头上便浇。把条索子绑缚了。包大尹便坐轿回府，升厅，教押那和尚过来当面。包大尹道："叵耐你这妖僧，敢来帝辇之下使妖术，扰害军民。今日被吾捉获，有何理说？"叫取第一等枷过来，将和尚枷了。教押下右军巡院，勘问乡贯姓氏。恐有余党，须要审究明白，一并拿治。大尹吩咐了，自去歇息。

这和尚满身都是尿血搪住了，使不得法术，被一行做公的押出府门，到右军巡院里。将大尹的话对推官说了，推官道："我奉大尹台旨，勘问你这妖僧踪迹。你必有寺院安歇，同行共有几人，却也好，问你不得。"教狱卒拖番拷打。狱卒把和尚两脚吊在枷梢上，且是挣揣不得，着实打了三百棍子。和尚不则一声，也不叫疼。推官低头仔细看时，只见和尚齁齁地睡着。推官道："却不作怪。"教狱卒且监在狱中，少停，再带出来勘问。一日三次拷打，狱卒打得无气力。这和尚一如无物，只是不则声。若打他时，便睡着了。推官勘问了十来日，无可奈何，只得来禀大尹道："蒙台旨勘问妖僧，今经数日，每日三次拷打。但打时，便睡着了。这般妖僧，实难勘问。若停留狱中，恐有后患。谨取台旨。"包大尹道："似此妖僧，停留则甚。"即时文书下来，将妖僧拟定条法，推出市曹处斩。推官教押那和尚出来，径奔市曹。犯由牌上写道："不合故杀李二，又不合于东京兴妖作怪，扰害军民，依律处斩。犯人一名弹子和尚。"京城内外住的人听得说出妖僧，经纪人不做买卖，都来看。只见犯由牌前引，棍棒后随。刽子手押着妖僧，离了右军巡院。看的人挨挤不开。

且说一行人押那和尚，看着来到市心里不远，和尚立住了脚。刽子手道："前头去做好人，如何不行？"和尚道："众位在上，贫僧一时不合搅扰大尹，有此果报。告上下，前面酒店里有酒，讨一碗与贫僧吃了，弃世也罢。"刽子手料得没事，可怜他是将死之人，只得去酒店里讨了一碗酒，把木勺盛了教他吃。和尚将口去木勺内吃了大半。众人拥着了行。将次到法场上，原来和尚噙着一口酒，望空一喷。只见青天白日，风雨不知从何处而来。一阵风起，黑气罩了法场，瓦石从人头上打将来。看的人都走了。

不多时，风过，黑气散了。狱卒、刽子手并监斩官一行人看那和尚时，迸断了索子不见了。四下里搜寻，哪有个影儿。正是：鳌鱼脱却金钩去，摆尾摇头再不来。有诗为证：

和尚生来忒怪异，捉时烦难去时易。
纵教勺酒不容吞，未必光头便落地。

　　上至监斩官，下至狱卒、刽子手都烦恼，走了和尚，恐怕大尹见罪。"我们这一行人，都要受苦，免不得回开封府报知大尹。"龙图闻报，即时升厅。监斩官带着一行人请罪。此时龙图明知道妖人出现，朝廷要动刀兵，不肯教人胡乱吃官司，发放一行人自去。星夜写表申奏朝廷，教就小时还好治理，若日久妖人聚得多时，恐难剿捕。朝廷降下圣旨，遍行诸路乡村巡检，可用心缉访剿捕。文书行到河北贝州，州衙前悬挂榜文。

　　那个去处甚是热闹，有一个妇人戴着孝，手内提个篮儿，在州衙前走来走去五七遭。这妇人若还生得不好时，也没人跟着。看她不十分打扮，大有颜色。到处有这般闲汉问道："姐姐，我见你走来走去有五七遭，为着甚事？"妇人道："实不相瞒哥哥说，媳妇因殁了丈夫，无可度日。有一件本事，要卖三五百钱，把来做盘缠。"那人又问道："姐姐，你有甚本事得卖？"妇人道："无甚空地，卖不得，若有个空地，才好卖。"那人与她赶起了众人，吹的扑的，道："这里好，也曾有人在这里打野火儿过。在这里做好。"那妇人盘膝在地上坐了。看的人一来看见这妇人生得生，二来见妇人打野火儿的，便有二三十人围住着，道："不知她卖什么？"只见妇人去篮里取出一只碗来，看着一伙人道："众位在上，媳妇不是路歧，也不会卖药打卦。因殁了丈夫，无计奈何，只得自出来赚三二十文钱使。哪个哥哥替我将碗去讨碗水来？"有个小厮道："我替你去讨！"

不多时，讨将一碗水来。看的人道："不知她卖甚东西，讨水何用？"妇人揭起篮儿，明晃晃拿出一把刀来。看的人道："莫不这妇人会行法！"只见妇人把刀尖去地上掘些土起来，搜得松松的，倾下半碗水在土内，用水和成一块。篮内取几条竹棒儿出来，捏一块泥，把一条竹棒儿上捏成一支蜡烛，安在地上。又捏一块泥，再把一条竹棒儿捏成一支蜡烛。霎时间，做了十来支，都安在地上。看的人相挨相挤，冷笑道："没来由，我们倒吃这妇人家耍了。引了这半日，又没甚花巧。裂裂缺缺地捏这几支泥蜡烛，要它何用！"有的人道："你们且闭嘴看她，必有个道理！"只见妇人将剩下的半碗水洗了手，揩干净了，看着一伙人道："媳妇因无了丈夫，无可度日。不敢贪多，只要卖三文钱一支。这里十支要卖三十文足钱。每一支烛，就上灯前点起，直点到天明。"看的人都笑道："这姐姐把我贝州人取笑。泥做的蜡烛，方才做的，兀自未干，如何点得着？分明是取笑人。"没个人来买。妇人见没人来买，又道："你贝州人好不信事。难道媳妇脱空骗你三文钱？哪个哥哥替我取些火来？"有一个没安死尸处专一帮闲的沈待诏，替她去茶坊里讨些火种，把与妇人。那妇人去篮儿内取出一片硫黄发烛儿，在火上焠着，去泥蜡烛上从头点着。一伙看的人都喝彩道："好妙剧术！一支湿的泥蜡烛便点得着，又只要得三文钱一支，哪里不使了三文钱？"有好事的，取三文把与妇人。妇人收了钱，拿一支过来，吹灭了，递与买的。霎时间，十支烛都卖了。妇人抬起身来，收拾了刀和碗入篮内，与众人道个万福，便去了。

到明日，妇人又来空地上来。人都簇着了看。妇人道："昨日生受，卖得三十文钱过得一日。今日又来相恼。"众人道："真个作怪，昨日三文钱买了一支泥蜡烛，却好点了一夜。比点灯又明亮，倒省了十文钱油。"妇人在场子上讨些水，掘些泥，又做了

胡永兒賣泥
𪆐燭

十支泥蜡烛。众人道："不须点了。"都争着了买去。妇人又卖得三十文钱，自收拾去了。以后逐日来卖，做不落手，便有人买去了。每日只卖十支。卖了半个月，闹动了贝州一州人，都说道："有一个妇人在州衙前卖泥蜡烛，且是耐点，又明亮。"

当日，这妇人正摊场，做得一半，州衙里走出一个人来。众人看时，却是个有请有分的人，姓王名则，现做本衙排军。那人怎生模样？有《西江月》为证：

> 凤眼浓眉如画，黄须白面高颧。手垂过膝阔双肩，六尺身材壮健。　　善会开弓发弩，更兼使棒牵拳。一生志气在人前，王则都排出现。

这王则的父亲，原是本州一个大富户。因信了个风水先生的说话，看中了一块阴地，当出大贵之子。这块地就是邻近人家葬过的，王大户欺他家贫，挪放些债负，故意好几年不算。累积无偿，逼要了他的地。掘起尸棺，把自家爹娘灵柩，葬在上面。自葬过之后，妈妈刘氏一连怀八遍胎。只第一胎是个女，其余七胎都是男。那王则是第五胎生的。临产这一夜，王大户梦见唐朝武则天娘娘特来他家借住，说道："你家合生有福之男，兴基立业，昌大门闾。"醒来时，恰好妈妈生下孩儿。王大户大喜，取名王则，小名叫做五福儿，以记梦中之兆。从小伶俐，五岁时，便会读书。一日，外祖刘太公到来，看见大小挨肩的七个甥儿，甚是欢喜。只有五福儿聪俊，出一对道："小孩儿五岁聪明冠世。"王则应声道："大丈夫一朝富贵惊人。"刘太公夸好。又出一对道："一母八胎生七子，小者如虎，大者如龙。"王则又对道："单枪独马领三军，成则为王，败则为贼。"刘太公大惊道："此儿虽然颖异，必非安稳保家之人。"嘱咐女婿道："五福儿若长成，休得教他拳棒。恐怕他不学本分，为家门之累。"又一日，王则在街上玩耍，遇一个过往的相士，立住脚定睛看了他一回，说道："此儿骨法非常，将近三旬，必然大有际遇。只是刑克太重，须克尽六亲，荡尽祖基，方才发福。"又看一看道："只可惜有始无终。"奶子进去传与王大户听了。王大户正走出来，要细问时，那相士已自去了。果然，王则到七岁时，父亲一病而亡。以后六个弟兄接连患病死个干净。母亲刘妈妈不胜痛苦，也病死了，单单剩得一身。有诗为证：

> 不料多男尽丧亡，独留五福败门墙。
> 形家未必全无准，阴地何如心地良。

此时刘太公也故了，并无亲戚尊长拘管。到十五六岁，生得身雄力大，不去读书，专好斗鸡走马，使枪抡棒。供养多少教师在家，又唤巧手匠人，在背上刺五个福字。还有一件，喜的是百般术法，逢着就学。只是小小戏耍法儿，不曾遇得个名师，传授什么大本领。然虽如此，这里头也不知费了多少钱钞。还有一件，从小好的是女色。若见了个标致妇人，宁可使百来两银子，一定要刮她上手。其他娼家窠妇，自不必说。又有一班闲汉帮他使钱，这里头又不知费了多少钱钞。过了十年来，把个家业费得罄尽。房子田地，也都卖来花费了。单靠着一身本事，在本州充做个排军头儿。在州衙后巷赁下一所小小民房居住。从幼娶得一房媳妇，并未生育，前二年也被他克了，依旧剩个单身。他只在娼楼妓馆及落脚人家走动，不曾娶得老婆。人家见他无赖，也没个肯把老婆与他。偶然有肯与他的，他又偏嫌好道歉。正是：志高难满意，运晚未逢时。说起来，他也有一节好处，为人慷慨结交。没钱时，宁可束了肚皮过日；一有钱钞在手，三兄四弟，终日大酒大肉价同吃。若是有些不如意时节，拽出拳头就打。所以众人又畏惧他，又喜欢他。

闲话休叙。这一日，王则五更入衙画卯，干办完了执事出来，见州衙前一伙人围着了看。王则掂起脚来望一望，见一个着孝的妇人坐在地上。仔细看时，但见：

　　身穿缟素，腰系麻裙。不施脂粉，自然体态妖娆；懒染铅华，生定天姿秀丽。云鬟半整，如西子初病捧心；星眸微波，若文君含愁听曲。恰似嫦娥离月殿，浑如织女下瑶池。

王则便问跟随的人道："这妇人在此做甚的？"跟随人道："告都排，这妇人在此卖泥蜡烛。"王则道："我日逐在官府忙，也听得说多日了，道是一个妇人卖泥蜡烛。我那一般当官执事的人，说也曾买来点，且是明亮。我便是要问，怎的叫泥蜡烛？"跟随人道："说起来且是惊人。那妇人在地上掘起泥来，把水和了，捏在竹棒上，似蜡烛一般，焠着灯便着。从上灯时点起，直点到天明。"王则听了，心里思忖道：却也作怪，我从来好些剧法术，这一件却又惊人。乃挨身入人丛中，看那妇人都做完了，把水洗了手，道："我这蜡烛卖三文钱一支。"人人都争抢要买。王则道："且住，你们都不要买！"人都认得王则是有请的人，他叫声不要买，人都不敢买。妇人抬起头来，看见王则，便起身来叫声万福。王则还了礼。王则道："你把泥来做蜡烛，如何点得着？"妇人道："都排在上，媳妇在此卖了半个多月日了。若点不着时，人却不来问我买。每日做十支，只是没得卖。"王则道："不要要我。"扯起衣襟，在便袋内取出三十文钱，都买了。妇人将蜡烛递与王则。王则道："且住，买将去点不着时，枉费了钱。不是我不信事，真个不曾见。且点一支教我看看。"妇人道："这个容易，都排教人去讨火种来。"王则教跟随的去讨个火种，递与妇人。妇人炙着发烛儿，将十支泥蜡烛都点与王则看。

王则看了喝彩道："好，果然真个惊人。这十支蜡烛我又不要，你们要的都将了去。"众人都拿了去。妇人起身，收拾了刀碗，安在篮里，向众人道个万福，自去了。

王则打发了跟随人先回，自己信步随着那妇人。王则口里不说，心下思量道：这妇人不是我贝州人，想是在草市里住的。且随到她家，用些钱，学得这件法术也好。只见那妇人出了西门，过了草市，只顾行去。王则道："这妇人既不在草市里，不知在哪里住？"又行了十来里，不认得这个去处。王则道："这妇人是个跷蹊作怪的人。我且回去，待明日看那妇人来卖时，问她住处便了。"转身却待取路回来，看时，不是来时的旧路。只见漫天峭壁峰峦，高山挡住来路，归去不得。又没人行走。正慌之间，只见那妇人在前头高声叫道："王都排！不容易得你到这里，如何便要回去？"吓得王则战战兢兢，向前道："娘子，你是谁？"妇人道："都排，圣姑姑使我来请你议论大事。你不要疑忌。我和你同去则个。"王则道："却不作怪。"欲要回去，叵耐迷失了路，只得且随她去。同行入松林里，良久，转过林子，见一座庄院。王则问道："这里是什么去处？"妇人道："这里是圣姑姑所在，等都排久矣。"

王则到得庄前，庄里走出两个青衣女童来，叫道："此位是王都排么？"妇人道："便是。"青衣女童道："仙姑等你久矣。"引着王则径到厅下，禀道："王都排请到了。"

王则见一个婆婆头戴星冠，身穿鹤氅，坐在厅上。妇人道："此乃圣姑，何不施礼？"王则就厅下参拜了。圣姑姑教请王则上厅。三位坐定，教点茶来，茶罢，圣姑姑教女童置酒管待王都排。

王都排會聖姑姑

王则心局志气，甚是欢喜，对圣姑姑道："王则有缘，今日得遇仙姑。不知仙姑有何见教？"圣姑姑道："且一面饮酒，与你商议。如今气数到了，你上应天数，合当发迹。河北三十六州，有分教你独霸。"王则道："仙姑莫出此言，宫中耳目较近，王则是贝州一个军健，岂敢为三十六州之主？"圣姑姑道："你若无这福分时，我须不着人来请你。只恐你错过了机会，可惜了。更有一事，恐你只身，无人相助成事。"指着卖泥蜡烛的妇人道："吾有此女，小字永儿，尚是女身，与你是五百年姻眷。今嫁此女与你为妻，助你成事。你意下如何？"

王则心中不胜欢喜，思忖道：我今年二十八岁，浑家去年死了，尚不曾继娶。今日仙姑把这美妇人与我，岂不是天缘奇遇？王则道："感谢仙姑厚意，焉敢推阻。王则幼小时，曾遇着一个异人相我道：年近三十，必然发迹。今日蒙仙姑抬举，果应其言。只是一件，叵耐贝州知州央及王则取办一应金银彩帛物件，俱不肯还铺行钱钞，害尽诸行百业，哪一个不怨恨唾骂。近日本州两营官军，过了三个月，要关支一个月请受，他也不肯。欲待与他争竞，他朝中势力大，和他争竞不得。与王则一般一辈的人，不知吃他苦害了多少。我们要祛除一个虐民官，尚且无力量，如何干得大事？"圣姑姑笑道："你独自一个，如何行得？必须仗你的浑家。她手下有十万人马相助你，你须反得成。"王则笑道："我闻行军一日，日费千金。暂歇暂停，江湖绝溜。若有这许多军马，须用若干粮食草料。庄院能有多少大，这十万人马安在哪里？"圣姑姑笑道："我这里人马不用粮草，亦不须屯扎。有急用便用，不用便收了。"王则道："恁地时却好！"圣姑姑道："我且教你看我的人马则个。"圣姑姑教永儿入去，掇出两只小笼儿来，一笼儿是豆，一笼是剪的稻草。永儿撮一把豆，撮一把稻草，把来一撒，喝声：

"疾！"就变做二百来骑军马在厅前。王则看了，喝彩道："既有这剪草为马、撒豆成兵的本事，何忧大事不成！"

正说之间，只听得庄外有人高声叫道："你们在这里好做作，官司现今出榜捕捉妖人。你们却在此剪草为马、撒豆成兵，待要举事谋反。"吓得王则大惊，如分开八片顶阳骨，倾下半桶冰雪来。真所谓：机谋未就，怎知窗外人听；计策才施，却早萧墙祸起。正是：会施天上无穷计，难避隔窗人窃听。毕竟那里来的是谁，且听下回分解。

第三十二回 | 凤姻缘永儿招夫
散钱米王则买军

人言左道非真术，只恐其中未得传。

若是得传心地正，何须方外学神仙。

话说王则正在草厅上看着军马，说话之间，只听得有人高叫道："你们在此举事谋反么？"王则吓得心慌胆落。抬头看时，只见一个人，生得清奇古怪，头戴铁冠，脚穿草履，身上皂沿绯袍。面如噀血，目似怪星。骑着一匹大虫，径入庄来。圣姑姑道："张先生，我与王都排在此议事。你来便来，何须大惊小怪。"先生跳下大虫，喝声："退！"那大虫往门外去了。先生与圣姑姑施礼。王则向先生唱了喏。先生还了礼，坐定。圣姑姑道："张先生，这个便是贝州王都排。后五日你们皆为他辅助。"先生对王则道："贫道姓张名鸾，常与圣姑说都排可以独霸一方。贫道几次欲要与都排相见，恐不领诺，不敢拜问。圣姑姑，如何得王都排到此？"圣姑姑道："我使永儿去贝州衙前用些小术，引得都排到此。方欲议事，却遇你来。"先生道："不知都排几时举事？"圣姑姑道："只在旦夕。待等军心变动，一时发作，你们都来相助举事。"

道犹未了，只见庄门外走一个异兽入来。王则看时，却是一个狮子，直至草厅上盘旋哮吼。王则见了，又惊又喜，道："此乃天兽，如何凡间也有？必定是我有缘得见。"方欲动问，圣姑姑喝道："这厮既来相助都排，何必作怪。可收了神通。"狮子将头摇一摇，不见了狮子，却是个人。王则问圣姑姑道："此人是谁？"圣姑姑道："这人姓卜名吉。"教卜吉与王则相见。礼毕，就在草厅上坐定。圣姑姑道："王都排，你见张鸾、卜吉的本事么？"王则道："二人如此奢遮¹，不怕大事不成。"圣姑姑道："须更得一人来，教你成事。"王则道："又有何人？"

正说之间，只见从空中飞下一只仙鹤来，到草厅立地了，背上跳下一个人来。张鸾、卜吉和永儿都起身来与那人施礼。王则看那人时，瘸了一只腿，身材不过四尺。戴一顶破头巾，着领粗布衫，行缠碎破。穿一双断耳麻鞋，将些草带系着腰。王则见了他这般模样，也不动身，心里道：不知是甚人？圣姑姑道："王都排，这是吾儿左黜。得他来时，你的大事济矣。如何不起身迎接？"王则听得说，慌忙起身施礼。左黜上草厅来，与圣姑姑唱个喏，便坐在众人肩下，问圣姑姑道："告娘娘，王都排的事成也未？"圣姑姑道："孩儿，论事非早即晚，专待你来，这事便成。"

左黜道："既然商议停当，难得都排到此，即今晚便可屈留与妹子永儿完成亲事。就烦张先生为媒，却不好么？"圣姑姑道："正合吾意。"便吩咐女童引王都排到香水浴室洗澡。王则洗了个净浴，女童将一身新衣与他通身换过了。圣姑姑教捧出龙袍、玉带、冲天巾、无忧履，请他穿着。王则从不曾见这般行头，哪里敢接。只见瘸师拐将过来，叫道："都排，休怀谦逊！你若疑虑时，

---

1 了不起。

我引你到三生池上去，照你今世的出身。"王则跟了瘸师走出庄院来，到一个清水池边。瘸师教王则向水中自家照看。王则看了大惊，只见本身影子照在水里，头戴冲天冠，身穿滚龙袍，腰系白玉带，足穿无忧履。相貌堂堂，俨然是一朝天子。瘸师道："都排，你见么？天数已定，谦逊不得。"王则方才信了，当时就装扮起来。只见草厅上鼓乐喧天，八个女童纱灯宫扇，服侍永儿出来，珠冠绣袄，别是一般妆束，就如皇宫妃子一般。两个在草厅上行了夫妇之礼。但见：

　　名香满爇，异彩高悬。百岁姻缘，笑语撮成花烛；一场欢喜，笙歌拥入兰房。何处来风流帝子，分明巫山梦里襄王；谁得似窈窕仙娘，除非天宝宫中妃子。恩山义海欢娱足，锦地花天富贵多。

　　当晚洞房花烛，铺设得十分齐整。王则想道："莫非是梦么？不是梦，难道是真！"又道："便不是真，也是个好梦了，我且落得受用。"只因王则和胡永儿两个，一个是武则天娘娘托生，转女作男；一个是张昌宗托生，转男作女。他先前在百花亭上罚了真愿，愿生生世世永为夫妇。到今四百年来，重谐旧约，再结新欢。夫妇恩情，不须提起。一连地住了三日，真个是：玉软香温迷昼夜，花堆锦簇送时光。这也不在话下。

　　到第四日，圣姑姑请王都排议事，说道："气运已至，宜作急相机而动。休得贪恋新婚，忘其大事！"瘸师道："都排且回，我明日和张先生等入贝州来替你举事。"王则心上巴不得再住几日。一来被众人催逼，二来三日不曾到家中看得，生怕州里有事。只得谢了圣姑姑，别了胡永儿，依旧做来时打扮。瘸师引他离了庄院

姻緣永兒招夫

出林子来，指一条路教他回去。王则回头看时，不见了瘸师。行
不多几步，早到贝州城门头。王则吃了一惊，道："却不作怪，前
番行了半日，到得仙姑庄上。如今行不得数十步，早到了城门头。
原来这一班都是异人，都会法术，来扶助我。我必是有分发迹。"

　　王则当日进城，尚是未牌时分，先打从州前走一遍，看其动
静。只见两三个做公的，见了王则，道："王都排，哪里去了好几
日？知州相公唤你不到，好不心焦哩！"王则听说，慌忙跑进州里，
见了知州。知州问道："王则，你这几日在哪里？"王则道："小人
往乡里看个亲戚，原想一日转回，不道路上受了些风寒，睡倒了三
日，今早才起得身。闻知相公呼唤，小人特来参见，还不曾到家
里。"知州道："既是有病，不计较了。五日前差你到铺中取下彩
帛，奶奶嫌颜色不鲜明，尺头又短，用不着。你可领去，照数作速
换来，限你明日交割。小姐吉期近了，专等裁衣，休得迟误。"当
下唤个心腹亲随到私衙里讨出彩帛来，共是十三匹，教王则点清
了数目收去。王则答应了，两手抱出州衙，一直到自家屋里坐下想
道："我王则好晦气，才快活得三日，回来没讨钟茶吃，这赃官又
来歪缠了。你自要嫁女儿，干我贝州人甚事。铺家银又不肯发还，
教人硬赊。取着东西，还要嫌好道歉，弄得乱乱的，又去倒换。你
做官府的，直恁强横。"一头说，一头把彩帛展开，待要重新折好。
提起看时，吃了一惊。先前送进去是个整匹，如今一头剪动了。逐
匹展看，都是如此。取尺来量着，每匹短了五尺。王则道："少了
匹把倒是小事。可惜都剪残了，既不是原物，铺家如何肯换！一
定是手下人作弊，官府哪里晓得。少不得去禀明，看他如何说。"
连忙折起，重抱到州里来。知州已自退堂了。王则道："且拿回去，
明早来禀他未迟。"

　　次日起个早，伺候知州上厅，王则捧着十三匹彩帛，跪在下

面。知州见了喜道："王则，还是你会干事，昨晚吩咐得你，今早就换来了。"王则禀道："还不曾换来，昨日相公发出这些彩帛来，不是原物了。不知何人，每匹剪去了五尺，教小人如何好换。乞相公台旨。"知州道："昨日当堂教你验收，既然剪动，当时就该说了。"王则道："小人当堂只点得匹数，到家去仔细检看，方知短少。连忙来禀知相公，其时相公已散衙了。天色已晚，小人不敢传报。今早特来伺候。"知州大怒道："胡说！昨日验收明白，就该发还铺家。你又拿回家里，自不小心，被家中什么人剪动了，今早反来我这里胡禀。若不念你平日效劳之处，就该打你一顿毒棒。快去立等换来，再休多口。"骂得王则顿口无言，只得依旧抱回，闷闷地坐在家里。

正在寻思无计，只见三个人从外面入来。王则看时，不是别人，正是左黜和张鸾、卜吉。四个叙礼已毕，三个人见桌儿上堆着许多彩帛，问道："哪里来的？"王则道："一言难尽。"便将知州剪坏了原物，要他铺中换取事情，备细说了。左黜道："这个何难，在贫道身上包换还你。"当下把十三匹彩帛，做一堆儿堆在地下，脱下粗布衫盖了。口中念念有词，喝声道："疾！"揭起布衫来看时，变了十三匹鲜明彩缎。王则大喜道："有烦三位少坐，待小可送去州里，再来陪话。"三人道："我等正有话商议，快去快来。"王则笑容可掬，捧着彩帛去了。有诗为证：

> 任所如何办嫁妆，剪残彩帛要人偿。
> 有官望使千年势，没理天教一旦亡。

知州还未退衙，见换到鲜色彩帛，欢喜自不必说。王则如数点明，交付私衙收讫。火速转回家里，那三个人正在那里相待。王则道："有失陪侍,休得见罪。"又道："三位至此,合当拜茶。奈王则家下乏人,三位请到间壁酒肆中饮数杯么。"张鸾笑道："还不曾扰都排一杯喜酒。"指着瘸师道："莫说这位大舅,今日只当请媒么。"左黜跳起来道："休论亲道故,既然相遇,少不得尽醉方休。"卜吉道："还是瘸师说得爽利。"王则道："今日是个下班日分,那彩帛又交付过了,正好久坐。"四个人酒店楼上,靠窗坐定。

正饮酒热闹,只见楼下官旗成群拽队走过。王则道："今日不是该操日分,如何两营官军尽数出来。"左黜道："王都排,你下去问看,是何缘故。"

王则下楼来,出门前看时,人人都认得王则,齐来唱喏。王则道："你们众人去哪里去来?"管营的道："都排,知州苦杀我们有请的也,我们役过了三个月日,如今一个月钱米也不肯关与我们。我们今日到仓前,管仓的吏只顾赶打我们回来。"王则道："若是恁地,却怎的好?"管营的道："如明日再不肯关支,众人须要反也。"管营的和众人自去。王则上楼来,把管营的说话,对左黜说了一遍。左黜起身来道："你快去赶上管营,教他们回来,请支一个月钱米与他们,教这两营军心都归顺你。"王则道："先生哪里有许多钱米?"左黜道："你只叫他们回来,我自有措置。"王则当时来赶见管营,教他叫住许多人,且不要行,都转来与你们一个月钱米。

管营听得说,叫转许多人,都到王则门首,只见王则家里山也似堆起米来。王则肚里想道:如何家里桌凳都不见了?这一屋米从何而至?只见瘸子把手招道："你们有请的众人,如有气力的,搬一石两石不打紧。只是不要啰唣。"那有请的三三五五来搬,也有驮得一石的,也有驮得两石的,尽着气力搬运。王则道："这米只有百来石,两营共有六千人,如何支散得遍?"左黜道："你休管我，包你都教他有米便了。"众人从午牌时候搬起，直搬到酉牌时候，何止搬有一万余石，家中尚剩下四五石。管营和若干人都来谢王则。

左黜道："王都排，一客不犯两主，有心卖个人情，今夜有月亮的，你和管营说，教他去营里告报众人，就今晚来请一个月钱，省得到明日，一件事两截做。"管营见说，不胜欢喜，飞也似去报众人来领钱。王则道："先生散了许多米了，如今钱在哪里？"左黜道："我自有！"张鸾道："贫道有一千贯寄在博平县城隍处。今早取得来了，现在都排床下。"王则进去看时，果然床下都塞得满满的，不知如何运来的。正惊讶间，只觉得脚底下踏着个钱索头儿，恰像埋在地下的一般。王则曲身下去，将手一扯。那索子随手而出，索上密密地都穿得有上好官钱，似纺车儿一般，抽个不了。王则倒慌了手脚。却待放手，只听得大笑一声，蓦地钱索上钻出一个和尚来，耳带金环，身披烈火袈裟。吓得王则魂不附体，撒了手望外便走。只见和尚也随身出来，叫道："贫僧今日来迟了，都排休怪！"张鸾等见了，都认得是弹子和尚。对王则道："此位是弹师，也是我们一家，来帮都排举大事的。"王则道："莫非在开封府恼了包龙图相公的就是？"瘸师道："然也！"王则方才心稳，上前相见。弹子和尚道："贫僧向年化得善王太尉三千贯文，没处花消。早间闻得张先生往博平县取钱与都排赏军，贫僧也把这三千贯运来相助。"瘸师道："六千人每人与他一贯。有了四千贯，还少二千贯。"张鸾道："贫道也包足三千贯。"卜吉道："不劳吾师神力，徒弟已办下了。"

五个人同入里面，驮将出来。一千贯做一堆，堆得满屋里都是钱。堆尚未了，只见有请的都在门前。王则教他们入来搬去，每人只许搬一贯。这伙人出自望外，也没个敢多要的。乘着月色，

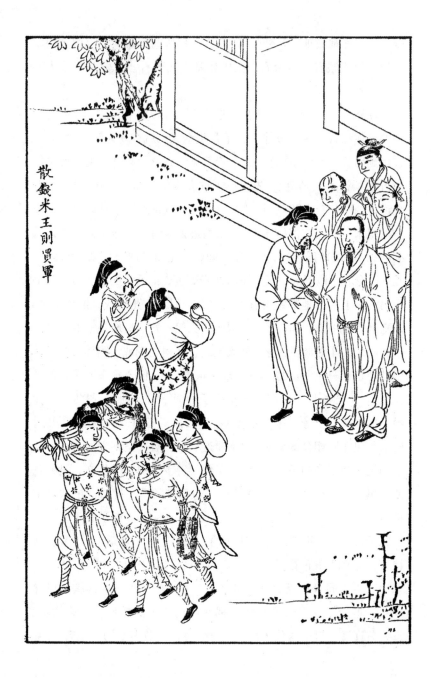

散钱米王则买军

约莫搬了两个更次，恰好两营人都有了。这六千人和老小，哪一个不称赞道："好个王都排！谁人肯将自己的钱米任意教人搬去！但有手脚快、有气力的，关了三个月钱米，安在家里，烦恼甚的！"

当日左黜等四人散完了钱米，别了王则自去，约到明日又来。王则次日正该上班日分，五更三点入州衙前伺候知州升厅。这个知州姓张名德，满郡人骂道：

绮罗裹定真禽兽，百味珍馐养畜生。

堪叹地方都晦气，何时拔出眼中钉。

这知州每日不理正事，只是要钱。当日坐在厅上，便唤军健王则。王则在厅下唱喏道："请相公台旨。"知州道："王则，我闻你直恁的豪富，昨日替我散了六千人请受钱米。似此要散与他们，何不先来禀我，待我发放？"王则不敢说是甚人变化出来的，只得勉强应诺，方欲动身，只见阶下两个人，身穿紫袄，腰系勒帛，唱个喏，禀道："告相公！仓廪不动封锁，不见了十数廒米。"那知州吃了一惊。正没理会处，只见管库的出来禀道："告相公！库里不动封锁，不见了二千贯钱。"原来瘸师的米、卜吉的钱，都是本州仓库中运来的。知州道："是了！是了！王则，我仓里失去了米，库里失去了钱，你家又没仓库，如何散得六千人钱米，分明是你使个搬运妖法盗去了。"王则被他道着，无言回答。知州教狱卒取一面长枷来，当厅把王则枷了，教送下狱去，与司理院好生勘问。这张大尹只因把王则下狱，有分教：自己身首异处，连累一家老小死于非命，贝州百姓不得安生。直待朝廷起兵发马，剪除妖孽，克复州郡。正是：贪污酷吏当刑戮，假手妖人早灭亡。毕竟知州惹出甚祸事来，且听下回分解。

第三十三回

左瘸师显神惊众
王都排纠伙报仇

刘宠清名举世传，至今遗庙在江边。

近来仕路多能者，也学先生拣大钱。

这首诗，是个有名才子王叔能所作。那绍兴钱清镇有个一钱太守庙，这太守姓刘名宠，在西汉桓帝时为会稽太守，一清如水，丝毫不染。升任临行之日，山阴县许多父老号泣相送，每人赍百文钱，赠为行资。刘宠感其来意，拣一文大钱受了。后人思其清德，立庙祀之，号为一钱太守庙，这镇就唤做钱清镇。王叔能偶然在此镇经过，拜了钱太守遗像。因想近来仕路贪污，只拣大主钱儿便取，所以题这四句诗，写在庙中壁上，借意讥诮。又有人说："这四句诗，虽然做得好，可惜还未尽其意。如今做官的若单拣大主钱儿方才上索，就算做有志气的了。他的算计，恰像归乘法儿，分毫不漏。他的取钱，却像做土砖的，地皮也垦下了三分。哪管你大主儿小主儿，好像扒灰扫地的，畚得来簸箕里头就是。只说拣大钱，可不是未尽其意了。"另有诗云：

当初只拣大钱装，近日分毫也入囊。

若是取钱能舍小，唤为廉吏亦何妨。

　　那贪官也有个计较，他取得钱来，将十分中拼着几分在上面打点使用，一般得个美升。便做道万一公论穿了，犯着对头，罢职家居，也做个大大财主，落得下半世丰足受用，子孙肥田美宅，鲜衣怒马，何等奢华。任他地方百姓咒骂，我耳朵里又不听得。比如做清官的，没人扶持，没人欢喜，一笔勾了。回去地方上许多鼻涕眼泪，又带不回家，累及妻子不免饥寒，六亲无不抱怨。便有圣明帝主，他在九重之上，哪里晓得外边备细？恁般说将起来，可不倒是做贪官的便宜？说话的，据你说人人该做贪官了。虽则如此，那百姓们千万张口咒诅祝颂，难道全然没用？或者生下子孙贤愚不等，后来家道消长不齐。暗暗里报应，天道自然不爽，只目前人不知道。还有一件，假如朝廷洪福齐天，地方平静，且算做侥幸。若是气运适然，地方合当有事，定然是个贪官惹出祸来。这祸依然是他自家先当。

　　前一回说那贝州知州张德，若不恁般胡做，如何激变了军心，弄成大祸。这便是贪官的样子。

　　且说当日知州见仓里失了米，库里失了钱，不胜焦躁，将王则枷了，送司理院如法勘问报来。这勘官姓王名浆，问王则道："说你昨日散了两营请受，你家能有多少大，如何堆放得六千人钱米？今日州库不见了许多钱，仓内不见了许多米，你且说如何将出来的？"王则初时抵赖，后来吃拷打不过，只得供认称道："昨日是王则下班日期，在家闲坐，只见那许多有请的从王则门前过，都怨怅道：役了三个月，要关支一个月钱米，也不能得。又有四个人不知从何处来，不由王则分辩，借王则屋里散了六千人钱米。那四个自去了，实不知是甚人。"勘官道："岂有不识姓名的人，你不询问他来历，便容他在家里散请受。"教狱卒拖翻王则，着力好生夹起再打。王则受不过苦楚，只得供说：一个姓张名鸾，一个姓卜名吉，一个唤做瘸师左黜，一个唤做蛋师，又名弹子和尚。勘官把纸笔教王则开将出来，见了大惊，想道："张鸾、卜吉是杀了郑州知州逃走去的。弹子和尚是骗了善王太尉三千贯钱，包龙图三番两次奈何他不得。现今两处都行得有文书缉捕。那瘸师左黜，不知何人，一定也不是善良之辈。如何这班人都合做一伙，聚在贝州。此事非同小可。"当下教王则押了招状，依旧监禁狱中。即时回复知州，细细地陈其利害。吓得知州面如土色，欲待认真搜捕，诚恐这伙妖人等闲的拿不到手，反惹其祸。欲待隐瞒过去，连王则都宽了他罢，奈仓库中钱米失散。王则明明里招出四个人来，众人共知，怎好丢手。恁般大事，虎头蛇尾，如何压服得军民，做得一州之主。左思右量，只得出个榜文，榜云：

贝州知州张　为缉捕事：

　　据排军王则招称，同盗仓库妖贼张鸾等未获，如有擒捕真贼来献者，每名官给赏钱一千贯。知情不首，一体治罪。故示。

一名张鸾，系游方道人，头戴铁如意冠，身穿皂沿绯袍。

一名卜吉，客人装扮。

一名瘸师左黜，系瘸脚，头戴破巾，身穿粗布衫。

一名蛋师，又名弹子和尚，耳带金环，身穿烈火袈裟。

庆历四年月　　　日

知州吩咐书手，将榜文一样写十来张，悬挂各门及州前，并城内外冲要去处。一面唤缉捕使臣，立限挨获，不在话下。

却说两营六千人和老小都得知王则借支钱米与我们，知州将他罪过，把他送下狱中受苦。人人都在茶坊酒店里说，没一个不骂知州赃狗，不近道理。说犹未了，只见瘸师走来营前，拍手高叫道："营中有请的官人们听着，王都排不合把钱米散与你们众人，你们都看见他在自屋里搬出来的。知州却把仓中的米、库中的钱，隐匿过了，反陷王都排偷盗。即今要差人来押着两个管营的，追取你们钱米还仓还库。我想你们穷汉的买卖，米是吃了，钱是用了，哪里赔出去还官？"

众人听了，都乱嚷起来，道："我们吃的用的，又不是官物。现在该支的钱粮不肯关与我们，倒要追夺我们的。恁地时，真个逼我们反了。"瘸师道："王都排好意支散钱米与你们，如今被知州打得皮开肉绽，禁在狱中，性命不保，你们知恩报恩，肯出力救他出来么？"众人道："我们也有此心，只是力量不加，又没一个头脑，如何救得他出来？"左黜道："官人们也说得是，必须要一个为首的。我与你们为首，众官人肯相助也不？"众人看了左黜，口里不说，心下思想道：看他这一些儿大，又瘸着脚，便跳入人的咽喉里，也刺不杀人，随他去恐不了事，倒装谎子。左黜见众人不则声，问众人道："你们因甚不则声，莫不是欺我身小力微，奈何不得人？我变个奈何得人的教你们看看！"左黜口中念念有词，喝声道："疾！"将身显出神通，不见了那四尺来长的瘸师。只见身长一丈，腰大十围，头似车轮，目如灯盏，手中执两把泼风刀，如两扇板门相似。众人见了大惊，忙忙地拜道："我们有眼不识泰山，原来是天神。可知道昨日王都排家里不甚宽大，散了六千人钱米。"众人拜罢，起来看时，端的只是个瘸师。瘸师道："众人休三心两意。因是你贝州人合当有难，天遣我来提拔你们。你们

左癩師顯神驚衆

从与不从，只在今日。"

说声未绝，营里跳出两个枪棒教师来。一个姓张名成，一个姓窦名文玉。那两个各提一条棍棒在手，叫道："王都排是好人，合当救他。哪个不肯去的，我先与他斗一百合！"众人齐声道："都去！都去！"瘸师道："难得两位恁般义气，就烦你做个头领，教他们在此整顿器械。我如今独自一个先去救王都排，坏了贝州知州，你们就来接应。辅助得王都排做了贝州之主，教你们丰衣足食，快活下半世！"众人听得说，都应道："我们就来相助！"有诗为证：

重瞳吝赏终亡国，吴起同甘便勒勋。

只为米钱私散去，一朝反了六千军。

左黜离了营前，迤逦径奔入州衙里来。正值知州升厅，坐在虎皮交椅上，胡言乱道。左黜入去时，使个隐身法，并无一个人看见。左黜一闪，闪在知州背后，捉个空儿，将交椅望后一退，知州扑地地跌了一跤，众人慌忙扶起。知州道："想是这交椅日久，脚损坏了，另换一把坐罢。"左黜暗暗地笑道："这贼赃狗知道我瘸师，也来借名嘲我。我再耍他一耍！"众人将交椅换过，铺上虎皮坐褥，安放得稳稳的。知州方才坐定，左黜在背后将他纱帽猛打一下，扑的一声响，那纱帽离头，似箭一般去了，直到厅下落地。众人只道知州相公袖里放出一只鹁鸽子来了。只见知州捧着头，叫道："快拾取纱帽来戴。"众人方才晓得是知州的纱帽。正待去拾取，却被左黜影在下面，又先拾得在手，大盼盼地拐上厅来，对着知州叫道："大尹，你今日没了冠也，你今日没了头也！"把纱帽捻起，又道："大尹，你的头儿已被左黜拾得在此！"众人听得"左黜"二字，便道："这里正出榜捉他，他却来将头套枷。"

知州见他身材短小，不将他为意，乃问道："你便是那瘸师么？"左瘸将左腿一拍，说道："这只腿可是假得的？"知州道："我正要拿你，你如何敢来？"左黜道："晓得大尹见怪，特来拜见领罪。"知州大怒，骂道："从不曾见恁般大胆的妖贼。"喝教左右拿下，取长枷来，将左黜枷了，送到司理院去，与王则对证钱米。狱卒把左黜押到勘事厅前，就狱中拽出王则来。王则见了左黜，大惊道："你为何也来在这里？"左黜道："不是我进来，如何救得你出去？"司理院王浆问道："你这汉子，从实供说，仓里米，库里钱，怎的样摄去？"左黜道："勘官，连你也不理会得，知州愚蠢，月钱月米俱不肯放支与他们，教两营人切齿怨恨，我倒赔着四千贯钱替知州散了。他不感激谢我，反欲加罪，是何道理？"王浆焦躁，喝令狱卒着力拷打。狱卒提起杖子，拖翻左黜便打。有这般作怪的事，才打一下去，左黜全然不觉，倒是行杖的叫疼，恰似打在自家身上一般。换几个狱卒行杖，都是如此。但是打一下，便叫起疼来，撇着板子躲向一边去了。

王浆不信，走下来自提杖子去打。这棒不像打左黜，倒像打勘官，也撇了杖，把手掩着屁股便走，连叫作怪。只见左黜呵呵大笑，喝声："疾！"把自己身上和王则身上的索子，就如烂葱也似都断了，枷也开了。吓得王浆道："这汉子真是个妖人！"忙教狱卒并众人一齐向前来捉。被左黜用手一指，禁住了许多人的脚，一似生根的一般，一步也移不动。左黜和王则直至厅下。知州正在厅上，依先戴了纱帽，坐着虎皮交椅，比较钱粮。只见左黜喝道："张大尹！你害尽贝州人，报应只在今日。我今日不为贝州人除害，非大丈夫也！"知州见他两个来得恶，掇身望屏风背后便走。忽地堂内抢出两个人来。那两个非别，正是张鸾、卜吉，各仗一口刀。卜吉向前揪住知州，张鸾向知州一刀，连肩卸臂，断颡分尸，把知

王都排针黔报仇

州杀了。吓得厅上厅下的人，都麻木了，转动不得。王则道："你众人听我说，你们内中有一大半是被他害的。今日我替你们去了祸胎，教一州人都得快活。你们吃他苦的，随我入衙里来，抢掠些金银，教你们富贵。"

众人见说，都来帮助王则。两营教师张成、窦文玉，率领着六千军卒，却好来到州衙前，听得说王则杀了知州，一齐抢入来，正遇着司理院王浆引一家老小出衙逃避。张成棍起，先把王浆打倒，众人齐上，踹做肉泥。一家老小，都结果了性命。胡永儿已自到了州衙里面，和左黜等将知州满门杀尽。又访问知州平素心腹用事之人，都搜寻来杀了。打开狱门，把罪人都放了。到知州宅里，搬出金银钱宝、绫罗缎匹，在阶下堆积如山，连这十三匹彩帛剪下来的五尺零头，做一包儿包着，也在奶奶房里搜将出来。王则道："这许多财物，都是贝州人的骨髓，今分做三分，把一分散与营中有请的；一分给还铺行欠账，及知州诈钱被害之家；一分散与穷经纪人，教他安心做道路。"王则据住州衙，出榜抚安百姓，令两营军人，整齐兵器，顶盔挂甲，分布四门，紧守城池。两个教师就充做统领使，分领两营军马。

如今做一回话儿说过去，那其间老大一场事，当时只走了两个官。一个是通判董元春，一个是提点田京。两个收了印信，弃了老小，奔上东京，奏知朝廷，要请兵与知州报仇。只因这番，有分教：讨贼将军，空费一番心力；谋王术士，大施万种妖邪。正是：一灯能发千家焰，尺水翻成万丈波。毕竟朝廷遣甚人来剿捕，且听下回分解。

第三十四回

刘彦威三败贝州城
胡永儿大掠河北地

从来叛乱数应然，也是朝廷政未全。

试看圣明全盛日，放牛归马任安眠。

话说大宋庆历年间，仁宗皇帝虽然圣明，却被奸臣夏竦蒙蔽，引用王拱辰、鱼周询等一班小人，造言生事，谋孽忠良，一连罢去了六个贤臣。哪六个？文彦博、韩琦、富弼、范仲淹、欧阳修、包拯。他六个都是老成练达，肯替国家做好事的。自六个人去后，夏竦受枢密使之职，专一妒贤嫉能，招权纳贿。所以州县多有贪官，天下不得太平。西夏反了赵元昊，广南反了侬智高，都未收复。今日贝州反了王则，也为着贪官而起。当时贝州一州的官，只走得通判董元春、提点田京。两个径至京师，把反情奏知朝廷。仁宗天子闻奏，便召枢密院官商议。夏竦奏道："此乃知州张德不放钱米，一时激变军心，非地方之反叛也。不劳圣虑，臣保一人，乃冀州太守刘彦威。此人将门之子，文武双全。只消此人领着本部人马前去，相机剿抚，可保无虞。"仁宗准奏，即忙传下圣旨，令冀州太守速领本部人马，径往贝州，或抚或剿，一任便宜行事，事平之后，论功升赏。

这太守姓刘名彦威，虽然是文科出身，家世将门，精通韬略。使一柄大杆刀，有万夫不当之勇。当日接了敕书，便请都监茹刚商议。茹刚道："闻得贝州一伙妖人作耗，广有神通，须当量力而进，不可轻敌。"刘彦威大笑道："刘某曾读诗书，自古道'邪不胜正'，吾仗天威讨反贼，有何惧哉！"当下择个吉日，点起本部五千人马，使茹刚领一千人为前部先锋，牙将段雷领一千人马为合后，自己统三千人马为中军，一齐进发，杀奔贝州来。

却说贝州报子探听得刘彦威起兵，飞马来报王则。贝州一州人都慌了。王则虽然学得些武艺，从不曾经过战阵，也不免惊惶，急请左黜、张鸾、卜吉三个人来商议。

说话的，问你弹子和尚哪里去了？看官有个缘故，那和尚三遍到白云洞袁公处盗法时节，曾到白玉香炉前诚心祷告，发愿替天行道，不敢为非，只为不识天书，亏了圣姑姑辨认，就同圣姑姑和左黜三个，一齐修炼。因见圣姑姑说：河北三十六州合当换主，众人该得辅助王则，除灭贪官污吏，这都是天数。弹子和尚信了这般言语，所以把善王太尉三千贯文相助王则，散与两营军士，以后众人去杀州官，和尚就躲过一边，不曾同去。为何的？一来是佛门中出身，又是慈长爷手下长大的，终带三分慈悲之意。二来他心灵性巧，既设过誓愿，常把"替天行道"四个字存在胸中。就嵩恼包龙图，也是包龙图先要去拿他，却不是他惹祸。今日虽然信道天数，也要观其动静，不肯出身露体，生事造业。这里王则据了贝州城，那和尚自在城外甘泉寺里居住。

只有左黜等三人朝夕共事，故此今日王则只请他三个商议。瘸师道："打听得他那里有多少人马？"王则道："有五千人马。"左黜道："便是五万，亦不足虑。这里两营共有六千人，留一半守城，一半迎敌，看我左黜本事。"王则亲到教场点军，只见军中走出两个新添统领使的教师来，一个是张成，一个是窦文玉。参拜过了，禀道："两营军士受了主帅大恩，并无寸报。某等情愿各分本部一千五百人出城，乘他安营未定，杀他一阵，挫他锐气，使他不敢正眼觑俺贝州。"王则大喜，各人赏了披挂一副、战马一匹，点了三千人马，犒赏已毕，吩咐来日出军，小心在意。

过了一日。次日，两个统领使全身披挂，整顿军马，大开城门，分两路杀将出去。瘸师见他去得雄猛，且教他探试来兵虚实，也不阻挡。且说张成引着一千五百军先行，约离城三十余里，地名傅家疃，恰好遇着冀州先锋茹刚军马。两下正欲排开阵势，准备厮杀，窦文玉军马又到了。茹刚领这一千军喘息未定，怎当这里两支生力军蓦地冲来，况且寡不敌众，立脚不牢，四散奔走。茹刚连斩数人，只是按捺不住。张成、窦文玉见敌军乱窜，两匹马一齐拍动，上前来擒茹刚。茹刚力敌二将，全无惧怯，斗了二十余合；见贝州军泰山般围裹将来，回顾手下，单剩得一人一骑，无心恋战，杀开条路而走。张、窦二将恰待追赶，报马到来，冀州大军到了，相距十里之外，二将不敢进逼，慌忙收军，转回贝州。把军马扎住城外，二将入城，见了王则，禀道："冀州前部先锋，已被小将杀得大败亏输，正欲追赶，争奈刘太守大军已到，小将只得收兵，现屯城外，专候主帅钧旨。"

王则道："闻得刘彦威这厮手段高强。今前部失利，已灭威风。二位将军便算第一功了。乘此锐气，便可住扎城外，防他攻城。明日交战，当令军师们相助。"二将得令，连夜离城十里，下了两个大寨。各守一寨，倘有敌军来攻，互相救援。

却说茹都监收拾败残军卒，来见刘太守谢罪。刘太守大怒道："凡行军者，须远远哨探，一有风闻，预作准备。你全不用心，致

劉彥威三敗貝州城

被贼人出其不意冲动官军，纪律何在？本当斩首号令，今交战在迩，诚恐于军不利。"喝教捆打一百，罚在后队催趱粮草，倒换后队段雷为先锋之职。

到傅家疃下寨，探子打听得张成、窦文玉率领贼军离城十里，分为二寨住扎。刘太守笑道："我知贼人无能为也。这傅家疃乃是贝州咽喉之路，若贼人乘胜，就此扎寨截住来路，虽有十万之师，安能窥其城下哉？今乃舍此不守，依城立营，吾破之必矣。"吩咐段雷："打刘字旗号先行，约至来日平明，到彼寨前索战。只要输，不要赢。引他到傅家疃一路来，我自有计。"段雷领计去了。又差帐下两个校尉各领三百步军连夜潜行，伏在他栅寨近侧左右，等待他们出寨迎敌，便去夺寨放火。又吩咐茹刚准备云梯、火炮攻城之具。来日午时，在贝州城下取齐。处分已毕，自己中军，少不得拔寨都起，别有号令不题。

却说张成、窦文玉虽枪棒教师，不通兵略，偶然初次出军得胜，自夸其能，便看得不在意了。次日闻得官军搦战，旗号上打着"刘"字。张成和窦文玉都要建功，争先出阵，各使一根镔铁枪，骑着战马，耀武扬威。望见官军早已排成阵势，门旗开处，拥出一员将来，头戴铁盔，身穿绣铠，手中担一柄宣花大斧。二将道："这不是刘彦威是谁？"二将更不打话，挺枪直取那将。那将握斧相迎，斗上三十余合。那将卖个破绽，叫声："暂歇！"拨回马头便走。张、窦二将招动人马，尽力赶杀。那将且战且走，约有十余里。那将回身又斗上十余合又走。二将不舍，只顾追赶。官军撇下金鼓旗枪满地，贼人乱抢。只见后马如飞报来，叫道："将军休赶了，后面寨中两路火起。"张成、窦文玉知道中计，着了忙，急引众军退后，部伍早已乱了。行不多路，只听得连珠炮响，刺斜一支军横冲出来，为首一员大将，横刀跃马，大喝："反贼休走！刘彦威在此等候多时了。"二将从不曾见怎般威容，先自心慌措手不及，被刘彦威手起刀落，先斩窦文玉于马下。张成料走不脱，只得舞枪来斗，不上三合，刘彦威瞋目大呼，吓得张成手软抢枪不动。刘彦威马头早到，一手提下雕鞍，掷于马下，众军齐上，结果了性命。刘彦威麾兵掩杀，三千军折其大半。有诗为证：

兵家料敌最先机，轻敌须知定丧师。
堪叹教师矜小胜，一朝堕计尽舆尸。

再说王则听得城外厮杀，急请左黜等一同登城帮助。只见败军纷纷而至，叫道："张、窦二统领已被杀了。刘太守兵随后便到，快开城门则个。"王则教守门的放进，问其备细，大惊，对左黜等道："刘彦威英雄，名不虚传。列位有何退敌之法？"左黜道："贫道已算下了。且教败残军士守城，替出一千五百人来，贫道与张鸾、卜吉各领五百，在我们三个身上，大家杀他一阵，教他片甲不回。"王则道："每位五百人，恐太少。"左黜道："自有天兵鬼卒，这五百人只将来摆样助阵而已。"王则道："全仗列位扶持，同享富贵。"王则便传下号令，挑拣一千五百精壮军人，分为三队。正在选军未毕，只听得城外喊杀连天，官军已到。刘彦威吩咐段雷、茹刚一面准备攻城，自己跨一匹追风好马，立于阵前，将刀头指着城内，大叫道："贝州有会事的将王则绑缚出来，献与朝廷，免你一城人屠戮！"王则见他军容雄壮，不敢则声。左黜穿领布衫，仗一口剑，领着五百军步行出城，将剑尖儿指着刘彦威道："你会事时，领了人马速回冀州，免纳首级。若少迟延，教你一行人都死于吾手。"刘彦威道："你这厮是助王则的逆党。看你身上衣甲皆无，又没马匹，敢和我厮杀。可惜你残疾之人，还不够我一刀哩。"左黜道："我不与你斗口，教你看我手段则个！"刘彦威在阵前施逞刀法，欺敌左黜。左黜用剑尖一指，喝声："疾！"只见面前卷起一阵狂风，吹向官军阵里，黄沙扑面，一军都开眼不得。刘彦威叫声："罢了。"拨回马头便走，被左黜领军大杀一阵，方才转去。

刘彦威直走到二十里外，方才风息。计点军马，三停损了一停。不多时，段雷、茹刚引军都到，问其缘故，禀道："小将正欲攻城，只见大风飞沙走石，料得贼人妖法，恐有挫折，收军而回。"刘彦威道："吾不知贼人伎俩，误堕其计。且退在傅家疃，休息三日。吾自有计破之。"吩咐军中每人预备青纱眼罩一个听用。

到第四日，四更造饭，五更起身。只选五百匹好马、五百名长枪手，都带眼罩在身边，以备风沙。一遇贼军，不论好歹，便直冲过去，用长枪刺杀之。段雷、茹刚领军为左右翼，一等中军杀入贼军，两翼便围里将来。务要杀他个尽绝，休容走脱一个。

却说左黜胜了一阵，王则心下稍安。连日哨探，虽然不见动静，守城的也不敢懈怠。到第四日，报道官军又到。张鸾道："前日瘸师建功，今番轮该贫道了。"卜吉道："徒弟替吾师去一遭。"也引了五百步军飞奔出城。你道卜吉怎生模样：

> 头挽双丫髻，身穿绿锦袍。
> 凶睛眉打结，横肉脸生毛。
> 仗剑诸神伏，扬声百兽嗥。
> 郑州无运客，天下有名妖。

刘彦威只道原是这瘸子出阵，今番换了一个，又不知什么妖货。莫等他做手脚，只管冲突前去便了。只见卜吉不慌不忙，口中念念有词，喝声："疾！"把两个衣袖望前张开，袖里奔出千千万万豺狼虎豹之属，张牙舞爪，齐向官军阵上冲去。刘彦威的马见了惊得直跳起来，将刘彦威掀翻在地。卜吉大踏步正待向前，却被左右两翼一齐拢来急救上马。官军见了异兽，都抛戈弃鼓，各自逃生。卜吉乘势追杀，夺了二百余匹好马，军器不计其数。

刘彦威又折了一阵，军士损伤者极多，仍退在傅家疃寨内。想道：我一生未尝见此妖人，欲待收兵回去，心下不甘；欲待再战，又无良策。况且五千人马折了一半，若再挫折，岂不耻笑？正踌躇未决，吩咐军中牢守寨栅，不敢妄动。

过了一日。只见冀州有文书到，原来金判夏有守招募壮勇军一千、战马三百匹，差统领使陶必显押来助战。陶必显递了军册，参见过了。刘彦威大喜道："天使我成功也。"打发回文去了，就教陶必显领新到一千军，另立一营为犄角之势。吩咐军中画匠，将棉布画成狮子图形三百具，限十日内报完，教陶必显引新到军为前部冲锋，将画成狮衣披在三百战马身上。倘贼军作起妖法，虎豹突至，放出三百狮衣马，军士筛锣随后。狮为百兽之尊，筛锣以像其声，虎豹见之必退矣。自己引大军随后而进，再教段雷、茹刚各引三百弓弩手预先埋伏左右，只等贼兵出城，抄出背后乱箭射之。虽有风沙，虎豹只能向前，不能向后。刘彦威分拨已定，自谓必胜之策。

再说王则正和左黜等三人议事，探子报官军又到。张鸾道："这番少不得贫道行了。"也引本部五百人出城迎敌，却是马军。卜吉道："刘彦威这厮连败不退，歇了许多时又来，其中必有计谋。不才愿随师父同往一看。"左黜跳将起来道："说得是。今日我们都去，索性结果了他，省得终日来搅得俺们不太平。"王则道："贝州成败决于今日，全赖列位用心。"瘸子和卜吉都引军去了，王则亲上城楼擂鼓助战。

且说陶必显初到，不知高低，使着一根狼牙棒，抖擞精神，大呼搦战。只见吊桥下处，飞也似一队人马冲将出来。为首一个道人，头戴铁冠，身穿绯袍，面如噀血，目若朗星，手持鳌壳扇一把，背上背一口松纹古剑。陶必显暗暗称奇，想道：这厮手中不拿军器，一定靠着妖法了。已有准备，何足惧哉？喝教众军一齐冲突上去。对面张鸾口中念念有词，将鳌壳扇一挥，喝声："疾！"只见平白地起阵冷风，吹得人毛骨凛冽，如冬天相似。半空中一朵黑云正罩在官军阵上，冰雹乱下，都打得破头伤脑。马俱股栗，不容不乱窜。倒把刘彦威大军冲动，弄得七断八续，急急鸣金收军。点兵时，不见了陶必显。原来陶必显吓得昏了，倒撞入贼人队里去，众军绑缚去了。

再说段雷、茹刚两路伏兵，听得喊杀连天，已知交战。急忙引军杀出，分明看见左黜、卜吉在前，用力追赶，须臾天色昏暗，不辨人形。两军恰好相撞，各认做贼军，六百弓弩手一齐发箭，都是自射自军。少停，天气清朗，六百人止剩得有百余个活的，其余都射死了。此乃左黜、卜吉行法之功也。段雷先伏在土窟中，不曾伤损，脱去盔甲，混在残兵中逃去。茹刚身中五六箭倒在地下，不能行动。望见贼兵来到，拔出身边佩剑，自刎而亡。后人有诗赞云：

不是将军无智武，熠熠妖星如众虎。
甘陵城畔吊忠魂，白日清霜共千古。

刘彦威见段雷引残兵逃回，晓得茹刚身死，痛惜不已。又打听得陶必显被擒，方知妖人如此利害。夜间秉烛而坐，正思去住之策，忽然营中发喊起来。刘彦威安坐不动，差人问时，说道："营前密布鹿角，一时都不见了。"刘彦威大怒，按住军中，不许喧哗妄动。绰刀在手，教点起火把，自出营前来看，果然周围鹿角全然失去。正惊讶间，只听得东边鼓角齐鸣，杀声震耳，正不知何处兵来。刘彦威教段雷引军向东边迎敌去了。须臾东边寂然，西边鼓角又起，火光烛天，如在一二里之近。刘彦威大怒，提刀上马，自引数百人往西迎去。约行了三四里，鼓角不闻，火光也渐息了。刘彦威只得转回，才到营前，只见南边鼓角又起，杀声至近。刘彦威吩咐段雷后营巡视，自己在前营立马而看，也不去迎他了。军中点得火把，通红如同白日。不多时，南边声响又绝，杀声又从北边而来。刘彦威一夜不睡，正没理会处，约莫五更时分，只听得营中又发起喊来，说道："司更的被大虫咬去了。"刘彦威大喝道："此地哪得有大虫到来？"说犹未了，只见营里面，一个美貌妇人，手中仗剑，骑着一匹大虫直冲出来。刘彦威连忙跳下雕鞍，那马早已惊倒。妇人和大虫都不见了。军中一夜不得安息。到天明看时，满营都是虎迹。巡风的报道："夜来失去鹿角只在里许之外，做一堆儿堆着。"刘彦威叹口气，道："天生此辈妖人，教刘某亦无奈何矣。"即时拔寨奔回冀州。连夜申文到枢密院去，说妖人如此作耗，乞添兵遣将，广求智谋之士，速行剿除，以绝后患。原来宋朝一款，但凡举荐边将失机误事者，荐主一同罪罚，因此枢密使夏竦瞒过朝廷，不行举奏。

话分两头。且说骑大虫的妇人是谁，正是胡永儿。她见官军屡战不退，今番又一场大厮杀，也到阵前观看。已知张鸾等得胜，还不了事，直到傅家疃刘彦威寨前，布散鬼兵，蒿恼他一夜。只为刘彦威寿数未绝，所以结果他不得，只逼迫得他逃走。

且说当晚张鸾等收兵入城，众军解到陶必显请功。陶必显磕

头愿降。王则准了，就封为统领之职，领着张、窦二将的军马。点兵时，并不损一个，王则大喜，连夜杀牛宰马大赏三军。一面吩咐守城军士小心在意，自己和张鸾等三人排宴在州厅上，吃个尽醉方休。看看五更将绝，只见厅前一声响亮，踱个胡永儿进来。众人大惊，连忙起身迎接。胡永儿道："你们众人吃酒快活，谁知我一夜辛苦。刘彦威这厮已被赶回冀州去了。"把夜间蒿恼他事情，说了一遍。王则拱手称谢道："贝州方有泰山之安也。"

胡永儿道："坚守孤城，不成大事。趁此目下军威，便可收伏附近州县。"众人都道："说得是。"当下再点人马，王则同左黜引军打东南一路，胡永儿同卜吉引军打西北一路，只留张鸾守城。不上半年，连得了曲安、肥乡、邯郸、广平等十数县城池。招降人马，多得钱粮，弄得势力大了。东京卖肉的张琪、卖炊饼的任迁、卖面的吴三郎，打听得胡永儿是王则的浑家，都到贝州投奔王则。王则见人心归顺，乃自立为东平郡王，册封胡永儿为皇后，左黜为国舅军师，张鸾为丞相，卜吉为大将军。弹子和尚虽不曾出力，众人推他手段高强，封为国师，月送钱米在甘泉寺供养，只怕日后有用他之处。以下张琪等都挂印封官，其势越大。分兵四出抄掠，各处闻得他妖术通神，无不望风而靡，河北州郡大半为王则所有。王则役起人夫，就州厅改造王府宫殿，与朝廷制度一般。又左黜、张鸾、卜吉都造得有衙门，费耗钱粮无算。又尊圣姑姑为圣母娘娘，创造行宫一所，以备她不时来往。百姓昼夜并作，无不嗟怨。又遍访民间有颜色闺女，纳入王宫。上等的立为妃嫔，次者做宫娥服侍。又选美女三十人，分赐左黜等三人。张鸾原是天阉，近不得女色，辞而不受。卜吉见张鸾辞了，也不敢用。只左黜原为调戏妇人上，被赵大郎一箭射伤左腿，做了瘸子，今日虽然学得一身法术，淫心不改，收纳了十个美女，日夕取乐。又各处自行选取，与王则赌赛的受用。只因这般，有分教：草头天子，坐不成一面江山；瘸脚妖人，做不彻千般鬼怪。正是：奢淫无度终遭祸，变诈多端久必穷。毕竟王则后来如何，且听下回分解。

第三十五回

赵无瑕拼生绐贼
包龙图应诏推贤

学些伶俐学些骏，伶俐兼骏是大才。
骏无伶俐难成事，伶俐无骏做出来。

话说胡永儿先前引兵攻打州县之时，军中掳掠得人口，内中有个小厮，生得十分清秀。永儿一见便喜，问他来历，答道："姓王名俊，年方一十三岁，父母双亡，随着外公出来避兵，不意中途失散，被擒到此，望娘娘饶命。"永儿见他言辞敏给，容色可怜，又与王则同姓，收在帐下为养子，出入不离，甚是怜爱。王则见了，也自欢喜，教外人都称他做小王子。不觉过了二年，那小厮一十五岁，越长成得好了。怎见得：

面如傅粉，体似凝脂，唇若涂朱，目如点漆。身材秀溜，是未经啮破的幸童；态度妖娆，像不曾戴髻的美女。赋性清扬真自喜，出词儇利得人怜。马上共惊挟弹子，主家重见卖珠儿。

胡永儿朝夕相傍，倒看上了他，与他私下成就了好事。原来妇人家只是初次廉耻要紧，难好破例，坏事到得开手时，一不做，二不休，连自家也息不得念头了。永儿初时跟着圣姑姑，行动风云作伴，山水为家，半像个出家人样子，这个道儿是不想着的。如今住在曲房深院，锦衣玉食，合着了俗语"饱暖思淫欲"这句了。眼见得宫中翠袖成群，蛾眉作队，自己只守着一个王则。况且他有三妃六嫔，不得夜夜相聚，看了粉妆玉琢这般个小厮，能不动情？这小厮竭力奉承，争奈永儿淫心荡漾，不满所欲。这小厮乖巧，但出外见个美男子，便访问他姓名，进与永儿。永儿自会法术，便摄他到伪宫中行乐。中意时，多住几日；不中意时，就放他去了。自古道："若要不知，除非莫为。若要不闻，除非莫说。"王则与永儿同窝居住，便道不曾亲眼看见，难道没些风声吹在耳朵里面？一夜间，吃得烂醉，猛然想起这事，怒气勃发，提了一把青锋宝剑到中宫来杀永儿。步至伪宫门前，忽然转个念头道：事不三思，终有后悔。这一套富贵，都是永儿作成的，怎好负她。况且她神通广大，若杀她不得，反破了面皮，不好相处。转到别院，将宝剑掷在地下，叹了口气，自去睡了。

　　恰好这几日圣姑姑正在圣母行宫。王则次日早起，一径来见圣姑姑。叙了些闲话，王则便道："近来仗托洪庇，地方倒也宁静。只是访得民间妇女，多有私下养着汉子的，败坏风俗，今如何处置她？"圣姑姑道："凡男女相悦，都是凤世姻缘。假如做夫妇的是正缘，私合的也是旁缘。还有一节，七情六欲，男女总则一般。女当为节妇，男亦当为义夫。男子三妻九妾，兀自嫌少，如何偏怪得妇人？况且妇人让着男子，只为男子治外，一应事体，是他做作。妇人靠着他现成吃着，所以守男子的法度，从一不乱。若是有才有智的，赛过男子，她也不受人制，人也制她不得。你且说汉帝刘邦诛秦灭项，何等英雄！任看吕太后在宫中胡作乱为，全然不管。他也不把吕后当个寻常女子看成也。人生世上得意难逢，趁着好时好运，得便宜处且便宜，得快活处且快活。此等闲事，非达者所当经心也。"只这一席话，说得王则默默无言，辞别回府。想着：圣姑姑说话，亦自有理。从今以后，我也莫管她，她也莫管我。各尽其乐，岂不美哉。当下召张琪、任迁等，教他三路察访民间美色，不拘有夫无夫，只要出色标致。

不一日，张琪访得本州关家庄关疑之妻赵无瑕，年方二十岁，姿色无双。王则就教张琪领兵取来，观其颜色如何。张琪领三百军人围住关家庄，立要赵氏。关疑又不在家，慌得他一门老小都躲了。赵氏道："贼徒慕我之色而来，我若不挺身出去，倘被进门搜索，反为不美。"乃取解手刀一把，藏在身边，自出中堂来见张琪。张琪见她果然天姿国色，心中大喜，便欲扯她上马，赵氏大喝道："将军不得无礼！将军此来取妾去者，还是自要，还是郡王要？"张琪道："王府闻娘子美色，特遣小将相迎。此去富贵非常，切勿迟疑。"赵氏道："既是郡王要妾，须郡王自来，妾有话相对。若郡王不来，妾虽死亦不去也。"张琪单马去飞报王则。

王则乘了一匹五花骢，引着伪府中亲军，亲自到关家庄来。看了赵无瑕，真个比花解语，比玉生香，吴宫西子不如，楚国南威远逊。王则大惊道："原来世上有这般女子，可上前与寡人攀话。"赵无瑕口称万福，不慌不忙地说道："大王为一方之主，侍巾栉者，必须香闺淑质，绣阁娇姿。如妾陋貌残躯，不足以辱后宫。愿大王以纲常为重，恕妾一身，大王阴德，必当享年千岁！"王则道："寡人所爱，是你的颜色。即当立为次后，休得闲话。"赵氏再三求告，王则只是不允。赵氏料道不免，大骂道："你这反叛贼徒，如鱼游釜中，不久亡灭，还要污人妻子。我恨不得一刀砍下贼人之头，岂肯从汝哉！"身边拔出解手刀来，便欲自刎，众人抢得快，做不成手脚。赵无瑕骂不绝口，只求速死。王则心中不忍，吩咐张琪散了众军，只留五十名壮士环守着她，务要劝她随顺。如执意不从，满门斩首。王则自回伪府中去了。

却说赵氏被张琪同壮士看守，一日一夜，求死不得。心生一计，绐道："大王既真心要妾，妾何敢执迷，以害全家之命。但妾颇读书知礼，若以威相逼，有死不从。妾有老姑在堂，丈夫在外，须待他一面而别。另居他室，择日礼聘，庶妾无苟合之羞，大王亦免强婚之议。望将军善言传达。"张琪又将这班说话，飞马传去。王则依允，着她婆婆看守，只不许她夫妻相会，来日便要聘娶入宫。张琪唤她婆婆出来，把媳妇交付她身上。倘有差池，全家不保。五十名壮士，分守着前后门，不容她丈夫回家相见。

原来关疑已自回了，见说家中有这一节事，不敢进门，只在左近人家住下，含着眼泪打听消息。那婆婆也只怕儿子回来被众军人所害，悄地寄信教他不要回来。当晚婆媳两个割舍不得，抱头而哭。赵氏收泪对婆婆说道："媳妇今日不难一死，只恐连累婆婆。但媳妇到彼伪府，必然自尽，以全节操。婆婆可预先收拾细软家私，约会了丈夫。待妾起身之后，作速逃窜东京，以避贼人之害。媳妇与丈夫虽做两年夫妇，并无生育，丈夫年纪正小，前程万里，自然别有良缘。只恨媳妇薄福，奉侍婆婆不了。到今生死之际，又被强徒隔绝，不得与丈夫一面。指上金戒指二枚，烦婆婆寄与丈夫做个忆念。"说罢放声又哭。正是：

世人万般哀苦事，无过死别与生离。
纵教铁汉应肠断，便是泥人也泪垂。

婆媳两个这一夜眼泪不干，泣声不绝。挨到天明，婆婆真个吩咐养娘收拾得两包细软金珠，又寄信与儿子，教他预先远远地觅一辆小车儿，准备走路。

　　且说王则将聘娶的事，都托在张琪身上。张琪侵早先到关家庄，巡哨了一遍。打听得夜来无事，欢喜不胜。少停，聘礼已到，黄金白金各四锭，黄的每锭重十两，白的每锭重五十两；彩帛二十端，双羊双酒，大吹大擂送上门来，摆设在中堂。婆媳两个重新哭起，婆婆道："这些东西分明是买我身上的肉，我何忍要它？"赵氏道："今日虽买婆婆的肉，他日好买那贼徒的肉。"婆婆道："怎么说？"赵氏道："这贼徒少不得天兵到来，拿住解去东京，千刀万割。你把这金银留着，到那时送与刽子手，在刀头上买他一块来祭你媳妇。我在泉下也得快活。"莫说婆媳二人悲伤之事。再说张琪催那婆婆收了礼物，自己又去催趱取亲人从。一百名伪府亲军，金鼓旗枪前导，二十来个宫人都乘着宝马，捧的是金冠绣蟒、玉带红袍。一般有伪内臣执了龙凤掌扇，引着香车细辇。十来队乐人吹打，只要奉承赵氏欢喜，所以仪从极盛。赵氏别了关家祠堂，又拜了婆婆四拜，又望空拜了丈夫四拜，哭了一场，登车下帘，众人一拥而去。那婆婆哭倒在地，养娘唤醒。关疑知道妻子起身，方敢回家。已自哭得不耐烦了，忙忙地收拾行李，弃了家私，同养娘扶着婆婆潜地逃入东京去讫。

　　再说王则闻张琪报道："新人已娶来了。"喜从天降，慌忙大排仪仗，亲出府门迎接。军士们人人望赏，个个生欢，做两行摆列，让香车进府。王则亲自开帘，不见动掸，抱将出来看时，颈上系着罗帛，原来在车中密地自缢，真烈妇也。史官有诗赞云：

　　　骂贼非难给贼难，夫家免祸九泉安。

趙魚瑕挤生詔贓

似兹贤智从来少，不但芳心一寸丹。

后人又有诗云：

骂贼曾闻元楷妻，从客就义更称奇。
衣冠多少偷生者，不及清河赵与崔。

清河就是贝州之地，隋末时有个崔元楷。元楷之妻骂贼而死，此诗是表二烈妇之大节，男子不及也。王则这晚一场扫兴，想这妇人烈性，不干众人之事。将尸首着张琪给归原夫，追还聘礼。到次日张琪闻知关家逃走去了，禀过王则，藁葬于城外。王则出榜，但是民间美色，或父母献女，或丈夫献妻者，俟选中日，官给聘礼百两；倘藏匿不献，致被他人首出，即治本家之罪。于是夺民间妻女，不计其数。百姓讨了个有姿色的老婆，便道是不祥之物，若讨得丑的反生欢喜。当时有个口语道：

莫图颜色好，丑妇良家宝。
私嫌官不要，夫妻直到老。

至今说丑妇良家之宝，语起于此。胡永儿明知王则贪色恣欲，倒也由他。但是自己有些私事，不要王则进宫，把一只金簪插在槛外，绕屋便像千围烈火；把一只银簪插在槛外，绕屋却似一派大水，外人寸步难进。闲常没事时，收了法术，或是请王则到宫相聚，或是王则自来，夫妇依然欢好。亏杀他夫妇，贪恋荒淫，堕了进取之志，也是气数只到得如此。弹子和尚见王则所为不合天理，久后必败无成，竟自不辞而去了。左黜自恃国舅，凡事恣意施为。张鸾、卜吉虽在其位，全无权柄，倒落得清闲受用。吴三郎改名吴旺，和张琪、任迁都讨了个地方，做了知州之职，享用富贵。时常领兵寇掠邻境，抢掳些子女财帛，贡与王则。只为奸臣夏竦蒙蔽朝廷，养成了这般大势，任那一方百姓受苦，只是隐匿不奏。

一日，仁宗皇帝御驾往西太乙宫行香。礼毕，正欲还朝，忽然百官队里走出个新参御史。那人姓何名郯，上前快走几步，一手扯住御衣，伏地大哭。仁宗道："卿有何屈事，奏与朕听，朕当为卿申理。"何郯奏道："臣没甚屈事。只可惜太祖皇帝四百军州，看看侵削。陛下枉有尧舜之资，将来不免桀纣之祸也。"仁宗大惊道："卿何出此言？可细剖之。"何郯奏道："西夏反了赵元昊，邕州反了侬智高，无人收伏。今贝州又反了王则，河北一路皆为贼巢。陛下不思选求良将，讨贼安民，窃恐舆图日蹙，天下非复赵家之有矣。"仁宗道："朕已命范雍征讨元昊，杨畋征讨侬智高，未见次第。贝州兵变，当时便遣冀州太守刘彦威平定，卿言从何而来？"何郯又奏道："范雍年老，为元昊所轻。杨畋久出无功，虚耗粮草。贝州反贼王则，杀得刘彦威片甲不回，称王僭号，河东地方都震动了。告急文书雪片到京，都被枢密院使夏竦隐匿不奏。陛下不诛夏竦，天下不得太平。"此时夏竦也在驾前，吓得面如土色，支吾不得。仁宗大骂："夏竦奸臣，朕委你执掌兵权，不思报效，欺君误国，本当斩首，姑且革职为民。"夏竦满面羞惭，只得谢恩去了。

仁宗又问道："方今何人可任枢密使之职？"何郯奏道："只今天下闻名刚正无私的，无如包拯。此人昔年曾任开封府尹，治得一清如水。只为不肯奉承夏竦，弃官而归。陛下若欲选求良将，削平三处大寇，只消起用包拯，他所荐举，无有不当。"仁宗大喜，准奏。即日起召包龙图，升为枢密使之职。包拯在家闻召，连忙起身到东京，面君谢恩已毕。仁宗问道："今西夏、广南、河北三

处反叛，卿有何良策定国安民？”包拯奏道：“以臣愚见，范仲淹可专任西夏，狄青可专任广南，文彦博可专任河北。陛下要天下太平，除非委此三人，可责成功。”仁宗道：“河北只是一个军卒鼓噪，如何恁地利害？”包拯奏道：“王则不足道。他有一班妖贼帮助，能兴妖法。”仁宗道：“彦博年已八旬，卿如何独举荐他？”包拯奏道：“臣闻得童谣有云：八只眼儿嗔，巍然三教尊，天神为将鬼为军。不怕武，只怕文。王则则字旁是贝字，又贝州俱有八只眼之义[1]。妖人中僧道俱有，独奉王则为主，故说巍然三教尊。神将鬼军乃妖术也。这一班人武有余，而文不足，故说不怕武，只怕文。今着文彦博去，正合着这句谶语。又贝字着一文字，是个败字。臣所以不荐他人，独举彦博。且彦博虽然年老，精力不衰，才智过人，老成持重。若此人一去，王则必败无疑矣。”仁宗天子闻奏甚喜，连降三道诏书，令使命分头召取三人连夜赴京擢用。有诗为证：

夏竦奸邪太不仁，欲将一网尽贤臣。
但有忠佞分明日，便是边疆息战尘。

不说范仲淹、狄青二人之事，就中单表文彦博。此人乃河东汾州人氏，少年曾讨西番有功，累官做到首相。因与夏竦不合，固求去任，罢为西京留守。年已七十九岁，精力胜如二三十岁的后生。使命领敕，星夜到了西京。文彦博并本州大小官员出郭迎接圣旨，至州衙里开读罢，各官望阙起居谢恩。文彦博领了诏令，别了家眷，兼程而行。不一日到了东京，官员都在接官厅伺候，迎接

1 “贝”繁体为“貝”。

入城。次日早朝，随班见帝。怎见得早朝？但见：

> 祥云迷凤阁，瑞气罩龙楼。含烟御柳拂旌旗，带露宫花迎剑戟。天香影里，玉簪珠履聚丹墀；仙乐声中，绣袄锦衣扶御驾。珍珠帘卷，黄金殿上现金舆；凤羽扇开，白玉阶前停玉辇。隐隐净鞭三下响，层层文武两班齐。

当日仁宗天子宣文彦博至面前，圣旨道："河北贝州王则造反，今命卿为元帅，收伏妖贼，当用人马几何？副将几人？任卿便宜酌处。"文彦博奏道："臣闻王则一党尽是妖人，若人马少，恐不能取胜。臣愿保举一人为副将，请十万人马，可以克敌。"仁宗道："军马依卿所奏，但不知卿保举何人为副将？"文彦博奏道："臣乞曹伟为副将。"仁宗道："这曹伟莫非是下江南第一有功，封王的曹彬的子孙么？"文彦博奏道："正是曹彬嫡孙。"仁宗闻奏，龙颜大喜，命宣曹伟见驾。仁宗当殿封文彦博为统兵招讨使，曹伟为副招讨。拨赐内帑金银钱帛，犒赏三军。二人谢恩出朝，便去各营点兵发马。枢密使包拯具酒送行，私对文招讨说道："老相国此行，定成大功。但贼人中有一妖僧叫做弹子和尚，此僧变化多端，相国可以预备。"文招讨道："多承指教。"三杯酒罢，包拯别去。文招讨即日离京上路，渡黄河直抵河北界上，军马就于冀州驻扎。真个是：人人欲建封侯绩，个个思成荡寇功。毕竟文招讨征讨贝州，胜负如何，且听下回分解。

第三十六回

文相国三路兴师
曹招讨唧筒破贼

胜败兵家虽不常，从邪从正判殃祥。
若知邪正殃祥理，及早回头不用商。

话说文招讨大兵到冀州驻扎，冀州太守刘彦威迎接二招讨入城，备说王则妖法难敌。文彦博与曹伟商议，道："王则占据州郡，身住贝州。目今进兵，还是合兵径打贝州，还是分兵四下攻取，招讨必有奇谋神策？"曹伟道："曹某系副将，安敢僭越计谋，主帅有命，一听指挥。"文招讨道："不然，招讨乃名将之子孙，曾与先王建立边功。彦博虽为主将，终是书生，全仗招讨共成王事，不必谦逊。"曹招讨应诺道："河北州县虽归王则，皆因惧势，非为心服。今闻大兵到此，自顾不暇，何暇出兵助贼。仗主帅神威，直捣贝州。若贝州攻破，余者不消加兵，自然服矣。"文招讨道："招讨所见极明，打听他城中兵不满万。我这里有大兵十万，更得招讨奇谋，破贼如反掌矣。"曹招讨道："曹某亦探听得王则等辈虽不能用武施文，尽行妖法。日前刘太守去收伏时，被王则用了妖法，是以损兵折将而回。据曹某愚意，主帅将三万人作中军，以二万

文相國三路興師

人与曹某作左辅，以二万人与总管王信为右弼，分为三路，作长蛇之阵。以二万人与转运使明镐为押后。以五千人令先锋孙辅各营巡视，以五千人与刘彦威帮助孙辅，就为向导。今王则兵不满万，止可敌我一路。我军若胜，则三路并进；若有少亏，则两路必来救应。此万全之策也。"文招讨见说，大喜道："招讨如此用兵，何愁贝州不破。"次日，文招讨分三路人马来取贝州。先打个榜文前去，榜上数王则十般大罪：

　　一、不合激变军心。二、不合擅杀州官。三、不合擅据城池。四、不合聚集妖党，杀伤官兵。五、不合称王立后。六、不合擅封官职。七、不合纵兵侵掠州县。八、不合私役人夫，起造王宫伪府。九、不合奸淫民间妇女。十、不合叛国害民，长恶不悔。今天兵十万前来征讨，只要首恶王则一人，余党悉赦不问。如有擒斩王则来献者，一体叙功。倘王则自知其罪，束手归降，当奏闻朝廷，待以不死。如仍前执迷抗拒，兵临城下，悔之无及。

　　王则见了这榜文，惊得手足无措，急聚左黜等一班儿计议。左黜道："前日冀州刘彦威杀得片甲不回。今文彦博年已八旬，自来送死。虽有雄兵十万，能奈我何？"张鸾道："贫道在东京时，多闻文彦博之名。曾有异人推他八字，说他一生出将入相，富贵无比。年近八旬，再为朝廷建大功劳，安邦定国，寿近百岁而终。此乃天上福神，不可轻也！又童谣有云：贝州一郡虎，怕文不怕武。今文招讨正应此谶，凶吉难保。依贫道愚见，不若把知州张德贪污激变缘由，委曲诉明，卑词谢罪，烦文招讨转奏天子，愿自具军粮替国家出力，或征西夏，或讨广南。那时功成奏凯，仍不失侯王之位。不知军师意下如何？"左黜道："做大的难为小，仗我等法力，便赵官家自来，也不怕，何怕一老头儿哉！丞相奈何自损志气？"张鸾道："当初举事，本为贪官害民，人心共愤，恰遇奸臣在朝，隐匿不奏，使我辈得成其事。今朝政清明，去邪用贤，命大臣统重兵而来，大非往时可比。我等单恃些法术，安知彼处无会事之人。军师请三思之。"卜吉在旁只不开口。王则见二人议论不一，抽身便起，众人俱散。王则径入伪宫，来见胡永儿，把两般说话都述一遍。永儿道："大王奈何弃已成之业，而束手受制于人乎？千金担子，自有我哥妹二人承当。若不放心，再请母亲圣姑姑到，万无一失。张鸾之言，不可听也！"王则听了，大喜道："王后之言是也。"是晚饮宴尽欢，就宿于永儿宫中。

却说卜吉，这日口虽不言，心下想道：我本是做客生理，为胡永儿跳井事，撞了赃官，几送残生。幸遇我师父救取，跟随王则，得报此仇。谁知王则做事，比那赃官更狠，民心离怨。弹子和尚不辞而去，也只为看不上眼。我等若不见机，又与文招讨作对，诚为逆理罪过。遂连夜来见张鸾，说道："适间瘸子甚有不然师父之意。师父在此，有损无益。为今之计，不若见机而作，跳出是非门为上。"张鸾道："汝所言正合吾机。我有个师父，在天台玉霄峰隐居修道，你我不若同到彼处寻访，采药炼丹，图个神仙正果，岂不为美？"二人商议已定，当夜便离了贝州城，望天台山而去。有诗为证：

> 一念贞邪转吉凶，奸雄回首即英雄。
> 今朝双翩冲霄去，不问洛州旧战烽。

后来道君皇帝盖万岁山，差十制使往江南运花石纲。一个制使在天台玉京洞看好了一株金松。原来金松不比凡松，垂条如细柳，结子如碧珠，只有台州生产。这株松更生得玲珑可爱，根株盘旋在一块巧石上。制使将御用字样黄旗插着，择日起夫连石抬去。忽然洞中走出个老道者，说道："此树乃先师冲霄处士手植，贫道在此看守七十多年了，乞留方便，莫动它罢。"制使道："松石图样已打在御前去了，怎罢得？"老道者道："若万岁问时，但说郑州卜道人求来作伴。"制使不听，喝教人夫将铁锹来掘。才下锹时，只听得一声响亮，石倒根扶，这金松一时枯死。制使吃了一惊。老道者又再三求告，制使依允。老道者将手轻轻地扶起那巧石，这金松依旧茂盛。制使回朝奏与道君时，朝中有晓得仁宗朝故事的，说道："冲霄处士乃张鸾，卜道人是卜吉。"仁宗到道君时，将近百年，卜吉尚存，疑其得仙矣！此是后话。

再说王则次早听得有人报道："张鸾、卜吉都不知到哪里去了。"急召左黜问之。左黜道："张鸾原与我们不同支派。昨因议论不合，怀惭而去。卜吉是他徒弟，一同去了。我们也不靠着他。可召张琪、任迁、吴旺三人回来听用。"张琪等正在各地方为官享福，闻得贝州信到，各率本处军马，齐来助战。王则打听得文招讨大军已到，大开城门，引军靠城摆列阵势。瘸子紧紧相帮，左手吴旺，右手任迁。留张琪和陶必显在城头擂鼓呐喊。胡永儿亲自领兵，绕城巡警。文招讨将兵分作三路，出于阵前，与王则打话。王则见文招讨出马，唱个喏道："王则因州官贪滥，挺身为百姓除害，众人推我暂领一隅之地，又不侵犯别郡，朝廷何必兴兵到此？"文招讨大喝道："汝造下十大逆天罪恶，今天兵到来，理合开门投降，辄敢拒敌，不知死活！"王则道："久闻招讨大名高寿，宜知进退，以享余龄。若必欲交锋，诚恐手下不相饶让，勿罪勿罪！"文招讨大怒，喝教擂鼓。先锋孙辅挺枪，指人马抢城，捉王则。王则见人马抢来，望后一退，让左黜马头在前。刘彦威在文招讨身边，指着瘸子道："这贼道惯使妖法，元帅宜防之。"

说犹未了，只见左黜在阵前叩齿作法，乌云猛雨，雷声闪电，火块乱滚，就兵马队里卷起一阵黄沙来，罩得天昏地暗。黄沙内尽是神头鬼脸之人，引着许多豺狼虎豹前来冲阵。众军只斗得人，如何斗得神鬼猛兽？战马惊得乱窜，把鞍上将都颠将下来。王则见文招讨阵脚乱动，乘机趁势驱人马一掩。文招讨同先锋孙辅，大败而走。王则领人马随后追赶。副招讨曹伟、总管王信，见文招讨兵败，各引本部兵马前来救应。王则见两路军马齐来，唯恐有失，急下令收军马入城。

文招讨引军离城三十里傅家疃下寨。计点人马，杀伤并自相践踏死者无数。文、曹二招讨及总管王信，聚集众将共议攻城之策。文招讨道："我与西番戎兵大小也曾战数百阵，不曾见王则这般妖势。可知道刘太守输与这贼。"

刘彦威道："小将初时被妖贼刮起风沙，败了一阵。小将吩咐军中各备眼罩。第二阵却赶出猛兽来，又折一阵。小将又吩咐军中将布画成狮形，覆于马背。此孔明破南蛮之计。不料第三阵却是冷风冰雹，人马大半冻死。这伙妖人真个变化不测。必须破其妖法，方可取胜。"曹招讨道："闻得贝州会妖邪术者不过四五人，余者俱不会。然这妖邪术法，曹某有个道理，可以破得。"文招讨听了，欢喜道："敢问招讨有何妙计，可破妖法？"曹招讨道："王则这家法术，和尚家唤做金刚禅，道士家唤做左道术。若是两家法术都会，唤做二会子。皆是邪法。只怕的是猪羊二血，及马尿、犬粪、大蒜，若滴一点在他身上，就变不成神鬼，弄不得邪法。"文招讨大喜，吩咐军士但交战时，刀枪头上都要蘸血。曹招讨教做五百个唧筒，都盛猪羊二血。选五百个身长力大的军人做唧筒

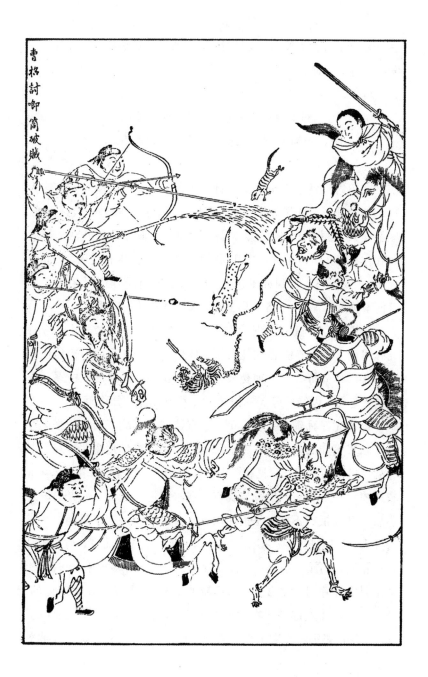

手，配着五百个弓弩手。交战时，若见神鬼异兽，唧筒、弓弩一齐发作。有诗为证：

> 邪不胜正从来有，识破之时岂能久。
> 任你妖群变化多，今朝难免唧筒手。

文招讨犒赏了军士。至次日，摆布军马，留明镐守傅家疃大寨。其余都起，依先分作三队，离城三里，排列阵势。鼓声震地，喊杀连天。原来王则手下，无甚英雄好汉，厮杀全仗妖法。屡屡取胜，不把文招讨在意。当日闻得军马临城，张琪和任迁、吴旺商议道："我等三人自到贝州，从无尺寸之功，枉学得道术在身，今日何不施展？"三人一齐来禀王则，情愿领本部兵出战。

王则道："前日文彦博大败，被他左右两路兵夹攻救去。今日吴旺可引一支兵东去邀住他右军，任迁可领一支兵西去邀住他左军。张琪作先锋，与孙辅交战。寡人同国舅、军师攻取中军。务要擒此老翁，以绝后患。"三人得令，引兵出城，分路而去。

却说先锋孙辅，领着五千人，直逼城下搦战，正撞着张琪军马。张琪不知武艺，只靠着水火葫芦。当下忙忙地念咒，双手把那葫芦口向前擎起，只见葫芦中左边喷出一道水来，如高岩瀑布；右边喷出一道火来，如野焰烧空。遇水的淋头浇面，遇火的燎发焦眉。孙辅抵挡不住，恐怕冲动大军，拨马刺斜望东而走。张琪指挥人马，追赶去了。王则见前军得利，大驱人马而进，与文招讨大军相遇。门旗开处，左黜披发仗剑，又驱出许多神鬼异兽出来。文招讨喝开阵门，放出五百名唧筒手、五百个弓弩手。唧的射的，一齐发作。箭上都有秽物，那些神鬼异兽，被秽物猪羊二血破了邪法，形消影灭。左黜出其不意，吃了一惊。再要摆布时，却被文招讨人马乘势掩杀将来，大败落荒而走。王则急急引兵入城，拽起吊桥，将城门紧闭不出。

再说吴旺一支兵东去，正迎着曹招讨前部骁将董忠，挺枪直取吴旺。吴旺从幼也曾习过枪棒，两个斗起枪来，一来一往，约二十余合。曹招讨后队已到，曹伟双刀法神出鬼没，亲出阵前助战。吴旺料不能敌，把马一拍，腾空而起，其去如飞。曹招讨追之不及。再说孙辅引着败军东走，忽见空中一将跃马而过，离地有数丈，料是妖人。慌忙攀起弓来，望空一箭，正中在马上。那箭头都蘸得有恶血，吴旺骑的是妖马，本是纸剪就的，着了箭仍变做纸，吴旺从半空中倒颠下来。孙辅带转马，正待擒人，张琪军恰好追到，看见空中坠下一人，认得是吴旺，连忙救了。曹招讨大军都到，张琪不敢恋战，保着吴旺而走。到吊桥边叫开城门，城中接应进去了。吴旺这一支兵，隔绝在后，尽数投降在曹招讨麾下。

再说任迁将木凳变成大虫骑着，摇头摆尾，自谓无敌，领一支军西去。王总管前部骁将柳春生，原是猎户出身，用一柄浑铁钢叉，部下都是步军。柳春生认是真虎，提起钢叉便搠。任迁见势头来得凶猛，把大虫一拍，那大虫跳起有二丈多高，张牙舞爪，望柳春生身上扑将下来。柳春生一闪闪过，把钢叉向大虫尾后尽力一搠，喝声："着！"喀嚓一声，只见大虫倒地，看时不是大虫，却是一条板凳。这板凳属木，钢叉是浑钢打就的，金能克木，况钢叉头上也蘸得有恶血，着了一些，其妖法便解。任迁脚根着地，早落慌了，被柳春生肩胛上一叉搠倒，活活绑缚。众军无主，各自逃生。

文招讨这一阵杀斯，三路得胜，就逼着贝州城下寨。刘彦威在城下，拾得无数的怪物来献，都是纸剪草做的，及赤豆白豆之类。但是沾着秽气，故收不去了。先锋孙辅收得吴旺的纸马来献。曹招讨招降军士千余人，王信部下柳春生解到正贼一名任迁及变虎板凳一条。文招讨一一记在功劳簿上。文招讨将任迁亲自细细地审问，方知起手连王则共是六人，以后又有张琪等三人。弹子和尚先去了，张鸾、卜吉与左黜不合，也去了。今城中只有胡永儿和左黜、张琪、吴旺四个。还有胡永儿的母亲叫圣姑姑，往来不常。文招讨临行时，听包龙图说得弹子和尚恁地利害，今闻说不在城中，又放下了一头忧虑。当下审毕，喝教上了囚车，送在大寨中明镐处看守。等待捉了王则，一同解京。每早用一碗猪羊血淋头。正是：从前作过事，没兴一齐来。有诗为证：

纸马形消木虎瘆，数年妖法顿成灰。
何如饼面生涯稳，无是无非不吃亏。

王则输了这阵，折了许多人马，又失了任迁。正是：刀添三个缺，人减七分威。这里文招讨十万大军，倍增意气，河北州县先被王则侵占的，闻得天兵得胜，都潜地差人送款，虎视贝州指日可得。文招讨下令差五百军上山砍伐木植，做造攻城器械。云梯、炮石、天桥、火箭，数日之内，俱各齐备。文招讨令傍城剿战。众军士直到城濠边攻打，只见贝州乌云黑雾，罩了城子。虚空中隐隐现出神头鬼脸、毒蛇猛兽。军士都打不得城，反伤了许多人马。一连打了两三日，只打不下。

文招讨在帐中纳闷，夜间秉烛隐几而卧。忽然一阵冷飞过处，见一妖娆美妇人，将白罗帕拥颈，冉冉而来，到文招讨前跪下。文招讨大喝道："我奉王命引大兵到此，是何妖精敢来冲突？"妇人道："妾非妖精，乃本州关疑之妇赵无瑕也。王则爱妾之色，强妾成婚，妾守志不从，自经而死。今藁葬在城外浅土，正在老相国军营之内，被军人啰哴不安，乞老相国怜悯，迁骨于十里之外，九泉衔感！"文招讨道："原来小娘子是位烈妇，下官失敬了！小娘子精灵不泯，必知此贼何时可灭。"妇人道："这贼魔运将尽。但老相国三日之内，主有大厄，须当谨慎。"文招讨大惊。只因这番，有分教：鬼怪魔君，尽被雷霆碎首；妖邪逆党，俱遭刀剑分尸。正是：不泯贞魂终为厉，无知逆党定遭殃。要知结末，且听下回分解。

第三十七回　白猿神信香求玄女
小狐妖飞磨打潞公

人生本是三更梦，世事浑如一局棋。

但愿心田存得正，平时乱世总相宜。

话说文招讨梦见这美妇人对他说，三日之内，主有大厄，吃了一惊。醒将转来，恍惚还见这妇人的身影冉冉而去。听军中更鼓正打三更，文招讨一夜不睡。到天明，吩咐军校在营中查访烈妇赵无瑕的葬处。不多时，军校来报："有军士李十八适间坎地理锅，因土松掘将下去，获一妇人尸首，外边稻草包裹。那妇人颜色如生，颈上紧系着白罗帕子，像个新缢死的。"文招讨便教军中用棺盛殓，备下三牲祭礼，亲到灵前奠酒，离城十里外，择个高阜处安葬，亲题"贝州赵烈女之墓"七个字于石上，令石工镌石立于墓上以记之。这赵氏冤抑三年，亏得文招讨与她改葬立碑，表她是烈妇，分明受了一道封号，把这烈妇的精神洗发出来。有诗为证：

北邙山下冢累累，谁似清阳一土堆。

记得潞公题石处，年年只有子规啼。

文招讨想那烈妇所言大厄之事，只怕有刺客奸人潜入营中，吩咐小心巡警，攻城将士暂时休息，待三日之后，再议攻取。

话分两头。却说贝州城中一班妖人，驱神役鬼，不论日子地作弄妖法。妖气直透天庭，惊动了玉皇大帝，遣太白星李长庚查看。李星君把王则等一班妖人反叛始末，奏闻玉帝。玉帝道："天书秘册在白云洞中，有白猿神看守。今被人盗法，生事害民，合当一体治罪。"李星君奏道："臣闻妖不自作，皆由人兴。只因赵宋真宗，听信奸臣王钦若，引诱三遍，伪造天书，矫诬上天，欺诳百姓。以此民间竞尚妖巫，酿成妖衅。那时宫帏中便有妖狐之异，必主妖狐作乱，天下不得太平。司天监失于推详，恰遇白云洞天书出现，妖法流传，延至今日，狐党猖獗，正应其祸。此乃天数，非关白猿神之咎也。况盗法乃是蛋子和尚，其人曾设大誓，合有道法因缘，白猿神原无私授之罪。"玉帝道："蛋子和尚何人也？"李星君奏道："昔年有优婆夷[1]十二岁出家，修行三十余年不曾破戒，偶于莲花塘中见鹅鸭交感，忽动欲心，从此怀孕，一十三个月不产。一日在迎晖山下经过，腹中作痒，产下一蛋，弃之水潭而去。有迎晖寺僧拾得此蛋，送鸡巢中抱出一小儿来。从幼剃度为僧，是名蛋子和尚。长成勇猛精进，一心好道，闻白云洞有天书秘法，三年辛苦，刚摹得地煞变化七十二条，央老牝狐精圣姑姑辨识其字，因而同他母子修炼。只因狐女胡永儿与王则有夙世姻缘，所以狐党辅助为乱，蛋子和尚见机而作，并不与事。"玉帝点头，便命老金星于福禄寿三司查取王则命数，就同善恶司查勘王则行过罪恶，详议来奏。说话的，你又作谎了。普天下人如恒河沙无数，若是一个个人的命数，天上都像算命先生，流年般细细开载在那簿籍上，

1　梵语音译，指在家信佛的女子，即女居士。

得几间屋装这簿籍？每日生生死死、开除添造，几千万个书手也弄不来，福禄寿三位星官好不忙哩。就是人生一日间百善百恶，善恶司哪里记得许多。看官有所不知，假如平民百姓，无禄无位，亦无大善恶，此辈万千相等。他的穷通寿夭，随着世乱世治，年丰年歉，大小劫数内总来总去，不计其数了。若是低低里一个前程，小小的一个财主，上界便都有个注录，有善则升，有恶则降。又民间极善极恶之人，也是上天间气所钟，其姓名亦须入善恶簿内。况且草头天子，他的命数修短，大则关系天下，小则关系一方，天庭如何没有个记录？

闲话休提。原来王则原是人趣修罗中多欲魔王转劫，五百年一出世，或男或女，妖淫好杀，应人间魔运而起。遇着昏君无道，搅乱乾坤。若撞了治世明王，其魔亦不能逞也。因是真宗皇帝伪造天书，装神说鬼，酝酿妖气深重，所以生下王则，凑着魔运。幸是赤脚大仙治世，文曲武曲诸星皆为辅佐，不能成其大害。前劫武则天娘娘福寿忒过分了。这一劫虽转男身，事事减损，命中合居王位一十二年，遇天寿星而绝，享年四十。那天寿星是谁？就是招讨使文彦博了。他在唐朝姓张名柬之，一生抱文武全才，年近八旬，不得际遇，亏了梁国公狄仁杰荐为丞相，领羽林军剿灭了武氏，建立了李家。后因中宗皇帝不明，枉受贬死。上帝哀怜，使配天寿星之位，世享富贵遐龄。在五代为冯瀛王，在今日为文彦博。都是位极人臣，寿将百岁。当初则天之乱，是他平定了，今日王则之乱，仍要做他的功劳。天数注定，非偶然也。

据说王则有十二年王位之分，今才五年有余，还该一半。因他五年内杀害了生灵十万，又强占有夫妇女多人，逼死烈女一名，作孽太重，善恶司议将王则两年折做一年。只今三个月内，仍受国刑诛死，以警万众。李星君同天曹各司复奏。玉帝道："王则处分极当。只是一班妖人，恐文彦博不能料理。"李星君奏道："从来妖法易破，但此乃天书秘册，七十二变化无穷。既从白猿神白云洞中盗出，臣愿领帝旨，仍责成白猿神令收伏妖党，以赎漏法之罪。"玉帝准奏。当下李星君领了帝旨，出了天门，拨开云头，望白玉炉中香烟而下。

却说袁公正在洞中修真养性，忽见太白老金星下降，吃了一惊，慌忙跪接，问道："星君降临凡洞，不知何谕？"李星君双手扶起，便道："我在上帝前保奏，把一件大大功绩与你干去。"袁公道："谅小臣干得什么功绩？"李星君便叙起贝州之事："这一班妖人舞弄的术法，都是白云洞壁传出去的。玉帝要问你个监守不严。是老夫保奏下来，要你平妖赎罪。"袁公慌得手足无措，道："小神粗知剑术，曾无伏妖荡魔力量，恐误大事，实不敢任。"李星君道："我说与你一个门路，除非去求九天玄女娘娘，便有个裁处。"袁公叩首谢教，送了金星起身，便把师门信香焚起，望空参拜，连呼师父九天玄女娘娘三声。只见旌幢焜耀，干羽缤纷，那娘娘圣驾在半空中驻扎。原来娘娘是九天道法之祖，但是徒弟都有个信香分授，倘有急难，焚起香时，即来救护。当下袁公叩见了娘娘，将李长庚传来帝旨告诉了一遍，拜求师父圣力裁处。

娘娘笑道："原来如此。文招讨与我平日有恩，我合当助他成功。但此事是蛋子和尚开端，还须要他来出力。目今他在大名府紫金山结庵，我今同你到彼。你可便引他来见我。"说罢，乘云而起。袁公随着云车，径到紫金山高峰之上。这紫金山是上古玉女修真之处，满山都是翠石，绝无撮土，蛋师爱他秀丽，自离了甘泉寺，便在此山结庵而住。正是：

山古仙留迹，庵幽石作邻。

427

白猿神信香求玄女

一声天际籁，不惹世间尘。

蛋师正在庵前闲玩，抬头忽见一老者，认得是旧时指引他到白云洞去的，慌忙问讯道："向日多蒙老翁指教，无门叩谢。今日幸得再遇，请到小庵攀话则个。"老者道："老汉非别，只白猿神的就是。奉玉帝命，看守白云洞天书石壁，不敢轻传。向年因见吾师三遍哀求，真心设誓，为此指点吾师到洞摹法。谁知老狐精倚赖吾师，成其变化，却去帮扶王则造反称王，杀人十万。今妖气腾天，玉帝查出盗法之由，欲将吾师与老汉一同治罪，天谴难逃，如之奈何？"蛋子和尚终是本分，早已心慌，便道："动问老翁，如今有何解救？"老者道："老汉请得九天玄女娘娘圣驾到此。吾师若同去求她，此事可解。"和尚变忧作喜，拱手道："全赖老翁引见！"当下两个同上高峰。

蛋师见了娘娘，慌忙拜倒，自陈："贫僧虽叨法缘，获遇白云洞左壁天书，并不曾欺天背誓，生事害民。今闻得上帝震怒，望娘娘解救则个！"娘娘便教袁公扶起，对他说道："白云洞中右壁乃天罡正法，左壁乃地煞邪法，今妖狐仗此邪法，生事害民。推究这法从何来，岂能无罪？目今文招讨大兵征讨，若能助正除邪，将功掩罪，此万全之福也。"蛋子和尚道："贫僧与他们本事，也只相等，如何胜得他？"娘娘道："我把天罡破邪法传授与你，他的邪法自不能施。虽则如此，然那狐精多年老魅，况有左道变化无穷，急切收他不得，必须请天庭照妖镜，照破原形，方才了手。"蛋子和尚当拜玄女娘娘为师，传授了天罡破邪法。

娘娘吩咐道："你先在贝州，住居城内城外？"和尚道："弟子见王则不仁，便在城外甘泉寺中着脚，从不入城。"娘娘道："你今仍到甘泉寺中住下，我自指引文招讨来相会，以成三遂之事。"

蛋子和尚不知三遂是何语，也不敢问，领了法旨，辞别出山，再望贝州而去。路上想道：我当初住在甘泉寺时，一寺中僧众，都知我名号，哪个不说我是妖人一党，今番又去，好没嘴脸。又想一想道：我有计了。他寺中有个老和尚，姓诸葛名遂智，出外朝山，十五年不回，杳无音信，众僧疑他已死，替他排下灵位。我曾见他挂的小像，又知他生年该七十一岁，何不变他形貌，也好栖身。少不得仍把地煞七十二变中的换形法来使，口中念咒，将脸一抹，就变做诸葛老僧。才进得甘泉寺，众僧接见，认得是本寺师父，又惊又喜，将灵位悄地撤去，大大小小尽来叙寒温，问起居。蛋子和尚因话答话，大盼盼地看他扫舍安床，供茶敬饭，受他叫师公师父，全不在意。

　　看官牢记话头，蛋子和尚自在甘泉寺中且做老僧诸葛遂智住着。再说九天玄女娘娘引白猿神天庭见玉帝谢罪，遂请得照妖镜来同袁公到河北界内来，云居雾宿，专等时候到时，平妖定乱。

　　话分两头。再说贝州城中见官军连打三日城，云梯、炮石、天桥、火箭，逼近城下，虽然攻打不破，好生慌迫。降将陶必显与手下几个心腹商议，城破之日，性命难保，谋要献门赎罪。写下密书缚在箭头上，等明日官军打城紧急时，捉空射去。不期第四日文招讨收兵回营，不曾射得，有同谋军士只道官军退了，要在王则面前献功，偷了密书出首。王则大怒，即将陶必显并同谋诸人，一齐捆来城上，枭首示众。出首军士，赏了千户之职。后人有诗云：

　　　　从王从贼两无成，反复偷生竟不生。
　　　　何似茹刚同死节，甘陵城下表双贞。

　　又有诗单道军士，先见事急同谋，后因兵退出首，真小人也。

诗云：

献门救死本同谋，兵退旋为媚贼图。
世上势交皆若此，几人心腹可无虞。

王则见人心变了，心内越慌急。请左黜和老婆胡永儿到点军教场，一起商议。胡永儿道："大王，且不必忧虑，奴有一计，只教文招讨在城外死于非命。他十万军马，没了主将，不战而自散，好么？"王则道："贤后有甚妙术，安排得他死，散得他十万人马，解吾贝州之围？"永儿向左黜耳边说道："如此如此，好么？"左黜拍手大笑道："要得官军解散，除非此计！"便吩咐手下人去磨坊里取一块大磨盘来。不多时，只见十来个人，扛一块大磨盘来到厅下。胡永儿走下厅来，将朱砂笔书一道符在磨盘上，右手仗一口剑，左手持一钵盂水，口中念念有词，噙一口水，看着磨盘上只一喷，喝声道："疾！"只见磨盘在地上左旋右旋，忽地漾漾地望空便起，如风吹纸鸢儿相似，径往城外飞将去了。王则和众人见了，无不喝彩。想着这块大磨盘边旁擦过，也须去一层厚皮。若是看得准，打将下去，料不是个小小疙瘩。莫说近八十岁一个老文招讨，就是精壮后生，一连摆他十来个在那里，怕他不都做个肉饼儿，这一番必然了事！正是：急将妖法使，呆等好音来。不在话下。

却说文招讨正升帐，请副招讨曹伟、总管王信、先锋孙辅等到帐中议论攻城之策。只见狂风骤起，空中飞下一个磨盘来，望着文招讨顶门上便落。一声响震天动地，众人惊得面如土色，只道打死了文招讨。却说文招讨正坐在交椅上，蓦被一人拦腰抱过一边，离交椅有五七步路。那磨盘下来，打不着文招讨，却把交椅打做粉碎，地上打一二尺一个深凹。众将见文招讨无事，俱各大喜。

文招讨吃那一惊不小，别取交椅坐定，问道："适来抱我者是何人？"说犹未了，只见一个人到面前唱喏。其人生得身材长大，面貌丑陋。众人看时，都不认得。又不是亲随人，又不是帐前士卒。文招讨问道："你是何人？来救我一命。乞道其详，自当重报。"那个人道："某不是军中人。今贝州王则使妖法将磨盘来压死相公，某特来救相公之命，报相公向日一饭之恩，方便之德。"文招讨见说，大喜道："感谢你来救我，不知我文彦博施恩在于何处，愿求姓名。"那人说出姓名来，真个：百家小说未见其名，廿一史中从无此事。正是：神圣有灵扶正直，妖邪无术害公卿。毕竟说出甚姓名来，且听下回分解。

第三十八回　多目神报德写银盆
文招讨失路逢诸葛

一饭千金信有之，鬼神亦自报恩私。

试看多目银盆事，阴德从来岂受亏。

话说文招讨若不是一代福人，险些儿被磨盘压死。亏得那人救了性命。问其姓名，那人道："口说恐相公失忘了，可借银盆笔砚来。"手下人取银盆笔砚排列桌上。那人道："乞退左右。"文招讨喝退了左右。那人提起笔来写罢，将银盆覆在地上，大跨步走出帐外去了。文招讨即时使人追赶，便不见了。文招讨道："却又作怪！"教人揭起银盆来看时，中间写着"多目神"三个大字，众人皆不晓得其意。文招讨沉吟了半晌，方才想得起来。原来文彦博幼年未及第时，曾在九天玄女娘娘庙中祈梦，梦见娘娘赠他十个字，道是"人间名宰相，天上老人星"。彦博从此央个高手画工，画成娘娘圣像，裱轴供养。每月朔，亲自展开，拈香拜祷。又一日出路，到一馆驿中借宿。驿吏告道："此处有鬼魅，在此房宿者，常多损人。"此时文彦博不信此言，乃明点灯烛，置酒驿房独酌。夜至三更，忽然起了一阵狂风，风过处见一人披发至案前叩头，呼

多目神報德寫銀缸

彦博为相公，觅其酒食。文彦博问道："你是人是鬼？实说当赐你一醉饱。"那人道："相公不闻九天玄女娘娘部下，有顺风耳、千里眼二神乎？千里眼即某是也。娘娘差委瞭望一事，因贪酒醉担误，触了玄女娘娘之怒，贬在此地，忍饿三月，限期未满，今见相公贵人，特来相求。"文彦博道："你何以知吾为贵人也？"那人道："凡大贵人所至，地方神道必先时替他驱逐野鬼妖魅之属，是以知之。某系娘娘属吏，故容留居此耳。"文彦博道："你既被罚在此，如何敢损害居人？"那人道："某因生来面丑，受罚之时，又被娘娘法旨将神刀在脸上刺成多目，益增凶怪，人见某乞食，便自惊死，亦系禄薄命绝，非某之罪也。"文彦博道："你将面貌我看。"那人道："恐怕惊了贵人。"文彦博必要相认。那人分开头发，只见青脸上霍霍眨眨有八只凶睛，闪烁可畏。文彦博见了，也自骇然，遂把酒饭尽他饮啖。文彦博又问道："我平日敬奉玄女娘娘圣像，明早替你拜求方便何如？"那人道："若得相公一言，某罪即脱。异日相公有难，某必来相救。"言讫，隐然而去。

次日，文彦博备下香烛，在神轴前拜告，求宽千里眼之罚。是夜，又梦那人来谢道："承相公方便，已销了罚限矣。相公福寿非常，记取他时换眼相见。"文彦博从此深自抱负。后来身荣及第，出将入相，益信玄女娘娘之灵，月朔礼拜，到老恭敬不衰。虽在军中，未尝间断。因当初馆驿中见的蓬头垢面，脸上四对凶睛，今日虽然丑陋，衣冠整饰，只有一双光眼，所以文招讨一时想不起来，见了"多目神"三字，转记他时换眼相见之语，方知此人即娘娘部下千里眼之神也。文招讨把这些事迹对众将说了，众将一齐拱手称贺，心中并皆骇然。都去看那银盆时，只见边旁又有六个小字，写道："逢三遂，妖魔退。"文招讨仔细看了，问众人时，都不解其意。曹伟道："主帅福分齐天，神灵护佑。据曹某看来，此贼不日可平矣。"文招讨道："何以见之？"曹伟道："神名多目，又八个凶睛，乃贝字之义。今日换眼相见，八睛俱灭，此示贝州亡灭之征也。因主帅敬事玄女娘娘，所以遣神预报征兆。三遂虽然不明，后必有验，只顾进兵便了。"文招讨道："梦中赵烈妇所言大厄，此可应矣，既有令，休兵三日，待日满进兵未迟。诸公且去细想三遂之意。"众将应诺而退，各归本寨细想，不在话下。

却说贝州一班妖人，满望磨盘成功，置酒作贺，一面差人打听官军寨内动静来报。只见探事的来报道："文招讨军容严肃，队伍整齐，依然无事。"王则与众人说道："若那边没了主将，便不整齐，无心恋战。今日文彦博阵上没一些动静，不知磨盘曾害得他也不？"左黜道："这家法术百发百中，没人解得，必然压死了。"王则道："若是要知虚实，可教人去下战书，便知端的。"众人道："大王见得是。"即时写下战书，差一个的当的军士，直至文招讨帐前去下。文招讨见说是下战书的，教唤至帐下。左右接了书，安在桌上，文招讨展开看了，便解王则之意，思忖道：他只道使妖法把磨盘压死了我。谁知我安然无事，见我这里没些动静，故以下战书为由，来看虚实。当时文招讨当面批回来日交战，与下书人回来。王则看了批回，问下书人道："你曾到文招讨帐下么？"下书人道："告大王，文招讨并无疑忌，直唤小人到帐下，亲自写了批回，打发小人回来。"王则听得文招讨无事，心下忧慌，连夜请左黜到伪宫中与胡永儿商议对敌之策。左黜和胡永儿见说磨盘压文招讨不死，心下也有三分着忙。

正在踌躇，忽报圣姑姑到此。众人慌忙迎接上坐。王则告诉文彦博血筒破法，及磨盘压他不死，目今刻期交战之事。圣姑姑对左黜道："何不行白马迷军之法？"左黜道："男女们两次用法，皆是上等利害的，都被他解了。只恐行之无验，反折军马，所以踌蹰未决。"圣姑姑道："我这家法术，千变万化。但不可轻试，岂有试而不验之理。只因行法之人，贪酒恋色，七情六欲耗散精神，所以存想不定，取气不的。自己力量不能相配，灵气既薄，自然易解。譬如向空吹毛，或五六尺而坠，或一二尺而坠，皆由神气有足不足之故。明日上阵，看老拙做作，他们破得破不得？"左黜和永儿低头无语。王则道："全仗圣母娘娘神力。"

当日计议已定，次日天晓，王则整点一万人马，大开城门，放下吊桥，排成阵势。良久，两阵对圆。文招讨依旧带了唧筒手，并猪羊二血，使人高叫王则打话。王则阵里并无一人出来。却说左瘸师裸体跣足，不穿衣甲，领了张琪、吴旺一班人，拥着圣姑姑，看她作法。圣姑姑披发仗剑，牵一匹白马在阵中，叩齿作法，脚下步魁罡，口中念念有词，喝声道："疾！"把剑尖刺着白马的头，刺出血来，噙口血水，出到阵前一喷。不喷时天清日朗，喷了时只见乌云猛雨，霹雳交加，飞沙走石。那阵风吹得黑魆魆的，对面不相见，伸手不见掌。这班血筒手和弓箭手，不知东南西北，黑暗里如何施展，众军士们被沙石乱打，人人丧胆，个个销魂，弃甲抛戈，各自去寻生路。文招讨在乱军中左一撞，右一冲，不知高低，几乎跌下马来。忽见马前又起一阵旋风，风去处吹开一道毫光，淡如寒月。文招讨趁着这点光儿，落阵逃走，回头看时，并没一个人跟随，独自骑着匹马，好生慌张愁闷。正似：

> 凤落荒坡，脱尽浑身锦羽；龙居浅水，失却颌下明珠。蜀王春恨啼红，宋玉悲秋怨绿。吕虔亡腰下之刀，雷焕失匣中之剑。孤客夜行灯又息，破舟风荡雨还来。

当日文招讨正行之间，只见前面是山林树木，不知是哪里去处，勒马转过山嘴，天气却明朗了。见一条幡竿，又听得钟声响，驻马看时，是一座寺院。文招讨道："到此无奈，只得到寺里寻人问条归寨的路，又作区处。"来到寺前下马，入寺里来，见一个行者。文招讨对行者说要见长老。行者道："老将军可姓文么？"文招讨道："你哪里便晓我姓文？"行者道："老师父说，今日有个姓文的将军到此，吩咐我伺候迎接。"文招讨口虽不语，心下想道：他师父预知我到此，必非等闲人也。便对行者说："正要见你师父。"行者牵了马，前行引导。那老和尚早在方丈门首相迎，慌忙请入问讯了，分宾主而坐。长老道："将军必然饥渴了。"忙教徒弟们吩咐厨下办斋，将这马牵在院后喂草。先教行者讨茶来吃，茶罢，长老问道："将军可是曾入中书拜相，现今领十万大军，来讨王则的文招讨么？"文招讨道："吾师何以知之？"长老道："昨夜伽蓝神梦中见报，所以知之。闻名久矣，今日山门多幸，得招讨到此。如何无随从之人？"文招讨道："今早与贼对阵，不意大败，单骑逃难至此。"长老见说，大惊道："莫说招讨大才，就是十万大兵，对付不易。贝州乃一洼之地，能有多少人马，如何却输与他？"文招讨道："若论对阵，必不能取胜于我。今王则一班贼党，皆会妖法。但交战之时，他阵内便放出神头鬼脸，猛兽怪物来，军马见了，俱各惊走。副招讨曹伟献计，用猪羊二血、马尿、大蒜唧筒，胜得他一阵，贼兵数日不敢出城。日前下官升帐与诸将议攻城之策，不期妖人使邪法，将磨盘从空压将下来，幸得多目神救了性命。早间与贼兵见阵，不提防王则阵里起一阵恶风，忽然天昏地暗，疾雷骤雨，飞沙走石，打得阵势散乱。下官独自迷路至此，望乞吾师指引归途，到寨却当重谢。"长老听说罢，离座拍手大怒道："当今乃尧舜之世，君圣臣贤，此一等妖人辄敢恼乱朝廷。请招讨免忧，看老僧与招讨出力，破其邪法，扫除逆党。"文招讨闻言大喜道："不敢拜问吾师高姓？"长老道："老僧复姓诸葛名遂智。"文招讨听罢，欢喜道："多目神曾写六个字，道：'逢三遂，妖魔退。'众人晓夜参详，全然不解其意。今日天教遇着吾师，若吾师肯去破得贝州，下官奏过朝廷，官赏功劳不小。"长老道："老僧是空门中人，岂贪富贵爵赏。但今清平世界，不可容此妖人。老僧当效犬马微劳，助招讨荡平妖逆。今晚招讨在寺中权宿一宿，明早五更同往大寨。"

文招讨卸了衣甲，吃了晚斋，和长老讲论了半夜，睡到五更，起来洗漱罢，吃些饭食。长老教行者："寺中有马牵一匹来，我同招讨去破贼。"众僧们一齐都叫起师公师父，说道："你老人家出外一十五年，方才回家，还没有数日，闲常日里只是打瞌睡，几曾晓得厮杀事情，却跟这位老将军去，好没来头。"那长老嘻嘻地笑道："你们不须见阻，我自有破贼之法，替朝廷干场功劳，也与寺中增光。待事毕还归寺中，与你们相聚。"

众僧只得备马，文招讨与长老都骑上马，带三个行者明点火把离寺，迤逦来到寨前。众将与军士见了文招讨，不胜欢喜，迎接至中军，曹招讨等都来动问道："主帅一夜不回，众将皆忧慌无措，不知落阵走到哪里，缘何同这个老师父回来？"文招讨道："昨日被王则使邪法，一阵恶风，吹得我迷踪失路，到一寺中，偶遇此圣僧，说能破邪法。我想正应多目神之言。"乃去曹招讨耳边低低说："这个和尚叫做诸葛遂智。"曹招讨大喜，屏退左右，问长老道："吾师有何神术，能破妖邪？"诸葛遂智道："老僧游方一十五年，曾遇异人传授五雷天心正法，凡遇金刚禅左道一应邪术，老僧见了，念动真言，即能反邪从正。招讨如不信，明日对阵，便见分晓。"

当日文招讨留长老与行者在中军，即修战书一封，教军士去贝州投下，约在来日交战。一面傅家疃老营内挑选生兵一万，来

文招討失路逢諸葛

方丈

补中军损折人数，及替中伤军士，退回后寨将息。

且说王则见了，批回战书，打发军士自回。乃对众妖人商议道："前日一阵，被我杀得大败而走。今日尚敢又来勒战，必须求圣母娘娘再用前日之法，直杀到界分，教他十万人马不留一个。"话休烦絮，两边各自整点人马，只等来日厮杀。

次日，王则领兵马出贝州城，排成一个阵势，两阵对冲，旗鼓相望。门旗影里，又见众妖人簇拥着圣姑姑披发仗剑，牵着白马在前，口中念念有词，把剑尖刺着白马，嗌口血水只一喷，只见王则阵上，恶风急起，沙石雨雹，看看来到文招讨阵前。诸葛遂智在军中见了，摇动铃杵，口念真言，把铃杵一指。可霎作怪，那阵恶风沙石雨雹，转风望王则阵里打将入来。王则刚叫声："啊呀！"看那一班妖人都不见了。情知风势不好，忙招军马急急转身。文招讨鞭梢一指，大小三军一齐掩杀过去，王则人亡马倒，折其大半，赶落城濠，死者不计其数。王则急急收拾些少败残人马，奔入贝州，拽起吊桥，关上城门，紧守不出。

却说文招讨三军杀到城下，割人头耳鼻，夺金鼓旗幡。文招讨令鸣金收军，离贝州城不远下寨。文招讨请诸葛遂智上座，躬身谢道："这一阵皆吾师之力也。若如此，贼兵指日可破。"诸葛遂智道："老僧以正破邪，无往不利。若是有老僧在阵中，何惧王则一行妖法之人！"文招讨闻言甚喜，道："王则今日输了一阵，越守得城子紧了。"传令教军士并力攻城。只见贝州一股青黑之气，罩定城头，内中或时见万团烈火，或时见一派洪水，种种鬼怪无计布摆。文招讨教三路人马团团围了贝州城，周围如铁桶相似，擂鼓发喊，只等城中军马出来。这里诸葛遂智以正破邪，乘势就杀将进去。不期王则仗着妖法死守，只不出来。文招讨只得教军士离了贝州城下寨，依先提铃喝号，递箭传更。与曹招讨计议道："下官同招讨领十万人马，一日费了朝廷许多钱粮。到此将近有两个月日，破不得贝州，如何是好？"曹招讨道："主帅且请宽心，容曹伟再想良策。"当日曹招讨别了，自归本营。文招讨在帐中忧虑，不觉天色夜深。但见：

　　银河耿耿，玉漏迢迢。穿营斜月映寒光，透帐凉风吹夜气。雁声嘹亮，孤眠才子梦魂惊；蛩韵凄凉，独宿佳人情绪苦。军中战鼓，一更未尽一更敲；远处寒砧，千捣将残千捣起。画檐间，叮当铁马，敲碎士女情怀；旗幡上，闪烁青灯，偏照征人长叹。妖邪贼侣心如蝎，忠义英雄气似虹。

　　当夜文招讨在帐中，翻来覆去睡不着，至三更前后，听寨外时，静悄悄的。文招讨起来，离了寨房听时，正打三更，见一个军士打着梆子来交更，口里低低唱只曲儿。只因这只曲儿，有分教：司更小卒，同为讨贼之人；仗钺元戎，早定平妖之策。真个是：兵在精而不在多，将在谋而不在勇。毕竟唱甚曲儿，生出甚事端，且听下回分解。

第三十九回

文招讨听曲用马遂
李鱼羹直谏怒王则

小斋长夏一炉烧，窗几生凉竹树交。
午睡起来无别事，听人鼓掌说平妖。

话说文招讨三更时分寝不成寐，起来离了寨房，悄地巡行，只听得唱曲之声。上前窥看，原来是个打更的军士，把那梆子按着板唱个曲儿，唱道：

> 恨妖人粗心大胆，不怕朝廷的法令。从你据了这贝州城，不知杀了千万军民的生命。只为你一个人儿，害我十万大军，背井离乡，操戈带甲，受这般的危困。更有俺巡更的军士们，挡着风，冒着露，整夜地行来步去，步去行来，喝号而提铃。恁般辛辛苦苦，何曾有人来道个可怜的一声？想将来，只是不公道的阎君，一般样生，一般样长，如何偏派我做军人？若是有功的时节，大将算大功，小将算小功，何曾派到我小军？只有阵上的枪刀，营中的捆打，是我们做军的本分里，应受应承。不合做了小军啊，你便有张良般智，韩信般才，有谁瞅睬，哪

里去讨个出身？笑杀那文招讨、曹招讨，两个有名的招讨，到如今招得几人，讨得几人？眼盼盼看这手掌大的城儿，装妖作怪，何日得太平？酸辛！俺做小军的，倒有三分主意儿，只恨不在其位了，有忠难进，有志难伸。酸辛！若是有个筑坛拜将的萧何，俺这副忠肝义胆，情愿报效了朝廷！

文招讨听得明白，便回帐房，唤身边心腹之人："悄悄去唤那唱曲打更的军士进来，我有话说。"须臾唤到，直至榻前。文招讨问道："方才说有张良般智，韩信般才的，就是你么？"军士跪着磕头道："小人信口胡诌，不期招讨闻知，小人该死！"文招讨道："你休要慌张，目今攻城无策，正是用人之际。你的三分主意儿，是怎么样？若说来可听，要我筑坛拜你，亦有何难！"军士道："不是小人夸口，小人能斩王则之首，献与招讨。"文招讨慌忙亲手扶起，问道："你有何计策，恁地方便？"军士道："不瞒招讨说，王则与小人同乡，自小同堂上学，结为兄弟。"原来这军士也是贝州人，与王则相交最厚。因跟随一个房分叔叔到东京做客，消折本钱，叔叔死了，他就流落在东京，占了军籍。文招讨问道："你姓甚名谁？"那军士道："小人姓马名遂。"

文招讨听了，暗喜道：想其人必应多目神之言。这汉子去，必能了事。文招讨道："你且说如何用计？"马遂直走到文招讨身边，附耳低言，说道："小人如此去，如此行事，必斩王则。"文招讨听罢，大喜道："若事成之日，必当一力举荐，管你出身不小。不可泄漏于人。"马遂应诺，悄地出了帐房，自去交更安息了。

到次日天明，文招讨升帐。众将官都到帐下声诺过了，立两边。文招讨发放军事已毕，叫左右唤昨夜打三更的军士来。不多时，左右挨问是马遂，唤到帐前跪下。文招讨问道："你便是昨夜

打三更唱怨词的么？"马遂道："告招讨，小人恐怕瞌睡误了更次，把个小曲儿唱着消遣，其实不曾唱什么怨词。"文招讨大怒道："你说背井离乡，挡风冒露，捆打有分，功劳无分，不是怨词么？这厮捏造谤语，怠慢军心，即当斩首。"喝教刀斧手推出辕门斩讫报来。马遂道："告招讨，饶小人之罪，小人情愿去招降王则。"文招讨教且押过来，问道："你这厮乱道，有甚本事招降王则？"马遂道："小人与王则曾有一面相识。今日贼兵连败，困于一城之中，势在危急。小人用词说之，必使他不战而降也。"文招讨道："我今写一封密书与你，你若送得此书，招得王则来降，必当记功重赏。如其不然，你的死自在后面。"文招讨当时写了书信，封固了，交与马遂。马遂慌忙出帐，径到贝州城下，隔着城河高声叫道："城上人！我有机密大事来报你大王，可开城门放我入城！"那守城军听说，禀了守门官，开了城门，用小船过河，来渡马遂上岸。少不得细细搜检，并无夹带寸铁。众军人见有文招讨书信，只道下战书的，押来见王则。

王则认得马遂是同乡兄弟，便道："多时不见你，原来在文彦博军中。今日有何事却来见我？"马遂道："告大王，马遂不才，失身在军伍之中，不敢来见大王。因前日夜间，该马遂巡三更，恐怕打瞌睡，不合唱个曲儿。文招讨道我搅乱军心，要斩我，幸我转口得快，禀道：我有本事招降大王。文招讨信了，亲笔写下一封书信，教不才来递送。不才侥幸脱身，特来投顺大王。不才尽知文招讨军中虚实，望大王收留在帐下做一走卒，当以犬马相报。"就把文招讨书信递与王则。王则看了书中有许多大话，即便扯碎。便教马遂改换衣服，请到便室同坐。马遂道："大王是三十六州之主，小人得蒙大王收留，执鞭随镫足矣，安敢预坐？"王则道："寡人与卿乃同乡，又是从小兄弟，与别人不同。"马遂只得坐了。王则教安排酒来，一面请马遂吃酒，一面问文招讨军中虚实。

马遂道："文招讨只有五万人马，诈称十万。前日又输了几阵，折了一万多人马。又傅家疃明镐寨中，存下一万老弱中伤之人，如今不上三万实数。昨日计点粮草，听得说只可开支十余日。今大王用心守把，不过数日，文招讨之军，不战而自退矣。"王则听马遂说了，十分欢喜。当日直饮酒到晚，王则对马遂道："曾记得少时同乡，在书馆中做对吟诗。自从爱了枪棒，不攻文墨。今日故人相见，可各题诗一首，以表衷曲。"马遂道："小人从幼愚鲁，赶大王脚跟不上，何况今日。大王请先吟，小人效颦而已。"王则教取文房四宝，带醉写出四句道：

> 脱却军装换衮袍，六千人内逞英豪。
> 他时破敌功成日，敢为贫交客节旄。

王则道："我为散了六千军士的钱米，知州见怪，因而起手。第四句示不忘旧之意。"马遂道："大王制作甚妙，小人如何敢和？"王则道："正欲观卿赓和，以占学问消长耳！"马遂依前韵也写四句道：

> 交情仅见说绨袍，何幸今逢天挺豪。
> 佐命愿随诸将后，敢言功绩望旌旄。

王则看诗，大笑道："卿立意甚美，不独辞章也！"两个吃得尽醉而散。

次日，马遂来谢，王则封为亲军指挥使之职，就留他在伪府中，与张琪一同值宿，时时请他谈论。马遂进些谀语，王则甚喜，并不疑他是行诈降计来的。马遂要杀王则，又下不得手。忽一夜，与张琪同坐吃酒，各谈胸臆，说到忘怀之际，马遂道："闻大王部下，人人都有道术，不知老哥有甚神通？"张琪便把水火葫芦来历妙用都说出来。马遂见他醉了，定要求来一观。张琪揭起衣服，只见贴肉汗衫上，系着一条软绦儿，绦上挂着一个小小葫芦，提与马遂看了，不解下来。马遂看在眼里，是夜只推酒醉，就张琪同宿。马遂有心，半夜只说解手，起来叫声："张大哥！"张琪酒醉熟睡去了，马遂要去解他腰间的法物，见缚得紧紧的，恐怕惊醒他，自己身边皮袋内带得有秽血蒜汁，轻轻地将他葫芦塞去了，滴几滴脏水在内，照旧塞好。天明起来，张琪全不知觉。正是：高兴事成没兴事，无心人对有心人。不在话下。

再说文招讨见马遂去了许多时，没些动静，传下令来，教众将引兵四面攻城。孙辅攻打西门，董忠攻打东门，柳春生攻打南门，刘彦威攻打北门。各各近城擂鼓，呐喊勒战。王则急请众人计议。只有瘸子恰遇中酒，叫唤不醒，其余都到齐上城巡看。一面差人报圣姑姑、胡永儿得知。王则唤马遂问道："你说文招讨军中缺粮，缘何又来攻城？"马遂道："他只趁这几日粮草，如何不并力来攻！只道大王折过一阵，决不敢出兵迎敌。若出其不意，必然破之，破得他一支军，其他安身不牢，必尽退矣。"马遂的意儿，只要哄开王则身边一班妖人，他好于中取事。王则不解其意，点头道是，问："何人敢去冲阵？"张琪自恃水火葫芦，前番只他有功，挺身出来应道："孙辅是某手下败将，某识破他手段，情愿引一支兵出西门迎敌。"说罢，飞马下城去了。王则道："再得一人接应方好。"看着吴旺。吴旺吃过惊吓，本不愿行，出于无奈，只得应承，怏怏而去。王则靠着悬空板，按住木栏杆，在西门城上观战。却说先锋孙辅，正在率众打城，忽见城门开处，一彪军飞奔出来。

孙辅慌忙约退军士，挺枪立马，等待厮杀。张琪不持兵器，手中擎着葫芦，约莫官军相近，念起神火咒，把葫芦去了塞口，喝声："疾！"不见火光透出。再念圣水咒，连喝："疾！疾！"把葫芦签筒般摇了几摇，也没见涓滴儿淌将出来。把眼张那葫芦口内，只闻得一般血腥蒜臭之气，情知法破，拨回马头便走。孙辅引兵飞马来赶。

原来王则与胡永儿做了夫妇，只学得两个法儿，一个是禁人法，一个隐身法。行起禁人法时，随你千军万马，追赶如飞，能令登时禁住两脚，动移不得，直后待一个时辰后方解。王则在城上见张琪兵败，后军来赶，正要念禁人咒语。马遂立在身边，思量道：此时不下手，更待何时？两旁左右，都执着刀斧器械。马遂欲夺刀来杀王则，又怕被人知觉，乃捏得拳头没缝。说时迟，那时快，王则咒语尚未念完，被马遂狠狠的一拳，打中嘴上，打落当门两个牙齿来，绽了嘴唇，跌倒在城楼上。马遂就夺左右的刀来砍，却被王则身边一个心腹贼将，唤做石庆，腰里早拔刀出来，手起刀落，把马遂剁落一只胳膊来。众人一齐向前，捉了马遂，救起王则。王则大怒，教左右斩讫报来。马遂大骂道："我为无刀在手，不能斩妖贼之头，与万民除害。我死必为厉鬼杀你矣！"众人推马遂去斩了。后人有诗赞之云：

> 葫芦水火已成空，又见妖人折齿凶。
> 却笑荆卿名剑客，祖龙绕柱竟何庸。

却说张琪走到吊桥边，众军争先逃命，先把吊桥踏断，背后孙辅赶来，张琪绕濠而走，遇泥泞处，马前脚陷下，被孙辅赶上，一枪搠下马来，跌入濠中溺死。可怜张琪卖肉为生，不安本分，今日做了水中之鬼。孙辅教军士将挠钩拖起尸首，割了首级，到中军帐下献功去了。吴旺只推桥断，竟不来救应，引兵而回。

再说王则被马遂打绽了嘴唇，声也则不得。恰好圣姑姑和胡永儿都到，见王则恁般模样，又损折了张琪，深恨马遂之事。忙教人将暖舆抬王则到伪府中，一面教医人调治。左黜酒醒来，知道此事，也来问安。胡永儿埋怨瘸子吃酒误事，瘸子笑道："我嘴唇又不绽，如何禁我饮酒。"胡永儿道："且莫说笑话，则今攻城紧急，必须从长计较，斩得他正将一二员，方才肯退。"

圣姑姑道："他既有破法之人，别无甚计，除非行乌龙斩将法，此法急切难破，但如意宝册上写道：'此乃至恶之术，万万不可轻用，用之必有阴祸。'如今也说不得了。"原来这法用五金之精，聚于六甲坛下，炼七七四十九日，铸成鬼头刀一口，名曰神刀，自能鸣跃。用石匣盛之，藏于水底，金水相得，方不跃去。如遇至危之际，将纯黑雄犬一只，朱书斩将符三道，并开欲斩之人姓名，一同焚化，念斩将咒三遍，吸西方金炁一口，存想人头落地光景，将神刀猛力砍落犬头，所焚姓名之人，同时并落。若把军册焚化，虽千万人，亦皆落头。此所以为至恶之术也。当初圣姑姑等三人炼法之时，亦为此法利害，总只铸得神刀一口，藏于天柱山顶池中。圣姑姑要去取来斩取文、曹二招讨，及有名诸将之首。左黜和胡永儿都喜欢道："必须如此，方保无虞。"圣姑姑飞身去了。左黜自和吴旺巡城守禁。胡永儿也回伪府中行乐。王则疼得烦闷，酒食不进，无可消遣。平日最喜欢一个扮副净的乐人，叫做李鱼羹，弹得好琵琶，唱得好曲，又会说平话，嘲笑耍子。王则教唤他来解闷。

当日李鱼羹来到王则面前，也不弹，也不唱，闭着口只不则声。王则问道："李鱼羹，你为何不则声？心下有甚烦恼？"李鱼

李魚羹直諫怒王則

羹道："大王尚且烦恼，小人怎地不烦恼。小人与大王都是做私的。大王所靠者，只几个兴妖作法的人。如今弹子国师去了，张鸾丞相避了，卜吉将军走了，左黜军师输了，任迁捉了，张琪死了，圣姑姑寻事儿躲了。今日在围城之中，城外军马越添得多了，并力攻打，双日不着单日着，终久被他捉了。如今烦恼也算迟了。"王则道："你的意思要如何？"李鱼羹道："不如及早受了招降，反祸为福。"王则大怒道："叵耐这厮不服侍我，反把言语来伤触我！"喝教左右拿下。手下人把李鱼羹捉了。王则教把他缚了手脚，吊在炮梢上，就城上打出去，跌做骨酱肉泥。众人缚了李鱼羹，吊在炮梢上，拽动炮架。一声炮响，把李鱼羹打出城外。正是：酒逢知己千钟少，话不投机半句多。毕竟李鱼羹性命如何，且听下回分解。

第四十回 | 潞国公奏凯汴京城
白猿神重掌修文院

神器从来不可干，僭王称制讵能安。

潞公当日擒王则，留与妖邪作样看。

话说王则怪李鱼羹直言伤触，吊他在炮梢上，打出城外。可煞作怪，不前不后，恰好打落在城濠边河里。有攻城的军士们，见城上炮打出一个人来，即时去看，将挠钩搭上岸来，还是活的，随即解了索子，押到文招讨帐下。

文招讨问道："你这汉子是什么样人，姓甚名谁，为甚事打出城来？"李鱼羹道："告招讨，小人是贝州乐人，名唤做李鱼羹。一时不合劝谏王则归顺招讨。王则大怒，把小人做炮梢打出城来，要跌小人做骨酱肉泥，天幸不死，得见招讨。"文招讨道："你是个乐人，如何的劝谏王则？"李鱼羹道："王则被一个马遂一拳打落了当门两个牙齿，绽了嘴唇，念不得咒语，叫小人解闷。小人乘着躁头，劝他归顺。不然时，旦夕之间必被招讨捉了。岂知此贼不悟，反怪小人。"文招讨见说，喜不自胜，道："你虽然是个乐人，却识进退。"教左右赏他酒饭。

李鱼羹吃了酒饭，文招讨又问道："你既是个乐人，必然在贝州久了，定知城内虚实？"李鱼羹道："告招讨，贼首王则被打绽了嘴唇，念不得咒语，已无用了。先前有国师蛋子和尚、丞相张鸾、大将军卜吉，都有本事的，因见王则不仁，前后都去了。如今出力的只有瘸脚军师，唤做左黜，善使妖术。还有王则的浑家胡永儿，也会兴妖作法。胡永儿母亲叫圣姑姑，更是利害。王则全靠这几个妖人，其余都不足道。近日被官军破了妖法，连输几阵，也都着忙了。圣姑姑今往天柱山去，取什么神刀，只怕也是脱身之计。"文招讨道："城中兵粮还有多少？"李鱼羹道："他们靠的是豆人纸鬼，若军士，在先也不过万余，连次损折大半，今金百姓顶补，都是乌合，不谙战阵的。钱粮府库中原少，全是左黜等妖法摄来费用，所以时时不缺。"文招讨又问："城中有多少百姓，坊巷、河道、衙门，怎地模样？"李鱼羹一一都说了。文招讨道："天使此人漏泄虚实，王则可斩矣。"

文招讨正说之间，只见帐下走出一员将官来，道："告招讨，小将能生擒王则来见招讨。"文招讨见这个人出来，甚喜道："正应多目神之言，逢三遂，可破贝州。"原来这个将官姓李名遂。先前诸葛遂智曾破法，杀了一阵。次后马遂打绽了嘴唇，念不得咒语，行不得妖法。今又逢李遂，却好三遂。因此文招讨喜欢。文招讨问李遂道："你有何计策可擒王则？"李遂道："小将手下见管着五百名掘子军。今得李鱼羹说破城里虚实，地里坊巷，一应去处，图画阔狭，容小将再一一仔细问他端的，对图本度量地面远近相同。只须带五百名掘子手，在城北打一个地洞，直入贝州城内，到王则帐前，捉了一行妖人，然后开城门放大军入城，有何不可？"文招讨大喜，赏李鱼羹、李遂各人衣服一套，就金补李鱼羹为帐前虞候，教李鱼羹细说城内衙门、地面、坊巷虚实。即令浮寨官相度，画了个图本，把与李遂。李遂看了，计算远近虚实，阔狭方向，禀复文招讨道："这事须密切，亦不是一时一霎之事。望招讨整顿军旅，时刻打通，就好接应。"就要带李鱼羹去做眼。文招讨道："你可仔细用心，如拿得王则，克复贝州，奏闻朝廷，你的功劳不小。"随唤五百掘子军，都赏赐发放了。

李遂正要起身，只见诸葛遂智向前道："告招讨，李将军虽打得地洞入城，恐不能擒捉王则。"文招讨道："吾师何以知之？"诸葛遂智道："那贝州城中王则的左右一班，俱是妖人。若李将军打地洞入去，他那里知觉了，行起妖法，非但不能擒捉王则，李将军反为他所害。"文招讨道："若如此，何时能灭此贼？"诸葛遂智道："不必招讨忧心，老僧当同去，以正破邪，教他使不得妖法，尽皆擒捉便了。"文招讨大喜道："若吾师肯去，大事济矣！"

诸葛遂智先辞出帐，去见九天玄女娘娘，告知其事，求她空中佑助，好歹这番要擒王则。玄女娘娘已知王则数尽，教他放心前去。这边李遂领了将令，吩咐五百掘子手，教备下猪羊二血、马尿、大蒜之类。即同李鱼羹看了图本，只有城北地面土宽濠浅，计算了地理，和诸葛遂智指挥掘子手穿地洞，打入贝州来。有诗为证：

平妖一事十分难，喜得今朝有孔钻。
纵使瞒天妖术狠，管教立地欠平安。

话分两头。再说圣姑姑到天柱山顶池中石匣内，取了神刀回来，早有千里眼看见，报知玄女娘娘。娘娘仍变做处女模样，中途迎住，问道："婆婆何来，幸少住请教？"圣姑姑道："老拙有些政务，不得伴话。"处女道："婆婆有何政务？"圣姑姑道："儿女们有急难，要去救他则个。"处女道："婆婆有甚本事，去救得人？"

圣姑姑道："老拙粗知道术。"处女道："我最好的是道术，幸教一二。"圣姑姑道："小娘子好的是哪一家道术？"处女道："我好的是天罡三十六变化法，略晓得些本领，未曾炼就。"圣姑姑暗暗地吃惊道：她学的法更胜似我。便道："老拙会的是七十二地煞变化。"处女道："这地煞法乃是左道，学之无益。"又问："婆婆手中抱的是什么刀？"圣姑姑道："此乃神刀。"有诗为证：

金精百炼号神刀，仗此能令神鬼号。

时刻自鸣还自跃，等闲斩将不须劳。

处女道："此刀如何鸣跃，乞试一观。"圣姑姑将手向刀鞘上拍三拍，只听得啸声大震，惨如冤鬼哀号，猛似凶神叱喝，扑的一声响，忽然跃起空中，有一丈之高，仍落鞘内。处女道："我亦有神剑，把与婆婆一看。"袖中摸出一个铅弹丸儿，在手掌中旋了两转一抛，抛起约有三丈，化成雪霜似白的宝剑，光芒四射，如长虹而下，直至于地，重复跃起，坠于手掌中，仍是一个弹丸儿。处女道："我这剑能飞行千里，斩人之头，还自飞回。又且能舒能敛，变化无穷，比婆婆的刀不胜么？"圣姑姑暗想道：若得此剑，斩文招讨之头，有何难哉！便道："老拙欲将神刀与小娘子换取神剑，不知肯否？"处女道："但凭尊命。"处女接得鬼头刀在手，拔出来看了一看，暗暗念了伏魔咒，摄去了它的神光，其刀便不能鸣跃。处女道："你的神刀，神气已竭，全无用处，我不换了。"圣姑姑道："哪有此理！"接过神刀来，把刀鞘左一拍右一拍，全不动弹。圣姑姑想道：这神刀也是服善的，它见神剑威力胜它，害羞不敢出头了。圣姑姑就起不良之意，撇了神刀，拿了神剑便走。处女道："婆婆要换便换了罢，只是还有诀儿，一发传你。"圣姑姑不信，暗暗地道：我且自家试看。把弹丸儿抛向空中。这里处女手掌中又托出一颗弹丸儿。那空中的弹丸儿，如长虹而下，扑地跳起，径到处女手掌中去了。原来两个弹丸，正是雌雄二剑，留了雌的，这雄的自来就他。圣姑姑还不觉着，只道抛向地下，看时不见，抬起头来，连处女也不见了。圣姑姑不得神剑，又失了神刀，好没巴鼻[1]。扆身在云端瞭望，要寻那处女。只见前边一个白须老叟，坐于山岩之上，手中正弄着两个铅弹丸儿。圣姑姑走到山前，向老叟稽首道："我翁，手中弄的何物？"老叟道："此乃神剑。"有诗为证：

雌雄二剑合阴阳，不用锋芒只用光。
飞去飞来随意便，千军万马不能当。

圣姑姑道："这分明两个弹丸儿，如何作用？"老叟道："老汉舞一回你看。"便把两个丸儿抛起，须臾之间，左一跳，右一跃，如两条金蛇，缠绕盘旋，不离这婆子左右，一往一来，迸出万道寒光，冷冽刺骨，耳中如闻千刀万刃击刺之声，惊得这婆子战战兢兢，捏着避兵诀，口念避兵咒，牢牢站定在魁罡位上。老叟看见害不得这婆子，收了剑术，暗叫："师父九天玄女娘娘！"只见处女又在面前。圣姑姑一见了，大怒，摇身一变，变做普贤菩萨圣像，身骑白象，望空来蹴踏处女。处女便把天庭照妖宝镜扯出锦囊，一道金光射去。那纸剪的白象，空中坠下。圣姑姑倒跌下来，把衣袖蒙头，紧闭双眼，只是磕头告饶。原来万物精灵，都聚在两个瞳神里面，随你千变万化，瞳神不改。这天镜照着了瞳神，原形便现。

---

1 "把柄"的音转，指来由、根据。

圣姑姑多年修炼，已到了天狐地位，素闻得天镜的利害，见处女取出天孙机杼上织就的无缝锦囊，情知是那件法物。只恐现了本相，所以双眸紧闭，束手受缚。玄女娘娘收过了宝镜，叫袁公将老狐精解上天庭，以赎漏法之罪。袁公进了天门，刚跪在凌霄殿下，启奏其事。早有天宫十万八千听差的天狐，齐来殿下叩头，都替圣姑姑认罪求饶。圣姑姑闻得众天狐声息，才敢开眼，见了玉帝，喘做一团，哀求不已。玉帝降旨，许她不死，权且发下天狱，等妖族尽平之日，玄女娘娘来时发落。众天狐俱散了，袁公仍下天门，跟随玄女娘娘。

话分两头。却说贝州城被文招讨围困住了三月有余。初时城中粮草，都是左黜四处摄来支费。如今被玄女娘娘下了天罗地网，一切妖邪符咒，都行开去不得。六丁、六甲、城隍、土地诸神都来听娘娘法旨，不被妖邪驱遣了。粮草也都竭了，只好刮取城内百姓的东西来用。其时百姓的苦楚，自不必说。左黜、胡永儿自恃千变万化，到底自己一身不得吃亏，且自及时行乐，专等圣姑姑取神刀来，看是如何。那边老狐精已在天狱中坐下，这边哪里得知，呆呆地靠这一着，全不在意。

再说李逐和诸葛遂智、李鱼羹引着五百掘子手，掘了多时，到一个去处，李逐约莫是王则伪府左侧，教掘子手从这里打出去。掘子手打通了，问李鱼羹道："这是哪里？"李鱼羹看时，正是伪府中后堂。此时有四更时分，李鱼羹前面引路，李逐和众人发一声喊，径奔入王则养病的卧房里面来。

却说王则因齿痛未痊，睡在床上，闭着眼，便见烈妇赵无瑕领着万千众鬼前来索命。王则整夜不寐，心中害怕，只教多点蜡烛，教姬妾辈做个肉围屏儿围着。又心下烦躁，不许她们说话，静悄悄地守着个活尸灵儿。忽听得喊声大起，军士蜂拥入来，惊得众姬妾们先走散了，单剩王则一个躺在床上。因打绽了嘴唇，落了当门两齿，念不得咒语，只学得一个禁人法，一个隐身法，都靠不着了。李遂上前，教军士一条麻索儿，绑缚个四马攒蹄。就打入胡永儿伪宫中来，只见一派汪洋大水，并无门路。众人都慌了。诸葛遂智摇动铃杵，念起破邪神咒，登时不见了水。李遂只听得脚头下踢着铛的一声，拾起来，原来是一股银钗。此是胡永儿邪法。却说胡永儿正与小王子王俊在床上快活，行云雨之事，众军士猝然打进，胡永儿不知高低，刚扯得一件小衣服穿了，还不曾下得床来，众军士哪管三七廿一，把猪羊二血、马尿、大蒜，望着床上乱泼。诸葛遂智又念动咒语，胡永儿没做手脚处，和王俊一齐绑了。李遂使群刀簇拥着王则、胡永儿、王俊。军士就伪宫放起火来。因是诸葛遂智使了道术，外面人全然不觉。吴旺见火起，只道失火，引着守府亲军，拿着挠钩水桶入来扑救，正遇了李鱼羹，指点与李遂看了，并心腹石庆等一齐擒拿绑缚。不管会妖法不会妖法，但是拿到的，都用猪羊二血、马尿、大蒜劈头浇过。文招讨大军在外，准备接应，看见城中火起，已知掘子军于中发作，一齐并力来攻。也有从地洞入城来的。众军将将守城军乱砍，大开了贝州城，放下吊桥。文招讨即时入城，向伪府中偏厅坐定，一面教人救灭了火，李遂解王则、胡永儿一班人到面前。文招讨教上了囚车，并吊老寨中先擒的贼犯任迁，一同监候。吩咐先锋孙辅牢固看守。

再说诸葛遂智领着众兵将围住军师府，要拿左黜，搜到中堂，一个军士喊道："在这里了！"众军扑入看时，分明见瘸子靠在壁上，眨眼之间，走入壁里去了。众军一齐把壁推倒，并无踪影。正在四下搜寻，只见总管王信处差人来报道："有人看见左黜走入一家碓坊里去了，特请诸葛老师父去擒拿则个。"原来左黜立心要走，争奈天罗地网密密布置，脱不得身。偶然躲在碓坊里去，被人看见了。诸葛遂智当同众人径奔入碓坊人家。总管王信亲自引军到来，教军士把前后门围了，入去搜捉。这个人家吃了一惊，问道："我家有什么事，如此大惊小怪？"众军道："有妖人左黜走入你家，会事时放他出来，免得遭累。"这主人家道："告将军，自不曾有人入来躲在我家。"王信教军士屋里细细搜寻。诸葛遂智入碓坊周围看了，指着一个碓嘴，叫主人家问道："这个可是你家物也不是？"主人家看了，道："我家不曾有这个闲碓嘴。"诸葛遂智道："这个正是左黜，他两个瞳神分明在碓嘴上，不是老僧，无人认得，快教取秽物来浇。"

说犹未了，已不见了碓嘴，重复搜寻，并无踪迹。忽听得青天上一连数声霹雳，如山崩地裂。众军士发起喊来。王信亲去看时，却是一个瘸脚雄狐，震死在地。原来左黜变了碓嘴，指望瞒过众人，却被和尚识破，又复隐身而去，要变做诸葛遂智模样，去害文招讨，被玄女娘娘将照妖宝镜空中悬起，照破了他的原形，变化不能，就差雷部登时震死，以全白猿神石壁之誓。可怜左黜，多年做了有法的瘸妖，一朝做了无灵的狐鬼。正是：会施天上无穷计，难免酆都永劫灾。不在话下。

再说诸葛遂智看了死狐，认得是左黜，已知玄女娘娘神力，欢喜不胜。便教军士抬到伪府门前，文招讨和众将看验过了，文招讨大喜道："若非吾师以正破邪，妖人一党如何平静！"诸葛遂智向文招讨耳边道："此乃朝廷有道，去奸用贤，感动天庭，有九天玄女娘娘空中佑助，非老僧之功也。"

正说间，有先锋孙辅差人禀话，方知妖犯胡永儿适才亦被天雷震死，益信生事害民，天诛难免，非虚誓也。文招讨见两个魔头都死，方才放心。即忙出榜安民，凡贝州军士，不会妖法者俱系胁从，一概免究。王则、左黜采取民间美妇，有夫者给还原夫，无夫者听凭父母领回择配。其百姓之家，被贼搜刮受害，就将余下军饷，计户分给，以赡穷民。合城欢呼载道。文招讨一面在府堂上置酒庆贺，并请明镜赴席，大小三军，扎营城外，俱有犒赏；一面具表申奏朝廷，叙明功次，并一行妖贼或解京，或本州发落，专等圣旨定夺。功劳簿上，诸葛遂智第一。诸葛遂智道："老僧出世之人，要叙功何用，乞分派效劳与将士名下，只还老僧原来马匹，到甘泉寺去回复徒弟们，以全老僧之信，吾愿毕矣。"文招讨再三劝留不从，赠以金帛，无所取受，原领着三个小行者，别了众将，骑马出城而去。文招讨潜地差人随去打探他下落。

却说甘泉寺中老和尚叫做诸葛遂智的，出外一十五年，恰好这几日真个回了。众徒弟徒孙们只道他征战回来，问起文招讨事情，全然不知。众僧也委决不下。忽一日，只见远远的三个行者，控马而回。马上坐的，又是一个诸葛遂智，与寺中的全然无异。众和尚大惊，商量道："我们不须费嘴，竟去请里面的老和尚出来，待他两个自辨真假。"却说外边的长老下了马，一径走入佛堂中去。里边的长老出来，一见了，便骂道："什么怪物假老僧的面貌。"气愤愤的正要发作，众僧都两旁站着冷看。只见外边的长老听得个"假"字，连忙摇手道："老菩萨莫要开口，贫僧已悟了，还你个明白去也。"取笔砚就经桌上写下一偈云：

假你本非真，真我亦是假。

撇却假你我，自有真爹妈。

咦！亏你今朝肯认真，笑我十年空作耍。

又写四句道：

462

贝州城下霹雳吼，白云洞里翻筋斗。

万法皆空归去来，蛋子如今不出丑。

　　写完投笔，盘膝坐下，瞑目而逝。众僧上前看时，已换了形象。只见浓眉隆准，阔口方颐，分明是蛋子和尚模样了。方知蛋子和尚是个圣僧，各各惊讶不已。却说文招讨差人来看下落的，知道此事，慌忙回报。文招讨大惊，即同曹招讨、王信三匹马领了随身军士，亲到甘泉寺来。众僧正待商量盛殓之事，报道："文招讨到了。"吓得他颠之倒之，连老僧诸葛遂智也出来迎接，见了文招讨，一齐下跪。文招讨还在疑信之间，慌忙扶住，道："吾师何行此礼？"众和尚禀道："这是本寺住持，前番随招讨去的，乃是蛋师假托。现今坐化在佛堂之内，已复原形。"文招讨方才信了。众僧引至佛堂中，文招讨看了蜕体，见他威容凛凛，俨然如生。对曹招讨说道："包待制曾说此僧利害，教老夫仔细防备。今反助我成功，乃知此僧非凡人也。"众僧将二偈呈与文招讨看了，赞叹不已。同众将一齐拈香下拜。拜毕，吩咐访取高手匠人，就将他肉身漆好，造龛供奉。又于军中支取千两银子，以为众僧修盖香火之费。至今蛋子和尚真身还在甘泉寺中，做了本寺伽蓝，土人称为弹子菩萨，或称蛋头菩萨，香火不绝。后人有诗题甘泉寺壁云：

三遍盗书都是假，一朝破假即成真。

若从得意中间破，便是竿头进步人。

　　文招讨再修一道表章，奏上朝廷，单奏九天玄女娘娘及蛋子和尚灵迹。却说枢密院将两次表章尽呈御览，仁宗皇帝龙颜大喜，即时圣旨行下贝州：

将妖贼王则，即于本州市曹，凌迟碎剐。从贼任迁、吴旺、王俊、石庆等，尽行处斩。胡永儿虽已受天诛，仍行枭首，俱传首京师，告庙后，递送各府州县号令。左黜狐尸，烧灰风化。贝州百姓遭王则暴虐，准留兵饷若干，计户给散，以赡穷民。其王则所造违禁伪府，即改作九天玄女娘娘庙，赐号圣佑。本州厅治，另行相地起建。弹子和尚弃邪归正，平妖有功，追赠护国禅师之号。马遂、茹刚，忠节可嘉，俱从厚赠荫。烈妇赵无瑕，准立贞烈牌坊。贝州知州久缺，就着文彦博于附近官僚量才推补。河北各州县官，多有先行被贼胁从，以后归正者，都着分别事情轻重，便宜处分。其征讨有功，偏正将佐，俱俟还朝之日，论功升赏。

文招讨与各官接了圣旨，一一奉行。次日早起，监中取出一行妖人，写了犯由牌，打开囚车，推上木驴。文招讨判了剐字、斩字，拥出市曹。王则和任迁、吴旺等都各眼中流泪，面面相觑，做声不得。贝州看的人，压肩叠背，也有唾骂的，也有嗟叹的。但见：

　　两声破鼓响，一棒碎锣鸣。皂纛旗，招展如云；柳叶枪，交加似雪。犯由牌高贴，人言此去几时回；白纸花双摇，都道这番难再活。长休饭，喉里难吞；永别酒，口中怎咽。高头马上，监斩官胜似活阎罗；刀剑林中，刽子手犹如追命鬼。请看当日凌迟者，尽是兴妖叛逆人。

刽子手叫起恶杀都来，恰好午时三刻。将王则等押到十字路口，读罢犯由，尽行如法凌迟处死。可怜王则刚刚反了五年零六个月，今日受了极刑，绝了王大户的后代。当时第五胎生的，背上刺

潞國公奏凱汴京城

五个福字，小名五福，此乃五年之谶也。监斩官正坐在芦席棚里面，看刽子手行刑。只见人丛中一个人，扶着个老婆婆挨挤上来，跪在案桌前，摆着八锭金银，放声大哭。问其缘故，那人正是关疑，这老婆婆是他母亲，妻房就是赵烈妇了。因被王则逼娶不从，自缢而死。他母子逃在东京，今日闻王则已擒，圣旨就在贝州发落，两口儿复回故乡。这金银便是王则聘财，情愿将来纳官公用，买王则几块肉去祭奠亡妻。监斩官不敢擅便，禀知文招讨。文招讨吩咐教刽子手将王则心肝把与关疑母子，其金银听他自造烈妇祠堂费用。又将关疑补了州学秀才。后来关疑读书登第，终身不立正妻。人谓义夫节妇出于一门，此是后话。

当日文招讨将各犯枭首，传送京师。处分地方官吏，安抚军民了当。修整了玄女娘娘行宫，并塑多目神像供养在内，招集有行道流主持香火。文招讨又在庙中打了七日七夜醮事，超度阵亡军将，及贝州屈死冤魂。事毕，择日班师回京。真个是：喜孜孜，鞭敲金镫响；笑吟吟，齐唱凯歌回。一路行军都有纪律，与民秋毫无犯。百姓们闻得文招讨年已八旬，今日平妖定乱，成了大功，人人要争先，个个怕落后，都来识认文招讨容颜。文招讨恐怕挤坏了百姓，每日只是骑马，不乘暖轿，尽人观看。看的人无不喝彩，都道："当初太公吕尚八十遇文王，兴师灭纣，后来更无第二个人。今日文招讨恁般精神丰采，可不是朝廷有道，生此福神治世。我等百姓都有造化。"

闲话休提。不一日到了东京面君，仁宗天子玉音慰劳了，文彦博仍为首相，封潞国公。包拯举荐得人，就拜次相，同平章事。曹伟封枢密使之职。其余王信以下，各各加官进级。李鱼羹就升做统制之职。刘彦威就升河北总管。不多时，狄青也平了邕州侬智高，差官献捷。范仲淹威振西夏，赵元昊害怕，遣人纳了降书，年

句芒神重掌修文院

年进贡。正是：朝廷有道民安乐，四海无虞国太平。不在话下。

再说九天玄女娘娘除了贝州妖乱，同袁公回复天庭。玉帝奖白猿神之功，释其前罪，复了白云洞君之号，仍在修文院掌九天秘书。蛋子和尚已证了菩萨正果，自不必说。老牝狐精虽有众天狐保奏，罪孽不小，罚在白云洞替白猿神看守天书。圣姑姑听说，虽说折了一双儿女，且喜出了天狱，又拨到这个好去处，喜不自胜，想道：我到那里，落得饱看天书，连天罡变化，都是有分。比到白云洞石室之中，忽然一声响亮，那安放白玉炉的山峰崩将下来，恰好塞了洞门。雾幕、白玉炉仍收回天上，从此白云洞再无人到。此是玉帝杜绝后患之意。仁宗皇帝圣明有道，能任用贤良，安民定国，天赐享国长久。后来坐了四十三年天下，一生有一件不可解之事，不肯册立太子，百官为此事上了许多章奏，只不依允。忽一日，召翰林学士王珪作诏，立宗实为皇子。是夜，仁宗到福宁殿中，沐浴坐定，跣脱双履，奄然而崩。此乃预知生死之期。满宫中都听得仙乐嘹亮，异香馥郁，仍归赤脚大仙之位矣。

诗曰：

一盏清茶一炷香，闲将往事细商量。
万般气数难逃避，一片精神可主张。
天子昏明分治乱，人心邪正判灾祥。
但能行素终无愧，养得真君胜假王。